마담 엑스

마담 엑스
MadameX

재신다 와일더
이성옥 옮김

Madame

X

나는 당신 게 아니야.

나는 한 남자의 여자야. 단 한 남자. 그가 나의 유일
한 주인이지. 당신은 나를 원할 수 없어. 어림도 없는
일이야.

당신은 말이야, 그의 이름을 머릿속에 떠올려볼 자격도
없어. 그는 정말 고양과 품위가 넘치는 사람이고, 누구
보다도 세련된 사람이지. 보는 사람이 감당하기 힘들
정도로 매력이 넘치지만 그만큼 점잖은 사람도 없어.
그래서 손쉽게 다른 사람을 손에 넣고 지배하는 거지.
당신은 어림도 없어.

나는 그의 이름을 생각하지 않아. 그의 이름을 말하는
일도 없어. 혼자 있을 때도, 그가 일개 소유물인 나를 기
꺼이 만나러 와주었을 때도, 그의 이름을 말한 적 없
어. 나는 절대 당신에게 그의 이름을 말하는 일이 없
을 거야. 당신들 누구에게든. 그가 수평선 위에서 빛을
발하는 태양이라면 당신은 밤하늘을 이리저리 날아다
니는 반딧불이에 불과해. 자기가 가장 밝게 빛나는 줄
알지만 정말 작고 하찮은 존재라는 사실을 절대 깨닫
지 못할 미물 말이야.

01

당신은 아름다웠다. 깊고 어두운 다색茶色의 눈동자는 온화해 보였지만, 그 너머에는 영리하고 교활하며 잔인한 물결이 휘몰아치고 있었다. 한창때의 나이였다. 스물다섯이나 되었을까. 새로 산 나의 흰색 가죽 소파에서 안절부절못하는 모습에서 확신할 수 있었다. 진회색 아르마니 팬츠를 입은 길고 늘씬한 다리로 발목을 엇갈리게 하였다가 다시 반대쪽으로 꼬았다. 그러고는 롤렉스시계를 두른 손을 가만히 들어, 목이 파인 검은 티셔츠에 붙은, 잘 보이지도 않는 실 가닥을 가만히 떼어냈다. 단단하지만 가는 손가락을 무릎에 문지르더니 다시 그 손으로 턱을 괴고 앉았다가, 스마트폰을 찾으려는지 바지 뒷주머니를 뒤적거렸다. 물론 스마트폰은 없었다. 그에게서 그 기계를 떼어 놓는 것이 이 수업의 가장 중요한 목표였으므로. 조너선에게는 확실히 필요한 일이었다.

그의 이름은 조너선이었다. 존도, 조니도 아닌 조너선. 그는 첫 번째 음절에 미묘하게 힘을 주어 자기 이름을 '존어선'으로 발음했다. 흔해 빠진 이름에 악센트를 달리 주다니, 나름 귀여운 발상이었다. 발음하기 전에 내가 듣고 있는지, '나에게 집중해'라고 말하는 듯이 뜸을 들였다. 조너선은 그저 어린아이 같았다. 나보다 고작 서너 살 어릴 뿐인데. 나이는 단지 지구가 태양을 공전한 횟수 이상의 의미가 담겨 있는 법이다. 안절부절못하며 앉는 모습뿐 아니라 곳곳에서 어리숙한 성격을 드러냈다. 나를 향한 그윽한 눈동자에서 분명히 느껴졌다. 뜨거운 욕망에 사로잡힌 그의 두 눈을 보고 있으면, 자신의 목표를 위해 이것저것 재고 있다는 것을 알 수 있었다. 호기심이 가득했지만 두려움은 느껴지지 않았다.

조너선도 다른 남자들과 다를 게 없었다. 정확하게 말하면, 조너선은 지금까지 이곳을 찾아왔던 애어른 같은 남자들과 다를 바가 없었다.

조너선은 탐욕스럽고 굶주린 눈으로 나를 바라보고 있었다. 어떻게 하면 날 가질 수 있을지, 어떻게 하면 우리 두 사람이 얽매인 이 계약서의 규정을 피해갈 수 있을지, 어떻게 하면 나를 차지해서 자기 여자로 만들 수 있을지 궁리하고 있었다. 동시에 언제 내 블라우스가 흘러내릴지, 혹은 언제 내가 몸을 숙여 내 블라우스 안을 훔쳐볼 수 있을지 호시탐탐 노리고 있었다. 도대체 무슨 짓을 해야 나를 거머쥘 수 있을지 정말 궁금한 표정이었다. 하지만 지금껏 다른 남자들이 그랬던 것처럼 조너선도 나를 가질 수는 없었다. 절대로, 어림없는 일이다.

나는 그의 여자가 아니니까.

나는 한 남자, 오로지 한 남자의 여자이고, 그는 나를 다른 사람과 공유하지 않는다. 다른 방식으로는 모르겠지만 조너선이 원하는 방식으로는 절대 불가능했다.

조너선, 그리고 조너선과 다를 바 없는 이전의 다른 남자들은 그의 존재를 궁금해할 자격조차 없었다. 그 사람이 지닌 교양과 품격, 빈틈없는 사고, 말로는 다 설명하기 힘든 그의 매력과 용모, 누구든 자연스럽게 자기편으로 만들어 군림하는 능력, 다른 남자들은 모두 하찮게 느껴졌다. 조너선 따위는 절대 흉내도 못 낼 능력이었다.

그는 하늘에 궤적을 그리는 태양이었고, 조너선은 밤하늘을 부유하는 반딧불이였다. 반딧불이는 자기가 가장 밝게 빛난다고 착각하겠지만, 얼마나 작고 보잘것없는 존재인지 죽을 때까지 알 수 없을 것이다.

　나는 조너선과 함께 소파에 앉아 하니앤손스 얼그레이 티를 마시면서 그가 어떤 자세로 앉아 있는지, 앉아서 팔을 어떻게 늘어뜨리는지, 차를 마실 때 손목은 어떻게 두는지 자세히 살펴보았고, 목을 세우고 앉은 모양새나 눈동자 굴리는 모습까지도 신경을 썼다. 자세히 관찰하며 그의 특징을 잡아내고, 머릿속에 기록하면서 앞으로 수업을 어떤 방향으로 이끌어 나갈지 준비했다.

　조너선은 끔찍이도 말하길 좋아하는 사람이었다. 술집 의자에 처박혀 맥주나 벌컥벌컥 마시는 흔해 빠진 남학생같이 스포츠 얘기만 계속해서 늘어놓고 있었다. 내가 그런 시시한 이야기에 시간을 할애할 수 있는 사람인 것처럼 말이다. 그래도 어쨌든 나는 어떤 선수에 대해서 계속 지껄이는 그의 말을 들으며 고개를 끄덕였고, 끊을 만한 타이밍이 되면 '아' 하고 대꾸하면서 열심히 듣고 있는 것처럼 두 눈을 반짝였다. 조너선에게는 이 수업이 정말 필요해 보였기 때문이다. 나는 조너선이 중요히 여기는 축구 얘기를 한참 떠들게 내버려 두고 관심 있는 척 연기하면서, 우리 두 사람의 시간을 계속 낭비할 작정이었다. 그러다가 조너선이 할 말이 떨어지거나 내가 단지 그의 기분을 맞춰 주고 있었던 것뿐이라는 사실을 겨우 깨닫게 되면, 생선 내장을 들어내듯이 그를 손질할 작정이었다.

하지만 조너선의 이야기는 정말 지루해 너그럽게 봐줄 수 없을 것 같았다.

"그러니까 그 선수가 아무도 신경 쓰지 않는다는 듯이 혼자 계속 점수를 올리는 거예요, 막. 완전 짐승이 따로 없더라고요. 일단 공이 그 선수한테만 가면 다른 선수들은 진짜 막 손도 못 대고 말이에요. 그니까 경기할 때마다 '야, 그 공을 개한테 주란 말이야, 이 멍청아' 라고 말하기라도 한 것처럼 다들 그 선수한테 공을 주는데, 그렇게 하면 끝이죠, 뭐. '판타지풋볼리그'를 할 때마다 계속 그 선수를 찍고 있으니까 떼돈을 버는 건 이제 시간문제예요……." 조너선은 말하는 동안 손을 가만히 두지 못하고, 원을 그리듯 손을 계속 빙빙 돌리고, 돌리고, 또 돌렸다. 나는 이 말들이 모두 의미 없는 덩어리라고 생각하면서 억지로 듣고 있었다.

나의 찻잔이 비었다.

찻잔에 차를 채워 반 잔을 더 마셨다. 그런데도 조너선은 계속 떠드느라 첫 잔도 다 비우지 못한 상태였다. 정말이지 끝이 없을 것 같았다.

더 이상 들어 줄 수 없었다.

내가 쨍그랑 소리가 날 정도로 찻잔을 세게 내려놓자, 조 너선은 놀라서 입을 다물었다. 나는 잠시 방이 침묵에 잠길 때까지 기다리며 생각을 정리하고, 또한 침묵을 음미하면서 불만을 드러냈다. 조너선은 땀을 흘리기 시작하더니 소파에 앉아 몸을 가만히 두지 못하고 나와 눈도 마주치지 못했다. 실수를 저질렀다는 걸 알고 있었다.

"마담 엑스, 미안해요, 나는……."

"그만하면 됐어요, 존어선." 나도 조너선의 발음을 따라 했다. 첫음절에 힘을 주면서 그의 이름을 불렀다. 얼마나 바 보처럼 들리는지 그가 좀 깨달았으면 싶었다. "내 시간을 거 의 삼십 분이나 낭비해 버렸군요. 당신 아버지가 이 수업에 시간당 얼마를 지불하는지 알고 있어요?"

"나는 저기……."

나는 날카로운 두 눈으로 그를 노려보며 말했다 "네? 어디 한번 말해 봐요. 쓸데없는 말은 다 집어치우고, 요점만 간단 하게 말해 봐요."

"한 시간에 천 달러예요, 마담 엑스."

"맞아요. 시간당 천 달러. 그런데 축구 얘기나 지껄이면서 삼십 분을 잡아먹었으니, 지금 얼마나 버린 거죠?"

"오백 달러군요."

"맞아요. 산수는 잘하네요." 나는 차를 한 모금 마시면서 분노를 한 곳으로 끌어모았다. "설명해 봐요, 존어선. 내가 왜 그런 말도 안 되는 헛소리에 내 시간을 쏟아부을 거라고 생각했는지 설명해 봐요."

"나는 저기……."

다시 쨍그랑 소리가 나도록 찻잔을 세게 내려놓으니 조녀선은 몸을 움찔거렸다. 나는 일어서서 옷을 매만지고 —그러는 사이 조녀선은 두 눈으로 내 몸을 훑어보았다— 현관문 앞에 가서 섰다. "이제 그만 가시죠, 카트라이트 씨."

"아니, 마담 엑스. 미안해요. 조심할게요. 약속해요."

"나아질 것 같단 생각이 들지 않는군요. 개선의 여지가 없어 보여요, 카트라이트 씨. '저기'나 '막' 같은 표현 없이는 말도 못 하고, 계속 상스러운 표현만 사용하죠. 축구 이야기를 하느라 수업 시간을 낭비한 건 그렇다 치더라도 말이에요."

"저는 대화를 하려고 한 것뿐인데요, 마담 엑스."

"아뇨, 존어선. 당신은 나와 대화를 한 게 아니라 혼자 일방적으로 떠들었어요. 그저 말하는 게 즐거워서 배설물을 쏟아냈을 뿐이에요. 아마 당신…… 친구들 사이에서는 그런 배설물을 대화라고 할 수도 있겠죠. 나는 성숙한 여자예요. 당신 친구가 아니라. 술집에서 만난 머리 텅 빈 여자라면 당

신의 하얀 치아나 헤어스타일, 값비싸 보이는 옷에 홀릴 수
도 있겠죠. 당신 아버지가 얼마나 대단한 사람인지, 그건 나
하고 상관없는 문제예요, 카트라이트 씨. 눈곱만큼도요. 그
러니까 이 수업을 계속 하고 싶다면 나아지는 모습을 보여
줘야 할 거예요. 되도록 빨리. 나는 시간을 낭비하고 싶은
마음도, 허튼소리를 참아줄 인내심도 없으니까요."

"미안해요, 마담 엑스."

나는 조녀선을 노려보았다. "졸렬하게 구는군요. 지금 어
린애처럼 굴고 있네요. 비속어 없이는 대화할 줄 모르고, 그
마저도 쓸데없는 이야기고요. 게다가 당신 단점을 지적하니,
비스킷 통에 손을 댔다가 들킨 남자애처럼 사과하는군요."

조녀선은 앞으로 숙인 채 손을 무릎 위에 얹고서, 손가락
을 움찔거렸다가 긁는 시늉을 했다가 잡아당겼다 하면서 나
를 빤히 쳐다보았다. 품위도, 기본예절도 없는 데다 태도도
엉망이었다. 나무토막도 이 사람보다는 나을 것 같았다.

조녀선과 수업을 진행하는 일은 나한테도 큰 시험이 될
것 같았다. 조녀선에게 주의를 주면서 나도 모르게 화가 끓
어올랐다. 어수룩한 바보처럼 구는 걸 보고 있자니 화가 났
다. 조녀선처럼 말은커녕 버벅대며 비속어까지 쓰는 남자한
테 내 시간을 낭비하게 하다니 그 사람…… 에게도 화가 났

다. 조너선은 내가 그동안 만났던 고객들 중에서도 정말 최악이었다. 이렇게 지루하고 한심한 인간을 상대하고 있자니 속으로 화가 끓어올랐지만 내 감정을 드러내지 않으려 가까스로 참았다. 그런데 그가 알아야 할 것이 하나 있었다. 내가 화났다는 건 그에게 썩 좋은 징조가 아니라는 사실을.

"등 펴고 똑바로 앉아요. 손은 가만히 두고요. 등을 소파에 기대고 힘을 빼요. 몸가짐만으로도 자신감을 드러낼 수 있어야 하고, 사람들에게 영향력을 발휘할 수 있어야 해요, 카트라이트 씨. 항상 여유 있는 자세를 취하도록 해요."

"난 지금도 여유 있어요." 조너선이 이렇게 반박했다.

굳이 이 말에는 대꾸하지 않고, 그가 앉아 있는 쪽으로 다가가서 그의 무릎에 닿을 정도로 바싹 붙어 섰다. 그리고 그의 눈을 노려보았다. 내 태도와 분위기로 그를 완전히 깔아뭉개려는 것처럼, 그리고 얼마나 철저하게 그를 무시하는지 그가 느낄 수 있도록, 그렇게 그를 바라보았다. 조너선, 당신은 대단한 사람이 아니야. 아무것도 아니라고. 그저 돈 많은 집에서 자란 어린애야. 예쁘지만 버릇없이 자란 어린애. 조너선을 내려다보면서 내 생각을 눈빛에 담아 전달했다.

조너선은 불편한 듯 가만히 있지를 못하고 다시 엉덩이를 들썩였다. 그러다 마침내 시선을 다른 곳으로 돌리면서 한 손가락으로 바지의 주름을 더듬어 내려갔다.

나는 조너선 앞에 서서 아무 말도 없이 그를 내려다보기만 했다.

그러자 그는 결국 지쳐 버렸다.

"뭐요? 어쩌라고요?"

"여기까지 와서 그런 질문을 하는 건가요? 그런 걸 물으면 안 되죠. 당신도 이미 알고 있잖아요. 그보다, 당신이 뭘 어떻게 할 건지 나한테 말해 줘야죠. 그걸 알아야 수업을 시작할 테니까."

"내가 뭘 어떻게 해야 당신 관심을 끌 수 있죠?" 조너선은 자기 농담이 우습다는 듯 말했는데, 이렇게 말하면 매력적이고 재치 있어 보일 거라고 생각한 모양이었다. 아니면 그 비슷한 효과를 노렸거나.

나는 코웃음을 치면서 돌아섰다. "오, 존어선. 내가 당신한테 관심을 가질 일은 절대 없어요. 당신이 내 관심을 끌 수도 없을 것 같고요. 티끌만큼도 말이에요. 당신한테 부족한 건…… 아, 일일이 열거하자니 너무 많군요. 하긴, 그래서 여기 와 있는 거니까."

조너선이 자리에서 일어나는 소리가 들렸다. 나는 그가 움직이길 기다렸다. 그는 쭈뼛거리며 다가와 내 뒤에 섰다.

확실히 그는 키가 컸다. 조각 같은 몸매를 유지하기 위해 운동에 시간을 제법 투자한 모양이었다. 하지만 위엄을 갖추지 않는다면…… 그런 외모는 아무런 소용이 없었다. 조너선이 두 손으로 내 허리를 잡고는 나를 돌려세웠다. 나는 그가 하는 대로 가만히 있었다.

"내가 여기 왜 있는 건가요, 마담 엑스?"

"그걸 나한테 물으면 안 되죠, 존어선."

"왜 자꾸 내 이름을 그렇게 발음하는 거죠?"

"당신 발음을 따라 한 건데요."

"바보 같아요."

"당신 발음도 마찬가지예요."

조너선이 인상을 폈다. 아까 얼핏 드러냈던 온화한 분위기가 그의 얼굴을 스치고 지나갔다. 좋아. 그의 얼굴을 가리고 있는 저 장막을 걷어낼 것이다. 조너선이 진짜 모습을 드러내게 만들 것이다.

"내 발음은 그렇지 않아요."

나는 미소를 지어 보였지만, 이 상황을 즐기고 있다는 잔인한 미소였다. "계속 말장난하고 싶으면 여동생하고나 하세요. 아니면 고등학교 토론 모임에 가입하던지. 말장난하고 있어 봤자 품위만 망가지니까요."

"내가 왜 여기 있는 거죠, 마담 엑스?" 이렇게 다시 질문을 하면서 두 손으로는 여전히 내 허리를 잡고 있었지만, 그 이상의 행동을 하지는 않았다.

내 허리를 잡고 있게 해주었건만, 그는 그 기회를 날려 버리고 말았다.

"정말 몰라서 물어요?"

조녀선이 어깨를 으쓱했다. "확실히는 모르겠어요."

"내가 누군가요?"

"마담 엑스죠."

"내가 마담 엑스라는 사실이 무슨 상관이 있을까요?"

조녀선은 눈을 깜박거리며 고개를 오른쪽으로 슬쩍 돌렸다. "당신은…… 당신은 서비스를 제공하죠." 나는 그의 얼굴을 바라보면서 눈을 크게 떴다. 조녀선은 목을 가다듬더니 이제는 말을 더듬기 시작했다. "아, 그러니까, 저기……."

"한 번만 더 '저기'라는 단어를 사용한다면 당신한테 정말 실망할 것 같군요." 나는 차가운 목소리로 말했지만, 그가 어떻게 할지 궁금해서 내 몸에서 손을 떼라고 하지는 않았다.

"별로 말하고 싶지 않군요."

"겁쟁이네요." 나는 돌멩이를 던지듯 툭 내뱉었다.

조녀선은 못 들은 척하고 몇 걸음 움직이더니, 곧 얼굴을 붉히며 돌아섰다. "그러는 당신은…… 매춘부 아닌가요? 아니면 에스코트걸이겠죠. 그런데…… 아니, 됐어요."

조녀선이 내 반응을 살피려고 돌아서자, 나는 눈으로 그를 난도질이라도 할 것처럼 노려보았다. 나는 자신감 넘치는 걸음걸이로 그를 향해 엉덩이를 살짝 흔들며 다가갔다. 그를 좀 더 자극해 보려는 심산이었다. 입술을 삐죽거리며 그에 대한 경멸을 아낌없이 드러냈다. "아, 그래요? 그렇게 생각해요?"

"아니, 꼭 그렇다는 건 아니지만……."

"내가 하는 일에 섹스가 포함된다고 생각하는 건가요?" 나는 조녀선 앞에 멈춰 섰다. 내 가슴이 그의 티셔츠에 닿을 듯 말 듯 하면서도 닿지는 않았다. "어쩌다 그런 생각을 하게 된 거죠, 카트라이트 씨?"

그의 얼굴이 잠시 붉어지더니 결국 창백해졌다. "음, 그러니까 내 말은, 당신 이름이 마담 엑스잖아요. 그런 마담……. 그리고 한 시간에 천 달러라뇨? 내 말은, 아 진짜."

"내가 어딜 봐서 매춘부처럼 보이나요, 카트라이트 씨?" 나는 턱을 치켜들고 눈을 깜박이지 않은 채 그의 얼굴을 노려보았다.

"그런 게 아니고…… 제 말은……." 그는 말을 멈추었고,

나 역시 아무 말도 하지 않았다. 그리고 그가 침묵의 바다에 빠져 죽어도 상관없다는 듯 내버려 두었다.

순간이어도 침묵은 견디기 힘든 것이다. 특히 조녀선에게는 고문이나 다름없을 것이었다.

"카트라이트 씨, 계약서는 읽어 보셨나요?" 나는 얼굴을 찌푸리며 이렇게 물었다.

"아니요." 그는 태평하게 어깨를 으쓱하며 대답했다.

"계약서 읽어 볼 생각도 안 하면서 아버지 회사를 물려받으려는 거예요?" 나는 고개를 절레절레 흔들었다. "한심하군요."

조녀선은 다시 화를 내기 시작했다. 벌름거리는 콧구멍과 잔뜩 찌푸린 두 눈, 주먹을 꽉 쥐고 있는 손을 보면 쉽게 알 수 있었다. "진짜 더는 못 들어 주겠네요. 무시당하고 싶어서 한 시간에 천 달러씩 지불하는 게 아니라고요."

"당신 아버지가 지불하는 거죠. 당신은 한 푼도 내지 않았잖아요. 그리고 당신이 무시당하는 데 좀 질리길 바라는 사람은 바로 나예요. 무시당하기 싫다는 마음이 정말 강하면 불굴의 용기를 발휘할 수도 있으니까요."

나는 자리에서 일어나 계약서를 가지고 왔다. 짧고 단순한 용어로 서술하고 있지만 지키지 않으면 안 되는 조건들이 적혀 있는 계약서였다. 조녀선이 이 계약서에 서명을 했고, 나, 그리고 조녀선의 아버지까지 이 계약서에 서명을 했다. 나는 계약 조항들을 모두 외우고 있었고, 조녀선의 아버지가 계약서를 읽었다는 사실도 알고 있었다. 하지만 조녀선은 너무 게으른데다가 직접 계약서를 읽기에는 자기가 너무 귀한 사람이라고 생각하는 것 같았다.

한 손에 계약서를 들고, 다른 한 손으로는 조녀선을 뒤로 밀쳤다. 손바닥으로 가슴 한복판을 때리자 조녀선은 너무 놀란 나머지 뒤로 벌러덩 넘어져 소파 위에 주저앉았다. 충격을 받아 아무 말도 하지 못했다. 그의 두 다리 사이에 한 발을 밀어 넣었다. 바닥에 깔려 있는 짙은 색의 아프리카 산 티크 원목이 반들거렸다. 그리고 검은 루부탱 스틸레토를 신은 다른 발로 그의 가슴을 지그시 눌렀다. 조녀선이 아파할 때까지.

"집중해요, 조녀선. 첫 번째, 가장 중요한 사항이에요. 읽지 않은 문서에는 무슨 일이 있어도 서명하지 말아요. 모든 문단을 읽으세요. 소제목도 빠뜨리지 말고요. 작게 인쇄된 글자들도 한 줄도 빠짐없이 모조리 읽어요. 지금껏 아버지한테 이런 것도 안 배우고 뭘 했는지 모르겠네요." 조녀선은 변명을 하려 했지만, 내가 발로 가슴을 더 세게 누르자 입을 꽉 다물었다. "조녀선, 계약서 내용을 읽어 줄 테니 잘 들어요. 아주 간단해요. 진짜예요."

체중을 앞으로 옮기자, 조너선은 아파하면서 눈을 더 크게 떴다. 그 와중에도 짙은 비취색의 발렌티노 드레스가 무릎 바로 밑까지 올라오자 내 다리를 곁눈질로 흘끔거렸다.

"집중하라니까요. 한심하긴. 내 다리 말고 눈을 쳐다봐요." 조너선이 집중해서 들을 수 있도록 나는 다리에 힘을 풀었다. "이 문서에 서명한 서명인들은 아래의 조항에 동의하는 것으로 간주한다. 아래의 조항은 서비스 제공인(이하 '마담 엑스'라 칭한다)과 고객, 즉 조너선 에드워드 카트라이트 3세 모두에게 적용된다. 계약 조항 하나, 마담 엑스와 고객은 이 계약 및 계약을 통해 제공되는 서비스, 계약 조항 및 조건에 대해 어떤 식으로든 제삼자에게 언급하지 않는다. 계약 조항 둘, 마담 엑스의 보수에 대한 지불은 조너선 에드워드 카트라이트 2세의 계좌에서 유한회사 인디고 서비스의 계좌로 이체하는 방식으로 이루어지며, 마담 엑스 또는 고객이 이 계약서의 조항을 추가, 개선, 변경, 개정할 수 없다. 계약 조항 셋, 인디고 서비스의 업무 대리인 역할을 하는 마담 엑스가 제공하는 서비스에 성적인 행위는 포함되지 않으며, 입이나 손을 사용하는 성행위도 금지된다. 인디고 서비스를 대표하는 마담 엑스, 조너선 에드워드 카트라이트 3세, 그리고 고객의 대리인은 이러한 행위를 암시, 요청, 요구할 수 없다. 계약 조항 넷, 본 계약서의 교육 서비스 제공과 관련한 세부 사항은 마담 엑스가 직접 결정하며, 고객 또는 고객의 대리인이 이를 거부하거나, 반항하거나, 이의를 제기할 수 없다. 고객이 어떤 식으로든 교육 프로그램이나 교육 방식을 변경하려 하거나 이의를 제기하는 경우 본 계약은 종료되며, 이 경우 고객은 전체 계약금에 상응하는 종료 수수료와 총 액수의 35퍼센트에 해당하는 위약금을 지불하여야 한다. 계약 조항 다섯, 상담 시 제공되는 교육 프로그램 안내 책자는 무단 복제할 수 없으며 법적으로 보호를 받는다. 안내 책자 및 안내 책자의 내용물을 본 계약서에 이름이 명시되지 않은 사람에게 복사, 배포, 전달할 수 없다. 본 계약 조항을 위반하는 경우 계약은 즉각 종결되며, 종결에 따른 일련의 수수료가 발생할 수 있고, 저작권 침해에 따른 모든 조치가 행해질 수 있다." 나는 여기까지 읽고 조녀선을 흘끗 쳐다보았다. 그는 내가 읽고 있는 내용을 신경 써서 듣고 있었으며 계약서를, 아니 안내 책자를 읽어 보고 싶어 하는 것 같았다. "조녀선, 질문 있어요?"

조녀선은 고개를 가로저었다. "아니요, 아니에요. 계약서를 읽지 않은 건 내 잘못이에요. 미안해요, 마담 엑스. 나 때문에 당신이 기분 상하지 않았으면 좋겠어요."

부드럽게 미소 지으며 그의 가슴에 올렸던 발을 치웠다. 그러자 조너선은 손바닥으로 가슴을 문지르기 시작했고, 가슴을 문지르는 떨리는 그의 손을 보면서 실망을 금치 못했다. "안내 책자는 읽어 봤나요, 조너선?"

그가 다시 고개를 가로저었다. "아뇨, 아니에요. 안 읽었어요."

"쓸데없이 말은 많이 하지 말아요. 해야 하는 말만 하세요."

"좋아요."

"'좋아요'는 대답이 아니죠, 조너선. '알았어요, 마담 엑스.' 이렇게 해야죠." 나는 지금 일종의 테스트를 하고 있었다. 조너선이 만약 내가 시키는 대로만 하면서 계속 이렇게 징징거린다면 그는 테스트에서 떨어지게 될 것이었다. 그것도 아주 비참하게.

그는 눈을 가늘게 뜨더니 숨을 깊이 들이마셨다. "나하고 게임을 하려는 거군요."

나는 미소를 지었다. 칼날 같은 차가운 미소, 먹이를 노리는 포식자의 미소였다. 내가 몸을 앞으로 숙이자 조너선은 몸을 움츠렸다. 하지만 시선은 내 가슴으로 향하고 말았다. "내 눈을 봐요, 조너선." 나는 손가락을 튕기며 말했다. "그런 식으로 쳐다보지 말아요. 당신은 그럴 자격 없어요."

"자격이요?" 헛된 희망을 품은 목소리로 그가 말했다.

한심한 인간.

두 손을 그의 어깨 뒤로 뻗어 소파 등받이를 잡았다. 내 얼굴은 그의 얼굴과 멀지 않았다. 그의 입에서 나는 고약한 냄새로 보아 귀찮았는지 아침 양치질도 거른 모양이었다. 도대체 이런 인간을 데리고 어디부터 시작해야 하는지, 제 멋대로 굴고 버릇없으며 게으른 데다가 소심하기까지 한 이런 인간을 어떻게 손을 대야 할지 감도 잡히지 않았다. 내가 계속해서 쏘아보자 조녀선은 시선을 돌렸다. 소파 쿠션 속으로 파고들기라도 할 태세였다.

조녀선이 내 말에 집중할 준비가 되자, 나는 등을 꼿꼿이 펴고 서서 고개를 높이 들고 그를 깔보듯 내려다보았다. 아니, 나는 정말 그를 얕보고 있었다. "당신한테 친절하게 대해 주는 대가로 돈을 받는 게 아니기 때문에 친절하게 대할 생각 없어요. 대신 난 당신에게 진정한 남자가 되는 방법을 가르쳐 줄 거예요. 앉는 자세, 서 있는 태도, 말하고, 먹고, 마시고, 생각하는 방법 따위를 말하죠. 돈만 많고 게으른 멍청이가 아니라, 수십억 달러의 자산을 지닌 회사의 상속자다운 면모를 갖출 수 있게 도와줄 거예요. 내가 이런 일을 하지 않았다면 당신하고는 말 섞을 일도 없었을 거고, 두 번 다시 만나는 일도 없었겠죠. 만약 내가 술집이나 길거리에서 당신을 봤다면, 당신한테 미소를 짓지도 않았을 거예요. 당신은 할 줄 아는 게 하나도 없는 것 같아요. 몸가짐이나 자세를 보면 평판은 전혀 신경 쓰지 않는 사람처럼 보여요."

"남의 눈은 신경 쓸 필요 없다고 생각하는데요." 조녀선이 말했다.

"잘못된 생각이에요. 항상 외부의 이목을 신경 써야 해요. 물론 그러는 동안에도 무심한 태도를 보여야 해요. 확신을 가지고 사람들의 시선 따위 상관없다는 듯이 말이에요. 항상 모든 게 확실하고 편안한 사람처럼 행동하고, 매력적으로 보일 정도로만 거만함을 유지하는 거죠. 그걸 당신의 목표로 삼아야 해요." 나는 그를 위아래로 손가락질하며 말했다. "지금 당신 꼴이 어떤 줄 알아요? 악취가 진동해요. 입냄새만으로도 고약한데, 싸구려 향수까지 온몸에 들이부었군요. 이것만으로도 여자들이 도망가기에는 충분하네요. 양치질도 안 하는 남자와 같이 있고 싶을 여자는 없어요. 후각으로 느낀 인상만 해도 이 정도예요. 덧붙이자면, 당신은 공손하고 다른 사람 말을 잘 따르기도 하지만 아주 거만하기도 해요. 읽어 보지도 않은 계약서에 서명을 하고, 그래서 자기가 어떤 내용에 동의했는지도 모르고요. 이런 몇 가지 사실을 바탕으로 판단하자면, 당신은 대책 없을 정도로 게으르고 할 줄 아는 게 아무것도 없는 사람이에요. 태도나 자세도 엉망이에요. 당신과는 1분도 같이 있고 싶지 않아요. 무슨 일이 있어도 말이에요. 축구 얘기는 지겹기 짝이 없고, 주제를 바꿨어도 마찬가지였겠죠. 한마디로 말해서 조너선 카트라이트 씨, 당신은 정말 한심한 사람이에요. 이걸로 수업은 끝이에요."

내가 한 손으로 문을 가리키자 조너선은 자리에서 일어섰다. 화가 난 표정이었다.

"나한테 이렇게 말하면 안 되죠."

"얼마든지 이렇게 말할 수 있어요. 싫으면 가도 좋아요. 예약 고객만 해도 앞으로 2년간 스케줄이 꽉 차 있어요. 내가 당신을 찾아간 게 아니잖아요. 당신 아버지가 나를 찾아온 거죠. 가망 없는 아들 때문에 말이에요. 당신 아버지는…… 위엄 있는 분이시죠. 그분이 방에 들어서면 모두가 그의 존재를 느낄 수 있어요. 말을 하면 사람들은 귀를 기울이고요. 그래요, 사람들이 그렇게 행동하는 건 당신 아버지가 이 나라에서 정말 부유한 사람이라 그런 거죠. 그런데 당신 아버지는 그런 부를 어떻게 축적했을까요? 빈둥거리고 축구나 보면서 그렇게 할 수 있었을까요? 아니면 당신 할아버지 뒤꽁무니만 졸졸 따라다녔을까요? 아니에요! 당신 아버지는 사람들에게 관심을 요구했고, 사람들이 그 요구를 따랐죠. 그분은 자기를 보여 주는 것만으로도 사람들의 관심과 존경을 요구할 수 있었어요. 하지만 당신한테는……불가능한 일이죠." 나는 손잡이를 돌려 문을 열었다. 그리고 복도와 엘리베이터가 있는 방향을 손으로 가리켰다. "이제 그만 가세요, 조녀선. 그리고 최소한의 기본 위생을 익히기 전까지 굳이 다시 올 필요 없어요. 아니면 흥미롭게 대화하는 방법이라도 익히고 오든지요."

조녀선은 나를 노려보았다. 그의 두 눈에는 분노와 당혹감과 상처가 가득했다. 물론 그는 아버지와 비교당하는 게 지긋지긋했을 것이다. 그렇게 되면 자신의 부족한 면면이 부각될 테니까.

조녀선이 나가자마자 문을 닫았다. 엘리베이터 문이 열렸다가 닫히는 소리가 들려왔다. 나는 그제야 비로소 문에 몸을 털썩 기대고 긴장에 지친 몸을 떨면서 한숨을 내쉬었다. 나는 조금 전에 막강한 영향력을 지닌 어떤 사람의 아들에게 모욕감을 준 것이다.

하지만 그게 내 직업이기도 했다.

문을 두드리는 소리, 문의 경첩이 조용히 돌아가는 소리, 그리고 내 등 뒤에서 느껴지는 뜨거운 열기. 강하지는 않지만 순식간에 나를 사로잡는 향수 냄새, 가죽이 거칠게 부딪는 소리. 내 허리를 잡는 두 손, 목에 닿는 입술. 그리고 피부에 느껴지는 숨결.

긴장할 겨를도 없었고, 두려움에 숨이 막힐 시간조차 없었다. 몸을 움직여 빼낼 생각조차 하지 못했다.

그는 강하고 단단한 두 손으로, 막강한 마법을 발휘하여 나를 돌려세웠다. 집게손가락으로 내 턱을 어루만지다가 가볍게 들어올렸다. 그를 바라보기 위해 나는 고개를 들어 올려야 했다. 숨을 쉴 수 없었다. 숨을 쉴 생각조차 하지 못했다.

"오늘따라 유난히 아름답군, 엑스." 그의 목소리가 부드럽고 깊게 울려 퍼졌다. 아주 정교한 엔진 소리 같았다.

"고마워요, 케일럽." 나는 조심스럽게, 조용히 대답했다. 아주 정확하고 신중하게 고른 단어였다.

"위스키." 간신히 귀에 들릴 정도의 나직한 명령이었다.

그가 마실 위스키를 준비하는 요령은 따로 있다. 크리스털 잔에 얼음 한 조각을 넣은 다음, 짙은 호박색의 술을 9부 정도 채운다. 그에게 잔을 건네고 기다렸다. 눈을 내리깔고 뒷짐을 지고 서서.

"조녀선한테 가혹하게 굴더군."

"당신 의견은 존중하지만, 글쎄요."

"그의 아버지는 결과물을 내놓으라고 할 텐데."

나는 살짝 발끈했다. 그리고 그걸 감추지 못했다. "내가 언제 결과물을 내놓지 못한 적 있던가요?"

"한 시간도 안 지났는데 돌려보냈잖아."

"조녀선은 준비되지 않은 상태였어요. 자기가 얼마나 부족한지 뼈저리게 느껴야 했다고요. 앞으로 얼마나 많은 것들을 배울지 알아야 하니까요."

"당신 말이 맞겠지." 잔의 얼음이 달그락 소리를 냈다. 나는 빈 잔을 한쪽으로 치웠다. 심호흡을 하면서 정신을 가다듬고, 그의 말에 순종하라고 되뇌었다. "어쨌든 조녀선 카트라이트 일을 얘기하자고 여기 온 건 아냐."

"그렇겠죠." 이 말은 하지 말았어야 했다. 말을 내뱉자마자 후회가 밀려왔다.

나는 양 손목을 움켜쥐었다. 뼈가 으스러질 만큼. 어둡고 차가운 그의 눈동자가 나를 붙들었다. 사람을 꿰뚫는 눈동자였다. "그렇겠다고?"

용서를 빌어야 했지만 더 좋은 방법을 알고 있었다. 고개를 들어 그 차갑고 잔인한 눈동자를, 지적이면서도 어두운 눈동자를 응시했다. "조녀선과의 계약을 성실히 이행하리라는 사실은 당신도 잘 알고 있잖아요. 그런 뜻이었어요."

"아니, 그런 뜻이 아니었어." 그가 한 손으로 검은 머리를 쓸어 넘겼다. 흐트러진 머리카락이 아름다웠다. "무슨 말을 하려고 했지, 엑스?"

나는 침을 삼켰다. "당신이 나를 찾아올 때 원하는 건 하나뿐이고, 오늘도 그것 때문일 거라는 말이었어요."

"그게 뭔데?" 따뜻한 손가락 하나가 내 가슴뼈를 어루만지더니 가슴 사이로 미끄러져 들어왔다. "내가 원하는 게?"

"저요." 겨우 입을 뗐다. 가까이의 벽조차 들을 수 없는 정도였다.

"그래, 그건 사실이야." 예리하게 정리된 그의 손톱이 내 어깨를 훑자, 불에 덴 것처럼 화끈거렸다. "가끔 이렇게 내 인내심을 시험하는군."

나는 선 채로 꼼짝도 하지 않았다. 숨마저 쉴 수 없었다. 목덜미에 그의 뜨거운 숨결이 닿았다. 그는 드레스의 지퍼를 만지작거렸다.

"알아요."

지퍼가 내려갈 거라고 생각했던 바로 그 순간, 등 뒤에서 느껴지던 그의 뜨거운 체온도, 위스키 향이 맴돌던 입김도 사라져버렸다.

"벗어." 그의 외마디 말에 내 영혼은 불타올랐다.

바싹 마른 입술을 훔치며 어떻게든 숨을 쉬어 보려고 허파를 쥐어짰다. 손이 파르르 떨렸다. 이게 내 의무라는 사실을 잘 알고 있었기에, 거부나 이의조차 제기할 수 없었다. 사실…… 마음 한구석에서는 이미 그를 받아들이고 있었지만 그래도 내가…… 내가 원하는 걸 직접 선택할 수 있는 기회가 생긴다면 놓치고 싶지 않다는 마음도 아직 남아 있었다.

너무 오래 꾸물거리고 말았다.

"엑스. 말했잖아. 벗으라고." 지퍼가 등 뒤에서 미끄러져 내려갔다. "당신을 보여줘."

나는 지퍼를 허리 아래의 은밀한 부분까지 끌어내렸다. 강인하고 집요한 그의 두 손이 섞였다. 드레스가 아래로 미끄러져 발치로 떨어졌다. 그는 여기까지였다. 이제부터 나 혼자 쇼를 이끌어야 한다는 사실을 경험을 통해 알고 있었다.

고개를 돌려 그의 얼굴을 바라보았다. 햇볕에 그을린 까무잡잡한 피부, 섬세하면서도 강인한 턱 선, 날카로운 광대뼈, 굳게 다문 단단한 입술, 언제나 이틀 정도 기른 상태를 유지하는 수염, 텅 비어 있는 검은 눈동자, 욕망이 흘러넘치는 두 눈. 나는 머리카락을 한쪽 어깨 위로 늘어뜨렸다. 그리고 구두를 벗은 한쪽 발을 반짝이는 티크 원목 바닥 위에 올리고, 어깨를 움츠렸다. 이런 나의 모습이 너무나 무력해 보였다. 나는 숨을 깊이 들이마시며 브라를 벗어 바닥에 내려놓았다.

마지막 속옷을 벗으려고 하는 찰나.

"그만." 그가 읊조리듯 말했다. "그냥 둬. 내가 하지."

나는 두 손으로 허벅지를 만지작거리면서 기다렸다. 마지막 속옷이 천천히 아래로 미끄러져 내려갔다. 그의 손가락이 스친 자리 위로 그의 입술이, 뜨겁고 촉촉한 입술이 지나갔다. 나는 몸을 움직일 수 없었다. 그에게서 벗어날 수 없었다. 혼자 있고 싶은 권리를, 그리고 단 한 번이라도 다른 선택을 할 수 있는 권리를 얼마나 간절히 원하는지 드러낼 수도 없었다.

하지만 그런 권리는 처음부터 내게 없었다.

나의 맨살을 움켜잡은 타오르는 그의 두 손이 나의 욕망의 불씨를 당겼다. 나의 욕망은 나의 의지와는 무관했다. 또한 이 욕망에 불이 붙었다가 사라지는 과정 또한 이미 익숙한 터였다. 뜨거운 손길, 클라이맥스를 향해 치닫는 격정, 마지막 여운의 순간까지. 그의 검은 두 눈이 졸음에 잠기고, 강인한 두 손이 멈출 때에 이르러야, 비로소 경계를 풀 수 있다. 나는 가만히 서 있었다. 희미하게 떨리는 내 피부 위로 그의 입술이 미끄러질 때, 무릎이 떨리기 시작했다. 두 다리가 조심스럽게 벌어지고, 그의 혀가 내 매끄러운 살에 닿는 순간, 온몸에 전율이 흘렀다.

거친 숨을 내뱉다 그의 차가운 얼굴을 마주하자 나는 곧 침묵에 갇혔다.

"숨도 쉬지 말고, 말도 하지 마. 아무 소리도 내지 마." 그가 내 엉덩이를 간질이며 속삭였다. 나는 뼛속 깊은 곳에서 흐느끼는 떨림을 느끼며, 고개를 끄덕였다. "내 허락 없이 흥분하지 마."

아무 말 없이 그저 가만히 서서, 내 몸에 쏟아지는 감각의 공격들을 받아들일 수밖에 없었다. 내 배를 간질이는 솜털처럼 부드러운 머리카락, 허벅지를 스치는 짧은 수염, 엉덩이를 움켜잡은 두 손. 내 몸속의 뜨거운 열기가 온몸으로 퍼졌다. 나는 흥분을 참아 보려고, 꾹꾹 눌러 버리려고 애쓰면서, 신음 소리가 새어 나가지 않도록 혀를 깨물었다. 그리고 양손을 옆구리에 붙인 채 주먹을 힘껏 쥐었다. 그가 자기 몸을 만져도 된다고 허락하지 않았기 때문에.

"좋아. 이제 소리 내도 돼, 엑스. 목소리를 들려줘." 그의 손가락 하나가 내 몸속으로 파고 들어왔다. 그곳에서 나의 욕정을 발견한 그의 손가락은 묶여 있는 욕정의 끈을 풀어주었다. 묶여 있던 목소리를 풀어주자 신음 소리가 터져 나왔다. "좋아, 훌륭해. 정말 아름다워. 관능적이야. 자, 이제 당신 방으로 가지."

나는 침실로 앞서 걸었다. 문을 열자 가지런히 정돈된 하얀 침대보와 푹신한 검은 베개가 보였다. 베개를 옆으로 치우고 침대 위에 누웠다. 그리고 기다렸다. 그의 두 눈이 발가벗은 내 몸을 훑고 지나가면서 잠시 나를 관찰하고 평가했다.

"운동 시간을 하루 20분씩 늘리는 게 좋겠어." 내 상태를 명확하게 지적하는 냉정한 평가였다. "체중을 줄여, 조금만."

나는 뱃속 깊은 곳에 칼날을 숨기고, 가슴 깊은 곳에 상처를 숨겼다. 그리고 두 눈 깊은 곳에는 분노를 감추었다. 깊이 숨기고 묻어 두어야 했다. 그런 감정을 겉으로 드러내는 건 허용되지 않았으므로. 나는 눈을 깜박이며 고개를 끄덕였다. "그럴게요, 케일럽."

"물론 당신은 지금도 아름다워, 엑스. 내 말 오해하지 마."

"오해하지 않아요. 알아요."

"당신이 모든 면에서 완벽하기를 고객들이 바라기 때문에 하는 말이야." 그가 한쪽 눈썹을 추켜올렸다. 이 문장을 내가 끝마쳐야 한다는 의미였다.

"당신이 원하는 것도 마찬가지고요."

"바로 그거야. 그리고 나는 당신이 항상 완벽해질 수 있다고 믿어. 당신은 지금도 완벽해. 설사 그렇지 않더라도 거의 완벽에 가까운 상태고." 그는 나를 안심시키려는 듯 미소 지었다. 너무 환하게 빛나서 눈이 멀 것만 같았다. 그는 손가락을 뻗어 내 입술을 어루만졌다. 그리고 입술, 목, 가슴, 엉덩이를 스치며 내려갔다. "엎드려."

나는 돌아누웠다.

"무릎 꿇고."

나는 무릎을 가슴 밑으로 끌어당겼다.

"손 이리 줘."

두 손을 뒤로 뻗었다. 그가 한 손으로 거칠게 내 두 팔을 움켜잡았다. 팔을 잡아당기자 등 뒤에서 어깨뼈가 서로 부딪는 게 느껴졌다. 얼굴은 매트리스에 처박혔다. 침을 삼키고 버티면서 숨을 들이마셨다. 아, 그가 내 몸을 뚫고 들어올 때, 격렬한 통증이 느껴졌다. 몸이 앞으로 밀려 양쪽 어깨에 찌르는 듯한 통증이 느껴졌다. 그가 다시 내 팔을 잡은 손으로 나를 끌어당겼다. 나는 활활 타오르는 불길에 무력하게 그을리고 있을 뿐이었다. 불길이 몸을 뚫고 지나가며 내 숨

구멍을 틀어막아도 그저 참고 버틸 뿐이었다. 아무것도 할 수 없었다. 울고 싶었다. 울부짖고 싶었다.

하지만 그러지 않았다.

아직은 때가 아니었다.

"이제 됐어, 엑스." 그의 명령에, 나는 억누르고 있던 것들을 놓아 버릴 수 있었다.

이렇게 모든 것이 끝나 버렸다. 나는 숨을 헐떡이며 돌아누웠다. 달콤한 속삭임이 내 몸을 감쌌다. "정말 좋았어, 엑스. 당신은 정말 아름다워." 그는 손끝으로 내 턱을 들어 올려 눈을 맞추었다. "당신도 좋았어?"

"좋았어요." 거짓말은 아니었다. 어쨌든 좋았으니까.

거칠게 흔들렸던 탓에 온 몸이 부들부들 떨렸다. 충격은 여전히 몸을 휘감고 있었고 그의 손가락이 닿기만 해도 전율을 느끼며 숨죽였다. 그렇다, 육체적으로 나 또한 즐기고 있었다. 즐기는 것 말고는 달리 할 수 있는 것이 없었기 때문이다.

아직은…… 마음속 아주 깊은 곳에 비밀이 하나 숨겨져 있었다. 감히 들여다 볼 수조차 없는 진실이 그곳에 깊숙이 있었다. 진실이 있는 그곳에 열망도 함께 잠자고 있었다. 죄를 용서 받고 자유롭게 풀려나는 열망, 혼자만의 시간을 만끽하고 싶다는 열망, 내 감정을 더 이상 속이고 싶지 않다는 열망이…….

하지만 나는 그런 열망에 날개를 달아줄 수 없었다. 달아줄 수 없었고, 달아주려고 하지도 않았다. 어쨌든 내 자제력만큼은 남들에게 뒤지지 않으니까. 그가 더 이상 참지 않아도 된다고 말할 때까지, 오르가슴을 끝까지 참고 미룰 수 있었다. 그가 숨을 쉬어도 된다고 말할 때까지, 아니면 차라리 기절해 버릴 때까지, 숨을 참고 버틸 수도 있었다. 그가 움직이라고 명령할 때까지, 여러 시간 동안 꼼짝 하지 않고 앉아 있을 수도 있었다. 내가 할 수 있다고 말하는 이유는 이미 경험으로 알고 있기 때문이다. 말하자면 세상의 가장 냉혹한 학교에서 나 자신을 완전히 통제하는 법을 배운 사람이었다.

그랬기에 벗어 둔 그의 바지 속에서 요란하게 울리는 벨소리가 그의 관심을 끌 때까지 근육으로 무장한 그의 몸 위로 내 몸을 슬쩍 기대어 아쉬운 척하는 것쯤은 어린애들 장난에 가까웠다.

"받아야 하는 전화야." 그는 잠시 동작을 멈추고 호흡을 가다듬더니, 손가락으로 핸드폰 화면을 가볍게 두드렸다. "나야. 그래. 맞아. 20분만 기다려. 당연하지. 아냐, 내가 갈 때까지 그 사람 들여보내지 마."

그리고 내 관자놀이에 입을 맞췄다. 입을 맞추면서 한 손가락으로 어깨에서 엉덩이를 지나 발까지 가볍게 쓰다듬었다. "가봐야 해."

"알았어요." 나는 언제 돌아올 건지 묻지 않았다. 알고 싶지 않았고, 어차피 답을 얻을 수도 없는 일이었다.

"서운해?"

"당연하죠." 거짓말. 그도 아는 거짓말.

"그래. 다음 고객은 두 시간 후에 올 거니까 샤워하고, 옷 갈아입고, 이것저것 준비할 시간은 있겠군. 윌리엄 콜린 드레이크. 자산 규모가 오백억 달러 정도 되는 기술 개발 기업 대표의 아들이야. 계약 조건은 일반 계약 조건과 동일해. 윌리엄의 서류는 늘 하던 방식으로 가져다 줄 거고."

"윌리엄도 조너선만큼 문제가 많은 사람인가요?"

그가 갑자기 재미있다는 듯 미소를 지었다. "아니, 내 생각엔 아니야. 윌리엄도 짐승이지만 전혀 다른 과야. 내가 보기에는 그래." 그는 하던 말을 멈추고 조심스럽게 나를 살펴보았다. "그런데 말이야, 엑스."

"네, 케일럽."

"윌리엄하고 있을 땐 조심해. 좀 음흉한 구석이 있는 인간이야."

"미리 알려줘서 고마워요."

"그 사람은 자신을 제어하는 방법을 배워야 해. 자신을 정면으로 마주할 필요가 있지. 하지만 조심해."

음흉한 성격을 겉으로 드러내게 만들라는 말이었다. 뱀을 자극하고, 잠자는 곰을 깨우라는 의미였다. 위험을 감수하면서. 이런 일이 처음도 아니었지만, 마지막도 아닐 것이다. 그래도 지난번처럼 병원 치료까지 받아야 할 일은 생기지 않겠지. 계약서에 직접적으로 명시되어 있지는 않지만, 가장 기본적인 조항은 이러하니까. '무슨 일이 있어도 절대 케일럽 인디고의 자산에 손상을 입히지 말 것.' 보통 영리한 사업이 아니었다.

슈트를 걸친 넓은 등 뒤로 방문이 닫히자, 나는 섹스 냄새를 지우기 위해 샤워를 했다. 필요 이상으로 오랫동안 세게 몸을 문질러 닦았다. 그러면서 숨겨 둔 감정들이 끓어오르지 않도록 억눌렀다. 피부가 벌겋게 벗겨지기 시작할 때쯤, 샤워를 마치고 욕실에서 나와 옷을 입었다. 화장을 하고, 침대를 정리하고, 차를 준비했다.

소파에 앉아 심호흡을 하며 마음을 가다듬었다. 무기력한 감정을 억누르고, 두려움과 욕망을 멀리 떨쳐 냈다. 이렇게 다시 나는 마담 엑스가 되었다.

천장 구석에 숨겨져 있는 검은 구멍을 흘끗 쳐다보았다. 보지 않으려고 해도 향하는 시선을 막을 수 없었다. 카메라가 들어갈 수 있을 정도로 깊은 구멍 안에 빨간 점이 있을 것이라는 상상을 했다. 그리고 연결된 전자장치들을 계속 따라 들어가면 모니터 건너편에서 나를 지켜보고 있을 얼굴들을 상상해볼 수 있었다.

많은 것들을 상상할 수 있었다. 그게 내가 할 수 있는 유일한 일이었기에.

문을 세게 두드리는 소리가 들렸다. 자리에서 일어나 고개를 들고 천천히 숨을 내쉬면서, 엉덩이 쪽의 옷매무새를 매만졌다. 구두 속에서 발가락들을 꼼지락거리며 심호흡한 뒤, 다시 한 번 숨을 내쉬면서 뜸을 들였다.

문을 열고 그를 맞이했다.

잘생기긴 했지만 아름답다고 할 수 없는 얼굴이었다. 나름 품위를 갖추기는 했지만 눈빛은 거만하기 짝이 없었다. 잔뜩 찌푸린 회색 눈동자에서는 잔인한 짓을 즐기는 추악하고, 악랄한 빛이 드러났다.

"마담 엑스가 정말 섹시하다는 소문이 무성하더니, 과장이 아니었네요." 그는 이렇게 말하며 입을 뗐다.

그의 말에 아랑곳 않고 손으로 소파를 가리켰다. "윌리엄

씨, 잘 오셨어요. 이렇게 와주셔서 고마워요. 자리에 앉으시죠. 차 좀 드릴까요?"

윌리엄이 디캔터를 발견했다. "위스키가 낫겠는데요." 소파에 몸을 파묻고 발목을 다른 쪽 다리의 무릎 위에 걸쳤다. 위스키를 가져다 줄 때까지, 두 눈으로 내 몸을 게걸스럽게 탐색했다. 유리잔과 얼음 세 조각, 위스키 한 잔을 그에게 건넸다. "계약서를 읽어 봤는데, 내가 예상했던 것과는 다르더라고요. 당신도 그렇고요."

나는 윌리엄에게 계약서를 건넸다. 윌리엄은 계약서를 한 번 더 읽더니 서명을 했다. 그리고 나도 역시 서명을 했다. "뭘 예상했던 거죠, 윌리엄?"

"세 번째 조항 같은 게 있을 거라고 생각 못 했어요. 진짜예요. 서명을 했으니 규정에 따라야겠죠. 그래도 정말 실망스러워요, 마담 엑스. 그 옷을 걸치지 않은 모습을 보고 싶은데 말이죠." 윌리엄이 두 눈으로 나를 뜯어보았다. 흡사 내 몸에 관한 상품안내서를 작성하듯이.

"안타깝네요, 윌리엄."

"윌이라고 불러줘요." 윌리엄은 편안하고 기품 있게 위스키를 홀짝였다.

"좋아요, 그럼. 윌, 이 수업에서 특별히 바라는 게 있나요?"

"이렇게 하면 어떨까요?" 윌리엄은 상체를 앞으로 숙이더니 계약서를 집어 들고 찢는 시늉을 했다. "이 종이 쪼가리는 찢어 버리고 더 좋은 계약서를 만드는 건 어때요? 서명은 언제라도 다시 하면 되니까요."

그렇게 무자비하게 문질러 닦았는데도 섹스의 냄새가 희미하게 몸에 남아 있는 것 같았다. 윌리엄이 코를 벌름거리며 숨을 깊이 들이마시더니, 어깨가 맞닿을 정도로 몸을 숙였다. 부드럽고 단호하게 그의 손에서 계약서를 빼앗아 커피 테이블 위에 올려놓았다. 그의 손이 닿지 않을 정도의 거리에.

"동의할 수 없는데요." 자리에서 일어나 윌리엄의 술잔을 집어 들었다. 그 의견에 반박하지 않았지만 눈빛은 차갑게 굳었다. "윌리엄, 당신은 이미 계약서에 서명했어요. 그리고 이제 법적으로 계약서의 내용을 준수할 의무가 있고요. 만약 계속하고 싶지 않다면, 정식으로 계약을 무효화하는 절차를 밟으세요. 하지만 계속 진행할 생각이라면 앞으로 그런 말은 더 이상 입 밖에 내지 말고 속으로만 생각하라고 권하고 싶군요. 여기서 그런 말은 허용되지 않을 뿐더러 바람직하지도 않으니까요."

윌리엄은 자리에서 일어나 내 앞에 버티고 섰다. 매서운 두 눈의 심연에는 강력한 독기가 스며 있었다. "아, 내 생각에는 당신이 거짓말을 하는 것 같은데요. 나는 바람직한 발언이라고 생각하거든요. 그래도…… 어쨌든 계약서에 서명을 했으니 약속은 지켜야겠죠." 윌리엄은 다시 자리로 돌아가 앉았고, 다리를 꼬면서 나를 향해 활짝 미소를 지었다. "자, 이제 그럼 나를 가르쳐 봐요. 배울 준비가 됐어요."

나는 그의 말에 박힌 진실을 외면하고 천천히 심호흡을 한 뒤, 날카로운 눈빛으로 윌리엄을 노려보았다. 침묵이 점점 길어졌다. 윌리엄은 자세를 바꾸지 않은 채 가만히 앉아 있었지만, 머지않아 불안한 기색을 드러냈다.

"얘기해 봐요, 윌리엄. 당신이 가지고 있는 가장 은밀하고, 어두운 비밀은 뭐죠?"

이번에는 윌리엄이 침묵했다. 하지만 두 눈은 날카롭게 타오르고 있었다. "마담 엑스, 그게 정말 궁금해서 하는 질문이 아닌 것 같군요."

"아니에요, 정말 궁금해서 그래요. 그렇지 않았으면 물어보지도 않았겠죠." 나는 그를 향해 두 걸음 더 다가갔다. "그렇게 놀랄 만한 비밀은 아닐 것 같은데, 아닌가요?"

윌리엄은 침을 삼키고 눈을 깜박이며 미소를 지었다. "좋아요. 당신이 궁금하다고 하니까. 그런데…… 이것도 계약 조항이 적용되는 거 맞죠? 다른 사람한테는 말하지 않는다는 조항 말이에요."

"그래요. 나는 당신 얘기를 다른 사람들한테 말할 수 없어요. 말할 생각도 없고요." 나는 카메라나 마이크에 대해서는 언급하지 않았다.

"그럼 됐어요……. 대충은. 그건 마음에 드네요. 썩 내키지는 않지만." 윌리엄이 나를 바라보았다. 자기가 한 말의 효과를 곧장 확인이라도 하려는 것 같았다.

나는 고개를 끄덕였다. "그럼 말해 봐요."

그러자 그는 이야기를 시작했다. 자세한 설명을 곁들여.

세 번째 계약 조항이 있다는 사실이 그 어느 때보다도 다행스럽게 여겨졌다.

02

갑자기 잠에서 깨어났다. 혼자가 아니었다.

고급 향수 냄새. 공기 중에 냄새가 떠돌고 있었다. 그리고 그 향수 냄새의 물결 아래에 또 다른 어떤 냄새가 물결을 이루며 흘렀다. 너무나 희미해서 무슨 냄새인지 확인할 수 없었다. 내 침실은 완전히 캄캄했기 때문에 그림자의 그림자

외에는 아무것도 볼 수도 없었다. 그림자를 볼 수 있다면 말이지만. 내 소음 기계에서 '쉬익' 소리가 났다. 해변의 파도가 잔잔하게 부딪치는 소리는 마음을 가라앉히는 데 도움이 되었다.

악몽 때문에 잠을 자는 게 거의 불가능했기 때문이다.

"케일럽." 흐트러지지 않은 목소리로 낮게 속삭였다.

그는 대답하지 않았다. 대답이 필요하지는 않았다. 나는 기다릴 거니까. 침대에서 몸을 일으켜 침대 시트를 가슴 위로 끌어당기고는 두 팔로 폭 감싸 안았다. 부드러운 삼천 수짜리 이집트 산 면으로 만든 이 침대 시트가 지금 내게는 유일한 보호막이었다. 무척이나 얇고, 쉽게 찢어질 수 있긴 했지만.

딸각. 희미한 노란 불빛이 머리 위로 쏟아지면서 방을 희미하게 밝혔다. 통유리로 이루어진 벽은 암막 커튼으로 가려져 있고, 그 옆에는 내 침대가 놓여 있었다. 침대 옆 한쪽 구석에는 루이 14세 스타일의 안락의자가 있는데, 바로 그 의자에 그가 앉아 있었다. 맞춤 제작한 검은 정장 바지. 주름 없이 빳빳한 하얀 셔츠, 2캐럿 다이아몬드가 박혀 있는 커프스단추. 칼라의 단추는 풀려 있었다. 맨 위에 달린 딱 하나만. 늦은 시간이라고 해도 평소와 다른 편안한 차림이 놀라웠다. 매지 않은 넥타이는 한쪽에 가지런히 개어 있었다. 얇은 쪽 끝부분이 양복 재킷의 안주머니 밖으로 삐져나와 있었다. 재킷은 안락의자의 등받이 위에 걸쳐져 있었다.

그의 검은 두 눈동자가 나를 응시했다. 깜박임마저 없는, 꿰뚫을 듯한 시선으로 바라보고 있었다. 흔들림이 없고, 차갑고, 생각을 전혀 드러내지 않는 두 눈동자. 하지만…… 지금은 무언가가 있었다. 경계심일까? 짐작할 수 없는 무언가가 느껴졌다.

"시트 내려."

아. 그가 약간 흐릿한 발음으로 말했다.

시트를 내려놓았다. 흘러내린 시트가 허리에 닿았다. 차갑게 노려보는 그의 검은 눈동자를 의식하는 순간, 유두가 단단해졌다.

"옆으로 치워."

한쪽 다리를 들어서 발로 시트를 밀어냈다. 비키니 라인의 붉은 실크 언더웨어가 드러났다. 나는 시선을 돌리지 않고 규칙적으로 호흡을 하려고 애썼다. 심장이 고동치고 뱃속은 뒤틀리고 있다는 사실을 들킬 만한 행동은 하지 않았다.

"당신은 누구 사람이지, 엑스?"

"당신 사람이죠, 케일럽." 답은 이것 하나뿐이었다. 이것 말고 다른 답은 존재할 수 없었다.

"내가 원하는 건, 엑스?"

"나예요."

하나, 둘, 셋. 그는 차례대로 단추를 풀어 셔츠를 벗었다. 그리고 안락의자 등받이에 깔끔하게 접어 걸쳐 놓은 양복 재킷 옆에 가지런히 놓았다. 구두는 한쪽으로 치웠다. 양말도 접어서 구두에 집어넣었다. 그다음에는 바지를 벗었다. 아주 천천히 지퍼를 내렸다. 지이이이익 소리를 듣는 이 순간은 고문이었다. 백화점 진열 상품처럼 정확하게 삼등분한 바지는 쿠션 위에 올려놓고, 탄력 있는 검은색 박서 브리프를 그 위에 올려놓을 때까지 그 모든 순간이.

나는 시선을 돌리지 않았다. 그의 움직임을 가만히 바라보면서 감정을 표출하지 않으려 애를 썼다. 벌거벗은 그의 몸은 고전적 남성미의 전형이었다. 완벽한 조각상이었다. 탄력 넘치는 근육은 세심하고 정교하게 다듬어 놓은 것 같았다. 약간의 검은 털이 가슴 위에 적당히 모여 있었고, 평평한 배와 거대하게 일어서 있는 그의 성기 사이에도 길게 이어져 있었다. 보는 이를 달아오르게 하는 몸이었다. 실제로 그랬다. 정말 몸이 뜨겁게 달아오르게 된다. 나도 예외가 아니었다.

침대가 살짝 흔들렸다. 내 어깨 밑으로 흘러내린 풍성한 검은 머리카락을 그는 길고 굵은 손가락으로 쓸어 넘겼다. 그의 손톱은 깔끔히 손질되어 있었다. 내가 머리카락을 이렇게 늘어뜨리고 있는 경우는 오직 잠 잘 때뿐이었다. 그 외에는 시뇽 스타일로 둥글게 말아 올리거나 단정하게 땋은 다음 돌돌 말아서 핀으로 고정했다. 어깨 아래로 머리를 늘어뜨리는 경우는 절대 없었다. 여자의 목선은 적당히 노출될 때 가슴만큼이나 매혹적이고 에로틱하게 보일 수 있기 때문이다. 그가 한 손으로 내 머리카락을 잡아당겼다. 고개가 뒤로 젖혀졌다. 이런 거친 손길은 예상치 않은 일이었다. 놀라움에 숨이 거칠어졌다. 두렵지는 않았다. 두려움은 내게 가능하지 않으며, 허락되지도 않는 감정이었다. 감히 두려울 수조차 없었다. 하물며 두려움을 드러내기란 불가능한 일이었다.

그의 입술이 뒤로 젖힌 내 목을 살짝 물더니 키스를 했다. 살짝 서투르게 느껴지기도 했지만 천천히, 진하게 키스를 퍼부었다. 그의 입술이 서서히 뺨으로 올라왔다. 시큼한 알코올 냄새가 섞인 그의 숨결이 내 얼굴을 감쌌다. 그의 손가락이 나의 깊은 곳으로 파고들기 시작했다. 아직 준비가 되지 않은 상태였지만, 그에게 그런 건 중요하지 않았다. 특히 지금 이 순간에는. 그리고 아마도 영원히 중요하지 않겠지. 잠깐 동안은 불편했지만, 그의 손가락은 이내 감각이 예민한 부분을 찾아 문지르기 시작했다. 금세 액체가 흘러나와 그곳을 매끄럽게 만들었다. 그때 거칠게 숨을 삼키는 소리가 들렸다. 칼라의 단추를 풀어 놓은 것도 그렇고, 술에 취해 밤늦게 갑자기 방문한 것도 그랬지만, 신음 소리를 내는 것도 평소와 다른 행동이었다.

그의 혀가 내 유두를 핥고 지나갔다. 이윽고 그의 단단한 성기가 부드러운 나의 몸 안으로 거칠게 밀고 들어왔다. 깊은 침투가 한 번, 그리고 또 한 번 이루어졌다. 그의 입술이 내 뺨과 턱, 그리고 목과 가슴뼈를 애무하며 지나갔다. 나는 그의 체중에 눌려서 매트리스 속에 파묻혔다. 그는 한 손으로 내 엉덩이를 잡고, 날씬한 그의 허리를 내 허벅지 사이로 깊이 밀어 넣었다. 내 마음속 깊은 곳에서 궁금증이 피어올랐다. 이렇게 얼굴을 마주 보고 있는 이 상태가 얼마나 지속될 것인지.

오래 가지는 않았다.

그가 두 손으로 내 엉덩이를 잡고 반대로 돌렸다. 그러면서 엉덩이를 위로 끌어당기는 바람에 나는 무릎을 꿇고 엎드려야 했다. 그는 한 손으로 내 머리카락을 움켜쥐고, 다른 한 손으로는 엉덩이를 잡았다. 뒤에서 뜨겁고 단단한 그의 존재가 느껴졌다. 그는 손가락으로 내가 완전히 축축하게 준비가 되었다는 걸 확인하고 나서, 그의 굵고 단단한 성기를 내 안으로 밀어 넣었다.

그는 꽤 오랜 시간 동안 서두르지 않고 천천히 움직였다. 거칠지도 않았고 오히려 약간 질척거리는 느낌이었다. 효율적이고 능수능란하게 속도를 조절하던 평소 모습과는 거리가 멀었다. 아니, 그저 리듬이 약간 느려진 것 같기도 했다. 처음에는 느긋하게 시작하다가 나중에 리듬을 올리고, 올리고, 또 올리려는 것이었다. 내 안에서 뜨겁게 퍼져나가는 열기에 저항할 수 없었다. 절정에 곧 도달할 것처럼 심장이 요란하게 고동쳤다. 하지만 아직 소리도, 감정도 보이면 안 되기에 주먹을 꽉 쥐고 눈을 질끈 감았다. 내 열기를 억누르는 데에만 집중했다.

이제 그의 속도는 가차 없이 빨라지고 있었다. 다시 평소의 거친 모습으로 돌아온 것이다. 술에 취해 있으면서도 여전히 능수능란했다. 내 몸은 그의 섹스를 위해 존재하는 것 같았다. 그가 소유하고 쾌락을 즐기고 지배하기 위해 만들어진 몸, 그게 바로 나였다.

내 의지는 상관없었다.

"자, 이제 됐어. 느껴도 돼. 지금이야. 당신 목소리를 들려 줘." 그는 거친 목소리를 내뱉었다. 낮았지만 단호했다.

나는 마침내 목 깊은 곳에서부터 헐떡이는 신음 소리를 토해냈다. 절정에 이르자 뜨거운 열기가 온몸에 퍼지면서 불타올랐다.

모든 것이 끝나자 나는 비로소 침대 위로 쓰러질 수 있었 다. 그가 사라졌다. 세면대에서 물 흐르는 소리가 들렸다. 그가 다시 나타나 내 등을 쿡 찌르며 따뜻한 물에 적신 수건 을 건넸다.

"닦아."

나는 그가 시키는 대로 몸을 닦고 그에게 다시 수건을 건 네준 다음, 몸을 돌려 내 자리에 누웠다. 눈이 스르르 감겼 다. 온갖 감정들이 요란하게 파도치며 뒤죽박죽 섞이기 시 작했다. 오르가슴 이후에 찾아오는 나른한 졸음이 나를 수 면 아래로 끌어내렸다. 가장 은밀하고도 비밀스러운 생각이 두려움, 욕망과 함께 깊은 곳에서 서로 거칠게 부대끼며 나 를 혼돈의 바다 한복판으로 밀어 넣었다. 폭풍이 휘몰아치 고 있는 의식의 바다 표면에서 아주 깊숙한 그곳으로.

붉은 피. 사이렌 소리. 상실과 혼란. 암흑을 적시는 비와 어둠을 찢는 번개. 저 멀리서 울리는 천둥소리. 나는 눈물을 흘리고 있었다. 혼자였다.

"엑스, 일어나. 눈 떠. 꿈이야." 내 허리를 감싼 두 손, 내 귀에 속삭이며 나를 달래주는 목소리를 어렴풋이 느낄 수 있었다.

자리에서 벌떡 일어나 앉았다. 하지만 여전히 흐느끼고 있었다. 헝클어진 머리카락이 홍건히 땀에 젖은 이마에 엉겨 붙어 있었다. 몇 가닥은 입 안으로 들어와 있었다. 등도 땀 때문에 축축했다. 팔이 부들부들 떨렸고, 심장은 요란하게 쿵쾅거렸다.

"쉬. 울지 마. 이제 괜찮아."

나는 고개를 세차게 가로저었다. 괜찮지 않았다. 두 눈을 감고 숨을 쉬어 보려고 애써 봤지만……. 끔찍한 장면 외에는 아무것도 보이지 않았다.

피가 보였다. 검붉은 피. 빗물에 섞여 뱀처럼 구불구불 길 위를 흘러가던 피. 그리고 두 개의 눈동자. 아무것도 보지 못하는 공허한 두 눈동자. 기묘하게 꺾인 사지. 그때 갑자기 번개가 번쩍거리며 밤하늘을 밝게 비추어서, 주변이 눈에 들어왔다. 너무나 강렬한 공포와 두려움이었다. 가슴에서 숨을 빼앗기고, 뼛속에서 골수가 빠져나간 듯한 상실감이었다.

흐느껴 울었다. 아무 말도 못하고 처절한 괴로움에 온 몸을 떨었다. 두려움을 몰아내고 나를 통제해 보려고 애썼지만 불가능했다. 흐느껴 울면서 숨을 헐떡이고, 몸서리치다가 다시 눈물을 흘렸다. 가슴이 조여 왔다. 숨을 쉴 수 없었고, 어떤 생각도 할 수 없었다. 오로지 붉은 피만, 시럽처럼 탁하고 검붉은, 심장에서 곧바로 흘러나와 빗물과 뒤섞인 그 피만 눈앞에 어른거렸다.

"엑스, 숨 쉬어 봐. 숨을 들이마셔. 내 얼굴을 봐. 내 눈을 봐." 그의 검은 눈동자가 보였다. 그는 이상하리만치 걱정스런 눈길로 나를 바라보고 있었다. 따뜻하게.

"숨…… 숨을 쉴……." 나는 계속 숨을 헐떡였다.

그가 나를 단단하고 부드러운 자신의 품 안으로 끌어당겼다. 그의 심장 박동 소리가 들렸다. 이런 위로가 낯설어 오히려 긴장하고 말았다. 여전히 숨을 쉴 수 없었다. 눈 하나 깜박일 수 없었다. 두려움 때문에, 악몽이 내 혈관에 풀어놓은 독약 때문에 온몸이 마비되고 말았다.

"우리가 어떻게 만났지, 엑스?"

"당신이…… 나를 구했어."

"맞아. 내가 누구한테서 당신을 구해냈지?"

"그 남자한테서. 그 남자." 나는 꿈속에서 보았던, 피에 굶주린 어떤 사악한 존재를 기억해 냈다.

"내가 길에 쓰러져 있던 당신을 발견했어. 피를 너무 많이 흘려서 죽기 직전이었지. 온몸에 상처가 심했어. 심하게 두들겨 맞은 상태였고, 얼굴을 알아볼 수 없을 정도로 다쳤어. 나는 당신을 안고 병원까지 갔어. 당신은 그렇게 죽어가면서도 한참을 기었어. 거의 1.5킬로미터였어. 사람들은 당신이 병원이 어디에 있는지 알았기 때문에 기어서라도 가려고 했던 것 같다고 했어. 하지만 혼자서는 병원까지 갈 수 없는 상태였던 거야."

"당신이 나를 병원에 데려다 줬어요." 나는 외우고 있는 문장들을 읊으면서 조금씩 숨을 쉬기 시작했다.

"그래, 맞아." 그는 잠시 말을 멈추고, 숨을 쉬었다. "내가 당신을 병원에 데리고 가긴 했지만, 병원에서 데리고 나올 수는 없었어. 신분증도 없고 의식도 없었으니까. 그렇다고 당신을 병원에 혼자 둘 수도 없었어. 당신한테 무슨 일이 일어난 건지 알지 못하는 상태에서는. 당신이 회복할 거라는 확신도 없었고. 그래서 병원 사람들은 당신이 수술을 받는 동안 내가 진료실에서 기다릴 수 있게 해줬어."

"당신은 여섯 시간 동안 기다렸어요. 나는 수술대 위에서 잠시 심장이 멈췄지만, 다시 의식을 되찾았어요." 나는 이 문장을, 이 이야기를 외우고 있었다. 나 자신에 대해 내가 알고 있는 유일한 이야기였기 때문이었다.

"특히 머리를 크게 다쳤었지. 의사들은 당신이 여기저기 많이 다치긴 했지만 가장 염려되는 건 두개골 부상이라고 했어. 의식을 되찾지 못할 수도 있다고 했고. 그리고 만에 하나 의식을 찾더라도 기억을 잃을 수도 있다고 했어. 일부만 잃을 수도 있었지만, 전부 잃을 가능성도 있었고. 사지가 마비되거나 뇌졸중이 올 수도 있다고 했지. 뇌가 크게 손상을 입었기 때문에 당신이 깨어날 때까지는 어떻게 될지 알 수 없었어."

"나는 의식을 되찾을 가능성이 거의 없었어요."

"당신을 혼자 두고 영영 가버릴 수도 있었지만 다음날 다시 돌아갔어. 당신 상태가 어떤지 보려고."

"그리고 다음날에도, 그다음날에도 왔죠." 나는 내가 말을 해야 하는 부분과 멈춰야 하는 부분을, 그리고 쉬어야 하는 부분을 모두 외우고 있다. 나는 이제 숨을 쉴 수 있었다. 이제 허파를 움직일 수 있었다. 공기를 넣었다가 빼고, 숨을 들이마셨다가 내쉬기를 반복했다. 잔뜩 힘이 들어가 있던 손가락을 풀었다. 눈을 여러 번 깜박거리면서, 발가락을 오므렸다가 다시 펴기를 반복했다. 익숙한 동작들이었다.

"경찰이 사건 현장을 발견했어. 살인 사건 현장이었지. 당신 가족들은 그곳에서 살해당했어. 그리고 당신은 그 장면을 목격한 거야. 전부 다. 그리고 간신히 혼자 살아남았어."

"범인은 아직 거리를 활보하고 있어요."

"당신이 나타날 때를 기다리고 있겠지. 당신이 알고 있는 것들을 입 밖에 내지 못하게 하려고 말이야."

"하지만 난 아무것도 몰라요. 기억나는 게 하나도 없다고요." 이 말은 사실이었다. 이 연극 대사의 일부이긴 했지만 어쨌든 사실이었다.

"나는 당신이 아무것도 기억 못 한다는 걸 알고 있어. 당신도 알고 있고. 하지만 범인은 모르잖아. 범인은 아직 어딘가에 있고, 당신이 살아 있고, 모든 것을 봤다는 사실을 알고 있어."

"당신이 나를 보호해 줄 거예요." 이것도 사실이었다.

몇 안 되는 사실들 중 하나였다. 나는 그에게 보호 받고 있었다. 그는 내게 필요한 것들을 공급해 주면서 나를 안전하게 지켜 주고 있었다.

이 안에 가두어 놓고서.

"내가 당신을 보호해 줄 거야. 난 믿어도 돼, 엑스. 내가 당신을 안전하게 지켜줄 거야. 그러니 나를 믿어야 해."

"당신을 믿어요, 케일럽." 나는 이 세 마디 말을 억지로 겨우 내뱉었다. 당신을 믿는다는 그 말이 사실이 아닐 때도 있었지만, 사실일 때도 있었다. 지금은 사실이 아니었다.

이건 오렌지를 먹는 것과 비슷했다. 오렌지를 먹을 땐 과육에서 씨만 골라 뱉어 내야 한다. 그의 말에는 진실도 있지만 거짓도 있었다. 그리고 그 진실이라는 것도 고통스럽고 불쾌하긴 마찬가지였다.

"잘했어." 그가 풍성한 내 머리카락을 부드럽게 어루만졌다. "이제 그만 자."

딸각. 다시 방이 어두워졌다. 나는 이불로 내 몸을 감쌌다. 소음 기계에서 흘러나오는 잔잔한 파도 소리를 듣고 있으니 마음이 진정되었다. 나는 그 파도 소리에 이끌려 물결을 타고 이리저리 흘러갔다.

멀리서 문이 열렸다가 다시 닫히는 소리가 들렸다.

나는 혼자였다.

03

새벽이 희붐하게 밝아 올 때면 나는 어김없이 수치심에 사로잡혔다. 무력했다. 과거에도 무력했다. 악몽은 언제나 내가 가진 모든 힘을 쥐어짜 버렸다. 그리고 나를 이렇게 갑옷 하나 걸치지 않은 약점투성이의 연약하고 무력한 존재로 만들어 버렸다. 공기에 굶주리고 빛에 굶주린 상태로 만들어 버렸다. 그러면 나는 내 꿈이 그저 허구에 불과하다는 사실을 일깨워 주는 그의 손길에, 안전하다는 사실을 일깨워 주는 그의 손길에, 그리고 이제 내가 의지할 수 있는 건 내게 주어진 유일한 위안거리뿐이라는 사실을 일깨워 주는 그의 손길에 간절히 매달릴 수밖에 없었다.

연극.

대사.

줄거리.

하지만 해가 완전히 떠오르고, 갑옷을 두르고 난 후에는―샤워 후 옷을 갈아입고, 머리카락을 땋은 뒤 말아 올리고, 화장을 꼼꼼하게 하고, 값비싼 구두를 신은 후에는― 나는 더 이상 가냘프게 우는 새끼 고양이가 아니었다. 오히려 그 새끼 고양이를 경멸하는 존재가 되었다. 갑옷을 두른 내가 무력한 나를 직접 사냥할 수 있다면 무자비하게 찢어발겨 버리고 싶었다. 이빨이 서로 부딪쳐서 딸그락 소리가 날 때까지 붙잡아 흔들어 줄 것이고, 부잣집 망나니들에게 예절을 가르칠 때 사용하는 독설을 맛보게 할 것이다. 성숙한 여자는 두려움을 겉으로 드러내지 않으며, 다른 사람 앞에서는 절대로 눈물을 흘리지 않는다고 따끔하게 가르칠 테지. 성숙한 여자는 무슨 일이 있어도 나약한 모습을 겉으로 드러내지 않아. 그러니까 고개 들어. 등은 똑바로 펴고. 자세를 갖춰. 그게 이제 너의 갑옷이야.

매일의 일과였다. 감정을 지워 없애는 일. 드레스룸에 놓인 거울 앞에 설 때마다 배와 팔과 어깨에 있는 상처들을, 그리고 왼쪽 귀 바로 위에서부터 정수리까지 이어지는 머리의 흉터를 자세히 들여다보고 싶은 충동을 억누르며 돌아섰다. 흉터는 이제 없다. 사라진 과거의 흔적 따위는 남아 있지 않다. 나약해질 필요도, 악몽을 꿀 필요도, 위로 받을 일도 없었다.

나는 마담 엑스다.

아침 5시가 막 지났다. 식사를 준비했다. 자연 방사 유정란의 흰자위. 손으로 빻은 밀로 만든 토스트, 그리고 그 위에 유기농 버터를 얇게 발랐다. 자몽은 반으로 잘라 절반은 비닐 랩으로 싼 다음 냉장고에 넣어 두고, 나머지 반은 얇게 썰어 트루비아를 살짝 뿌렸다. 설탕과 우유를 넣지 않은 홍차한 잔, 유기농 비타민 첨가제로 식사를 마무리했다.

예약이 없는 시간에는 로잉 머신 한 시간, 요가 한 시간이 예정되어 있다. 운동을 마치면 점심식사. 신선한 유기농 시금치와 호두, 건크랜베리와 블루치즈를 넣은 샐러드에 비네그레트 드레싱을 조금 뿌려서 먹고, 신선한 과일 한 접시, 탈이온 증류수 한 병을 마실 예정이다. 아니면, 쓰긴 하지만 녹색 채소가 함유된 건강식 슈퍼푸드 스무디를 마실 것이다.

'운동 시간을 20분씩 늘리는 게 좋겠어.' 그가 그렇게 말했다. 살을 빼라는 의미였다. 식사와 운동에 대한 지침은 매일 아침 현관문 밑으로 누군가 밀어 넣고 가는 서류 봉투 안에 들어 있었다. 이 봉투에는 그날 방문 예정인 고객들에 관한 서류와 계약서도 함께 들어 있었다.

나는 매일 정확한 시간에 식사를 끝냈다. 그러면 첫 번째 고객이 노크를 하기 전까지 시간이 조금 남았다. 아침 식사를 마쳤을 땐 5시 45분이었다. 첫 번째 고객의 예약 시간은 6시 15분이었다. 이 시간은 보통 제일 어려운 고객들, 다시말해 수업이 까다롭게 진행될 것으로 예상되는 고객들에게 할당된다. 약속 시간이 이르다고 해서 고객이 시간을 지키지 않는다면 수업을 마치지 못하게 되고, 그러면 고객은 종료 수수료와 위약금을 물어야 한다.

윌리엄 드레이크가 오기까지 내게 30분이 있었다. 거실 창가에 서서 부산하게 움직이는 길거리의 사람들을 바라보았다. 하루 중 이때가 가장 즐거운 시간이었다. 이리저리 바쁘게 움직이는 사람들을 보았다. 휴대전화로 통화하는 사람, 겨드랑이에 신문을 끼운 정장의 사람, 뒷자락이 살짝 트인 펜슬드레스를 입은 여자, 스타킹을 신은 여자의 늘씬한 다리. 사람들 각각의 사연을 상상해 보았다.

진회색 양복을 입은 남자가 있다. 허리는 약간 헐렁해 보이고 어깨 패드가 좀 두꺼워 보였다. 바지는 길어서 구두 뒤축에까지 닿았다. 머리는 벗겨져서 뒤통수가 찻잔 받침 크기만큼 비어 있었다. 휴대전화에 대고 떠들면서 미친 듯이 손을 흔드는 것도 모자라 손가락으로 하늘을 찔러댔다. 얼굴이 벌겋게 달아올라 있었다. 사업가인 그는 치열한 업계에서 올라서기 위해 고군분투한다. 증권업계, 혹은 법조계일 것이다. 그렇다면 기업 법률이겠지. 항상 남들보다 약간 뒤처져, 간발의 차로 늘 일을 그르치는 사람일 것이다. 결혼을 해서 아내와 어린 아들이 하나 있겠지. 그보다 몇 살 어린 아내. 아들은 학교에 갓 입학했다. 남자는 이미 나이가 많고 업무에 치여 어린 아들까지 키우는 건 불가능해 보였다. 그의 아내는 점차 재산이 불어날 거라는 기대감에 이 남자와 결혼했을 것이다. 남자가 승진하면 살림살이가 나아질 거라고, 아니면 미국 영주권이 필요했을지도. 두 사람은 어느 정도 애틋한 감정이 있겠지만 진정한 사랑은 존재하지 않을 것이다. 남자는 사랑에 시간을 낭비하기에는 겨를이 없었다. 터무니없는 뉴욕의 높은 집세를 감당하기 위해 매주 60시간에서 80시간 일을 하느라 한 치의 틈도 없었다. 남자의 가족은 브롱크스에 살고 있을 것이다. 아내는 친정 식구들의 도움이 필요하기 때문에 친정집과 더 가까운 곳으로 이사를 가려고 할 것이다. 아들이 학교에 가고 없는 동안 집에서 부업을 하면서 남편이 모르는 비상금을 모으겠지. 날이 갈수록 남편이 자신과 아들을 부양하지 못할 수도 있다는 생각이 들기 때문이다. 최악의 상황이 와도 그 정도 돈이면 아들을 데리고 집을 나가 둘이 살 수 있을 것이다.

평범한 사람들의 평범한 삶을 멋대로 상상하다 보면 기분전환이 되었다. 이렇게 하면 안전하게 삶을 상상하고 궁금해 할 수 있었다. 바깥세상에 살고 있는 사람들의 삶에 호기심을 갖는 게 위험하기라도 하다는 말인가? 그렇다. 내게는 위험한 일이었다. 미쳐 버릴 수도 있었다. 그렇기 때문에 제

정신을 유지하려면 균형을 잃지 않도록 조심해야 했다.

멀리서 딩동 소리가 들렸다. 엘리베이터가 멈추는 소리였다. 나는 베니스풍 벽시계를 바라보았다. 6시 10분. 그는 5분 일찍 도착했다. 기다려도 노크 소리가 들리지 않았다. 나는 하이힐 소리가 들리지 않게 현관문 옆에 가서 섰다. 말소리가 들렸다.

"그래, 시간 다 됐어." 윌리엄이 작게 통화하고 있었다. "젠장, 이렇게 일찍부터 예약을 잡다니 짜증나 죽겠어. 아니, 아버지가 가라고 한 거야. 무슨 시시한 실무 연수 같은 거라더니, 훌륭한 지도자가 되는 방법이라나 뭐라나. 자신을 제어하는 뭐 그런 이상한 거야. 아냐, 인마. 그런 거 아니라고. 그건 안 돼. 아냐, 진짜라니까. 다른 사람한테 얘기하면 안 돼. 계약서에 서명했다고. 이것도 말아먹으면 난 완전히 끝장이야. 야스민 그년한테 한 짓거리 때문에 지금 아버지랑 완전 살얼음판이야. 그래서 지금은 그냥 시키는 대로만 해야 한다니까. 아버지 말 무시하면 어떻게 되겠냐? 공식적으로 회장 자리를 없애고 이사회에 모든 권한을 넘기겠지. 그 노인네가 은퇴해도 한 푼도 못 받아. 벌써 문서 작업 다 해 놨어. 나한테 보여 주더라니까. 아니라고, 이 자식아. 내가 두 눈으로 봤다고. 알겠냐? 판사한테 보석으로 나갈 수 있게 해 달라고 부탁한 다음에 그렇게 했어. 아버지가 그거 완전히 덮으려고 돈을 엄청나게 썼단 말이야. 야스민 그년 한테 입 다물고 살라면서 거의 50만 달러나 줬다니까. 내 계획? 내 계획은 일단 이 수업에 열심히 참여해서 아버지를 기쁘게 해드린 다음에 다시 제대로 게임을 하는 거지. 회사에, 그러니까 이사회에 친구들이 좀 있거든. 그 친구들 말로는 아버지 운영 방식과 안 맞는 임원들이 몇 있다더라고. 내가 한 일 이 년 얌전하게 지내다가, 뒤로 손을 써서 꼰대 뒤통수를 한 방 먹일 수 있지 않겠냐. 진짜 제대로 된 쿠데타지. 내가 회사에 들어가기만 하면 말이야. 계획은 완벽해. 다 짜놨다고. 안 돼. 오늘 밤에는 시간 없어. 다른 일 있어. 아니야, 그 계집은 봐 줬어. 비명을 엄청 질러대더라고. 이건 다른 년이야. 선물처럼 아주 꽁꽁 싸놨어. 홀딱 벗기고 수갑 하나만 채워 놨는데, 어찌나 잘 싸 놨는지 재갈 물릴 필요도 없더라고. 됐어, 이 새끼야. 네 도움은 필요 없어. 지난번에 맡겼더니 완전히 망쳐 버렸잖아. 그때 네 놈이 한 짓거리를 떠벌리지 못하게 하려고 그년한테 돈을 얼마나 줬는데. 내가 말했잖아. 그 일에도 기술이 필요하다고. 말 들어, 새끼야. 나 늦겠다. 이제 끊어야 해. 수업인지 나발인지 진행하는 년도 완전 얄짤없어. 그건 나중에 공짜로 실컷 얘기해 줄게. 하여간 나 이제 정말 가야 해. 브래디, 잠깐. 너 진짜 우리 집 근처에 얼씬도 하지 마, 알았냐? 농담 아냐. 그년 근처에 조금이라도 얼씬거리면 너 진짜 죽는다. 알았어. 끊어."

나는 문에서 재빨리 몇 걸음 물러섰다. 그러는 사이 심장이 요란하게 쿵쾅거렸다. 다시 무표정한 얼굴을 하고서 마음을 가라앉히려고 애썼다.

심호흡하고 집중해. 내겐 갑옷이 있어. 빈틈이나 균열은 안 돼. 냉정하고, 차갑고, 매끄럽고, 절대로 뚫지 못하는 갑옷을 입어. 손가락 끝에 손톱 대신 갈고리 발톱이 달려 있다고 상상해. 독사의 눈빛을 하고, 가슴에 얼음을 품어.

똑똑.

시계를 보았다. 6시 17분이었다. 나는 마지막으로 한 번 더 깊이 숨을 들이마셨다가 내뱉었다. 문손잡이가 돌아가더니 문이 활짝 열렸다. "드레이크 씨." 나는 눈썹을 찌푸렸다. "늦으셨네요."

윌리엄이 팔을 들고 손목을 털자 고가의 블랑팡 시계가 보였다. 혐오스러웠다. 팔을 들어 올리고 손목을 앞으로 튕기는 동작. 자만심에 가득 차 허세를 부리는 행동일 뿐이었다. 그리고 저 시계는 대체? 30만 달러는 충분히 나가는 시계였다. 미국산 악어가죽, 18K 금, 사파이어 크리스털……

자신감 없는 부자들이 과시용으로 두르고 다니는 장식품일 뿐, 매력 없는 물건이었다.

"겨우 2분이에요, 엑스." 윌리엄이 나를 스치고 지나가자, 그의 향수 냄새에 속이 거북해졌다. 이리 지독하게 냄새를 풍길 정도면 향수로 목욕을 한 게 틀림없었다. "세상에, 정말 냉정하네요. 뭐 대단한 일이라고. 2분 늦긴 했지만 어쨌든 이렇게 왔잖아요."

나는 여전히 두 팔을 내리고 현관문 옆에 서 있었다. 그리고 고개를 빳빳하게 든 채 윌리엄을 노려보았다. "아니죠, 드레이크 씨. '어쨌든'은 필요 없어요." 나는 문을 가리켰다. "이제 그만 가세요. 오늘 수업은 이걸로 끝이에요."

그래도 윌리엄은 걱정스럽다는 표정을 지을 정도의 교양은 있었다. "엑스, 이러지 말아요. 2분이잖아요. 고작 2분 늦었다고 따지는 사람이 어디 있어요? 잠깐 통화하느라 늦었다고요."

알고 있었다. 이미 들었으니까. 하지만 내 입으로 그렇게 말할 필요는 없었다. "2분 늦었다고 따지는 사람 여기 있어요. 1분이든, 30초든, 아주 잠깐이든, 늦은 건 늦은 거예요. 당신은 6시 14분에 저 문을 두드렸어야 했어요. 시간 엄수야말로 성공의 중요한 요소 중 하나입니다, 드레이크 씨."

"제 아버지는 이사회 회의에 항상 늦으시던데요." 현관문에서 안으로 세 걸음 걸어 들어온 윌리엄은 그 자리에서 꼼짝하지 않고 이렇게 반론했다.

나는 얼굴을 찡그렸다. "당신 아버지는 강력한 힘을 지닌 기업의 설립자이자 최고경영자이고, 또 최대 주주잖아요. 그분은 권력자예요. 그 권력 덕분에 회의에 늦게 나타날 특권이 있는 거고요. 이미 지배력을 행사하고 있는 분이기 때문에 언제든 본인이 원할 때 회의실에 나타날 수 있는 겁니다. 윌리엄 당신이 지금 행사할 수 있는 건 아무것도 없어요. 당신은 아버지가 주는 돈을 받아서 쓰고 있겠죠. 사람들은 단지 당신을 참아 주는 것뿐이고요. 지시 받은 일을 하고, 오라고 하는 장소와 시간에 맞춰 나타나는 게 당신의 의무예요. 그러니까 0.0001초도 늦지 말아야죠. 당신 아버지가 바닷속에서 가장 덩치 크고 잔인무도한 상어라면 당신은 그저 송사리예요. 안녕히 가세요, 윌리엄. 다음 주 방문 땐 현관문 밖에서 전화기에 대고 시끄럽게 떠들면서 내 시간을 낭비하기 전에 신중히 생각해 보길 바랍니다. 제 시간은 당신 시간보다 훨씬 귀중하니까 말이죠."

세 걸음 떨어져 서 있던 윌리엄이 재빨리 내 앞으로 다가왔다. 그가 한 손으로 내 목을 움켜잡는 바람에 나는 숨을 쉴 수가 없었다. 멍이 들 것 같았다. 내 눈을 바라보고 있는 그의 두 눈은 분노와 공포, 증오로 가득했다.

"이 쌍년이 뭘 들은 거야?"

나는 침착함을 유지하려고 눈을 깜박여 보았다. 몸이 위로 들리는 바람에 발가락이 바닥에 닿을락 말락 했고, 하이힐이 발에서 흘러내렸다. 숨을 쉴 수 없었다. 깜박이는 노란 별들이 보이기 시작했다. 나는 저항하지 않았다. 윌리엄의 팔이나 손목을 잡으려고 두 팔을 허우적거리지도 않았다. 나는 그저 그를 노려보기만 했다. 그렇게 계속 그와 눈을 맞췄다. 그런 다음 의도적으로 시선을 위로 돌렸다. 카메라를 숨긴 천장의 구석 쪽으로. 윌리엄이 나를 따라 고개를 돌렸다. 카메라는 잘 숨겨져 있었으므로 그는 못 보았겠지만 내 의도는 확실히 전달되었다. 나는 고개를 들고 한쪽 눈썹을 추켜올렸다.

윌리엄이 나를 내려놓았다. 나는 천천히 심호흡을 하면서 간신히 다리를 모아 두 발로 똑바로 일어섰다. 바닥에 주저앉아 숨을 헐떡이며 목을 문지르고 싶은 마음이 간절했지만 그렇게 하지 않았다. 당당한 태도는 나를 지키는 갑옷이었다.

딩동.

엘리베이터 문이 쉭 소리를 내며 열리자, 윌리엄의 얼굴이 창백해졌다. 현관문은 여전히 열려 있었다. 윌리엄은 고개를 절레절레 흔들면서 뒤로 물러섰다. 한 걸음, 두 걸음, 세 걸음. 건장한 남자 넷이 성큼성큼 걸어 들어왔다. 네 사람 모두 검은 양복에 흰 셔츠를 입고, 가느다란 검정 넥타이를 하고 있었다. 오른쪽 귀에는 이어폰을 꽂았고, 검은 코드가 셔츠 안으로 연결되어 있었다.

"저희와 같이 가시죠, 드레이크 씨." 그들 중 한 사람이 이렇게 말했지만 입술을 거의 움직이지 않았기 때문에 누가 말했는지 정확히 알 수 없었다.

그들이 윌리엄에게 정중히 행동하는 건 당연했다. 윌리엄은 수십 억 달러 규모 자산의 회사를 물려받을 상속인이니까. 하지만 그는 내 몸에 손을 댔고, 케일럽은 그런 행동을 결코 용납하지 않았다. 절대로. 그 누구라도. 만약 윌리엄이 이렇게까지 한심하고 비열한 인간쓰레기가 아니었다면 그에게 동정을 느꼈을지도 몰랐다. 이 사람들은 정말 자비심이라고는 눈곱만큼도 없으니까.

하지만 자비심이 없기로는 나도 마찬가지였다.

윌리엄은 숨을 잔뜩 들이마셨다. 심사가 잔뜩 뒤틀려서 입술을 비죽거리고 있었다. "가까이 오지 마, 씨발. 나한테

이러면 안 좋을걸." 그러더니 잽싸게 나를 밀치고 지나갔다.

네 걸음 정도 걸었을까. 그는 현관문을 지나 복도로 나가 더니 구석으로 사라졌다. 큰 실수하는 거야, 윌리엄. 거긴 카메라가 없다고. 경호원들 중 한 사람이 먹이를 사냥하는 코브라처럼 재빠르게 그가 있는 방향으로 다가갔다. 그리고 쇠망치 같은 단단한 주먹으로 그의 복부를 가격했다. 윌리 엄은 축 늘어진 밀가루 자루처럼 고꾸라져서 바닥을 뒹굴며 끙끙거렸다.

"렌." 내가 이름을 부르자 경호원들 중 목이 가장 굵은 사 람이 고개를 돌려 나를 보았다. 나는 손짓을 해서 그를 가까 이 불렀다.

렌이 내 앞으로 와서 뒷짐을 지고 섰다. "부르셨습니까?"

"저 사람이 아까 문 밖에서 친구와 통화하는 소리를 들었 는데, 불미스러운 짓을 저지르고 있는 것 같아요." 나는 손 가락으로 천장을 가리켜 보였다. "저 마이크가 여기서 통화 한 소리도 잡을 수 있나요?"

렌은 여전히 무표정한 얼굴로 답했다. "저는 무슨 말인지 잘……."

"사람 무시하지 말아요, 렌."

침묵이 흘렀다. "녹음테이프를 확인해 보죠." 윌리엄을 쳐다보며 말을 이었다. "정말 저질이군요."

"범죄자예요, 렌. 정말 역겨운 짓을 하고 있어요. 여자를 감금하고 끔찍한 짓을 벌이는 것 같아요. 이미 저지르지 않았다면 말이죠."

"이 씨발년이!" 바닥에 쓰러진 윌리엄이 갈라진 목소리로 외쳤다. "증거 있어?"

경호원 한 사람이 구둣발로 그의 목을 짓밟았다. 광을 낸 구두가 반짝거렸다. "마담 엑스한테 그런 말버릇은 안 돼지."

"우리 아버지가 네놈들을 가만둘 것 같아?" 윌리엄이 협박을 해보았다.

렌이 코웃음을 쳤다. "세상에는 네 아버지보다 훨씬 무서운 사람들이 많단다. 우리 높으신 분에 비하면 네 아빠는 풀죽은 새끼 고양이나 다름없어."

윌리엄은 이제 호기심 가득한 눈길로 흘긋댔다. "엑스? 매춘부 따위가 무슨……."

구둣발이 그의 목을 더 세게 짓누르며 숨통을 조였다. 렌이 그에게 다가가더니 옆에 무릎을 꿇고 앉았다. "꼬맹아, 무슨 말인지도 모르고 마구 지껄이면 안 돼. 저기 내 친구들이랑 나는 그저 체스판 위의 졸병일 뿐이야. 그럼 엑스는 뭘까? 엑스는 바로 여왕이야. 그럼 너는? 너는 이 세계에 존재하지도 않아. 그럼 네 소중한 아빠는? 네 아빠라면 나이트 정도는 될 수도 있겠네. 잘 봐주면 말이야." 렌은 양복 주머니에서 계약서 사본을 꺼냈다. "그리고 이 계약서는 말이다, 이건 법적으로 효력이 있단다. 너랑 네 아버지가 서명을 했으니까. 그리고 여기 깨알같이 작은 글씨들이 잔뜩 있는데 말이야, 무슨 내용인지 알아? 이 작은 글씨들에 따르면 이 친구들과 내가 징징대는 너를 실컷 밟아 뭉개고 난 다음에, 너는 우리한테 네놈의 그 더러운 놀이터를 보여 주어야 하고, 그러면 우리는 널 가장 가까운 경찰서로 끌고 가서 넘길 거야. 그런 다음 우리 높으신 분이 네 아버지한테 소송을 제기해서 받아낼 수 있는 돈과 주식을 모조리 받아내겠지. 이걸 막을 수 있는 사람은 아무도 없단다. 알아들…… 이봐!"

윌리엄은 떨고 있었다. 큰소리치며 허세를 부리고 싶었겠지만, 지금껏 살면서 이렇게 협박당한 적은 없었겠지. 신체적인 고통을 느껴 본 적이 있기나 할까. 온실 속의 잡초 같은 인간. 하지만 렌의 강철 같은 회색 눈동자를 보고 있자면 면도날이나 차가운 금속이 생각나기 마련이다. 그의 눈빛은 그냥 차가운 눈빛이 아니다. 얼음도 차갑고, 겨울도 차갑지. 하지만 렌의 눈빛은 공허한 차가움이었다. 아주 먼 우주 같은 차가움. 그리고 영화 〈제로 켈빈〉 같은 차가움. 그래도 생명력이 없다고는 할 수 없었다. 먹이를 향해 조심스럽게 다가가는 표범처럼 언제나 위협적인 눈빛을 내뿜고 있으니까. 하지만 표범의 눈동자에는 핏빛 진실이 깊숙이 감추어져 있는 법이다.

렌이 내게 말했다. "나머지는 저희가 알아서 처리하죠."

나는 이 말을 안으로 들어가라는 신호로 받아들였다. 들어가서 문을 닫았다. 문 옆에 서서 밖에서 벌어지는 일에 귀를 기울였다. 듣고 있자니 속이 메스꺼웠다. 퍽 소리, 찰싹 때리는 소리, 으지직 하는 소리. 그리고 점점 소리가…… 질척해지고 있었다.

나는 온몸에 소름이 돋아서 돌아섰다.

드디어 '딩동'하고 엘리베이터 문이 닫히는 소리가 들렸다. 나는 이제 다시 혼자였다. 다음 고객의 예약 시간까지는 아직 47분이 남아 있었다.

떨리는 손으로 차를 한 잔 준비했다. 얼그레이에 우유를 넣었다. 입에 머금은 마지막 한 모금을 삼키자 다시 엘리베이터 소리가 들렸고, 곧 현관문이 열렸다.

문을 열고 들어온 사람은 고객이 아니었다.

그의 검은 두 눈이 분노에 잠겨 더 어둡게 빛나고 있었다. 잔뜩 찡그린 채로. 그는 어깨를 거칠게 들썩였고, 주먹을 쥐고 있었다.

"엑스, 괜찮아?" 지평선 위에서 으르렁거리는 천둥 같은 목소리였다.

나는 어깨를 으쓱했다. "그 일은…… 불쾌했지만, 금방 괜찮아질 거예요." 침착하게 말했지만 목은 잔뜩 쉬어 있었다.

그는 부드럽고 강한 손으로 내 어깨를 붙들었다. 그리고 두 눈으로 내 얼굴을 이리저리 살펴보더니 목으로 시선을 옮겼다. "멍들었군."

나는 윌리엄이 움켜잡았던 부분을 살짝 쓰다듬었다. 부드러운 피부가 만져졌다. 내 어깨를 붙든 그의 손에서 조심스럽게 몸을 빼내어 작은 장식용 테이블 위에 걸린 거울 앞에 가서 섰다. 내 피부는 캐러멜 색, 아니 보통의 캐러멜보다 조금 더 진한 빛이다. 쉽게 멍들지 않는 편인데 목 위에 손가락 모양으로 멍이 남아 있었다. 두 눈은 붉게 충혈되었다. 목이 쉬어서 쳇소리가 났다.

등 뒤에서 분노로 달아오른 그의 존재가 느껴졌다. "망할 녀석, 운 좋았군. 내가 오기 전에 렌이 대신 손봐주었으니."

이 말을 듣는 순간 나는 등골이 오싹해졌다. 윌리엄은 이제 다시 예전의 잘생긴 얼굴로 되돌아가지 못할 게 분명했다. 아니면 예전만큼 건강하게 살지 못하거나. "난 괜찮아요."

"그 녀석 때문에 금전적으로도 손해를 봤어. 적어도 오늘 하루는 당신이 쉬어야 할 테니까. 어쩌면 며칠 더 쉬어야 할지도 모르고. 그렇게 멍든 상태로 고객들을 만날 수는 없는 노릇이잖아."

잠깐의 걱정은 그걸로 끝인 모양이었다. 나는 씁쓸한 기분을 떨쳐내려고 애썼다.

"렌이 녹음테이프를 확인했나요?" 내가 물었다.

"당신이 왜 그런 일에 신경 쓰지?"

"그 사람이 자기 친구한테 하는 말을 들었어요. 그가 뭔가 꾸미고 있다면 막아야 해요."

"보고서는 만들어 놨어. 경찰이 조사할 거야." 내 말에 대한 답은 아니었다. 하긴 나도 애당초 카메라나 마이크의 존재에 대한 설명을 기대하지도 않았다.

카메라와 마이크의 존재를 내가 분명히 알고 있는데도, 인정하는 사람은 아무도 없었다. 카메라와 마이크는 암묵적인 비밀이어서, 나마저 내 말과 행동이 감시당한다는 사실을 모른 척해야 했다. 나 자신을 지키기 위해서 모른 척하고 있어야 한다는 사실도 깨달았다. 오늘 있었던 사건은 이런 내 믿음을 충분히 증명해 주었다. 하지만 오늘을 제외하면, 이렇게까지 사생활을 침해당하며 살고 있다는 사실이 너무 괴로웠고, 시간이 갈수록 더했다.

"내일은 일할 수 있을 거예요." 내가 말했다.

"이따가 호로비츠 박사가 진찰하러 올 거야. 오늘은 푹 쉬어." 그는 내 귀 뒤쪽의 머리카락에 코를 파묻었다. 숨을 들이마셨다가 다시 내쉬었다. 의도적으로 아주 천천히. 내쉬는 숨에 머리카락이 살짝 흔들렸다. "당신이 괜찮아서 정말 다행이야. 앞으로 다시는 아무도 당신한테 손대지 못할 거야. 이제 고객들을 받기 전에 좀 더 철저하게 조사해야겠어. 이런 일이 다시 일어나면 안 되니까. 당신이 심하게 다쳤다면 내가 무슨 짓을 했을지 나도 몰라."

"아마도 새 마담 엑스를 키우겠죠." 말하고 말았다. 신중하지 못한 말. 바보 같고 어리석은 말을.

"다른 마담 엑스는 있을 수 없어. 당신 같은 사람은 또 없으니까. 당신은 특별한 사람이야." 확신에 가득 찬 그의 침착한 목소리와 그 대답에 담긴 의미를 어떻게 받아들여야 할지, 그의 말에 어떻게 반응해야 할지 감이 잡히지 않았다. "당신은 내 사람이야, 엑스."

"알아요, 케일럽." 나는 간신히 대답했다. 고개를 들어 거울을 바라볼 엄두가 나지 않았다. 무력한 내 모습과 이상하리만치 낯선 그의 확신을 두 눈으로 확인할 용기가 없었다.

그의 손가락이 내 뺨을 어루만지다가 광대뼈를 향해 올라왔다. 나는 결국 고개를 들어 거울에 비친 그의 모습을 바라보았다. 내 뒤에 서 있는 그의 검은 머리카락과 넓은 어깨가 보였다. 검은색에 가까운 어두운 눈동자가 거울 속의 나를 꼼짝 못하게 붙들었다. 손가락이 내 목선을 타고 내려왔다. 그리고 방향을 돌려 목을 감싸는 시늉을 했다. 그는 멍 자국 위에 자신의 손가락을 하나씩 맞추어 보았다. 손가락이 목에 닿을락 말락 했다. 그 손길은 무척이나 다정하고 부드러웠다.

"다시는 그런 말 하지 마."

"알았어요." 나는 작게 속삭이듯 말했다. 목이 아팠기 때문에, 그리고 어쩐지 더 크게 말할 용기가 나지 않기 때문에 목소리를 높이지 못했다.

거울 위에 새겨진 그의 모습을 바라보았다. 굵은 팔에 맞게 재단한 진회색 양복의 슬림한 소매. 단추를 푼 재킷. 내 오른쪽 어깨에 가려 거의 보이지 않지만 완벽하게 삼각형을 이루는 진홍색 넥타이의 노트가 티끌 하나 없는 하얀 셔츠와 대조를 이루고 있었다. 나를 바라보는 강렬하고 어두운 두 눈동자와 내 목을 움켜잡고 있는 그의 손은 소유욕을 드러내면서도 어딘가 다정해 보였다. 그의 말은 협박이 아니라 약속이었다. 하지만 여전히…… 경고의 의미도 담고 있었다. 내 목을 잡고 있는 그의 손이 그렇게 말하고 있었다. 나는 그의 것이라고.

나는 숨을 거칠게 삼켰다. 거울 속의 나는 이미 혼자였다. 멀어지고 있는 그의 넓은 등과 어깨를 바라보았다.

딸각 소리와 함께 문이 닫히자 나는 비로소 참고 있던 숨을 쏟아 냈다. 다리에 힘이 풀려 손을 떨며 무릎을 움켜잡았다. 신고 있던 빨간 지미 추 하이힐을 벗어서 거울 앞에 내팽개쳤다. 한 짝은 똑바로 섰고, 다른 한 짝은 옆으로 쓰러져 버렸다.

숨을 깊이 들이쉬었다가 뱉었다. 한 번 더. 손을 털기도 하고, 주먹을 쥐기도 했지만 떨림은 멈추지 않았다. 이윽고 울음이 쏟아졌다. 참으려 해도 멈출 수 없었다. 울면 안 돼. 절대 안 돼. 내가 굴복하면 저 문이 다시 열릴 것이고, 그러면 위로 받으려는 욕망으로 무릎을 꿇고 말 것이다. 마음 한구석에서 육체적 쾌락의 위로와 위안을 필요로 하고 있었다. 하지만 동시에 혐오스러웠다. 증오였다. 그러니 욕을 퍼붓는다. 그의 넓고 강인한 어깨 뒤로 문이 닫히자마자 내 몸에 남은 쾌락의 기억을 씻어 지우고자 하는 은밀한 충동이 느껴졌다.

하지만 나는 여전히 원하고 있었다. 이다지도 섹시하고 관능적이며, 원초적으로 육감을 자극하는 탁월한 신체에 내 몸의 반응을 억누르는 건 힘든 일이었다.

소파 위에 놓인 장식용 쿠션을 감싸 안고 까끌까끌한 쿠션 위에 얼굴을 파묻은 채 그저 울었다. 카메라는 뒤쪽에 있다. 그저 소파에 앉아 아침의 사건을 되짚어 보는 것처럼 보일 것이다. 정신적 충격을 받았을 때 사람들이 보이는 자연스럽고 정상적인 반응처럼 보일 테지.

온몸이 바들바들 떨렸다. 너무 떨어서 관절이 아플 지경이었다. 쿠션에 눈물이 스며들었다. 혼자 남은 지금에야 갑옷을 벗을 수 있었다.

눈물을 거의 다 쏟아냈을 때쯤 나는 비로소 깨달았다. 그의 방문에 잠깐이라도 옷을 벗지 않고 끝난 적이 있었는지. 오늘이 처음이었다. 이례적이었다.

눈물을 닦고 호흡을 가다듬어 평정을 되찾았다. 쿠션을 옆으로 치웠다. 자리에서 일어나 두 손을 털고 머리카락을 쓸어 넘겼다. 나약한 모습은 이걸로 끝이다. 혼자 있을 때라도.

시계를 보니 오전 7시 48분이었다. 하루 종일 뭘 하지? 내 마음대로 하루를 온전히 쓴 적이 없었다. 이건 분명 아주 값비싸고 귀중한 선물이었다.

아니, 그렇지 않다.

진종일 혼자서 할 수 있는 일이 생각뿐이라면?

두려워졌다.

침묵은 진실을 속삭이고, 고독은 내면을 보여 주기에.

04

당신은 여자다. 이런 일이 생길 줄은 몰랐다. 서류에는 그의 이름이 조지 E. 톰킨스라고 적혀있었다. 스물한 살. 174센티미터의 키. 텍사스 석유 재벌의 막대한 재산을 물려받을 유일한 상속자. 조지 톰킨스. 사진은 없었다. 그래서 나는 커다란 버클이 번쩍거리는 벨트를 차고, 곳곳이 닳은 토니 라마 부츠를 신고, 비음 섞인 텍사스 사투리를 구사하는 시골 청년의 모습을 상상하고 있었다.

첫 예약은 오전 9시였다. 내가 좀 더 늦게까지 잘 수 있게, 그리고 요란하게 멍이 든 목에 충분히 컨실러를 바를 수 있게 케일럽이 아침 일찍 잡혀 있던 예약을 취소해 준 덕분이었다.

그리고 오전 8시 58분. 딩동…… 똑똑. "마담 엑스?"

성숙한 여자라면 난감한 상황에 처해도 무슨 말을 해야 할지 알고 있는 법이다. 나는 눈을 잠깐 깜박거리다가 이내 미소를 지었다. 키가 크고 호리호리한 이 텍사스 출신 꼬마를 아파트 안으로 안내했다. 말문이 막혔지만 예의를 갖추고.

당신은 크고 호리호리했지만…… 풍만한 가슴은 헐렁한 셔츠로도 감출 수 없었다. 게다가 볼로 타이라니. 닳고 닳은 토니 라마 부츠. 내 주먹 두 개보다도 크고, 유난히 번쩍거리는 허리띠 장식. 놀랍도록 아름다운 초록빛 눈동자. 짙은 금발과 밝은 갈색 중간쯤 되는 머리카락. 짧게 잘라 단정하게 가르마를 탄 후 한 방향으로 쓸어 넘긴 스타일로, 여자들이 하는 픽시 컷이 아니라 남자들이 하는 스타일이었다. 머리에 돈을 제법 들인 것 같았다. 귀걸이나 팔찌, 반지, 목걸이 같은 장신구는 없었다. 여자라는 증거는 어디서도 찾을 수 없었다. 저 가슴만 빼면. 감추기에는 너무 큰 가슴이었고, 실상 조지도 큰 신경을 쓰지 않아 보였다.

당신은 내 앞을 성큼성큼 지나 안으로 들어갔다. 상체를 꼿꼿이 펴고 약간 거들먹거리면서. 여자들이 엉덩이를 움직이며 걷는 모습과 남자들이 삐기며 걷는 모습이 묘하게 뒤섞여 있었다. 조지는 아파트 안으로 들어오더니 주변을 자세히 둘러보았다. 벽에 걸려 있는 빈센트 반 고흐의 〈별이 빛나는 밤〉, 그리고 내 이름의 원래 주인이기도 한 존 싱어 사전트의 초상화를 눈여겨보았다. 흰색 가죽 소파, 어두운 색상의 원목 바닥, 높은 천장과 천장을 가로지르는 지지대. 노출공법으로, 바닥재와 마찬가지로 아프리카에서 수입해 온 티크 원목으로 만든 것이었다. 그리고 한쪽 벽에는 ―역시 아프리카 티크 원목으로 만든― 붙박이 책장이 들어 있었는데, 책들이 삼중으로 쌓여 있어서 폭발하기 일보 직전이었다. 온갖 소설과 전기, 고전 작품들의 번역본, 현대 문학 소설, 스릴러, 호러물, 범죄물, 독립 출판사에서 나온 로맨스, 거기에 생물학, 물리학, 심리학, 역사학, 인류학까지 아우르는 다양한 인문학 서적들까지……. 나는 책이라면 분야에 상관없이 모두 읽는다. 나의 유일한 취미이자 오락, 바로 독서다. 조지는 한참 동안 말없이 책장에 꽂힌 책들을 살펴보았다.

"많이도 읽었네요." 조지가 입을 열었다. 목소리는 남자 같기도 하고, 여자 같기도 했다. 여자처럼 충분히 높은 톤이었는데, 높은 톤의 목소리를 가진 남자라고 해도 믿을 수 있을 만큼 낮기도 했다.

"네, 그렇죠."

당신은 나를 바라봤다. 그저 보거나 살피는 게 아니라, 나를 관찰하고 있었다. 선명한 초록의 눈동자는 충분히 지적이었다. 호기심, 긴장, 자신만만하고 반항 어린 감정까지 복잡하게 뒤섞여 있었다.

조지가 무엇을 눈여겨보는지 알 수 있었다. 나는 177센티미터의 키에 길고 풍성한 흑발이었다. 칠흑 같고 윤기가 흐르는 직모였다. 팔뚝 중간까지 내려오는 길이로 묶지 않는 경우는 거의 없었다. 복숭아 모양의 엉덩이, 물방울 모양의 가슴, 적절하게 굴곡이 있는 몸매. 운동으로 단련했기 때문에 탄탄하면서도 유연했다. 동시에 엄격한 식이요법도 병행하고 있었다. 그건 정말 쉽지 않은 일이었다. 그의 검은 두 눈은 너무나 많은 것을 누리면서 내게는 거의 아무것도 보여주지 않았다. 적당히 솟은 광대와 도톰한 입술, 우아한 턱 선과 고전적인 하트 모양의 얼굴. 이국적인 외모. 나는 스페인계이거나, 중동, 어쩌면 하와이나 필리핀 같은 섬나라 출신일 수도 있었다.

나는 아름다운 여자였다. 흔치 않은 미인. 한 세대에 한 번 나올까 말까 하는 완벽한 비율의 좌우대칭 얼굴이었다. 누구든 깜짝 놀랄 만한 정교한 아름다움이 있었다.

나는 내가 어떻게 생겼는지 잘 알고 있었다.

그렇기 때문에 움츠러들거나, 시선을 돌리지 않았다. 나를 찬찬히 뜯어보는 조지의 시선을 즐기고 있었다.

오래 전에 배운 교훈 중에 이런 말이 있었다. '침묵에 굴복하지 말고, 상대가 먼저 입을 열 때까지 기다려라. 어떤 상황에서도 권위를 지켜라.'

조지가 한발 물러섰다. "내 이름은 조지예요."

"안녕하세요, 조지. 반가워요. 차 한 잔 하시겠어요?"

"커피는 없어요?"

나는 고개를 저었다. "커피는 없어요. 미안해요. 제가 커피를 안 마셔서요."

"그럼 됐어요. 차는 별로." 거실 안에서 조지는 여유롭게 거닐었다. 창문에서 멀찌감치 떨어져 밖을 구경하는 모습을 보니 높은 곳을 무서워하는 것 같았다. 조지는 살짝 몸서리를 치더니 고개를 돌렸다. 불안함을 떨치려는 듯 어깨를 들썩거렸다. 그러더니 다시 반 고흐의 그림 앞에 가서 섰다. "이 그림 혹시 진품?"

나는 그 질문에 웃음이 나왔다. 비웃음이 아니라 재미있어서였다. "안타깝게도 진품은 아니에요. 진품은 뉴욕현대미술관에 있고, 이건 복제화예요. 복제화 중에서도 가장 원본에 가까운 작품이죠."

조지는 곧 〈마담 엑스의 초상〉 앞에 가서 섰다. 이 그림에 흥미를 느끼는 것 같았다. "재미있는 그림이네."

대꾸하지 않았다. 나는 그 초상화나, 내 이름과 관련된 사정, 그 무엇도 꺼내본 적 없었다. 물론 내 자신에 대한 어떤 것도.

그림을 다 보고 나서야 조지는 자리를 옮겨 소파에 앉았다. 긴 다리를 앞으로 쭉 뻗고 발목을 포개었다. 한쪽 팔은 소파 등받이에 걸쳤다. 나는 소파 옆에 비스듬하게 놓인 안락의자에 걸터앉았다. 이 안락의자는 내 침실에 있는 것과 원래 한 쌍이었다. 무릎을 모으고, 두 다리를 한쪽으로 비스듬히 기울였다. 발목을 살짝 겹쳐 빨간 지미 추 하이힐이 잘 드러나 보였다. 이렇게 내 구두를 잘 보이도록 한 건 일종의 테스트였다. 조지가 내 구두를 보는지, 구두 상표를 의식하는지 확인하려는 테스트였다. 조지는, 쳐다보지 않았다.

이제 상담을 시작할 시간이 되었고, 나는 공격적인 방식을 택했다. "제 예상과는 무척 다른 분이시네요, 미스……톰킨스."

조지가 나를 쏘아봤다. 입술을 쭉 내밀고, 넌더리가 난다는 듯이 얼굴을 찡그렸다. "제 이름은 조지인데요."

"그럼 설명해보시죠."

"이름을 설명하라는 거예요?" 조지는 어리둥절한 표정을 짓더니 이내 화를 냈다. "댁 먼저 하시죠."

오. 조지는 교묘히 내 공격을 피했다. 톰킨스, 1점. "내 이름은 저 그림에서 따왔어요." 나는 존 싱어 사전트의 그림을 가리켰다.

"내 이름은 지명에서 따왔어요."

"그렇다면 원래 이름은 조지아군요, 그렇죠?"

조지는 완전히 굳은 표정으로 나를 노려보았다. 초록색 눈동자가 비취처럼 차갑고 단단해 보였다. "가장 최근에 나를 '조지아'라고 불렀던 인간은 지금 치아 이식 수술을 받아야 하는 상태라는 걸 알려드리죠."

나는 미소 지으며 답했다. "알았어요."

또다시 어색한 침묵이 길게 이어졌다. "그러면 이 수업은 어떻게 돌아가는 거예요, 마담 엑스?" 조지가 입을 열었다. "그런데 앞으로도 계속 '마담 엑스'라고 불러야 하는 거예요? 발음하기 더럽게 힘든데."

"그냥 '엑스'라고만 불러도 돼요." 나는 다소 차가운 표정을 지어 보였다. 조지는 시선을 돌리지는 않았지만, 버티느라 애쓰는 모습이었다. 제법 고집이 있었다. "먼저 양해를 구하고 싶네요, 조지. 당신의 경우에는 일반적인 교육 방식에 몇 가지…… 변경 사항을 적용해야 할 것 같아요."

"왜요? 나한테 젖이 달려서?"

조지의 상스러운 말투에 나는 입술을 꽉 깨물었다가 다시 말을 이었다. "맞아요, 조지. 당신은 여자니까요. 내 교육 방법은 남자들한테 맞춰서 개발된 거예요. 내 고객들은, 적어도 지금까지는 모두 남자였어요. 아니, 더 정확히 말하면 남자가 되고 싶어 하는 애송이들이었지만요."

"그러면 엑스가 하는 일은 뭐죠? 아버지 설명은 좀 충분하지가 않아서. 그냥 뉴욕에 가서 마담 엑스를 만나라, 그러면 그 여자가 다 설명해줄 것이다, 열심히 할 필요까지는 없으니 잘 마치기만 해라, 그게 다였거든요."

"그렇게 말씀하셨다고요?"

"예, 그렇게."

나는 입술 안쪽을 물어뜯으며 창밖을 응시했다. 이게 무슨 일인지 곰곰이 생각해 보았다. "그렇게 말씀하셨다면 아마도 당신 아버지는 제가 하는 일을 약간 잘못 알고 계시는 것 같네요."

조지는 두 발을 모으더니 팔꿈치를 무릎 위에 대고 상체를 앞으로 기울였다. "엑스가 하는 일이 뭔데요?"

"뭐라고 할까, 일종의 예절 교육이라고 하죠. 매너, 행동거지, 자세, 외모 관리, 말투, 좋은 첫 인상 같은 걸 연습하는 거예요."

"부잣집 찌질이한테 그나마 덜 찌질하게 구는 방법을 가르친다는 말이군요."

나는 눈을 깜박이며 터져 나오려는 웃음을 억눌렀다. 조지는 정말 재미있는 사람이었다. "본질적으로는 그렇다고 할 수 있죠. 하지만 그게 말처럼 그렇게 간단하지는 않아요. 상황에 따라 적절히 처신하는 방법을 배우면 여러 경우에 유용하게 써먹을 수 있어요. 사람들 앞에서 어떤 모습을 보여줄 건지, 이성한테 어떤 모습을 보여줄 건지 연습하는 거죠. 자기주장을 드러내는 방법도 익히고요. 소극적인 방법으로라도 말이죠."

"어떻게 소극적으로 자기주장을 관철시킬 수 있다는 거죠?" 조지가 물었다.

"신체 언어를 사용할 수도 있고, 침묵을 전략적으로 활용할 수도 있고, 눈을 마주치거나 특정한 자세를 취하는 방법으로도 할 수 있어요."

조지는 자리에서 일어나 내 쪽으로 다가왔다. 그리고 내 앞에 서서 나를 내려다보다가 갑자기 소파 위에 앉았다. "그러면 여자인 당신이 어떻게 남자들을 더 남자답게 만들 수 있다는 건데요?" 조지는 고개를 갸우뚱했다. "내 말은, 댁이 실제로 그런 일을 하고 있는데, 요즘 사내새끼들 보면, 특히 좀 사는 집에서 은수저인지 금수저인인지 물고 태어난 새끼들은 하나같이 다 찌질하니까요. 제대로 된 남자는 찾아보기 힘들잖아요. 죄다 건방지고, 알랑거리기 좋아하고, 오만하고, 억지나 부리고, 우쭐대고, 자기밖에 모르는 망나니들이고요. 그런 새끼들은 아무리 애를 써도 여자들이 넘어오지를 않으니까 여자애 하나 침대로 끌고 가려면 돈다발이나 고급 승용차의 도움을 받을 수밖에 없거든요.”

“신랄하네요, 조지.” 나는 무표정한 얼굴로 말했다.

조지는 고개를 뒤로 젖히고, 그야말로 껄껄 소리를 내며 웃었다. 두 눈에 생기가 돌았다. 경계가 풀린 것이다. “그렇게 보일 수도 있겠네. 평생을 그런 멍청한 새끼들 옆에서 눈치나 보고 살아야 했으니까 말이에요. 아부지는 우리가 돈 많은 엘리트들과 어울려 지내야 한다고 생각했어요. 우리도 그 사람들만큼 돈이 많으니까. 하지만 그 사람들은 우리랑 달랐어요. 아부지는 농장 주인이었는데, 소나 돌보던 텍사스 출신의 촌뜨기가 우연히 석유산업에 뛰어들게 된 거죠. 정말 우연이에요. 아부지가 자기 픽업트럭을 걸고 포커를 치다가 대박이 나서 다른 사람 땅문서를 따가지고 왔으니깐. 그런데 정말로 우연히도 나중에 그 땅에서 유전이 발견됐단 말이죠. 완전 대박이 따로 없었는데. 사람들이 와서 조사를 쫌 하고 나니까 큰돈이 막 굴러 들어오기 시작했고, 우리 식구는 돈방석에 앉게 됐어요. 아부진 부자가 되니까 농장 일꾼보다는 좀 더 폼 나는 삶을 살고 싶었나 봅디다. 자긴 턱시도를 입고 다니기 시작했고, 나한테도 프릴 드레스를 입혀서 무도회나 파티에 데리고 다녔어요. 그런데 문제가 생겼죠. 시골뜨기가 시골 밖으로 나가봤자 시골 냄새가 지워지진 않으니까. 아부지랑 나는 그 사람들이랑 어울리지 못했어요. 게다가 그 상류층 도련님들이 냄새를 어찌나 잘 맡던지 내 정체도 금방 탄로 나고 말았고. 내가 보통 여자애들이랑 다르다는 걸 금방 눈치 채더라고요. 나한테 어딘가 이상한 구석이 있다는 걸. 그땐 머리도 길게 기르고, 여성스러운 옷을 입고 다녔는데도 어떻게 알아내더라고요."

"뭘 알아냈다는 거죠, 조지?"

조지는 나를 똑바로 바라보았다. "시치미 떼지 마요, 엑스."

"시치미 떼는 사람은 조지예요." 나 또한 지지 않고 쳐다보았다.

조지는 한쪽 어깨를 들어 올리며 말없이 부정의 제스처를 취했다. "걔네들은 내가 다이크(dyke, 남성적인 성향의 레즈비언을 속되게 이르는 표현 - 옮긴이 주)라는 사실을 알아냈어요."

"뭐라고요?"

"들었잖아요."

"자기 의견을 말할 땐 저속한 표현을 쓰지 말아요. 그게 수업의 첫 번째 목표예요."

"어쨌든." 조지는 한숨을 내쉬었다. "내가 레즈비언이라는 사실을 알아냈어요. 이제 확실히 알아들었어요? 그놈들은 내가 레즈비언 나라의 다이크 마을에서 온 전형적인 부치라고 확신하고 있었다니까요."

"자신을 비하할 필요는 없어요, 조지. 바람직하지 않아요."

"그럼 발암직한가?" 조지는 자기 농담에 씨익 웃어 보였다.

나는 정색했다. "조지."

"알았어요, 알았어." 조지는 손바닥을 들어 보였다. "나도 바람직하지 않은 게 뭔지, 그 정도는 알아요. 나 자신을 조롱거리로 삼은 것도 잘못이고요."

"조지 당신뿐 아니라, 조지 같은 삶을 살겠다고 선택한 다른 사람들까지 조롱한 거예요."

조지의 눈에서 갑자기 불길이 치솟는 걸 보고 실언했음을 깨달았다. 조지는 얼굴을 잔뜩 찌푸렸다. "당신이 뭘 안다고 그래?"

"사과할게요, 조지. 그런 말을 하는 게 아닌데……."

"그건 선택의 문제가 아니야. 고상한 척 하지 마쇼. 내가 이런 삶을 선택한 걸로 보여? 내가 동성애자로 사는 걸 골랐다고? 텍사스 주 러벅 출신의 레즈비언 삶을? 이게 장난 같아요? 가장 보수적인 지역에서 레즈비언으로 사는 게?"

나는 천천히 숨을 내쉬었다. 미소를 지어 보이지는 않았지만 뉘우치고 있다는 표정을 지었다. "미안해요, 조지. 선택의 문제가 아니라는 건 나도 알아요. 내가 잘못 말했어요."

"이렇게 사는 게 얼마나 힘든 일인지 알아요?" 조지의 질문에 나는 고개를 저었다. "모르겠지. 당연히 모르겠지. 댁은 모를 수밖에 없으니까. 나는 공공연히 내 정체성을 드러내지 않았어요. 그런데 그놈들이 알게 되었고, 지들끼리 수군댔죠. 내가 컨트리클럽에서 열리는 파티나 모임에 참석할 때마다 놈들은 나한테 수작을 걸었어요. 대체 그게 무슨 짓거리냐고요? 대체 왜? 내가 동성애자라는 사실을 알면서 왜 나한테 수작을 걸었을 것 같아요? 어느 날은 파티가 끝나고 놈들 중 하나가 나를 여자 화장실에 가두고는 무작정 몰아붙였어요. 나중에 하는 말이 나를 강간하려고 했다던데. 그런데 그런 찌질이는 내 상대가 안 돼. 나는 어릴 때부터 수송아지를 밧줄로 묶는 일이나 말을 길들이는 일을 하면서 자랐으니까. 그러니 그 녀석 맘대로 일이 될 수 없었던 거예요."

"그러니까 조지는 조지를 강간해서 이성애자로 만들려고

한 그 남자를 잘 타일렀다는 말인가요? 제가 제대로 이해한 건가요?"

"그 녀석이 아주 떡이 될 때까지 두들겨 팼다는 말이죠. 이빨이 완전히 털려 나갔어요. 문자 그대로요. 그리고 발로 불알을 엄청 세게 짓밟는 바람에 한쪽이 터졌고요. 이것도 문자 그대로 진짜 터졌다는 말이에요."

나는 움찔했다. "상당히 인상적이었을 것 같군요."

조지는 히죽였다. "맞아요. 그 일이 있고 나서 내 정체성이 더 확고해졌으니까." 조지의 얼굴에서 웃음기가 사라졌다. "그 일 이후 아부지랑 난 진지한 대화를 나눴죠. 아부지도 나한테 뭔가 다른 구석이 있다는 짐작은 했던 것 같아요. 제대로 된 남자를 만나면 다 괜찮아지리라 기대했던 거죠. 아직 어리니까 그럴 수도 있지, 뭐 그랬겠지. 지금도 마음 한 구석에서는 그런 생각을 품고 계신 것 같아요. 그런 기대를 한 방에 날려 버려야 하는데 말이에요. '이런, 이제는 기집애들로는 성에 안 차! 제대로 좆같은 놈들이 필요하다고요!' 이렇게."

나는 또 한 번 웃음을 참느라 숨을 죽여야 했다. "조지, 농담하지 말고요."

"농담 아니에요. 아부지는 그렇게 생각하고 있어요. 마음 한구석에서는 말이죠. 하지만 아부지 기대처럼 될 일은 없을 거예요. 아부지한테 얘기했었어요. 그 강간범 새끼의 불알을 한 개로 만들고 이빨이 없는 신기한 생명체로 만들어주고 나서는 더 이상 아부지 장단에 맞춰드릴 수 없다고 말했어요. 평범한 여자애가 아닌데 그런 척 행동한 것뿐이었어요. 그렇지만 동성애자라고 말하면서 커밍아웃을 해버리면 아부지가 감당하지 못했을 거예요. 예전에 심장 마비로 고생한 적이 있거든요. 그래서 저는 그냥, 더 이상 아부지 방식을 따를 수 없다고만 말했고, 아부지도 받아들였어요. 그때부터 나는 드레스 따위 내다 버리고 머리를 짧게 잘랐어요. 조지아 대신 조지라는 이름을 쓰기 시작했죠. 나는 지금이 행복해요. 아부지도 그건 아실 거예요. 슬슬 나는 아부지의 일과 회사에 관심이 생겼어요. 몇 년 전에 어머니가 돌아가신 후로는 제가 아부지의 유일한 가족이기도 하고, 이제 아부지도 연세를 많이 드셨는지 제가 아부지 일을 물려받길 바란다고 하셨어요. 예쁘고 착한 이성애자 소녀처럼 행동하던 시절에는 그런 생각을 하지 않으셨는데 말이죠. 나도 이렇게 옷장 밖으로 걸어 나오고 나니 아부지 일을 도와드리고 싶어졌어요."

"그래서 여기에 온 건가요, 조지?"

조지는 어깨를 으쓱하더니 고개를 저었다. "아뇨, 이런 덴 줄 몰랐어요. 나는 진짜 비즈니스 노하우 같은 걸 배우는 줄 알았는데. 높으신 분들 상대할 때 어떻게 하면 납작하게 눌러줄 수 있나, 뭐 그런 거 있잖아요."

나는 한숨을 내쉬며 자리에서 일어나 창가에 가서 섰다. 길을 걷고 있는 사람들을 가만히 바라보았다. "조지, 솔직하게 말할게요. 내가 조지를 위해 뭘 할 수 있을지 모르겠어요. 조지가 바라는 게 뭔지에 따라 내 할 일이 결정되겠죠. 나는 원래 고객들 의견은 전혀 신경 쓰지 않아요. 엄밀히 말해서 그 사람들은 고객이라기보다, 환자에 가까웠죠. 당신이 잘난 척하고 오만한 찌질이들이라고 부르는 사람들의 아버지들에게서 돈을 받았고요." 나는 비속어를 사용하는 일이 없었다. 절대. 그런데 조지를 보고 있으니 내가 미처 알지 못했던 내 모습이 조금씩 형체를 갖추기 시작한 느낌이었다. "아버지들이 내게 돈을 지불하면 나는 그 아들들한테 좀 더 그럴싸하게 자신을 포장해서 내놓는 방법을 가르쳤어요. 나는 기적을 행하는 사람이 아니에요. 호랑이한테 얼룩무늬를 그려 줄 수는 없다고요. 사람의 타고난 본성은 바꿀 수 없다는 말이에요. 위장을 가르쳐줄 수는 있어요. 일종의 사기라고 할까요. 하지만 그게 내가 돈을 버는 방식이에요."

"하지만 난 그냥 평범한 고객이 아니잖아요."

"당신은 그런…… 돌대가리는 아니죠." 입 밖으로 욕을 뱉으니 이상한 느낌이 들었다. 불쾌감은 아니었다. 나중에 이 말을 듣고 어떤 반응을 보일지 궁금했다. 나는 다시 조지에게 고개를 돌렸다. "그리고 내가 조지를 가르치는 게 맞는 일인지 확신이 없군요. 다른 고객들을 가르칠 때와는 반대로, 나는 당신한테 진짜 모습을 감추지 말고 겉으로 드러내라고 할 거예요."

조지는 어리둥절한 표정을 지었다. "반대로 한다고요? 대체 왜 그렇게 하겠다는 거예요?"

"당신의 야수 같은 성격은 그것 그대로 신선한 매력이 있어요. 그렇다고 제멋대로 행동하는 망나니도 아니고요."

"제멋대로 행동할 수 없었으니까요. 아부지와 난 쥐뿔도 없었어요. 60만 평쯤 되는 농장 한편의, 백 년은 족히 넘은 판잣집에서 자랐어요. 내가 태어나기 전부터 있었던 안장으로 말을 탔고, 역시 나보다 나이 많은 트럭을 몰면서 자랐어요. 몸에 맞지 않는 옷을 입었고, 콩이랑 쌀만 먹고 살면서 고기는 어쩌다 먹을 뿐이었죠. 땅도 크고, 말이랑 가축들도 제법 많았지만 그걸로 어떻게 돈을 벌어야 하는지는 알지 못했어요. 아직 그 시절이 생생하게 기억나요. 쥐뿔도 없던 그 시절이 아주 생생하다고요. 하지만 지금처럼 부유해지려고 애를 쓴 것도 아니에요. 그저 아부지가 대박이 났을 뿐이고, 아부지가 그 대박을 지금 같은 모습으로 일궜어요. 그러니 내가 제멋대로 할 이유가 없다는 말이에요."

"그런 점이 당신을 남달라 보이게 만든 거죠. 상당히 돋보이니까요."

"당신 눈에 내가 그렇게 보였구나." 조지가 능글맞게 웃으며 윙크했다.

나는 이 대화가 너무 사적으로 흘러가고 있다는 느낌이 들었다. "당장 해결해야 할 문제로 다시 돌아갈까요. 내가 어떤 도움을 줄 수 있을까요?"

"그런 게 있겠어요? 내가 아는 거라곤 중간에 때려치우고 다시 텍사스로 돌아가면 아부지가 그다지 기뻐할 리가 없다는 사실뿐이죠. 아부지한테 잘 마치겠다고 약속했으니 그렇게 해야 해요. 아부지는 내가 원하는 모습으로 살게 해주었고, 어떻게 하고 다니든 아무 말씀도 하지 않으셨어요. 데이트하러 나간다고 해도 캐묻지 않았고요. 비밀을 잘 감추고 다니기만 하면 됐어요. 같이 일하는 사람이 나에 대해 수군거리는 것 또한 참지 않았어요. 거래처의 누군가가 마이크 톰킨스의 동성애자 딸에 대해 입을 놀리는 바람에 그곳과 거래를 끊기까지 했고요. 그러니 저도 아부지한테 보답을 해야 한다고 생각해요."

"글쎄요, 제 생각은 좀 다른……."

"그래서 그냥 아들 행세를 하는 거예요, 엑스. 그러니까 내가 다른 부잣집 찌질이들이나 다름없다 생각하고 하던 대로 해보라고요."

"하지만 조지는 이성애자 남성도 아니고, 돌대가리도 아니잖아요. 내 교육 방식은 돌대가리 이성애자 남성에 맞게 짜여 있다고요."

"그냥 그렇다고 치자고요, 좋죠? 당신이 하고 싶은 대로, 원래 하던 대로 해봐요."

나는 내 감정을 억누른 채 조지를 향해 몇 걸음 다가갔다. 감정을 숨기고 차가운 적개심으로 얼굴을 가렸다. "내가 원래 하던 대로 하려면 조지가 거짓으로 꾸며낸 겉모습과 태도부터 벗겨내야 해요. 그걸 받아들인다면 내가 하는 일에 이의를 제기하지 말아야 하고요."

"거짓이라뇨? 그게 대체 무슨 소리예요, 엑스?"

"제일 중요한 부분부터 시작할까요. 등을 펴고 똑바로 앉으세요. 구부정하게 앉지 말고요. 그리고 그 말버릇도 이제 고쳐야 해요. 너무 거칠어요."

"내 말버릇이 뭐가 어떻다고 그래요?"

"중산층 사람들이나 쓰는 말투죠. 교양 없어 보여요. 사업가가 당신 말을 진지하게 들어주기를 바란다면 유능하고, 교양 있고, 말솜씨가 좋은 사람이라는 인상을 주어야 해요. 사투리를 약간 섞어 쓰는 정도는 괜찮아요. 어쩌면 유리하게 작용할 수도 있어요. 하지만 상스러운 표현과 난해한 말은, 당신을 옷차림이 단정치 못하고, 자세도 구부정한, 입버릇이 상스러운 촌뜨기라고 생각하게 만들 거예요." 조지 얼굴을 보니 화난 기색이 역력했지만 무시했다. 어디 한번 해보고 싶어? 그래, 그럼 한번 해보자고. 지금부터 시작이야.

"더 이상 농장 일꾼처럼 보이고 싶지 않다면 당신이라는 사람의 본성에 엄청난 변화를 주어야 해요, 조지아. 어떤 옷을 입고, 어떤 차를 몰고, 어떤 집에서 살고, 그런 건 중요하지 않아요. 누구든 돈 가방을 주우면 더 좋은 물건을 살 수 있는 법이니까요. 위엄 있고 교양 넘치게 행동하는 방법을 배우는 게 중요하죠."

"내 말투가 촌뜨기 같아요?" 이렇게 묻는 조지의 목소리에 상처 받은 기색이 역력했다.

"가끔 그렇게 들려요." 나는 조지의 말투를 흉내 내보기로 했다. 음절을 불분명하게 발음하면서 말을 길게 질질 끌다가 뭉개 버리고, 말끝에서 억양을 확 낮추었다. "조오지 말투는 이르케 들려여."

"충분히 알아들었습니다." 조지는 소파를 거칠게 박차며 자리에서 일어났다. "댁처럼 그렇게 거들먹거리는 말투로 말하고 싶은 생각 없어요."

"물론 그렇겠죠. 그리고 정확한 문법을 사용하라고 부탁한다면 당신한테 지나친 요구인가요?"

조지는 방 안을 서성거리며 손으로 머리를 쓸어 넘겼다. "당신 같은 말투는 쓰고 싶지 않아요." 조지는 낮은 목소리로 사투리를 쓰지 않고 말했지만 생기는 없었다.

"그러면 사투리는 그냥 두고, 엉터리 문법이나 고치죠."

"그건…… 그것은 쉽지 않을 텐데요."

나는 고개를 끄덕였다. "훨씬 좋네요. 다른 사람 말투를 억지로 빌려 쓰는 느낌도 들지 않고, 공식적인 자리에서도 무난하게 통할 수 있는 수준이에요." 나는 손으로 아파트 안을 가리키며 말했다. "이를테면 지금 이 공간도 공식적인 자리라고 할 수 있어요. 서비스 제공자와 고객으로 만나 공식적인 계획을 수행하는 공간인 거죠. 우리는 친구가 아니에요, 조지아. 우리는 일로 맺어진 관계예요. 아, 그리고 당신이 말하는 중간에 욕을 얼마나 섞어 쓰는지 세고 있었는데 어디까지 셌는지 잊었네요."

"말했잖아요. 내 이름은 조지라고요."

"친구들과 있을 때는 조지라는 이름을 써도 괜찮아요. 애인하고 있을 때나 집에서도 그렇고, 술집에서도 별로 문제 안 되겠죠. 하지만 이사회가 열리는 회의실에서도 과연 괜찮을까요? 거기서 당신 이름은 조지아예요." 나는 논쟁의 여지를 주지 않으려 단호한 어조로 말했다. "조지아로 살아요. 그러면 일을 할 때 쓸데없이 상황이 복잡해지는 일은 없을 거예요."

"요구가 너무 많네요, 엑스."

"사업가들은 혼동을 일으킬 때가 많아요, 조지아. 돈의 액수, 손익 계산서, 주식 평가서 등 숫자들을 들여다 볼 때는 그럴 일이 별로 없지만, 조지라는 이름을 가진 여성 사업가를 보게 된다면 금방 납득하지 못할 거예요. 회의를 하는 내내 어떻게 받아들어야 할지, 당신한테 뭐라고 물어보면 좋을지 고민하느라 시간을 낭비하겠죠. 저 사람 남자인가? 여자인가? 하지만 알 수 없겠죠. 그리고 사람들은 회의에서 당신이 무슨 얘기를 했는지도 알 수 없을 거예요."

"그러니까 당신 말은 내가 다시 얌전한 척하는 기지배처럼 굴어야 한다는 얘기군요."

나는 고개를 가로 저었다. "그럴 필요는 없어요, 조지아. 그저, 그 사람들이 아주 조금이라도 자연스럽게 느낄 만한 모습을 보여주면 돼요. 정장을 입어 봐요. 남자 양복이 좋으면 그것도 괜찮아요. 하지만 당신 체격에 잘 맞게 맞춤 제작을 하는 게 좋겠죠. 신체적인 특징을 강조할 필요는 없지만, 그렇다고 숨길 필요도 없어요. 트렌스젠더처럼 외모까지 바꾸고 싶은 경우가 아니라면 말이에요."

조지는 눈살을 찌푸렸다. "아, 그런 건 아닌데. 어쨌든 난 여자니까. 하지만 여성스럽진 않잖아요. 드레스 같은 옷도 안 입고. 요란한 머리 모양이나 화장이나 하이힐에는 관심 없어요. 남자 옷이 좋아요."

"그 가슴은 붕대로 감싼 건가요?" 내가 물었다.

"아니요."

"그럼 감쌀 생각이 있나요?"

"아마도 없을 걸요." 조지는 말을 머뭇거렸다. "몇 번 붕대로 감아 보긴 했는데, 기분이 좋진 않더라고요."

나는 말을 잠깐 멈추고 골똘히 생각했다. "그렇다면 대체할 만한 도구를 찾아야겠네요. 당신의 원래 모습을 가릴 필요는 없어요. 당신한테 그런 부탁을 할 생각도 없고요. 하지만 사업가들의 세계에서 남자들에게 조금이라도 인정을 받고 싶다면, 남자들의 세계가 작동하는 방식을 약간은 존중할 필요가 있어요. 불공평한 것 같지만 그게 현실이니까요. 권력을 쥐고 있는 여자들도 물론 있어요. 최고경영자, 최고재무책임자, 회장 등 여러 자리에 골고루 있죠. 하지만 여전히 이 세계는 남자들이 주도하고 있어요, 조지아. 그 세계 안으로 들어가고 싶다면, 그리고 높은 지위를 차지하고 싶다면 장단을 맞춰 주어야 해요."

"아니, 싫어요. 나는 내 모습으로 살 거고요, 그 사람들이 내 모습을 있는 그대로 받아들일 수 있다면 받아들이라고 하고, 아니면 말라고 해요. 불알 축 늘어진 고집 센 늙은이들 비위 맞추자고 내 진짜 모습을 바꿀 생각은 없으니까는."

나는 천천히 눈을 감았다. "조지아, 다른 사람이 되라고 부탁하는 게 아니라……."

"다른 사람이 되라는 거잖아요!" 조지는 쿵쿵 발소리를 내며 다가오더니 나를 무섭게 노려봤다. "말투를 바꾸고 옷 입는 스타일을 바꾸라는 말은 다른 사람이 되라는 말과 다름없어요."

"당신 입으로 직접 내 교육 방식을 따르겠다고 말했잖아요. 잘 들어요. 이게 내 교육 방식이에요, 조지아. 진짜가 아닌, 억지로 꾸며낸 모습은 벗기는 게 내 방식이에요. 그런 가면을 쓰고 있다면 찢어 벗겨야겠죠. 당신의 경우에는 이를 테면, 사람들을 헷갈리게 만드는 그 외모가 그래요. 남자가 되고 싶은 건가요? 어찌 보면 남자처럼 보이기도 하지만, 완전히 깜박 속아 넘어갈 정도는 아니에요. 그렇기 때문에 당신이 회의실에 들어서는 순간부터 사람들은 당신이 남자인지 여자인지 생각하느라 바빠서 회의 내용은 기억도 못 해요. 중성적인 스타일로 바꿔 보자고요. 그 정도는 할 수 있을 거라고 생각해요. 여성용 정장보다는 남성용 정장이 나을 것 같아요. 가슴과 엉덩이 사이즈만 몸에 잘 맞게 고급 정장을 맞추는 게 좋을 거고요. 구두는 매끈하고 슬림한 디자인으로 고르고요. 손목시계는 손목에 매끄럽게 감기는 어두운 색상의 가죽 시계가 좋겠어요. 머리는 조금만 더 길러서 앞에서 뒤로 쓸어 넘기고요."

"그러니까 지금 나더러 메트로섹슈얼 스타일로 입으라는 얘기군요."

"그 표현이 마음에 든다면 그렇게 말해도 좋아요. 겉모습은 남자든 여자든, 어느 쪽을 택해도 상관없어요. 사람들 눈에 전문가답게 보이는 일이 중요해요. '톰킨스 석유 개발'의 최고경영자라는 자리에 걸맞은 모습이어야 해요. 입고 싶은 옷은 사적인 시간에 입으세요. 사적인 시간에 말하고 싶은 대로 말하고, 하고 싶은 대로 하면 돼요. 사생활은 당신 마음대로 하세요. 하지만 사업을 할 땐, 그러니까 근무 시간에는 사업가답게 보여야 해요. 굳이 어떤 성별을 택하라고 말하지는 않겠어요."

조지는 소파 팔걸이에 걸터앉았다. "그래도 여전히 내가 남자인지 여자인지 궁금해하는 사람들이 있지 않을까요?"

"있을 수 있죠. 하지만 정확한 문법을 사용하면서, 상스럽고 거친 표현이나 욕을 사용하지 않는다면, 그리고 사업가처럼 입고, 일이 돌아가는 방식을 잘 알고 있다는 점을 충분히 입증하면, 그래서 사람들에게 존중과 진지한 대우를 당당히 요구한다면, 성별에 대한 궁금증들은 언젠가 더 이상 중요하지 않은 문제가 될 거예요. 여전히 당신이 없는 자리에서 수군댈 수 있겠지만요. 하지만 사업가다운 모습을 갖추고 사업가다운 행동을 하면서 존중을 요구한다면 사람들은 최소한 일을 하는 동안만큼은 당신을 동등하게 대할 거예요."

"정장을 입지 않는 덜 공식적인 자리에서는 어떡해요?"

나는 어깨를 으쓱해 보였다. "하의는 맞춤 제작한 슬랙스를 입고, 상의는 맞춤 제작한 버튼다운셔츠를 입거나 품이 좀 낙낙한 남성용 폴로셔츠를 입는 것도 좋겠죠."

조지는 불안한 표정을 지었다. "딱 맞는 상의를 입으면 가슴이 드러나 보여서 문제가 있어요."

나는 가만히 바라보며 대꾸했다. "그래서요?"

"그래서 싫다고요. 사람들이 빤히 쳐다보니까요. 그럴 땐 다시 드레스를 입은 여자애가 된 기분이 든다고요."

"그러면 그냥 쳐다보게 내버려 둬요. 사람들이 쳐다보는 게 그렇게 신경이 쓰이면 가슴을 붕대로 감아도 좋고, 아니면 축소 수술을 받을 수도 있겠죠. 헐렁한 옷을 입는다고 해서 가슴을 완전히 감출 수는 없지만……. 솔직히 그렇게 헐렁한 옷을 입는다고 무슨 효과가 있을지 잘 모르겠어요." 나는 조지의 셔츠를 가리키며 말했다. 그리고 잠시 침묵했다가 다시 말을 이었다. "상황이 어떻든 간에, 그런 셔츠를 입으면 당신이 자신의 참모습이나 욕구를 정확하게 모르고 있다는 인상만 줄뿐이에요. 조지아, 내가 하고 싶은 말은 이거예요. 당신의 성 정체성은 분명해요. 당신은 레즈비언이에요. 여기까지는 괜찮아요. 하지만 당신은 아직 자신의 몸을 완전히 받아들이지 못하고 있어요. 당신 몸을 있는 그대로 받아들일지 결정해야 해요. 그러니까 당신이 명백한 여자라는 사실을, 그것도 가슴이 풍만한 여자라는 사실을 받아들일지 말지 결정해야 한다는 말이에요. 여자처럼 옷을 입으라는 말이 아니에요. 하지만 자연스럽게 겉으로 드러나는 모습까지 감추려고 하지는 말아요. 그런 생각이나 행동은 상황을 더 혼란스럽게 만들 뿐이에요. 그럴수록 당신은 자신 없고 불안정한 사람처럼 보이겠죠."

한동안 긴 침묵이 이어지더니 조지가 입을 열었다. "불안정한 사람 맞아요."

"그리고 불안정한 모습을 드러내고 있어요."

"그러니까 숨기지도 말고, 그렇다고 대놓고 드러내 보이지도 말고……. 그냥 있는 그대로 놔둬라?"

"아니면 당신이 받아들이지 못한다는 사실을 어떻게 해결할지 방법을 찾아봐야죠."

"그렇게 간단한 문제가 아니에요."

"네, 간단하지 않아요. 나는 지금 아주 복잡한 문제를 어처구니없이 간단한 문제로 바꿔 보려고 하고 있는 거예요."

"나한테는 너무 힘든 일이에요. 불공평하잖아요."

"내가 돈 받고 일하는 목적은 당신을 공평하게 대우하기 위해서가 아니에요. 원하는 결과를 이끌어내는 것이죠. 이렇게 말만 늘어놓으면서 앉아있는 이유는 그런 결과를 이끌어내기 위해 행동하는 사람은 내가 아니기 때문이에요. 물론 이렇게 말로 떠드는 사람보다 직접 몸으로 움직이는 사람이 더 힘들겠죠." 나는 조지가 앉아 있는 자리 근처로 다가가 멈춰 섰다. 조지는 여전히 한 발을 바닥에 댄 채 소파 팔걸이에 엉덩이를 걸치고 앉아있었다. "자기 자신을 믿어요, 조지아. 내가 고객들에게 제일 많이 하는 말이 바로 이거예요. 자기 자신을 믿는 사람에게 끌리지 않는 사람은 없어요. 그런 사람은 쌀쌀해 보일 정도로 오만하고 독단적일 수도 있지만 동시에 다른 사람을 끌어당기죠. 사람들 앞에서 자신을 어떻게 소개할지 신경 써야 하고, 어떤 모습을 보일지 고민해야 해요. 그리고 항상 최고의 모습을 보여 줄 수 있다는 자신감을 가져야 해요. 사람들이 트집 잡지 않을 행동을 하고 늘 권위 있게 말하고 다른 사람들의 평판은 신경 쓰지 않는다는 인상을 주어야 해요. 자기 자신에 대한 확신이 있는 사람은 섹시해요. 그저 거만하기만 한 사람은 전혀 그렇지 않죠."

"당신 생각은 어때요, 엑스? 당신도 자신감 넘치는 사람한테 끌리나요?" 갑자기 공기가 탁해지면서 긴장감이 감돌았다. 방심하고 있다가 허를 찔렸다.

나는 한 걸음 뒤로 물러서며 답했다. "지금 내 생각은 필요하지 않아요."

"그래요? 내가 당신의 이 소꿉놀이를 잘 해내면 당신 마음이 좀 움직일 수도 있지 않을까요?" 조지는 나를 따라와 가까이 섰다.

나를 빤히 내려다보았다. 유심히 지켜보면서 평가 중이었다.

조지와 나는 키가 비슷했다. 조지가 신발을 벗으면 나보다 3센티미터 정도 작을 것 같았는데, 굽이 높은 부츠를 신고 있는 상태에서는 나와 비슷했다. 그런데도 조지는 어떻게든 안간힘을 쓰며 나를 내려다보려고 했다. 어쩐 일인지 이런 조지의 태도에서 남성적인 에너지가 넘쳐흘렀다. 열렬하면서도 압도적이고, 동시에 무자비한 힘이었다. 조지는 가까이, 무척 가까이, 얼굴이 맞닿을 정도로 다가와 뜨겁게 타오르는 초록색 눈동자로 나를 바라보았다. 그녀의 두 손이 내 허리를 움켜잡았다. 그리고 내 몸을 바짝 끌어당겼다. 두 사람의 가슴이 맞부딪쳤다. 하반신도 완전히 밀착되었다. 이 공기 속에서 나는 흥분한 조지의 냄새를 맡을 수 있었지만, 몸과 몸 사이에서 단단히 솟아오른 욕망 덩어리 같은 것은 존재하지 않았다. 당황스러웠다. 헷갈리기 시작했다. 조지는 남성적인 욕구를 분출하고 있었다. 잔뜩 굶주린 모습이었다. 조지의 두 손이 내 다리 사이를 비집고 들어왔다. 두 눈은 내 눈에서 가슴골로 이르는 길을 탐욕스럽게 훑으며 지나갔다. 흡족한 미소가 조지의 입가에 떠올랐다.

나는 거칠게 숨을 쉬었다. 거칠게 숨을 헐떡였다. 양쪽 허파에 산소를 가득 밀어 넣는 바람에 가슴이 크게 부풀어 올랐고, 그 순간을 조지는 알아챘다. 조지는 계속해서 자신의 하반신을 내게 밀착했다. 내 안에서 불꽃이 피어올랐다가 번쩍하며 터졌다. 그리고 뜨겁게 타오르기 시작했다. 부드러움과 단단함이 묘하게 조화를 이루고 있는 조지의 몸은 매혹적인 동시에 혼란을 불러일으켰다. 내 골반에 맞닿은 조지의 골반이 딱딱하게 느껴졌지만 부드럽기도 했다. 조지가 또다시 허리를 문질렀을 때, 조지의 아랫배가 내 아랫배를 부드럽게 문질렀을 때, 나는 터지는 불꽃을 다시 한 번 느낄 수 있었다.

긴장한 나머지 몸이 빳빳하게 굳은 상태였다. 온몸이 얼음처럼 얼어붙어 있었다. 어떻게 해야 할지 알 수가 없었다. 지금 무슨 일이 벌어지고 있는 거지? 내가 뭘 느끼고 있는 걸까? 조지는 무얼 하고 있는 건가?

이렇게 하도록 내버려두다니, 내가 왜 이러지?

조지를 밀쳐내려다가 휘청거리며 뒤로 물러섰다. "이건…… 적절하지 못한 행동이에요, 조지. 조지아."

조지는 또 그 능글맞은 웃음을 지었다. 그리고 거들먹거리는 걸음으로 내가 뒤로 물러선 만큼 다시 가까이 다가왔다. "그렇게 어처구니없이 간단한 문제라고 다시 말씀해 보시죠, 엑스?"

"계약서에 서명했다는 사실 잊지 말아요, 조지아." 나는 조지에게 경고를 하면서 나 자신에게도 마찬가지로 경고를 보냈다. 조지는 나의 이런 움직임을 놓치지 않았다. 어떻게 그게 가능했는지 모르지만.

"당신한테도 간단한 일이 아닌가 보군요. 당신도 느꼈어요. 나를 느꼈단 말이에요."

"계약서 명심해요, 조지아."

조지가 코웃음을 쳤다. "계약서 같은 소리 집어치워요, 엑스. 당신의 그 건방진 이쁜이도 날 원하고 있잖아요, 엑스. 나를 잔뜩 느껴 놓고 인정하기 싫은 거군요. 그렇다면 당신을 위해서 좀 더 확실하게 보여 줄게요." 조지는 다시 가슴을 들이밀었다. 내 의지와 상관없이 유두가 단단해지면서 조지의 몸에 반응했다. 조지도 내 몸의 반응을 눈치 챘다. "벌써 젖었어요, 엑스? 나 때문에 벌써 축축이 젖은 거예요? 이제 레즈비언이랑 하면 얼마나 짜릿하고 흥분될지 짐작되지 않아요? 당신도 분명 좋아할 거예요. 나도 정말 즐기거든요. 나도 똑같이 느낄 수 있어요. 나만큼 당신 걸 끝내주게 핥을 수 있는 남자는 없을걸요? 나는 그냥 본능적으로 알아요. 어떻게 하면 당신이 몸부림칠지, 어떻게 하면 나를 더 갈구하고, 또 갈구하게 만들지 알고 있다구요. 하지만 바로 원하는 걸 얻을 수는 없을 거예요. 당신의 욕망이 커져서 감당하지 못할 지경이 되면 그때 맛보게 해줄게요. 나는 느껴져요, 엑스. 내 눈에는 보인다고요. 무슨 맛인지 궁금하지 않아요? 약간 난잡하고 음탕한 기분 느껴 보고 싶지 않아요?"

어떻게 이런 일이 일어났지? 어쩌다 상황이 이렇게 흘러가고 있는 걸까? 분명 우리는 조지의 외모에 대해 이야기하고 있었다. 이야기를 나누다가 필요 이상으로 친밀한 분위기가 형성되긴 했지만, 나눈 이야기에 부적절한 내용은 없었고 나는 분명 대화를 잘 주도하고 있었다. 그런데 난데없이 이런 일이 벌어지고 말았다. 조지가 내 공간 안으로, 내 머릿속으로 들어와 나를 온통 사로잡았다.

조지의 두 눈이 번쩍였다. 빛나는 눈빛이 영리하면서도 짓궂어 보였다. 자기가 지금 무슨 행동을 하는지 분명히 알았다.

나와 섹스를 하고 있었다.

마음에 안 들었다. 조금도.

"그만 해요." 나는 조지를 날카롭게 쏘아보면서, 몸을 꼿

꽃이 펴고 물러서지 않았다. "시간 다 됐어요."

조지는 입술을 천천히 움직이며 알겠다는 미소를 지어 보였다. "아, 알았어요. 그렇다는데 어쩔 수 없죠, 뭐."

사실 몇 시쯤인지조차 알 수 없었다. 상관없었다. 조지, 당신은 내 세계를 어지럽혔어. 내 세계가 좁아졌다.

내 세계는 이곳뿐이었다. 이 세계는 이백 평의 공간 안에 담겨 있었다. 방 세 개, 욕실 하나, 그리고 트인 주방과 거실. 바닥부터 천장까지 유리로 되어 있는 창문 밖으로는 맨해튼의 심장부가 보였다. 이 아파트가 내 세계 전부였다.

이곳이 나의 세계였다.

내 세계에 들어온 한 사람과 갑작스런 유혹의 손길. 이로 인해 내가 알고 있던 내 세계는 혼란에 빠지고 말았다.

마음의 평정을 되찾으려고 심호흡을 하며 조지 곁을 지나 현관문 쪽으로 향했다. 힘을 많이 주는 바람에 문손잡이가 거칠게 돌았다. 문 앞에 가만히 서서 조지를 빤히 쳐다보았다. 눈을 마주치지는 않았다.

조지는 또 그 거들먹거리는 걸음으로 현관문 앞까지 걸어왔다. 부츠 굽에서 달가닥거리는 소리가 났다. 조지는 또다시 나와 얼굴을 맞대고 섰다. 다시, 너무 가깝게. "이 정도면 자신감 충만해 보이나요, 엑스?"

어찌된 일인지 조지는 상황을 장악하고 있었다. 내가 무얼 하려는지, 무얼 원하는지 꿰뚫어 보았고, 나를 휘어잡고 있었다. 침착해 보이려 애쓰면서 조지를 바라보았다. 조지는 나의 이런 가식을 알아보고 능글맞게 웃었다. 그리고 두 사람의 몸이 완전히 밀착될 때까지 가까이 밀고 들어와, 키스라도 하려는 것처럼 상체를 앞으로 기울였다. 하지만 조지는 키스를 하는 대신, 내 코끝과 윗입술을 혀로 살짝 핥았다. 히죽거리면서.

"그럼 다음 주에 보시죠, 엑스. 내가 한 말 잘 생각해 보시고. 그리고 내가 한 약속, 그거 진심이었어요. 농담 아니에요. 응한다면 죽을 때까지 잊지 못할 시간을 만들어드리죠. 진짜 완전 보장할 수 있어요."

"잘 가요, 조지아."

"조지라고 불러요. 여긴 이사회 회의실도 아니잖아요. 우리도 이제 격식 차릴 사이는 아닌 것 같은데. 당신 유두가 단단하게 솟아오르는 거 나도 느꼈어요. 축축하게 젖은 당신 냄새도 맡았죠. 우린 이제 친구가 된 거나 마찬가지예요."

나는 몸을 떨며 뒤로 물러섰다. 그리고 조지의 면전에서 문을 닫아 버렸다.

05

저녁이 되었다. 오늘 예약되어 있던 고객들은 이제 모두 다녀갔다. 조지가 그렇게 가고 나서 다른 고객들을 만나 상대하는 동안 마음을 진정시키느라 얼마나 애를 썼는지. 고객들이 모두 돌아가고 혼자 있는데도 아침에 있었던 일을 생각하니 몸이 여전히 떨렸다. 내 공간에 그렇게 침입한 사람은 아무도 없었다. 내 감정에 그렇게까지 파고든 사람은 아무도 없었다. 내 몸을 그렇게 만진 사람도 아무도 없었다.

딱 한 명을 제외하고…….

딩동.

"엑스. 어디 있어?" 화난 듯 낮게 울리는 그의 목소리가 들렸다.

"저 여기 있어요. 도서관이요." 곧바로 대답했다.

나는 이 공간을 도서관이라고 불렀다. 실제로 이 방의 벽이란 벽은 모두 바닥부터 천장까지 책장으로 가득 차 있었고, 책장 안에는 책들이 꾸역꾸역 자리 잡고 있었다. 비워 놓은 한쪽 구석에는 루이 14세 안락의자와 램프, 그리고 조그만 테이블이 서로 마주 보게 놓여 있었다. 방 한가운데에는 내가 가장 아끼는 책들을 넣어둔 유리 진열장이 있었다. 어니스트 헤밍웨이, 윌리엄 포크너, 제임스 조이스, 버지니아 울프의 서명이 담긴 초판본부터, 테네시 윌리엄스가 직접 서명한 〈욕망이라는 이름의 전차〉의 판본, 그리고 14세기에 번역되어 나온 〈오디세이아〉의 채색본까지 이 진열장 안에 보관되어 있었다.

모두 상으로 받은 선물이었다.

그리고 잊지 말라는 신호였다.

어두운 그림자가 문을 가로막고 섰다. 검은 두 눈동자는 분노로 너무 맹렬하게 불타오른 나머지 약간 음울해 보이기까지 했다. 심장 박동에 맞추어 손을 쥐었다 폈다 반복하고 있었다. 들고 있던 〈스밀라의 눈에 대한 감각〉을 허벅지 위에 엎어 놓았다. 침착하려고 애썼지만 그럴 수 없었다. 갑작스럽고 위험한 분노 앞에서는 무슨 일이 벌어질지 짐작할 수 없었으니까.

그는 먹이를 사냥하는 짐승처럼 건장한 두 다리로 다섯 걸음 만에 거칠게 공간을 삼켜 버렸고, 잽싸게 내 책을 낚아채서 맞은편으로 던져 버렸다. 책등이 요란한 소리를 내며 선반에 부딪혔다. 책장들이 펄럭이는 소리, 이어 카펫 위에 부드럽게 툭하고 떨어지는 소리가 들렸다. 너무 순식간에 일어난 일이라 대처할 수 없었다. 숨마저 쉴 수 없었다.

그는 강인한 팔로 난폭하게 내 손목을 낚아채더니 확 끌어올려 일으켜 세웠다. 그리고 내 목을 움켜잡았다. 내 숨통을 쥐고 있는 손가락은 연인의 키스처럼 부드러웠지만, 분노를 간신히 억누르느라 부들부들 떨고 있었다.

그의 숨결이 내 입술과 코를 스쳐 지나갔다. 알코올의 흔적은 없었다. 술을 마시지 않았는데 이렇게 화를 내는 상황에 나는 더욱 겁이 났다.

"조지아 톰킨스는 텍사스로 돌아갔어. 그 여자를 다시 볼 일은 이제 없어."

"알았어요." 나는 낮은 목소리로 대답했다. 참회하듯, 그리고 조심스럽게.

그의 입술이 내 입술을 향해 바짝 다가왔다. 그가 입을 열자 목소리가 낮게 울려 퍼졌다. 멀리서 울리는 지진 소리 같았다. "대체 그게 무슨 짓이지, 엑스?"

나는 침을 삼키고 대답했다. "나도 몰라요."

"대답을 해, 빌어먹을." 그의 손가락이 내 목을 조이기 시작했다. 경고다.

"대답했잖아요. 나도 무슨 일이 일어난 건지 모르겠어요, 케일럽. 순식간에 일어난 일이라 대처 못 했어요."

"용납할 수 없는 일이야. 마이클 톰킨스와 난잡한 동성애자 딸년한테 강제로 서명을 받아 내야 했어. 누설 금지 조항에 서명을 받았단 말이야. 당신이 부적절한 행동을 했다는 소문이 내 고객들 귀에 들어가지 않게 하려고 말이야." 아무렇지도 않게 잔인하고 야비한 모욕을 퍼붓는 그의 모습에 나는 움츠러들었다. 갑자기 조지아에게 화가 났다. 그럴 이유가 없었는데도 불구하고. 하지만 그런 기분을 드러낼 용기는 없었다. "당신은 나를 위해서 일하고 있는 거야, 엑스. 명심해. 당신이 상대하는 사람들은 내 고객이고, 내 사업 파트너야. 당신은 나를 대리하는 사람이라고. 그러니 그따위로 처신하면, 그렇게 신체 접촉을 허용하면, 사람들이 나를 어떻게 생각하겠어?"

"미안해요, 케일럽."

"미안해? 레즈비언이 당신 몸을 만지게 놔둔 일이 미안한가? 키스 직전이었던 게 미안한가? 그도 아니면 당신한테 그따위 말을 하게 그냥 내버려 둔 게 미안한가? 그리고 당신이 그……." 요란하게 울리던 그의 목소리가 갑자기 떨리기 시작했다. "당신이 그 스킨십에 흔들린 것 같았어. 스킨십을 즐기는 것처럼 보였다고."

"아니에요, 케일럽. 나는 그저……."

"그게 좋았나, 엑스? 그 여자가 만져주는 방식은 좀 다르던가? 그 여자가 만질 때 느낌이 어땠어? 내가 만질 때보다 더 좋았어? 내가 만져주는 방식보다 더 좋았나?" 그는 두 손으로 내 허리를 움켜잡았다. 조지아가 했던 것처럼 그대로. 그러더니 그의 입술이 내 입술을 가볍게 스치고 지나갔다. 그리고 그의 혀가 내 코와 윗입술을 살짝 핥았다. 조지가 한 그대로였다. 그는 조지를 따라하고 있었다.

"그만해요."

"뭘 그만하라는 거지?"

"이제 그만해요, 케일럽." 이렇게 하는 것이 옳고, 그가 기대하고 있는 반응이라는 사실을 알고 있었다. 그래도 여전히 두려웠다. 너무 두려운 나머지 몸을 부들부들 떨었고, 숨을 멈추었다. 숨을 쉬어야 한다는 사실을 까먹고 말았다.

"그래. 그 여자가 나보다 좋을 리가 없어, 그렇지?"

"맞아요, 케일럽."

그가 갑자기 나를 거칠게 돌려 세우더니 앞으로 밀었다. 휘청거리다가 두 손으로 유리 진열장을 붙들었다. 그는 왼쪽 발로 내 왼발 안쪽을 치면서 바깥쪽으로 밀었다. 그리고 다시 오른발로 똑같은 동작을 내 오른발에 반복했다. 나는 두 발을 어깨 넓이보다 넓게 벌리고 섰다. 그가 하반신을 내 엉덩이에 갖다 댔다. 진열장 유리에 내 모습이 비쳤다. 까무잡잡한 얼굴이 겁에 질려 붉게 상기되어 있었다. 입술은 잔뜩 찡그린 채 벌린 모습이었다. 두 눈은 거의 감겨 있었다. 촉촉한 입술과 벌름거리는 콧구멍도 눈에 들어왔다. 그리고 내 얼굴 뒤로 검은 머리와 검은 눈동자를 지닌 그의 창백한 얼굴이 보였다. 정교하게 깎아 놓은 조각 같은 모습이 아름다워 눈이 시릴 지경이었다.

그의 입술이 내 귀에 대고 속삭였다. "그 여자 때문에 거기가 축축해졌어, 엑스?"

나는 고개를 가로저으며 말했다. "그런 적 없어요, 케일럽." 거짓말이었다.

"그 여자 때문에 젖꼭지가 단단해지지 않았어?"

"그런 적 없다고요, 케일럽." 이것도 거짓말이었다.

나는 보랏빛이 도는 회색 에이라인 드레스를 입고 있었다. 뉴욕에서 패션을 전공하고 있는 실력 있는 학생이 내 몸에 맞게 디자인해서 만들어 준 옷이었다. 가격을 매길 수 없는 이 유일무이한 드레스는 그렇기 때문에 내가 정말 좋아하는 옷이기도 했다.

그의 두 손이 내 양쪽 어깨를 움켜잡았다. 옷은 척추를 따라 위에서 아래로 지퍼가 달려 있었다. 그가 빠르게 지퍼를 잡아 내리자 드레스가 벗겨지면서 내 발치에 툭하고 떨어졌다. 나는 숨을 멈추고, 단 한마디도 않고, 움직이지도 않았다. 어떤 것도 할 수 없었다.

그는 브래지어의 후크를 풀고 어깨끈을 양옆으로 쓸어내렸다. 두 손으로 내 가슴을 그러모아서 위로 들어 올리더니 차가운 진열장 유리에 밀어 붙였다. 그리고 등을 누르는 바람에 나는 몸을 앞으로 굽혀야 했고 가슴은 유리 위에 납작하게 짓이겨졌다. 그는 내 팬티를 거칠게 휙 잡아당겼다.

"케일럽."

"따라해 봐, 엑스. '나랑 섹스해 줘요, 케일럽.'" 그는 쉰 목소리로 거칠게 말했다.

나는 울먹였다. "제발, 제발."

"뭐라는지 안 들려."

지퍼 내려가는 소리가 들리더니 뜨겁고 단단한 그의 성기가 내 엉덩이 사이에 닿는 게 느껴졌다. 내 엉덩이를 잡고 있던 두 손이 부드럽게 원을 그리며 내 척추와 등을 쓰다듬다가 이내 내 허리를 탐색하듯 어루만졌다. 그리고 곧장 내 허벅지 사이로 파고들었다.

"'당신 유두가 단단하게 솟아오르는 거 나도 느꼈어요. 축축하게 젖은 당신 냄새도 맡았죠. 우린 이제 친구가 된 거나 마찬가지예요.'" 그는 내 허벅지 사이에 넣은 손가락으로 리듬에 맞춰 질척한 소리를 내면서, 내 귀에 이렇게 속삭였다.

"당신 나 때문에 이렇게 축축해진 거지?"

"그래요." 나는 여전히 울먹거렸다.

"당신 젖꼭지도 나 때문에 이렇게 단단해진 거고?"

"맞아요." 나는 속삭이듯 답했다.

그는 나를 놀리기라도 하듯 단단해진 성기를 흔들었다. "그 여자가 당신한테 이런 건 못 해줄걸?"

"맞아요." 나는 침을 삼켰다. 그가 이렇게 무섭게 느껴지는 이 순간에도, 요동치는 혼란 때문에 목구멍이 꽉 막혀 버릴 것 같은 순간에도 내 몸이 그를 원하고 있다는 사실이 끔찍했다.

"그러니 다시 따라해 봐." 잠시 침묵이 이어지는 사이, 그는 손가락을 움직여 나를 절정으로 몰았다. "말해 보라고, 엑스."

"나랑, 나랑 섹스해 줘요. 케일럽." 작은 목소리로 이렇게 내뱉는 순간, 그는 상이라도 주는 것처럼 갑자기 내 안으로 천천히 밀고 들어왔다.

학대당했다. 혹사당하고, 조종당했다. 기분이 더러웠다.

그렇지만 동시에 갈구하고 있었다.

어째서?

도대체 왜?

나한테 무슨 문제가 있는 걸까? 조지 때문에 내 유두가 단단해진 것은 사실이다. 조지 때문에 내 아래가 축축하게 젖은 것도. 하지만 유두는 그때보다 지금 더 단단하게 솟아올랐으며, 나의 아래도 더 축축하게 젖어 있었다.

그리고 조지는 내게 두려운 상대가 아니었다.

그는 또 한 번 밀치고 들어왔다. 느리지만 계획에 따른 섹스였다. 그는 한 손으로 내 머리카락을 움켜잡더니 내 얼굴을 유리창에 짓눌렀다.

이제 유리창에 비치는 내 모습을 더 이상 볼 수 없었다. 책들만 눈에 들어왔다. 〈누구를 위하여 좋은 울리나〉, 〈내가 죽어 누워 있을 때〉, 〈죽은 사람들〉, 〈자기만의 방〉.

오랫동안 천천히 밀고 들어오는 성기와 질척한 소리. 내 등에 맺힌 땀방울. 그의 몸이 내 몸에 찰싹 부딪치는 소리. 나는 숨을 헐떡이며 흐느꼈다. 섹스할 때 내 목소리가 어떤지 나도 잘 알고 있었다. 선정적인 소리. 요염하게 흐느끼고, 탄성을 지르고, 신음을 하고, 숨을 내뱉으면서 의지와는 상관없이 반응했다. 몸이 느끼는 감각을 부정할 수는 없었다. 관능적인 그의 몸짓, 육욕을 통해 드러나는 그의 잔인함, 완벽히 본능에 충실한 그의 힘, 수그러들 줄 모르는 그의 정력. 이 모든 것이 한꺼번에 몸을 뜨겁게 달구었고, 그 열기 위에서 몸부림치다가 결국 무너지고 말았다. 그렇게 나는 무기력한 존재가 되었고, 그의 노예로 전락했다. 누군가의 소유물이 되는 느낌, 소유물로 사용되는 느낌이었다. 노예가 되는 순간, 나는 내가 아니었다. 이런 상황이 너무나 싫었지만, 동시에 너무나 간절히 필요하기도 했다.

내 몸은 격렬히 달아올랐지만 이러는 자신이 너무 싫었다. 그의 입술이 내 귀를 물고 있을 때 진열장 유리 위로 몸을 엎드린 상태였고, 진열장의 날카로운 모서리가 내 배를 찔러댔다. 나는 숨이 막혀 헐떡거렸다. 눈물이 나려고 했다. "당신 주인은 누구지, 엑스?" 그는 신중하고 정확한 발음으로 한 단어씩 말했다.

"이 몸의 주인은 누구지?" 그가 내 엉덩이를 찰싹 때리며 물었다. 손길은 날카로웠지만 아프지 않았다.

"당신이에요." 나는 낮은 목소리로, 하지만 충분히 들릴 만한 목소리로 답했다.

그는 나를 끌어당기더니 일으켜 세웠다. 크고 단단한 손으로 내 목덜미를 움켜잡았다. 그의 시선이 나를 꿰뚫기라도 할 것처럼 세게 짓눌렀다. 검은 두 눈동자에는 여전히 분노의 흔적이 남아 있었지만 뭐라고 설명할 수 없는 다른 감정들의 흔적도 역시 스며들어 있었다. 그는 다시 내 다리 사이에 손가락을 집어넣고는 아직 온기가 남아 있는 그의 정액에 손가락을 문질렀다. 그리고 그 손가락을 내 혀에 갖다 댔다. 시큼하면서도 탁한 맛이 느껴졌다. 사향 냄새도 느껴졌다. 내 몸에서 나온 애액이 그의 정액과 함께 뒤섞여 있었다. "그게 나야. 당신 안에 있던 나. 우리 둘의 맛이 느껴져?"

나는 고개를 끄덕였다. 말을 할 수 없었다.

그는 손가락으로 내 유두를 세게 꼬집었다. "엑스, 당신의 성적 취향은 내가 결정해. 나 아닌 다른 사람은 당신 냄새 하나도 맡아서는 안 돼. 알겠어? 당신. 주인은. 나야." 그는 나를 꼬집고 있는 손가락에서 힘을 빼지 않았다. 찌르는 듯한 고통으로 몸이 떨리기 시작했고, 급기야 몸이 뒤틀리기까지 했지만 또 한편으로는 이 고통을 계속 원하고 있었다. 너무 싫었다. 이런 반응을 보이는 몸이 진절머리 났다. "내 말 알아들었어, 엑스?"

"알아들었어요."

하지만 그는 꼬집고 있는 손가락에 힘을 더 주었고, 나는 결국 훌쩍이기 시작했다. "알아들었다고? 그래?"

"알아들었어요, 케일럽!" 나는 숨도 제대로 쉬지 못했다.

그가 손가락을 떼자 나는 다리에 힘이 풀려서 어쩌지 못

하고 주저앉아 버렸다. 그는 두 팔로 나를 잡고 아무렇게나 들어 올렸다. 그리고 침실로 데려가 부드럽게 침대 위에 내려놓았다. 지나칠 정도로. 이렇게 다정한 그의 행동이 신체적인 고통보다도, 내 몸에 대한 소유권을 주장할 때보다도, 성적으로 나를 제압할 때보다도 내 가슴에 상처를 남겼고, 나를 더 혼란스럽게 만들었으며, 괴롭혔다.

"이제 자." 이건 명령이었다.

그렇다면 나는?

명령에 복종해야 한다.

갑자기 버둥거리며 잠에서 깼다. 창문의 블라인드가 올라가 있었다. 하늘에 맞닿은 셀 수 없는 빌딩의 반짝임과 하늘의 달빛이 방 안으로 쏟아져 들어왔다. 블라인드를 내리려고 침대 옆 테이블 위로 손을 뻗어 리모컨을 찾았다.

리모컨이 없었다. 그리고 내 소음 기계도 사라지고 없었다.

가슴이 철렁 내려앉았다.

벌거벗은 채로 자리에서 일어나 창가로 걸음을 옮겼다. 창문 위쪽을 살펴보았다. 블라인드는 그 자리에 여전히 달려 있었다. 하지만 리모컨이 사라지고 없었기 때문에 블라인드를 내릴 방법이 없었다.

눈물이 나면서 눈이 따끔거리기 시작했다. 벌을 받는 중이리라. 나는 블라인드와 소음 기계가 없으면 잠을 잘 수 없었다.

이제 잘 수 없거나, 아주 힘겹게 자야 했다.

나약해지지 않으려 애썼다. 자리에 누워 이불을 덮었다. 머리끝까지 끌어당겨 덮었다. 그리고 자려고 시도했다. 하지만 금방 질식할 것 같았다. 이불 안에서 맴도는 뜨거운 내 입김에 오히려 숨이 막혔다. 이불을 다시 치웠다. 그리고 가만히 천장을 바라보았다.

잠이 완전히 달아나 버렸다.

짜증도 나고 화도 났다. 이불을 침대 밖으로 걷어차 버리고는 조용히 욕실로 들어갔다. 샤워기를 틀고 뜨거운 물이 나올 때까지 기다렸다. 델 정도로 뜨거운 물줄기 안으로 걸어 들어가 숨을 낮게 내쉬었다. 물의 온도를 낮추지는 않았다. 살갗을 문질러 닦기 시작했다. 인정사정없이 거칠게 문질렀다. 피부가 붉다 못해 피가 날 정도로. 냉혹하고 잔인하지만 이따금 부드럽기도 한 그 손길을 떨쳐낼 수 있기라도 한 것처럼. 그리고 그 손길에 반응하게 만들고, 그 손길을 더 갈구하게 만드는 내 안의 뒤틀린 욕망을, 나를 성적 착취에 중독되게 만드는 그 독약 같은 욕망을 제거할 수 있기라도 한 것처럼, 온몸을 구석구석 문질러 닦았다.

내 몸에서 **빼낼** 수만 있다면 모두 **빼내고** 싶었다.

광기에 사로잡힌 나는 제모를 할 때 사용하는 일회용 면도날을 꺼내, 팔뚝 윗부분에 대고는 비스듬히 그었다. 면도날이 살갗을 베고 지나가자 따끔거렸다. 나는 갑작스런 통증에 놀라서 면도날을 바닥에 떨어뜨리고는 팔에서 흘러나온 진홍색 피가 바닥에 떨어져 물줄기와 함께 흩어지는 광경을 멍하니 바라보았다. 피가 흘러나오는 광경에 매료되어 그저 바라보았다.

하지만 다시 상처를 내지는 않았다. 그럴 용기가 없었다. 나는 겁쟁이 중의 겁쟁이였다. 아직은 죽고 싶지 않았다.

그리고 그때, 정말 별안간에, 샤워실 바닥에 털썩 주저앉아 울기 시작했다. 샤워기에서 흘러나오는 물줄기가 내 몸을 따뜻하게 두들겼다. 흐르고, 흐르고, 계속해서 흐르는 눈물에 나는 더 고통스러웠다. 두 주먹으로 머리를 세차게 내리쳤다. 나는 손가락으로 내 두 눈을, 머리카락을 거칠게 쥐어뜯었다.

"씨발." 악물고 있던 어금니 사이로 욕이 튀어나왔다. "씨이바알!" 나는 결국 소리를 질렀지만 이 말이 입 밖으로 나왔을 땐 알아들을 수 없는 울부짖음이 되어 있었다. 그리고 그마저도 샤워기의 물소리에 섞여서 들리지 않았다.

욕을 뱉고 나니 기분이 한결 나았다.

간신히 추스르고 일어나 샤워기를 잠그고 물기를 닦아낸 뒤 티셔츠와 팬티를 입었다.

책으로 안정을 되찾아 보려고 맨발로 도서관으로 향했다. 발가락이 물에 퉁퉁 불어 있었다. 스밀라와 몇 시간이라도 함께 있으면 안정이 될 것 같았다.

하지만 문이 잠겨 있었다.

문을 다시 열어 보려고 했다. 손잡이를 잡고 돌려 보았다. 문을 흔들어 보기도 했다. 그리고 주먹으로 때려 보기도 했다.

이것 역시 그가 내리는 벌이었다.

나는 문에 등을 기대고 섰다. 또다시 눈물을 참아보려고 애썼다. 문에 등을 기대고 섰을 때 방 건너편에 놓인 다른 책장이 눈에 들어왔다.

그 책장에 있던 책들도 모조리 사라지고 없었다.

그리고 못 보던 책 한 권이 놓여 있었다.

〈권위에 대한 복종〉, 스탠리 밀그램.

06

　책 없이 보낸 일주일은 영원과도 같았다. 내겐 텔레비전도, 라디오도 없었다. 고객들을 제외하면 찾아오는 방문객도 없고 친구도 없었다. 늦은 밤 갑작스런 그의 방문 역시 없었다. 오랫동안 지속된 그의 부재가 너무 크게 느껴졌다. 나는 미쳐 가고 있었다. 방문이 예정되어 있던 고객들이 모두 다녀가고 나면 방 안을 서성거렸다. 이 벽에서 저 벽을 지나 그 다음 벽으로, 이 창문에서 저 창문으로, 이쪽 모퉁이에서 저쪽 모퉁이로, 내 세상의 모든 경계선을 따라 걸었다. 혼잣말을 하지는 않았지만, 그러지 않기 위해 엄청난 자제력을 발휘해야 했다. 밤에는 잠을 잘 수 없었다. 몸을 이리저리 뒤척이기도 하고 멍하니 천장만 바라보기도 하다가, 결국에는 창가에 서서 유리창에 이마를 맞대고 팔짱을 낀 채 팔꿈치를 움켜잡고 창밖을 내다보기만 했다. 그저 멍하니.

　늘 하던 습관대로 걸어가는 사람들을 관찰했다.

　저 아래 한 여자가 있었다. 서른이 안 되어 보이는 젊은 여자였다. 보기보다 더 어릴지도 몰랐다. 이렇게 먼 거리에서는 가늠하기 쉽지 않다. 자정이 지난 늦은 밤에 저 여자는 고급 정장 차림을 하고 있었다. 몸에 딱 붙는 짙은 남색 펜슬

스커트와 접어서 한 팔에 걸치고 있는 블레이저는 한 벌이었다. 무늬는 없지만 맞춤 제작한 흰색 블라우스도 정석에서 벗어나지 않았다. 하지만 단추가 세 개 풀려 있어서 가슴골이 지나치게 많이 드러나 보였다. 술집에 가거나 집에 가는 게 아니라면 이상했다. 황갈색 핸드백을 한쪽 어깨에 걸치고 있었다. 가방끈이 작고 가늘어서 거의 보이지 않았다. 짙은 색상의 웨지힐 구두를 신었는데 짙은 남색 같기도 하고 암회색 같기도 했다. 머리는 단정하게 모아 묶어 올렸다. 하지만 걷는 모습을 보면 분명 어떤 사연이 있었다. 무릎까지 내려오는 스커트가 상당히 타이트한데도 재빠른 걸음으로 걷고 있었다. 너무나 빠른 걸음이었다. 그리고 얼굴을 핸드폰에 파묻고 있었다. 저 어깨 모양을 보면 알 수 있었다. 여자는 화가 난 상태였다. 교차로 앞에 멈춰 서더니 전화기를 핸드백 안에 쑤셔 넣었다. 그런 다음 어깨를 곧게 펴고는 숨을 깊이 들이마셨다. 무언가에 무관심해지려는 사람처럼, 아니면 용기를 불러내려는 사람처럼 여자는 고개를 높이 들어 올렸다.

이렇게 높은 곳에서도 여자의 열려 있는 핸드백 안에서 반짝이는 핸드폰 불빛이 보였다. 그저 하얗게 빛나는 불빛에 지나지 않긴 했지만. 여자는 마지못해 다시 핸드폰을 꺼내더니 문자 메시지를 읽었다. 그리고 답장도 보내지 않은 채 전원을 끄고, 다시 핸드백 안에 던져 넣었다. 신호등에 파란불이 켜졌을 때 여자는 길을 건너지 않고 교차로에 그대로 서서 무언가를 기다렸다.

매끈한 검정색 고급 승용차 한 대가 교차로에서 잠깐 멈칫하더니 여자를 향해 다가갔다. 그리고 여자 앞에 멈추어 섰다. 뒷좌석 문이 열리자 여자는 고개를 가로저으며 뒤로 물러났다. 내 심장이 쿵쾅거렸다. 여자는 화가 난 듯 손가락을 하늘로 찔러댔다. 소리치고 있었다. 분명히. 한 걸음 뒤로 물러서더니 또 한 걸음 움직였다. 운전석 뒷좌석의 문이 열렸고, 안에서 키 큰 남자가 내렸다. 내 심장 박동이 멈추었다. 아름답게 헝클어진 저 검은 머리카락. 자신감 넘치고 오만한 저 포식자의 걸음걸이. 그리고 저 어깨.

그럴 리 없었다.

하지만 내 두 눈이 불가능한 상황을 보고 있었다.

여자가 계속 뒷걸음질을 치는 바람에 이제 여자의 모습이 거의 보이지 않았다. 여자는 고개를 가로저으며 말을 하고 있었다. 공격을 막으려는 사람처럼 두 손을 들어 손바닥을 내보였다. 여자가 내 말을 들을 수 있을 정도로 가까이 있었다면 그런 행동은 소용없는 짓이라고 말해주었을 것이다.

그의 거대하고 강력한 두 손이 먹이를 공격하는 뱀처럼 재빠르게 다가가 여자의 어깨를 움켜잡았다. 여자를 가까이 끌어당겨 마주 보고 섰다. 그의 얇은 입술이 움직이면서 무슨 말을 하고 있었다. 여자는 여전히 고개를 가로저었지만 더 이상 달아나려고 하지는 않았다. 어째서 저 여자는 달아나지 않는 거지?

그가 여자에게 키스를 퍼부었다. 여자를 집어삼킬 듯 격렬한 키스를 퍼붓고 있었다. 이렇게 높은 층에서도 여자 다리의 힘이 풀리는 걸 알아볼 수 있었다. 여자의 허리를 감싸 안은 그의 거친 두 손이 탄탄한 그의 품 안으로 여자를 바짝 끌어당기면서 여자가 제자리에 서 있을 수 있게 지탱하고 있었다. 여자가 두 손으로 그의 머리카락을 움켜잡더니 천천히 어루만지기 시작했다.

저 여자는 그를 만질 수 있단 말인가?

키스도?

그는 내게 키스한 적이 없었다.

나는 손을 뻗어 그의 입술을 만져본 적도 없었다.

분노와 역겨움, 두려움과 혼란이 솟구쳤다. 대체 무슨 까닭으로 이런 감정이 내 안에서 생겨났는지 알 수 없었다. 나는 그저 그의 소유물일 뿐이었다. 이 사실을 잘 알고 있지만 그의 입술을 원하지 않는다. 그의 몸 어디에도 손대고 싶지 않았다.

내가 진실로 이렇게 생각하고 있다고 믿고 싶었다. 마음 한구석에서는 그렇지 않다고 말하고 있어도.

분명 저 여자에게는 나와는 다른 규칙이 적용되고 있었다.

하지만 여자를 지배하고 싶어 하는 그의 욕구, 여자의 신체적 특징과 성감대에 대한 그의 해박한 지식만큼은 저 여자에게도 마찬가지로 적용되고 있었다. 지금 그는 저 여자를 완전히 소유하려면 어떻게 다루어야 하는지 잘 알고 있었다. 내 눈에는 그런 것들이 너무나도 빤히 보였다. 여자는 그대로 무너졌다. 그리고 그를 따라 다시 앞으로 걸어 나왔다. 여자의 등이 승용차의 조수석 문에 맞닿을 때까지. 여자의 몸이 녹아내렸다. 완전히 굴복한 모습이었다. 길에는 다른 사람들도 있었다. 여기는 뉴욕이고, 뉴욕은 절대 잠들지 않는 도시이기 때문에 길에는 항상 사람들이 있다. 하지만 저 승용차 앞에서 벌어지고 있는 광경은 두 사람만의 은밀하고 에로틱한 사건이었다. 그의 넓은 어깨 너머로 여자의 벌린 입이 보였다. 그의 두 손은 여자의 허리 뒤에서 스커트 안으로 깊숙이 파고들고 있었다. 이미 내게도 익숙한 손길이었다. 억누르기 힘든 흥분과 어쨌든 찾아오고야 마는 절정까지도.

저렇게 길 한복판에서.

여자는 오르가슴에 도달했다. 몸이 축 늘어진 채 그의 팔에 다시 매달렸다. 아니 여전히 매달려 있었다. 그리고 잠시 후 여자는 혼자 승용차 문에 기댄 채 서 있었다. 스커트는 옆으로 돌아가 있었고 모아 올린 머리도 헝클어져 있었다. 블라우스도 흐트러진 상태였다. 핸드백은 팔에 걸려 있었지만 거기 있다는 사실을 모르는 것 같았다. 그의 건장한 몸이 운전석 뒷좌석에 올라타자 문이 닫혔다. 여자는 머뭇거렸다. 스커트를 바로 잡고 블라우스도 매만졌다. 핸드백을 다시 어깨에 걸치고 머리도 다시 정리했다.

여자는 크게 심호흡을 했다.

그리고 앞으로 걷기 시작했다.

그래, 그거야!

뛰어!

계속 앞으로 가는 거야. 유혹에 굴복하지 말고, 마법에 홀리지도 말고.

여자는 당당히 세 걸음을 옮겼다. 그런데 그 순간 롯의 아내처럼 뒤를 돌아보고 말았다. 롯의 아내처럼 소금 기둥이 되지는 않았지만 그에 못지않은 결말이었다. 여자의 시선은 여전히 열려 있는 뒷좌석 문에 고정되어 있었다. 여자는 더 이상 버티지 못했다. 무자비하고 잔뜩 굶주려 있는 그 어두운 구렁텅이 안으로 가까이, 더 가까이 다가오라고 손짓하면서 섹스의 화신이 부르고 있는 유혹의 노래가 내 귀에도 들리는 것 같았다.

가까이, 더 가까이.

그리고 여자는 어리석게도 몸을 숙여 뒷좌석 안으로 미끄러져 들어갔다. 그가 한 손으로 여자를 잡아당기는 바람에 여자가 균형을 잃고 앞으로 쓰러졌다. 여자는 다리를 너무 많이 벌렸고, 그래서 스커트가 위로 말려 올라가면서 여자의 검은색 끈팬티가 드러나 보였다. 여자는 자세를 고쳐 앉으려고 다리를 움직였고, 그는 손을 아래로 뻗어 여자의 엉덩이를 잡았다. 여자가 잠자코 있었고, 그의 손도 여자의 엉덩이를 움켜쥔 채 가만히 있었다. 그는 반대쪽 손을 뻗어 문손잡이를 잡았다. 정장을 걸친 그의 긴 팔이 보였다.

차 밖으로 너무나 익숙한 그의 얼굴이 잠시 드러났을 때, 나는 최면에 걸린 사람처럼 넋을 놓고 바라보았다. 검은 두 눈이 시선을 위로 돌려서 나를 바라보았다. 미소를 짓지는 않았다. 신은 미소를 짓는 법이 없으니까. 하지만 아름다우면서도 매서운 그의 얼굴에는 즐겁기도 하고 만족스러워 보이기도 하는 어떤 흔적이 유령처럼 떠돌고 있었다.

그가 나를 바라보는 그 순간, 나는 시선을 돌릴 수 없었다. 그를 바라보는 동시에 그의 시선에 묶여 버렸다.

이 모든 게 나를 위한 쇼였던 것인가?

무언가를 증명해 보이려고 꾸민 장난인가?

몸을 돌렸다. 속이 울렁거렸다. 토하고 싶었지만 그러지 않았다.

"잘 지냈어요, 마담 엑스?" 조너선이 방으로 들어와 소파에 앉으며 부드럽고 정중한 목소리로 물었다.

"나는 잘 지냈어요, 조너선." 거짓말이었다. "어떻게 지냈나요?"

"저도 잘 지낸 것 같네요." 조너선은 어깨를 으쓱해 보였지만 다른 할 말이 있는 것 같은 말투였다.

"그런 것 같다니요?" 나는 반문했다.

조너선, 당신을 처음 만난 것도 꽤 오래전 일이다. 당신은 내 최고의 성과물이었다.

"아무것도 아니에요." 조너선은 손을 내저으며 시선을 내 책장으로 옮겼다. 책장은 여전히 텅 비어 있었고, 내가 감히 치우지 못하고 남겨둔 한 권의 책만 덩그러니 놓여 있었다.

읽지도 않으면서. 소심한 반항이라고 할까. "책을 다 어디로 치운 거죠?"

나는 그럴듯한 거짓말을 생각해 보았다. 하지만 아무것도 생각나지 않았다. 조너선이 내 책에 대해 언급하거나 관심을 가질 줄 몰랐다. 나는 어깨를 으쓱해 보이며 대꾸했다. "다른 곳으로 옮겼어요." 이게 제일 먼저 머리에 떠오른 변명이었다.

조너선은 자리에서 일어나 책장으로 다가가더니 덩그러니 놓인 그 책을 집어 들고 찬찬히 제목을 읽었다. 그가 책 중간쯤을 펼쳐서 몇 페이지 읽는 동안, 방에는 잠시 침묵이 감돌았다. "정말 말도 안 되네요."

"책을 다른 곳으로 옮긴 일이요?"

조너선은 고개를 가로저으며 손에 들고 있던 책을 가리켰다. "아니요. 이 책 말이에요."

나는 그 책을 읽지 않았기 때문에 내용을 전혀 알지 못했다. 하지만 조너선 앞에서 모른다고 말할 수는 없었다. "왜 그런 말을 하죠?"

조너선은 어깨를 으쓱하며 말했다. "이 책 내용이요. 일종의 사회적 실험을 다루고 있잖아요. 교사와 학생이 등장하고, 교사는 학생에게 질문을 해요. 그런데 학생이 틀린 답을 말하면 교사가 전기 자극을 준다는 그런 내용이에요."

"달랑 몇 페이지 읽고 내용을 그만큼이나 파악한 건가요?"

조너선은 씨익 웃었다. "오, 그럴 리가요. 대학 다닐 때 심리학 수업을 들은 적 있거든요. 그 수업 교재가 이 책이었어요. 꽤 오래 전 일이라 잘 기억나진 않지만 그 당시에도 말도 안 되는 실험이라고 생각했어요. 그 실험의 결과를 아직 기억하고 있어요. 복종이 사회의 구조적 산물이라는 거죠. 권위도 마찬가지고요. 우리가 권력자의 권위에 동의하므로 설사 그것이 인간의 행복과 상충될지라도 그걸 따른다는 이야기였지요. 누군가 우리에게 권위를 행사할 수 있도록 사회적 합의가 이루어져 있다고요. 반대의 경우도 마찬가지예요. 사람들은 권력을 가지거나 권위를 획득하면 도덕성에 어긋나는 부분이 있다 하더라도 그걸 포기하지 않는다고 하더라고요. 끔찍한 이야기죠. 우리가 무슨 행동을 하고 있는지, 지금 무슨 일이 일어나고 있는지 알지도 못하면서, 사회의 구조에 얼마나 의존하고 있는지 보여 준다고나 할까요."

"하지만 그런 구조가 사회에 가장 근본이 되는 요소 아닌가요?"

조너선은 고개를 끄덕였다. "그럼요. 물론이죠. 하지만 그런 요소를 조금이라도 인식하게 된다면 머릿속이 뒤죽박죽될 수 있어요. 이 책을 공부하고 나서는 어딜 가든 의문을 품게 되더라고요. 무슨 대화를 하든 전혀 새로운 이야기처럼 느껴지기 시작한 거죠. 어떤 단어를 수차례 반복해서 말하다 보면 원래의 의미는 사라지고 낯설게 느껴지는 그런 거 있잖아요."

"의미 과포화 현상이라고 하죠." 내가 말했다.

"그래요, 그거요. 저는 결국 다시 정상으로 돌아왔고, 모든 현상과 사물을 지나치게 객관적으로 바라보는 습관을 버렸어요. 하지만 몇 주 동안의 경험은 정말 괴상하기 짝이 없었죠. 사람들이 인식하지 못하는 소소한 암묵적 동의가 존재한다는 생각을 해 본 적 있지 않아요?"

나는 고개를 저었다. 머리로는 이해할 수 있었지만 실제 상황에서라면? 아니다. 나는 너무나 제한적인 환경에서 살고 있었다. "내가 그런 경험을 해 본 적이 없다고 가정해 봐요. 무슨 말을 하고 싶은 거죠?"

"음. 복종과 권위에 대해 말하자면, 사람들은 기꺼이 타인의 권위에 복종하려 한다는 사실이에요. 제가 엑스의 지시에 따르는 이유가 뭘까요? 저는 당신에 대해 아는 게 하나도 없어요. 그런데 왜 저는 매주 이곳에 와서 당신이 제게 들려주는 이야기를 듣는 것이며, 왜 당신한테서 어떻게 말을 하고, 어떤 행동을 하고, 어떤 옷을 입을지에 대한 설명을 듣고 있는 걸까요? 우리는 친구가 아니에요. 다른 관계를 맺고 있는 것도 아니고요. 심지어 내가 직접 당신한테 돈을 지불하는 것도 아니죠. 그런데도 저는 지금 이곳에 있어요. 왜 그런 걸까요?"

"당신 아버지 때문이죠."

"바로 그거예요. 그런데 나는 아버지가 정말 싫어요. 농담이 아니고요. 그런데 왜 지금 여기 있는 걸까요?"

"그야 당신 아버지는 당신이 원하는 걸 통제하고 있으니까요."

"맞아요, 정답이에요. 바로 돈이죠. 회사의 앞날도 그렇고요. 아버지 회사를 위해 저는 어린 시절을 희생했어요. 아버지는 자신의 회사를 위해 제 어린 시절을 희생했고요. 아버지는 집에 계셨던 적이 없어요. 어쩌다 계실 땐 서재에서 일을 하셨고요. 그리고 제가 항상 남들보다 뛰어나며, 최고가 되길 바라셨어요. 고등학생 땐 아이비리그 대학에 갈 수 있는 성적을 받아 오길 기대하셨고, 대학생 땐 이제 내가 회사를 물려받을 권리가 있다고 주장할 수 있을 만한 학점을 받아 오길 기대하셨죠. 그래서 저는 아버지가 원하시는 대로 모두 했어요. 그런데 그냥 회사를 물려받을 수는 없었죠.

심지어 높은 직책에서 일을 시작할 수도 없었어요. 밑바닥 수습사원부터 시작해야 했어요. 물론 이해는 해요. 수습사원으로 기초부터 회사 일을 배워 나가는 거 좋죠. 정말 좋은 생각이에요. 그런데 저는 주말마다 빠지지 않고 아버지와 같이 출근을 했어요. 매주 주말마다 갔다고요. 친구를 만나서 어울리지도 않았고, 스포츠 시합이나 비디오 게임을 하러 가지도 않았고, 공원 산책, 자전거 타기, 이런 것도 안 했어요. 그저 아버지와 함께 사무실에 출근해서 아버지가 일하는 모습을 지켜봤어요. '언젠가는 네 회사가 될 거다, 조너선.' 아버지는 늘 이렇게 말씀하셨어요. '그러니 잘 지켜봐라.' 저는 잘 지켜봤어요. 모든 계약서와 모든 회계 장부의 내용을 파악하고 있죠. 말 그대로 모두 제 머릿속에 있어요. 완전히 준비된 상태죠. 그런데 아버지는 아직도 저를 가로막고 있어요. 그래서 저는 더 높은 자리로 올라갈 수가 없고요. 제가 최고경영자의 아들이라는 사실을 무시하고 아무리 객관적으로 따져 봐도 제가 더 적임자인데, 저 말고 다른 직원들만 진급시키시더군요. 그리고 저를 이곳으로 보내서 당신과 함께 수업을 받게 하셨어요. 제가 아직 완전한 남자가 아니기 때문이죠. 그래서 저는 여기서 웬 재수 없는 여자한테 모욕을 당하면서 그 여자가 시키는 대로 하고 있는 거고요." 조녀선은 나를 흘긋 쳐다보더니 당혹스러운 표정을 지었다. "미안해요. 나는 그냥……."

"괜찮아요, 조녀선. 못 들은 걸로 할게요. 이번만이에요. 그리고 내가 좀 재수 없긴 하죠. 그러라고 월급을 받는 거고요. 그렇지 않나요?"

조녀선은 내가 한 말을 완전히 못 들은 척했다. "하여간 중요한 사실은 내가 아버지의 지시를 따르고 있다는 거죠. 더 뛰어난 사람이 되고 싶다는 마음이 아직도 있으니까요. 아버지가 소유하고 있는 것들을 저도 원하기 때문에 저는 아버지에게 저에 대한 권한을 넘겨드렸어요. 이제는 제가 가질 수 있는 것들을 가지고 싶어요." 조녀선은 잠시 고개를 숙였다가 금세 내게 눈길을 돌렸다. 그의 두 눈은 모든 걸 다 알고 있다는 듯 날카로워 보였다. "하지만 사람은 저마다 그럴 만한 이유가 있기 때문에 타인에게 자신을 통제할 권한을 내주는 거 아닐까요?"

"왜 그런……, 조녀선. 지금 마치 다른 사람과 이야기하는 것 같군요. 그런 자기 성찰은 별로 조녀선답지 않은데요." 나는 조녀선이 이야기의 중심에서 벗어나게 놔둘 수 없었다.

특히 지금 내가 처한 상황에서는 나를 중심으로 이런 주제의 이야기를 하게 된다면 좋지 않은 결과를 초래할 것이

분명했다.

"나는 돈만 많은 찌질이예요, 엑스. 저도 그건 알아요. 인정해요. 그리고 그렇다고 해서 남들한테 사과하지는 않을 거예요. 나는 지금까지 가지고 싶은 건 모두 내 걸로 만들었어요. 가지고 싶지 않은 것도 일부 내 걸로 만들었고요. 내게 주어진 자리에 앉아 아버지 곁에서 회사 경영을 위해 아버지가 요구하는 모든 일들을 해냈어요. 그런데도 아직 아버지에게 충분히 흡족한 아들이 아니에요. 어렸을 때도 흡족한 아들이 아니었기 때문에 아버지는 저와 함께 시간을 보내고 싶어 하지 않았죠. 그래서 아버지를 따라 사무실에 갔어요. 아버지 눈에 띄고 싶은 마음 때문에요. 하지만 아버지는 저를 한 번도 눈여겨보지 않으셨어요. 앞으로도 제가 아버지 눈에 드는 일은 없을 것 같아요. 하지만 저는 아버지에게 여전히 저에 대한 권한을 드리고 있어요."

"어째서 그런 생각을 하게 된 거죠, 조너선?" 특별한 이유는 없었지만 나는 갑자기 이 돈 많은 찌질이의 밑바탕에는 제법 괜찮은 남자가 있을지도 모른다는 생각을 하고 있었다.

조너선은 어깨를 으쓱해 보였다. "아버지가 말씀하셨죠. 제가 수업에 참여하면, 그러니까 여기 와서 당신한테 수업인지 뭔지를 들으면 저에게 부사장 자리를 내주신다고요.

그래서 여기에 왔고, 이렇게 노력을 하고 있다 보니 그렇게 됐네요."

"맞아요. 정말 많이 노력했죠. 많은 진전을 보였고요. 지금 우리가 이런 대화를 나누고 있다는 사실도 정말 중요해요. 이 대화야말로 조너선이 이룬 성과니까요."

"음, 그래요. 그런데 그 못되고 고집 센 꼰대는 나한테 약속했던 그 자리에 에릭 벤슨을 앉혀 버렸어요. 그렇게 분명히 내게 약속까지 해놓고 말이죠. 아직 수업 기간이 삼 주 더 남았죠? 그런데 망할 에릭 벤슨에게 그 자리를 줬단 말이에요. 벤슨은 멍청한 꼭두각시일 뿐인데 말이죠. 그저 알랑거리면서 아첨만 하는 머저리예요. 자기 생각이 없어요. 그냥 이 사람 저 사람 할 것 없이 따라다니면서 입에 발린 말이나 하고 멍청하게 웃기나 하죠. 정말 재수 없는 얼간이예요."

조너선에게 딱히 해줄 말이 없었다. 그의 고민을 듣고 위로하는 건 내 일이 아니었고, 고해를 받아 줄 신부나 하소연을 들어 줄 친구는 더욱더 아니었다. 내가 할 일은 그저 조너선이 찌질이가 되지 않게 돕는 것뿐.

"그러면 언제쯤 흡족한 아들이 되는 거죠, 조너선?"

조너선은 비참한 표정으로 나를 보았다. "뭐라고요?"

"충분하다는 건 어느 정도를 말하나요? 언제까지 그렇게 계속 풍차를 공격하고 있을 생각이죠?"

조너선은 짜증 섞인 신음을 내뱉더니, 몸을 뒤로 기대고 두 손으로 머리를 쓸어 넘겼다. "아, 수수께끼라면 됐어요. 사양할게요."

"수수께끼가 아니에요. 〈돈키호테〉에 나온 표현이죠."

"나도 돈키호테가 누군지는 알아요, 엑스. 제가 예일 대학 출신이거든요. 이미 알고 계시겠지만."

물론 알고 있었다. 그리고 나는 예일 대학 출신도 아니고, 어디 다른 대학 출신도 아니었다. 하지만 그렇게 대답하지는 않았다. 지금 조너선 앞에서 내가 얼마나 박식한지 자랑할 필요는 없었다. 조너선을 그럴 듯하게 자극하는 일이 더 중요했다.

"돈키호테가 누군지 안다면 말이죠, 내가 왜 좀 전에 당신한테 그런 얘기를 했을 거라고 생각하나요?"

조너선은 얼굴을 찡그렸다. 생각하고 있다는 의미였다. "이제 풍차 공격은 그만두라는 말이겠죠."

"돈키호테는 풍차를 무엇으로 착각했죠?" 내가 물었다.

"거인들."

"맞아요. 그럼 당신은 돈키호테의 최대 약점은 뭐라고 생각하나요?"

"풍차가 거인이라고 믿은 것."

"틀렸어요. 돈키호테의 약점은 풍차가 정말 거인이었다고 믿었고, 거인들을 죽일 수 있다고 생각했다는 거예요. 정말 거인이었다면 모기처럼 납작하게 눌려 죽었겠죠."

"그러면 당신은 지금 제가 풍차를 공격하고 있는 걸로 모자라서, 애초에 무찌를 수 없는 거인까지 공격하고 있다는 말인가요?"

나는 대답하지 않았다. 조너선이 풀어야 할 문제였다.

"그러면 지금 내가 뭘 잘못하고 있는 거죠? 나한테 무슨 문제가 있는 거냐고요? 아버지는, 아버지는……."

"조너선." 나는 그를 야단쳤다.

"왜요?"

"그만 징징거리고 생각을 좀 해요."

조너선은 나를 노려보기는 했지만 기특하게도 화를 내지는 않았다. 대신 자리에서 일어나 창가로 다가갔다. 내가 저 아래 오가는 행인들을 바라보며 각자의 사연을 상상하는 바로 그 자리였다.

"세 살 때였어요." 조너선이 고개를 숙인 채 낮은 목소리로 말했다. 한 손은 주머니에 꽂고, 다른 한 손은 유리창 위에 대고 선 모습이 의연해 보였다. "그림을 한 장 그렸었어요. 뭘 그렸는지는 기억나지 않지만요. 세 살짜리가 그린 그림이니 아마도 낙서나 다름없었겠죠. 난 그림을 그려서 아버지한테 드리고 싶었어요. 그래서 그 그림을 드렸죠. 아버지가 나를 한 번 쳐다보시고, 또 내 그림을 바라보셨는데 그래서 엄청 신났던 기억이 나요. 아버지가 어떻게 하셨는지 알아요? 아버지는 내 그림과 나를 번갈아 바라보셨어요. 웃어 주지도 않았고 잘 그렸다고 칭찬해 주지도 않았어요. 대신 이렇게 말했죠. '나쁘진 않구나, 조녀선. 하지만 더 잘 그릴 수 있을 거다. 다시 해 봐라.'" 조녀선은 길게 한숨을 내쉬었다. "나는 고작 세 살이었어요. 그리고 그때가, 그때가 처음이었다고요. 나는 다시 크레용을 들고 내 책상으로 돌아가서 그림을 한 장 더 그렸어요. 뿌듯하더라고요. 얼른 아버지한테 들고 가서 잘 그렸다는 칭찬을 듣고 싶었고, 그림이 아버지 마음에 든다는 말을 듣고 싶었어요. 그런데 아버지는 일하러 가고 안 계셨죠. 처음으로 그렸던 그림은 쓰레기통에 처박혀 있었어요. 구기거나 접지도 않고 그냥 그대로. 쓰레기통 안에서 찢어진 편지 봉투들과 휴지 쪼가리에 깔려 있던 그 그림이 생각나요. 내가 기억하기로는 그때 처음으로 속상한 기분을 느꼈던 것 같아요. 그리고 그 후로 하루도 빠지지 않고 아버지가 내 그림을 보게 하려고 애쓰면서, 잘 그렸다는 칭찬을 들으려고 애쓰면서 살았어요. 이십삼 년 동안 말이죠."

나는 의자에 앉아 다리를 꼬고 비스듬히 방향을 튼 채, 창가에 서 있는 조녀선을 바라보았다. 그가 다시 입을 열 때까지 기다렸다. 꽤 오랫동안 침묵이 흐른 뒤 조녀선은 다시 말을 이었다.

"아버지는 거인이에요. 풍차는 아니지만 진짜 거인이죠. 그리고 내게는 그 거인을 처치할 수 있다는 희망이 없어요. 그렇지 않나요? 그러면 나는 왜 이렇게 애를 쓰고 있는 거죠? 당신이 얘기하려고 했던 게 이거 아닌가요? 나는 왜 굳이 이렇게 애를 쓰는 거죠?"

"아니에요, '왜' 그러는지는 중요하지 않아요. 틀린 질문이에요."

자리에서 일어나 조녀선을 향해 조심스럽게 걸음을 옮겼다. 걸음을 내딛을 때마다 누드 톤의 구찌 우르술라 하이힐 샌들이 딸각거리는 소리를 냈다. 손을 뻗으면 닿을 정도의 거리에서 멈췄다. 그의 향수 냄새를 맡을 수 있을 정도로 가까웠다. 부드럽고 은은하면서도 매혹적인 향기였다. 이렇게 가까이 와서 보니 조녀선이 얼마나 큰 키인지 새삼 느낄 수 있었고, 내가 일을 조금 지나칠 정도로 잘한 것 같다는 생각도 들었다.

"그러면 뭐가 옳은 질문인가요, 엑스?" 조너선이 반쯤 몸을 돌리고 물었다. 나는 물러서지 않았다. 그리고 내 몸을 훑는 조너선의 시선을 못 본 척했다.

"당신이 공격해야 하는 대상이 누구일까요? 이렇게 질문해야 해요. 사람들은 모두 저마다 직면해 있고, 해결해야 하는 문제들이 있어요. 하지만 어떤 거인을 쓰러뜨릴 것인지 먼저 선택해야 해요."

이런 위선자가 있나. 내게는 선택권이 없었다. 나를 대신해 누군가 선택을 해 버렸다. 그리고 그 자체가 쓰러뜨릴 수 없는 거인이 되었다. 하지만 지금은 내 이야기를 할 때가 아니었다. 조너선 앞에서 현명한 모습을 보여야 했다.

조너선은 알아들었다는 듯 고개를 끄덕이며 시선을 나에게 고정했다. 나 역시 그의 시선을 거부하지 않고 그를 바라보며 기다렸다. 그가 시계로 눈을 돌린다면 시간이 다 되었다는 의미일 것이다. 하지만 이미 끝날 시간이 지났다는 사실을 나는 알고 있었다. 시계를 보지 않고도 시간의 흐름을 느낄 수 있었다. 내 삶은 한 시간 단위로 구분되고 측정되기 때문에 시간의 흐름에 민감했고, 시간이 일 분씩 일 분씩 천천히 흘러가든, 휘익 미끄러지듯 십오 분씩 건너뛰든 그 흐름을 느낄 수 있었다. 한 시간이 지났는데도 조녀선은 여전히 이곳에 있었다. 마치 나를 오늘 처음 본다는 눈빛으로 가만히 응시하면서.

"엑스."

나는 뒤로 물러서며 말했다. "거인을 먼저 골라요, 조녀선."

그러자 조녀선은 나를 따라 걸음을 옮겼다. "이제 존이라고 부르는 것도 괜찮을 것 같군요." 조녀선은 숱이 많고 긴 갈색 속눈썹 아래로 그림자가 짙게 드리워진 두 눈을 내게 고정했다. 음흉한 눈길로 쳐다보는 것도 아니었고, 기분 나쁘게 노려보는 것도 아니었다. 예감이 좋지 않았다. 그저 하염없이 바라만 보고 있었기 때문에.

"그럼 존이라고 부르죠." 나는 조녀선의 두 눈을 마주 보았다. 방심하지 않고 둘 사이에 세운 중립의 벽을 견고하게 유지하기 위해서 대화에 집중했다. "거인을 골라요, 존. 공격할 땐 현명하게 하고요."

한 걸음. 아니 한 걸음도 아니었다. 끝이 뾰족한 이탈리아 가죽 로퍼를 신고 있는 그의 발이 지나갈 정도의 거리만 두고서 마주 섰다. 메모지 한 장 놓을 수 없을 정도로 가까웠다. 비록 서로 몸이 닿지는 않았지만, 은밀한 이 순간은 우리에게 허용된 것이 아니었다. 조녀선은 자신이 감당해야 할 위험 부담을 고려하지 않고 있었다. 아니, 고려할 수 없었다. 그리고 내가 감당해야 할 위험도.

"내가 지금 이 풍차를 공격하겠다고 마음먹는다면 어떻게 될까요, 엑스?" 이렇게 질문하는 조너선의 목소리에는 다른 의도가 담겨 있었다. 마치 내 허리나 얼굴을 만지고 싶어서 손이 근질거린다는 듯, 두 손을 꼼지락거리는 모습에서도 그런 기미가 보였다.

나는 계속 조너선을 바라보며 감정을 드러내지 않은 침착한 목소리로 말했다. 정말 무시무시한 위협은 낮은 목소리로 전달될 때 효과가 극대화되는 법이니까. "조너선, 거기에는 거인들이 있어요. 그리고 그 너머에는 타이탄들이 기다리고 있죠."

딸각. 딩동.

나는 안도의 한숨을 내쉬었다.

아니, 어쩌면 실망했던가?

07

현관문을 노크할 사람은 없었다. 토요일 저녁 7시 30분인데. 잠시 머릿속에 온갖 이상한 생각이 떠올랐다. 가만히 상상하는 것 말고는 할 수 있는 게 없었다. 이제는 '쿵, 쿵, 쿵, 쿵' 하고 단호하면서도 정중하게 문을 두드리는 소리가 들렸다. 자리에서 벌떡 일어나 그저 눈을 깜박이면서 현관문이 갑자기 불타오르거나 살아 움직이기라도 하면 어쩌나 하는 마음으로 바라보고 있었다. 하지만 곧 다시 정신을 차리고 스커트를 매만졌다. 그리고 무표정한 얼굴로 현관문을 열었다.

"렌. 안녕하세요. 무슨 일 있나요?"

햇볕에 그을린 렌의 넓적한 얼굴이 보였다. 마치 화강암에서 떼어낸 것 같았다. 표정도 화강암 덩어리와 별다를 게 없었다. "안녕하십니까, 마담 엑스." 렌의 한쪽 팔에는 검은 의상 가방이 걸려 있었다. "받으시죠."

가방을 받아 들었다.

"왜죠? 그러니까 제 말은, 이게 뭔가요?"

"오늘 저녁 인디고 씨와의 저녁 식사에 참석하실 겁니다."

눈을 깜박였다. 그리고 침을 삼켰다. "저녁 식사에 참석하라고요? 장소는요?"

"위층 랩소디입니다."

"랩소디요?"

렌은 어깨를 으쓱해 보였다. "이 건물 위층에 있는 레스토랑이죠."

"제가 거기서 인디고 씨와 만날 거라고요? 만나서 저녁 식사를 한다고요?"

"그렇습니다."

"모르는 사람들 앞에서요?"

그는 또 한 번 어깨를 으쓱해 보이며 답했다. "잘 모르겠습니다." 그러더니 손목을 들었다. 두꺼운 검정색 고무 밴드가 달린 크로노그래프 시계가 보였다. "인디고 씨께서 한 시간 후에 만나자고 하셨습니다." 렌은 현관문 사이로 걸어 들어와 문을 닫고는 문에 등을 대고 섰다. "저는 여기서 기다리겠습니다. 가서 준비하시죠, 마담 엑스."

온몸이 떨렸다. 지금 이게 무슨 일인지, 무슨 일이 일어나고 있는 것인지 알 수가 없었다. 지금까지 '인디고 씨'와 저녁 식사를 한 적이 없었다. 저녁 식사는 내 아파트에서 먹었다. 혼자서. 줄곧. 지금까지 이런 일은 없었다. 정상적이지 않은 일이었고, 패턴을 벗어나는 행동이었다. 내 삶을 구성하는 날실과 씨실은 언제나 조심스럽게 움직였고, 정확하게 계산된 위치만을 지나갔다. 하지만 갑자기 그 위치를 벗어나자 숨을 쉴 수가 없었다. 가슴이 죄어들었고, 두 눈은 쉴 새 없이 깜박거렸다. 이런 일탈은 반갑지 않았다.

'인디고 씨와 랩소디에서 저녁 식사.' 나는 이 단어들이 대체 무얼 의미하는지 알 수가 없었다. 아무 의미 없는 말이었다.

그럴 필요는 없었지만 다시 샤워를 했다. 그런 다음 제모를 하고 로션을 발랐다. 그 위에 블랙 레이스가 달린 아장 프로보카퇴르의 프렌치 비키니 팬티와 데미컵 브라를 착용했다. 렌이 가져온 이 드레스는 정말이지 훌륭했다. 진한 레드 색상에 네크라인이 목까지 올라오는 반면 두 팔은 그대로 드러나 보였다. 왼쪽이 거의 엉덩이까지 트여 있고 등이 드러나는 보티에 드레스 특유의 비대칭적인 디자인이 눈에 띄었다. 오트쿠튀르 패션쇼에 올랐던 의상인 것 같았다. 우아하면서도 섹시하고 드라마틱했다. 드레스 자체가 훌륭했기에 발에는 아주 심플한 블랙 하이힐 샌들을 신었다. 메이크업도 가볍게 입술, 볼, 눈 주변에만 살짝 손을 댔다.

거실로 걸어 나가는데 가슴이 쿵쾅거렸다. 사십 분 만에 준비가 끝났다. 이 정도면 인디고 씨를 기다리게 만들지는 않을 것이다. 어쩐지 그냥 그런 생각이 들었다.

"정말 아름다우십니다, 마담 엑스." 렌이 이렇게 말했지만 그저 형식적으로 하는 말이거나 꾸며낸 말처럼 들렸다.

"고마워요."

렌은 고개를 끄덕이며 팔을 내밀었다. 렌의 팔을 잡고 현관 밖으로 나오는 순간 폐가 얼어붙고 심장이 터질 것만 같았다. 두터운 아이보리 색 카펫과 점판암으로 이루어진 벽면, 그리고 벽에 걸린 추상화와 꽃병이 놓인 테이블이 눈에 들어왔다. 짧은 통로를 지나자 비상계단이 나타났다. '주의. 비상시에만 사용하시오. 경고음이 울립니다.' 엘리베이터 문은 광택 크롬 소재로 되어 있어서 거울 같았다. 비상구 옆의 창밖으로 맨해튼의 하늘이 보였다. 그 유리창 위로 여름 저녁의 햇빛이 금빛으로 물들어 보였다.

아파트 현관 밖 복도는 내가 생각했던 것보다 훨씬 좁았다.

일반적으로 화살표 버튼이 위치하는 자리에 열쇠 구멍이 있었다. 렌은 주머니에서 고리에 연결된 열쇠를 하나 꺼내 그 구멍에 넣고 돌린 다음 다시 빼냈다. 그러자 곧바로 엘리베이터 문이 열렸다. 엘리베이터 안에도 버튼이 없었다. 구멍에 열쇠를 넣고 이동하려는 층으로 열쇠를 돌리면 되는 것 같았다. 하지만 이동할 수 있는 층은 G, 13, 랩소디, PH, 이렇게 네 층뿐이었다. 렌은 열쇠를 넣고 랩소디 쪽으로 돌렸다. 엘리베이터가 움직이기 시작했다. 하지만 움직이는 것 같지 않았고, 그래서 속이 울렁거리지도 않았다. 잠시 침묵이 이어졌다. 음악도 흘러나오지 않았다. 그러다가 낮게 울리는 '딩동' 소리와 함께 엘리베이터 문이 열렸다.

생각했던 것과는 딴판이었다. 기대가 산산이 부서져 버렸다.

여기저기서 사람들이 낮은 목소리로 대화를 주고받으며 저녁 식사를 즐기는, 저녁 시간이 무르익은 분위기의 고급 레스토랑을 기대했었다. 하지만 포크나 나이프가 접시에 부딪는 소리도, 사람들이 즐겁게 웃는 소리도 들리지 않았다.

사람이라고는 한 명도 보이지 않았다.

종업원도, 손님도, 요리사마저도.

레스토랑 전체가 텅 비어 있었다.

한 걸음 앞으로 움직이자 곧바로 렌과 나 사이에서 엘리베이터 문이 닫혔고, 텅 빈 레스토랑에 혼자 남겨졌다. 심장이 뒤틀리며 빠르게 고동쳤다. 이 정도 심박수면 의학적으로 위험한 수준이다. 텅 빈 테이블들이 나란히 놓여 있었다. 2인용, 4인용, 6인용 테이블 위에 하얀 식탁보가 깔려 있었고, 의자는 모두 테이블 밑으로 밀어 넣어져 있었다. 식탁보 위에는 냅킨이 정갈하게 접혀 있었고, 접시 양옆으로는 깔끔히 정렬해 놓은 포크와 나이프가 보였다. 테이블 오른쪽으로는 와인 잔이 보였다. 레스토랑에는 조명이 하나도 켜져 있지 않았다. 하지만 약 9미터 정도 높이의 판유리를 통해 들어오는 해질녘의 태양빛이 레스토랑 내부 전체를 감싸고 있어서 나는 그 빛에 잠겨 목욕하는 기분이 들었다. 이 레스토랑은 건물의 한 층을 모두 차지하고 있었다. 오픈 플랜식으로 설계된 주방이 레스토랑의 한가운데 자리하고 있어서 개방되어 있는 주방의 삼면을 통해 손님들은 음식을 준비하는 요리사의 모습을 볼 수 있었고, 나머지 한 쪽 벽면 뒤에 놓인 테이블에서는 맞은편 창문들과 하늘을 바라보며 식사할 수 있었다. 내 뒤의 엘리베이터는 주방의 그 유일한 벽에 설치된 네 개의 엘리베이터 중 하나였고, '내' 엘리베이터 위에는 '관계자 외 출입 금지'라고 적혀 있었다. 역시나 화살표 버튼이 있어야 할 자리에 열쇠 구멍이 있었다.

머릿속에서 이런저런 질문들이 끊임없이 떠올랐다. 내가 사는 아파트는 이 건물의 일부일 뿐이다. 내 아파트 현관은 엘리베이터와 비상계단으로만 통한다. 게다가 내 아파트는 정사각형 모양으로, 13층 전체를 다 차지하고 있는 것도 아니다. 어째서 그 전용 엘리베이터는 단 네 개의 층만 운행하며, 어째서 별도의 열쇠가 필요한 걸까? 내 아파트를 찾아오

는 고객들도 모두 그 열쇠를 가지고 있는 걸까? 아니면 엘리
베이터에 안내원이 따로 있는 걸까?

왜 이 레스토랑은 텅 비어 있지?

대체 나더러 뭘 어쩌라는 거야?

그때, 왼쪽으로 조금 떨어진 곳에서 높은 음의 은은한 바
이올린 선율이 부드럽게 흘러나왔다. 잠시 후, 첼로 연주가
가미되더니 곧 비올라와 또 다른 바이올린까지 합류했다.

주방을 돌아 음악 소리가 들리는 곳으로 발길을 옮기니
깜짝 놀랄 광경이 눈앞에 펼쳐졌다. 하얀 식탁보가 씌워진 2
인용 테이블 위에 두 사람을 위한 식기가 세팅되어 있고, 테
이블 옆에 놓인 작은 탁자 위에는 대리석으로 만든 얼음 통
이 놓여 있었다. 그 안에 얼음과 함께 담긴 화이트 와인이 보
였다. 그 주변의 공간을 비우기 위해 원래 있던 테이블 대여
섯 개를 치운 것 같았고, 하얀 양초가 꽂혀 있는 1.5미터 정
도 높이의 검은색 연철 스탠드가 주변을 둘러싸고 있었다.
몇 미터 떨어져 있던 곳에서 흘러나오던 현악사중주가 중단
되고, 젊은 남자 두 명과 젊은 여자 두 명이 어둠 속에서 나
타났다. 남자 둘은 검정 턱시도 차림이었고, 여자 둘은 수수
한 검정 드레스를 입고 있었다.

둥그렇게 원을 그리고 있던 촛불 건너편의 짙은 어둠 속

에서 더 짙은 그림자 하나가 나타났다. 키가 크고, 강력하면서도 우아한 힘이 느껴지는 그림자였다. 짙은 회색 바지의 양쪽 주머니에 편하게 찔러 넣은 두 손이 보였다. 넥타이는 없었고, 맨 위의 단추를 잠그지 않아서 속살이 약간 드러났다. 정장 재킷은 가운데 단추 하나만 채워져 있었다. 재킷 주머니에는 완벽하게 삼각형으로 접힌 진홍색 손수건이 꽂혀 있었다. 검은 머리카락은 모두 뒤로 쓸어 넘겼지만, 한 가닥이 한쪽 관자놀이 위로 흘러내렸다. 그의 얇은 입술 위에는 유희의 유령이 또다시 감돌고 있었다.

그의 목젖이 위아래로 움직였다. "엑스. 이렇게 와줘서 고마워." 그의 목소리가 협곡의 절벽을 허물어뜨리기 위해 내던진 바위처럼 다가왔다.

여기에 온 건 내 선택이 아니었다. 선택의 여지가 있긴 했나? 하지만 나는 물론 그런 말을 내 심장, 폐와 함께 가슴 깊은 곳에 묶어 입 밖으로 내지 않았다. 하이힐을 신은 발을 조심스럽게 내딛으며 넓은 방을 지나 테이블 옆에 멈춰 섰다. 그의 긴 다리가 서너 걸음 만에 같은 자리에 와서 멈추어 섰다. 말끔하게 면도한 강인한 턱 선과 반짝이는 검은 두 눈동자.

"케일럽." 숨을 내쉬며 말했다.

"랩소디에 온 걸 환영해."

"이 레스토랑 전체를 빌렸어요?" 내가 물었다.

"빌렸다기보다는 저녁 시간 동안 문을 닫으라고 했지."

"이 레스토랑은 당신 거군요?"

그가 활짝 웃었다. 흔히 볼 수 없는 표정이었다. "이 빌딩과 빌딩 안의 온갖 것들이 내 것이라고 할 수 있지."

"아."

그는 손가락을 튕기며 내 쪽에 놓인 의자를 가리켰다. "그만 앉지."

나는 자리에 앉아 두 손을 무릎 위에 올렸다. "케일럽, 질문을 하나······."

"질문은 안 하는 편이 좋을 거야." 그는 버터나이프를 집어 들고는 와인 잔을 부드럽게 두드렸다. 크리스털 잔이 침묵 속에서 크게 울렸다. "일단 음식을 좀 먹고 난 다음에 이런저런 얘기를 나눠 보도록 하지."

"좋아요." 나는 고개를 움츠렸다. 그리고 심장 박동이 빨라지지 않게 호흡에 신경 썼다.

그러다가 문득 다른 사람의 기척을 느꼈다. 보거나 들은 것이 아니라 그냥 느껴졌다. 서른다섯 살로 보이기도 하고, 쉰 살로 보이기도 하는 남자였다. 눈가와 입가에 잡힌 주름, 젊고 총명해 보이는 두 눈, 밝은 갈색 머리, 벗겨지고 있는 이마 때문에 그런 인상이 느껴진 것 같았다.

"사장님, 메뉴를 보시겠습니까?"

"아니에요, 제럴드. 메뉴는 됐어요. 일단 오늘의 수프로 시작하고, 샐러드는 하우스 샐러드로 할게요. 내 수프에는 양파 넣지 말고요. 주요리는 필레미뇽, 미디엄 레어로. 장뤼크 씨한테 한쪽만 레어로 해달라고 전해줘요. 피가 줄줄 흐를 정도로는 말고. 그리고 여기, 이 분은 연어 요리로 부탁하고요, 두 사람 다 야채랑 으깬 감자 요리를 주세요."

나는 연어 요리를 먹어야 하는 상황이었다. 필레미뇽이 더 먹고 싶긴 했지만, 먹고 싶은 걸 선택하거나 주어진 음식을 거부할 입장이 아니었다. 지금 이 상황은 완전히 비정상적이었지만, 다른 무언가를 더 빼앗기고 싶지는 않았다.

"알겠습니다." 제럴드가 와인 병을 집어 들며 물었다. "와인은 이걸로 드려도 될까요?"

"아니, 내가 미리 골라 놓은 와인이 있어요. 마르코스가 레드 와인을 준비해 놨을 텐데. 일단 열어서 브리딩을 하고, 앙트레 내올 때 같이 내와요."

"네. 더 필요하신 건 없으신가요?"

"있어요. 연주자들한테 사장조 말고 나단조 곡을 연주하라고 하세요."

"그렇게 하겠습니다. 감사합니다." 제럴드는 허리를 깊이 숙여 인사했다.

제럴드가 잰걸음으로 테이블 사이를 헤치고 지나가더니 비올라 연주자에게 무어라고 귓속말을 했다. 비올라 연주자가 한 손을 들어 올리자 나머지 연주자 세 명이 연주를 멈추었다. 그런 다음 머리를 맞대고 짧게 이야기를 나누더니 다시 연주를 시작했다. 새로운 멜로디의 곡이었다. 다시 우리 테이블로 돌아온 제럴드가 정교한 손놀림으로 와인의 코르크 마개를 열고 두 개의 잔에 와인을 따랐다. 그리고 내게 먼저 잔을 건넸다.

와인 한 잔에 긴장할 필요는 없을 텐데, 나는 이미 긴장한 상태였다. 늘 차와 생수뿐이었으니까. 그 외에는 다른 걸 마셔본 기억도 없었다.

와인은 어떤 맛일까? 궁금해졌다.

사소한 호기심. 중요한 문제에 매몰되지 않도록 이런 일에 관심을 쏟을 필요가 있었다.

보고 흉내 내기로 했다. 검지와 중지, 엄지를 이용해서 와인 잔 다리의 중간을 잡고 조심스레 들어 아주 조금 맛을 보았다. 차가운 액체가 입술을 촉촉하게 적셨다. 입술을 살짝 핥았다. 짜릿한 느낌이 몸을 훑었다. 한 번도 느껴본 적 없는 맛. 아주 달콤하지도, 그렇다고 아주 시지도 않았고, 두 맛이 모두 조금씩 느껴졌다. 그러다 갑자기 강렬한 맛이 입 안에 퍼졌다.

그의 검은 눈동자가 나를 주의 깊게 살폈다. 내가 다시 혀로 입술을 훑을 때 그의 시선이 내 혀를 좇았다. 이번엔 제대로 한 모금 입에 머금었다. 처음보다는 조금 더 크게 입 안에서 천천히 굴렸다. 혀가 차가워지며 별이 촘촘하게 박힌 밤하늘처럼 톡 쏘는 맛이 입 안에 가득 찼다. 산뜻한 과일 맛이었다.

아름다운 맛이어서 울음이 터질 것 같았다. 한 번도 느껴본 적 없는 최고의 맛이었다.

"맛이 괜찮아?" 그가 와인을 길게 한 모금 삼키고 나서 잔을 아주 정확하게 원래 자리에 내려놓더니, 깊이 울리는 목소리로 물었다.

"네." 들뜬 기분이 드러나지 않게 애를 쓰며 대답했다. "정말 좋군요."

"당신이 좋아할 것 같았어. 피노 그리지오 와인이야. 아주 고급은 아니지만 수프나 샐러드와 정말 잘 어울리지."

이 상황이 낯설었다. 어떤 음식에 어떤 와인을 곁들여야 하는지도 몰랐고, 피노 그리지오나 현악사중주도 마찬가지였다. 갑자기 전혀 다른 세상에 던져져서 너무 깊은 곳까지 들어와 버린 기분이었다.

"피노 그리지오." 나는 고개를 끄덕였다. "맛이 좋은데요."

그는 한쪽 입꼬리를 올리며 웃었다. 눈가에 살짝 주름이 잡혔다. "와인 맛에 너무 빠지진 마, 엑스. 돈 많이 들고 건강에 좋지 않은 습관을 들일 필요는 없어. 그저 오늘이 특별한 날이기 때문이야."

"그런가요?" 오늘이 어째서 특별한 날인지 전혀 감이 잡히지 않았다.

그때 제럴드가 둥그런 검은색 쟁반을 들고 다시 나타났다. 깊지 않고 넓은 흰색 사기그릇 두 개를 내려놓았다. 붉은 수프가 담겨 있었다. "오늘의 수프는 크림을 곁들인 안달루시아 지방 스타일의 가스파초입니다. 오이, 피망, 양파 같은 전통적인 재료들을 갈아서 만들었고, 걸쭉한 식감을 위해 갓 구운 빵을 넣었습니다. 그리고 네모반듯하게 썬 오이, 피망, 양파 등을 함께 곁들였습니다. 장뤼크 씨는 아메리카 대륙에서만큼은 이보다 더 훌륭한 안달루시아 가스파초가 없다고 항상 자신 있게 말씀하시죠." 제럴드는 내 그릇을 90도로 돌리더니 무척 거창하게 허리를 굽히며 수프용 스푼을 건네주었다. 물론 내 일행이자 초대자이자 연인, 그리고 교도관…… 에게 하는 것만큼 깊이 허리를 숙이지는 않았다.

"아주 좋군요. 고마워요, 제럴드." 갑자기 그의 목소리에서 뭐라고 설명하기 힘든, 전혀 다른 온도가 느껴졌다. 마치 이런 경고의 메시지를 담고 있는 것 같았다. '당장 꺼지는 게 당신한테 좋을 거야.'

제럴드가 눈 깜짝할 사이에 다시 어둠 속으로 사라졌다.

나는 스푼을 붉은 액체 속에 담갔다가, 수프가 뜨거울 거라고 생각하고 내 입술 쪽으로 조심조심 옮겼다. 수프가 혀에 닿기 직전까지도 어떤 맛인지 가늠할 수 없었다.

"오, 차갑네!" 내가 놀라서 말했다.

"가스파초라는 거야." 이렇게 말하는 목소리에서 그가 잘난 척한다기보다는 재미있어 한다는 인상을 받았다. "차갑게 먹는 수프야. 스페인 안달루시아 지방에서는 원래 식사 후에 내놓는 게 전통이지만, 미국에서는 영국인들과 미국인들 전통에 따라서 식사 전에 먹는 경우가 많지."

"차가운 수프라니, 모순적이네요." 나는 이렇게 대꾸하고는 다시 한 스푼 가득 떠서 입 안에 넣었다.

"그렇게 생각할 수도 있어. 원칙적으로 따지자면 말이지." 그가 수프를 입에 떠 넣으며 답했다. "하지만 실제로 먹어 보면 정말 맛있어. 제대로 만든 수프라면 말이야. 그리고 장뤼크 씨는 세계적인 수준의 요리사라고 할 수 있지."

차가운 수프라서 조금 놀랐지만 수프의 맛은 정말 훌륭했다. 적당히 익은 신선한 야채들이 크림과 어우러져 풍부한 맛을 냈다. 나는 와인 한 모금으로 입안을 헹구었다. 화이트 와인이 원래 비슷한 색깔의 가벼운 음식과 어울린다고 막연하게 알고는 있었지만, 과일 향이 풍부한 이 와인이 차가운 야채수프와 어우러지니 정말 기분 좋은 효과를 일으켰다. 우리 둘 다 수프를 다 먹을 때까지 아무 말도 하지 않았다. 내가 그릇에 묻은 수프를 스푼으로 긁어모으고 있을 때 제럴드가 다시 나타났다. 제럴드는 내 수프 그릇을 치우고 샐러드 접시를 내려놓았다. 그리고 테이블 반대편에서도 같은 동작을 한 번 더 반복했다.

"샐러드도 마찬가지로 스페인 음식이라는 주제에 맞추었습니다. 오이, 양파, 토마토에 레드 와인 비니거와 올리브 오일을 가볍게 곁들인 샐러드입니다." 제럴드는 다시 한 번 내 앞에서 접시를 약간 돌리더니, 허리를 굽혀 인사를 했다. 밝고 선명한 색감의 샐러드가 예술 작품처럼 기하학적인 형태로 장식되어 있었다.

피노 그리지오는 샐러드와 더 잘 어울렸다. 샐러드는 씹을 때마다 입속에서 상큼하게 터졌고, 와인은 화려한 식감을 더해 주었다.

샐러드를 먹는 동안에도 역시 침묵이 이어졌다. 내가 와인 잔을 비우고 15초 정도가 지나자, 제럴드가 어둠 속에서 나타나 내 잔을 다시 채워 주었다.

"서비스를 제공할 때는 격식에 맞춰 주세요, 제럴드. 그리고 그 병에 남은 와인을 모두 따라 주고요." 조용한 목소리로 전달된 그의 지시를 제럴드는 완벽히 수행하였다. 그만큼 그의 목소리는 단호했고, 흔들림이 없었다.

그는 완벽한 권위를 누리고 있었다. 와인을 조금 더 많이 따르라는 그런 사소한 지시에도 절대적인 복종이 뒤따랐다.

"그렇게 하겠습니다." 제럴드는 내용물이 콸콸 쏟아지지 않게 병을 비스듬히 돌리면서 내 잔에 먼저 와인을 따라 주었다.

두 잔에 번갈아 조금씩 술을 따르면서 마지막 한 방울까지 정확히 똑같이 양을 맞추었다. 매일 같은 일을 하면서 습득한 놀라운 솜씨였다.

샐러드도 끝냈다. 악기 연주가 멈추고 잠시 정적이 흘렀지만, 곧바로 다음 음악이 흘러나왔다. 오랜 세월 동안 꾸준히 연습을 반복한 듯 아름답게 조화를 이루는 선율이었다. 나는 와인을 마시며 그 맛을 천천히 음미했다. 하지만 이제 더 이상 견딜 수 없다는 결론을 내렸다.

"케일럽, 아까 당신이 오늘은 특별한 날이라고 말했지만, 이게 다 무슨 일인지 전혀……."

"조용히 지금 상황을 즐겨. 당신은 물론 무슨 영문인지 모르겠지만, 시간이 되면 내가 모두 설명할 거야. 그러니 지금은 와인을 마시고, 연주를 감상해. 저 친구들은 내가 줄리아드에서 직접 뽑아서 데려온 제일 실력자들이니까. 각자 자기 분야에서는 최고로 손꼽히는 연주자들이라고."

내 대답이 필요한 상황이 아니었다. 나는 뒤로 기댄 채 한 팔을 의자 등받이에 걸치고 몸을 살짝 돌려서 앉았다. 편하게 앉은 것처럼 보이고 싶었다. 시간이 얼마나 흘렀는지 알 수 없었다. 아직 이삼 분밖에 지나지 않았을 지도 모른다. 아니면 십 분. 아니, 십오 분. 차분하게 있어 보려 애썼다. 다리를 꼬았다가 풀었다가 반복했다. 그러다 시선을 창문 쪽으로 돌렸다. 자리에서 일어나 창가에 서서 지나가는 사람들을 구경하고 싶었고 도시를 관찰하고 싶었다. 내 아파트가 아닌 다른 위치에서 새로운 각도로 세상을 내다보고 싶었다. 얼마나 더 많은 하늘이 내 시야에 들어올지 궁금했다. 내 아파트에서 내다보는 풍경은 내 손바닥을 보는 것과 같았다. 새로울 것이 없었다. 새로운 각도에서 내다본다면 같은 장소도 색다르게 느껴질 것 같았다.

마침내 제럴드가 마개를 열어둔 와인 병을 들고 다시 나타났다. 라벨이 붙어 있지 않은 이 병은 거의 불투명하다고 할 수 있을 정도로 아주 짙은 붉은색이었다. 제럴드가 깨끗한 잔에 마실 수도 없을 정도로 아주 적은 양을 따랐다. 나는 와인 잔의 바닥에서 극소량의 액체가 소용돌이치는 광경을 넋 놓고 바라보았지만 이 두 사람에게는 아주 흔한 일인 것 같았다. 그는 잔을 살짝 기울여 먼저 코로 와인의 향을 깊이 들이마셨다. 그런 다음 입으로 한 모금 삼켰다. 촉촉하게 젖은 입술을 혀로 핥고 나서 고개를 끄덕였다. 하지만 제럴드는 그의 잔을 채우는 대신, 내 잔을 먼저 채웠다. 다소 이상한 의식이었다. 그가 먼저 마시고 괜찮다는 사인을 보내자 내 잔에 먼저 따라주다니. 이해되지 않았다.

"이게 마요르카에서 온 그 와인이죠, 제럴드?"

제럴드가 고개를 끄덕이며 무척 조심스럽게 병을 내려놓았다. "그렇습니다. 사장님 특별 주문에 따라 마요르카의 사유지에서 이곳까지 운송해 왔습니다. 모두 천 병이라고 들었습니다만, 정확한 숫자는 저보다는 마르코스에게 물어보는 편이 나으실 겁니다." 그러더니 어둠 쪽을 가리켰다. "마르코스를 불러올까요?"

그가 고개를 저었다. "아니에요, 괜찮아요. 지난번에 마셨던 것보다 약간 더 톡 쏘는 맛이 나네요."

"제 생각에는 지금 가져온 이 와인이 가장 최근에 배송된 상품 중 첫 번째 병이라서 그런 것 같습니다."

"아, 그렇다면 설명이 되는군요."

제럴드가 고개를 끄덕이며 말했다. "이제 주요리가 준비된 것 같습니다."

그가 손을 흔들었다. 물러가라는 표시였다.

나는 당황스러웠다. 완전히 어리벙벙해졌다. 마요르카의 사유지? 라벨도 안 붙은 와인 천 병을 특별 주문해? 게다가 맨해튼 중심부에 한 건물 전체를 소유하고?

"마요르카가 어디예요, 케일럽?"

"지중해에 있는 스페인령의 조그만 섬이야. 거기에 나의, 아니 우리 가족 소유의 포도밭이 좀 있어."

가족? 이 남자한테 가족이 있다고 상상하기도 힘들었다. 누이와 형제가? 부모님이?

그때 제럴드가 양손에 큰 접시를 하나씩 들고 돌아왔다. 분홍빛이 도는 오렌지색의 연어가 콜리플라워, 브로콜리, 당근, 그린빈 같은 구운 야채에 둘러싸여 있고, 그 옆으로는 녹아내리는 버터 조각을 올린 으깬 감자 덩어리가 보였다.

나는 아직 와인을 맛보기 전이었다. 쏟아져 나온 피처럼 붉은 홍옥 색의 와인이었다. 일단 잔을 들어 코에 대고 향을 들이마셨다. 세속적인 냄새. 충분히 무르익은 포도의 톡 쏘면서도 풍만한 향기가 느껴졌다. 한 모금 들이켜 보았다. 기침을 해서 도로 뱉고 싶었지만 꾹 참았다. 와인을 삼키며, 감정이 실리지 않은 텅 빈 가면을 유지하려고 애썼다. 이 와인은 별로, 아니 전혀 마음에 들지 않았다. 탁하면서도 건조한 느낌이 혀 위에 맴돌았다.

"이건 그렇게 마음에 들지 않는가 보군. 그래?"

나는 고개를 저으며 말했다. "이건……, 이건 좀 다르네요."

"달라서 좋다는 말인가, 아니면 싫다는 말인가?"

나는 지금 낯설고 위험한 영역에 들어와 있었다. 어깨를 으쓱해 보였다. "피노 그리지오와는 전혀 다른 맛이네요."

그의 목에서 어떤 소리가 났다. 웃음소리 같은 어떤 소리가. 내가 그를 잘 몰랐다면 웃음소리라고 믿었겠지. "마음에 들지 않나 보군. 마음에 들지 않으면 그렇게 얘기해도 돼."

나는 조심스레 잔을 조금 멀찍이 내려놓았다. "얼음물을 좀 마시고 싶어요."

"피노 그리지오를 한 잔 더 하는 건 어때?" 그가 내 잔을 자기 쪽으로 가져갔다.

너무 좋아하는 티를 내지 않으려고 어깨를 으쓱해 보였다. "그것도 좋을 것 같아요, 케일럽. 고마워요."

그는 테이블 위로 손가락 하나를 들어 올리고 고개를 돌렸다. 크지 않은 동작이었지만, 지켜보는 사람이 있다는 사실을 알고 있기 때문에 할 수 있는 동작이었다. 제럴드가 다시 돌아와서는 허리를 숙이며 말했다. "부르셨습니까?"

"안타깝게도 레드 와인이 이분 입맛에는 맞지 않는 것 같군요. 숙녀 분을 위해 피노 그리지오 한 잔 더 부탁할게요. 나는 그냥 이걸 마시죠. 버리기 아까우니까."

"바로 준비하겠습니다, 사장님." 제럴드가 어둠 속으로 급히 사라졌다가 잠시 후에 화이트 와인을 한 잔 들고 다시 돌아왔다.

와인 병을 따는 광경을 한 번 더 구경하고 싶었는데 실망스러웠다. 이런 기분이라니 이상했지만, 미식가라도 된 것처럼 즐겁기도 했다. 상관없지. 와인을 마시고 즐겼다. 혈관 속으로 스며든 와인이 머릿속에서 활기차게 윙윙거리는 것 같았다.

연어 요리마저 훌륭했다. 산뜻하고, 풍부하며, 기분 좋아지는 맛이었다.

주요리를 먹는 동안 아무 대화도 오가지 않았다. 그저 어둠 속에서 부드럽게 흘러나오는 현악사중주와 포크 부딪치는 소리만이 들렸다. 마침내 식사가 끝나자, 제럴드가 접시를 모두 치웠다. 나는 그가 하는 걸 보고 아직 다 먹지 않은 음식은 냅킨으로 가렸다. 접시를 들고 사라졌던 제럴드가 다시 접시 두 개를 들고 돌아왔다. 접시 위에는 조그만 그릇이 하나씩 더 놓여 있었는데, 내용물은 보이지 않았다.

"장뤼크 씨가 저녁 식사를 마무리하기에 좋은 스페인 전통 디저트 '플란 알멘드라'를 준비했습니다."

"고마워요, 제럴드. 그거면 충분할 것 같군요."

"감사합니다. 저도 오늘 저녁 두 분을 모실 수 있어서 영광이었습니다." 제럴드가 다시 한 번 허리를 깊이 숙여 인사하고는 자리를 떠났다.

플란 알멘드라는 푸딩과 파이의 중간쯤인 것 같았고, 바삭한 아몬드 크런치가 곁들여 있었다. 맛을 음미하면서 천천히 먹었다. 할 수만 있다면 잽싸게 먹어 치우고 싶었지만, 점잖은 척 하느라, 숙녀 행세를 하느라 그러고 싶은 마음을 간신히 억눌렀다.

그런 와중에도 내 머릿속은 계속 혼란스러웠다. 하나의 질문이 내 머릿속을 끊임없이 맴돌았다. 왜? 왜? 대체 왜?

감히 물어볼 수가 없었다.

이제 식사도 모두 끝났고, 내 잔에는 와인만이 아주 약간 남아 있었다. 이미 한참 전부터 얼굴이 붉었으며, 병까지 비운 상태였다. 그렇게 맛이 강하고 진한 와인은 조금만 마셔도 금방 취할 수 있다는 사실을 미처 몰랐다.

"엑스." 그의 목소리가 내 머릿속에서 윙윙거렸다. 그리고 내 뼛속에서도 윙윙거렸다. 그리고 윙윙 소리는 약간 흐리멍덩하게 울렸다. "궁금한 거 참고 기다리느라 고생했어."

나는 그저 어깨를 으쓱거릴 뿐이었다. "정말 즐거운 저녁이었어요, 케일럽. 고마워요."

"오늘을 당신 생일로 정했어."

아무 생각도 할 수 없었다.

내 머리로는 더 이상 이성적인 사고가 불가능했다. 그의 일방적인 통보에 나는 그만 극도의 혼란 속으로 빠지고 말았다. "뭐…… 뭐라고요?"

"우리의 첫…… 만남 전에는 당신이 어떤 삶을 살았는지 우리 둘 다 모르기 때문에, 조금 늦긴 했지만 어쨌든 당신한테 생일이 필요하다는 결론을 내렸어." 그는 가볍게 어깨를 으쓱거렸다. "오늘은 7월 2일이야. 달력에서 정확히 중간에 위치한 날이지."

심호흡을 시작했다. 무슨 말이라도 하고 싶었다. 무슨 생각이라도 떠올랐으면. 어떤 감정이라도. "난…… 그…… 오늘이 내 생일이라고요?"

"그래 바로 오늘. 생일 축하해, 엑스."

"그럼 대체 몇 살이라는 거죠?" 나는 이 질문을 하지 않을 수 없었다.

"그날, 의사들 말로는 당신이 열아홉이나 스물 정도일 가능성이 높다고 했어. 그게 6년 전이니까 스물여섯 번째 생일이라고 하면 되겠군."

6년. 스물여섯.

퍼즐 조각이 이리저리 정신없이 움직였다. 안달루시아 가스파초. 스페인산 레드 와인. 스페인식 오이 샐러드. 스페인식 플란까지.

"안달루시아……. 케일럽, 안달루시아가 스페인에 있는 지역인가요?"

그가 호기심 어린 표정을 지었다. "맞아, 안달루시아."

"혹시 나에 대해서 알아낸 정보가 있어요? 뭔가 찾아낸 거예요?" 질문을 멈출 수 없었다.

점잖고 정중한 말로 질문하는 건 불가능했다. 내 안에서 호기심이 불타올랐다. 희망의 불꽃 역시 약간 피어오르긴 했지만 그 불꽃은 너무 약해서 바람에 나부끼다가 금세 꺼져 버렸다.

그는 말을 멈추었다. 머뭇거리는 것 같았다. 혀로 윗입술과 아랫입술을 차례로 훑더니 어깨를 앞으로 숙이며 자세를 고쳐 앉았다. "맞아. 대단한 정보는 아니지만 어쨌든 찾았어. 당신 DNA를 분석했거든."

"DNA를 분석했다고요?" 나는 눈을 껌벅거리며 다시 숨을 들이마셨다. 누군가 내 몸을 열어서 자세히 들여다보고, 그래서 그나마 지키고 있던 사생활마저도 침해당했다는 기분이 들었는데, 이런 기분이 드는 게 당연한 건지 궁금했다.

"그래. 당신이 자고 있을 때. 최근에 당신을 찾아간 날, 당신 머리빗에서 머리카락 몇 가닥을 챙기고, 면봉으로 당신 입 안도 문질렀지. 정말 죽은 사람처럼 자더군. 그날 무척 피곤하기도 했으니까. 거의 뒤척이지도 않았어." 그는 미소를 짓지는 않았지만 스스로 상당히 만족스럽다는 눈빛이었다. "내가 고용한 과학자들이 당신 DNA에서 어떤 표지를 발견했고, 상당히 높은 정확도로 당신의 혈통을 파악할 수 있었지."

뒤에 어떤 말이 나올지 너무 궁금해서 숨이 막힐 지경이었다. 소설을 읽을 때도 이런 일이 자주 일어나긴 하지만, 막상 현실에서 겪으니 그다지 즐거운 느낌은 아니었다. "대체……." 일단 질문을 던져야 했다. "그래서 과학자들이 뭘 발견했다고요?"

그가 한 손으로, 손톱과 손톱 주변이 말끔하게 손질되어 있는 그 손으로 우아하면서도 힘차게 테이블 위를 가리켰다. "맞춰 보지 그래?"

"스페인?" 내가 물었다.

"정답이야. 참 똑똑한 친구들이지. 유전학자이기도 하고. 그 친구들은 아직도 여러 표지들을 비교하면서 연구를 계속하고 있는 중이야. 좀 더 구체적인 결과를 얻으려고 말이야. 시간이 좀 지나면 스페인의 어느 지역인지 알아낼 수 있을 거야. 아니면 비슷한 다른 정보라도. 어쨌든 지금 우리가 알고 있는 건…… 마담 엑스, 당신이 스페인 사람이라는 거지."

그의 눈이, 많은 이야기를 담은, 검고, 냉정하고, 굶주린 두 눈이 나를 낱낱이 파헤치고 있었다. "스페인 사람처럼 보이기도 해. 오랫동안 그럴지도 모른다는 생각을 했어. 아름다운 나의 스페인 아가씨."

똑똑한 친구들……. 유전학자를 직원으로……. '내가 고용한 과학자'라고? 과학자를 고용하는 사람은 뭘 하는 사람이지?

"장뤼크 씨에게 정통 스페인식으로 주요리를 준비해달라

고 할 수도 있었지만, 그렇게 하면 음식이 너무 무겁지 않을까 싶었어. 게다가 스페인 음식은 상당히 기름진 편이기도 한데, 당신은 그런 음식에는 익숙하지 않으니까. 안 그래도 오늘 밤에는 감정적으로도 상당히 혼란스러울 텐데, 당신 소화 기관까지 혼란스럽게 만들고 싶지 않기도 했고."

"그래요. 당신 말이 맞아요." 내 뇌가 적절한 타이밍에 적절한 답변을 대강 내보냈다. 하지만 사실 나는 완전히 멍한 상태에 빠져 버렸고, 머리가 어지럽게 빙글빙글 돌고 있었다. 발작 상태에 빠지지 않으려고 필사적으로 노력했다.

"생각할 시간이 필요해?"

나는 고개를 끄덕였다.

"그럼 잠시 생각하도록 해."

나는 안도감을 느끼며 자리에서 일어났다. 테이블을 지나고, 촛대로 둘러막힌 공간을 지나, 강력하고 거대한 존재에게서 벗어났다. 그리고 음악 소리에서도. 나는 어둠 속으로 깊이 걸어 들어가 창가에 섰다. 도시에는 밤이 내려앉은 지 이미 오래였다. 그래서 지금은 지평선 위에 불빛이 가득했다. 가로세로로 늘어서 있는 노랗고 하얀 사각형의 불빛, 저 아래 보이는 길거리 가로등 불빛, 멀어지는 자동차 후미등의 붉은빛, 그리고 다가오는 자동차의 하얀 전조등 불빛이 도시를 가득 채웠다.

나는 스페인 사람이었어.

'당신 DNA를 분석했거든.' 세상에 이렇게 쉬운 말이 있을 수 있다니. 이런 말을 이렇게 쉽게 말할 수 있다니.

하지만 그게 나한테 무슨 의미란 말인가? 내가 스페인 사람이라는 사실이?

아무 의미도 없었다. 하지만 그게 내가 아는 전부였다.

두 눈이 따끔거렸다. 가슴이 조이더니 어지러웠다. 숨을 참고 있었다. 두 눈을 깜박이며 심호흡을 했다. 도대체 무엇 때문에 이런 고통을 느껴야 하지? 이름도, 얼굴도 모르는 내 조상들의 출신을 알게 되었다는 사실만으로? 이렇게 나약하게?

'오늘을 당신 생일로 정했어.'

정말 중요한 의미를 담는 동시에, 무의미한 말이기도 했다. 생일이라니?

저 아래, 길 건너편에서 검은 머리의 소녀가 엄마 손을 잡고서 길을 가고 있었다. 상당히 먼 거리였으므로 분명치 않았다. 그들은 자신의 혈통을 알 테고, 가족의 내력도 알 것이다. 엄마의 손을 붙잡은 딸이 누군가를 향해 달콤한 노래를 불렀다. 아마 아빠겠지. 아내와 딸을 기다리고 있는 남편.

"엑스?" 그가 낮은 목소리로 짧게 불렀다. 목소리가 작은 사람이었다면 속삭임처럼 들렸을 것이다.

"케일럽." 내가 내뱉을 수 있는 유일한 답변이었다.

"당신 괜찮아?"

"그런 것 같아요." 나는 어깨를 으쓱했다.

"내가 보기엔 아닌 것 같은데." 그의 따뜻한 손 하나가 내 허리 아래쪽을 감쌌다. "어디 불편해?"

"왜 그랬어요?"

"왜 그랬냐니, 뭘?" 그는 정말 모르겠다는 표정이었다.

"왜 내 DNA를 분석했냐고요. 왜 그런 얘길 나한테 하는 거죠? 생일을 아무렇게나 정해 주는 이유는 또 뭐고요? 저녁 식사하러 여기까지 데려온 이유는 뭐예요? 왜 하필 지금인데요?"

"나는 그저……."

"이제는 나한테 스페인 이름을 지어줄 차례인가요?"

불편한 침묵이 이어졌다. 내가 그의 말을 끊고 두서없이 지껄인 것이다. 음침한 분위기의 투박한 누아르 영화에는 이런 대사가 종종 등장한다. '사람은 사소한 이유로 죽는 법이지.' 그리고 지금 내 뒤에 서 있는 남자라면 그 대사를 충분히 현실로 만들 수 있을 것 같았다. 그러면 충분히 할 수 있을 것 같았다. 내 허리를 잡고 있는 그의 손을 내려다보았다. 얼마든지 폭력적으로 돌변하여 죽음을 불러올 수 있으리라.

"당신 이름은 마담 엑스야." 그가 낮은 목소리로 단호하게 말했다. "기억 안 나?"

"물론 그건 알고 있어요." 마담 엑스는 6년 동안의 기억을 가지고 있었지만, 마담 엑스 이전의 나는 아무 기억도 없었다.

"당신이 병원에서 퇴원하던 날, 당신을 데리고 뉴욕현대미술관에 갔었어. 미술관의 어디든 마음껏 돌아다닐 수 있었지만 당신은 거의 하루 종일 두 그림 앞에만 서 있었지."

"반 고흐의 〈별이 빛나는 밤〉이었죠." 내가 대꾸했다.

"그리고 다른 하나는 존 싱어 사전트의 〈마담 엑스〉였고." 그의 다른 한 손이 이번에는 조금 더 아래쪽으로 내려가 골반에서 허벅지로 이어지는 부분을 잡았다. 그러더니 내 몸을 그의 단단한 가슴 쪽으로 바짝 끌어당겼다. "그땐 당신을 뭐라고 불러야 할지 몰랐어. 머릿속에 떠오르는 온갖 이름으로 다 불러 봤지만 당신은 그저 고개를 가로저었지. 당신은 말을 하지 않았으니까. 당신은 말을 할 수 없었고, 나는 당신을 휠체어에 태우고 다녀야 했어. 기억 안 나? 걷는 방법을 다시 연습하기 전이었지. 그런데 미술관에서 당신이 그 그림을 손가락으로 가리켰어. 사전트의 그림을. 그래서 난 멈춰 섰고, 당신은 끊임없이 그 그림을 보고 또 보았지."

"여자의 표정을 보고 있었어요. 처음에는 그저 멍해 보이는 표정이었죠. 여자의 얼굴은 옆모습만 보이기 때문에 여자가 무슨 생각을 하고 있는지 정확히 파악하기는 힘들어요. 하지만 좀 더 자세히 들여다보면, 뭔가 보이기 시작해요. 여자의 표정 아래 숨겨져 있었던 건지도 몰라요. 그리고 여자의 팔을 보면, 팔의 곡선에서 힘이 느껴져요. 여자의 모습은 너무나도 가냘프지만, 테이블을 잡고 있는 그 팔에서는 왠지 모르게 힘이 느껴지거든요. 그때 나는 너무 연약하고 무력한 상태였죠. 그런데 그렇게 연약해 보이는 여자에게서 그런 힘을 느꼈을 때…… 안도감을 느꼈어요. 왠지 그림이 내게 말을 하는 것 같았거든요. 나도 그녀처럼 강해질 수 있다고요."

"그리고 강한 사람이 됐지."

"가끔은요."

"당신이 마음만 먹으면 언제든 강해질 수 있어."

"지금은 아니에요."

"어째서?" 그의 숨결에서 와인 향이 느껴졌다.

"감당하기에는 너무 버거운 일이에요. 아무 생각도 할 수가 없다고요."

"당신은 방법을 찾아낼 수 있을 거야." 이렇게 말하는 그의 입술이 내 귀에 닿았다. 나는 두 눈을 감은 채 고개를 돌렸다. 이렇게 약해 빠진 내가 싫었다. 의지와 무관하게 반응하는 내 몸이 너무 싫었다. "진정해. 아직 놀랄 일이 하나 더 남았어. 당신 아파트에 내려가 보면 알게 될 거야."

아직도 더 놀랄 기운이 내게 남아 있기는 할까. 어쨌든 나는 매혹적인 도시의 야경이 내려다보이는 이 창가를 벗어나 그가 이끄는 방향으로 움직였다. 엘리베이터 앞에 서자, 그는 바지 주머니에서 열쇠 하나를 꺼내 열쇠 구멍에 넣고 13층으로 돌렸다. 내려가는 동안 엘리베이터는 완전한 정적에 휩싸였다. 그는 아마 내 심장 박동 소리를 들었을 것이다.

그를 따라 내 아파트 거실로 들어서자, 다시 책으로 가득 채워진 책장이 눈에 먼저 들어왔다. 이 광경에 막연한 기대를 품고 돌아서자 이번에는 열린 도서관이 보였다. 나는 나를 세게 움켜쥔 그의 팔에서 벗어나 도서관 안을 이리저리 돌아다녔다. 두 손으로 책장에 꽂혀 있는 수많은 책들을, 너무나 아끼는 친구 같은 책들을 부드럽게 쓰다듬었다. 몇 권의 제목이 내 시선을 사로잡았다. 〈신의 용광로〉, 〈울〉, 〈새장에 갇힌 새가 왜 노래하는지 나는 알고 있다〉, 〈롤리타〉, 〈숨, 눈, 기억〉, 〈시간의 역사〉, 〈설득의 심리학〉, 〈미국의 신들〉……. 시선을 어디로 돌리든 내게 귀중한 가르침을 주었던 책들이 눈에 들어왔다. 도서관을 되찾은 기쁨에 눈물이 나올 것 같았다.

돌아섰다. 눈물을 한 방울 흘려 보였다. 고마움의 표현이었다. "고마워요, 케일럽."

그는 눈 깜짝할 사이에 현관에서 방 한가운데까지 걸어들어와 엄지손가락으로 내 뺨에 흐른 눈물 자국을 지웠다. "이 일로 당신도 깨달은 게 많을 거야. 그렇지?"

"맞아요, 케일럽."

그는 넓고 강한 가슴으로 숨을 크게 들이마시더니 다시 길게 내쉬었다. 그의 두 눈은 나를 삼킬 듯 바라보고 있었다. 나를 간절히 원하고 동경하는 눈빛이었다. "아름다운 나의 스페인 아가씨. 나의 엑스." 이렇게 말하는 그의 목소리에 어떤 느낌이 담겨 있었다. 와인을 많이 마신 탓일까……. 호메로스가 말했던 '와인같이 짙은 바다'라는 표현에 딱 걸맞아 보이는 그의 두 눈 뒤에서 소용돌이치는 감정들을 감추고 있던 단단한 벽이 알코올 기운 때문에 조금 열린 것인지도 몰랐다.

"케일럽." 달리 무슨 말을 할 수 있겠는가? 그의 이름을 부르는 것 외에는 할 말이 없었다.

"진열장 안을 잘 봐." 그의 목소리에서 뿌듯함 같은 것이 느껴졌다. 두툼한 새 책 한 권이 꽂혀 있었다. 스콧 피츠제럴드의 〈밤은 부드러워〉였다. "작가 서명이 담긴 초판본이야. 회상 장면이 편집되지 않고 그대로 실려 있는 1934년판 원본 말이야."

당연히 진열장 안에는 하얀 장갑이 들어 있었다. 진열장을 열고 장갑을 낀 손으로 책을 꺼냈다. 너무 긴장한 나머지 숨도 쉴 수 없었지만 책을 잡은 두 손만큼은 상당히 침착했다. '1917년을 살고 싶어 한 남자로부터.' 이런 글귀가 피츠제럴드의 자필로 적혀 있었다. 끝을 말아 올려서 쓴 글씨 때문에 글자를 알아보기 쉽지 않았다. 이 글귀 아래에는 작가의 서명이 있었는데, 'F'는 소용돌이를 그리고 있었고, 'Scott'의 't'자 두 개는 위에서 아래로 내려 그은 작대기 두 개와 그 위로 길게 곡선을 그리는 가로선을 따라 'Fitzgerald'의 첫 글자 'F'와 이어졌다.

"케일럽, 이건…… 이건 엄청나네요. 정말 고마워요, 진심으로."

"오늘이 당신 생일이잖아. 어쨌든 생일에는 선물이 있어야지."

"정말 굉장한 선물이에요. 평생 보물로 간직할게요." 이렇게 답하며 고개를 드는 순간, 내가 받은 선물에 감탄할 수 있는 시간은 끝났다는 사실을 알 수 있었다.

이제 이 선물에 대한 감사를 표해야 할 시간이었다.

어떤 일은 아무리 서둘러 끝내고 싶어도 끝나지 않는 법이었다.

이 밤, 그는 내 몸에서 아주 천천히, 아주 조금씩 옷을 벗기며 그의 욕망을 드러냈다. 그가 드레스의 지퍼를 끌어내리자 내 속옷이 드러났다. 그는 두 눈을 거의 감은 상태로 코를 벌름거리며 두 손을 내게 뻗었다. '아름다운 나의 스페인 아가씨'에 대한 그의 반응은 이런 것이었다. 그리고 그는 내 속옷을 벗겨서 한쪽으로 던져 버렸다.

나는 발가벗은 채 가만히 기다렸다.

"내 옷을 벗겨, 엑스."

그의 옷을 벗기고 있으려니 미켈란젤로가 만든 조각상의 베일을 벗기는 느낌이었다. 대리석처럼 차가운 그의 몸은 완벽한 남성에 대한 연구의 결과물이라도 되는 것 같았다. 아주 날카로운 끌로 정교하게 조각해 놓은 몸이었다. 내 두 손이 바삐 할 일을 하는 동안, 내 두 눈은 그의 몸을 열심히 탐했다. 내 마음은 그에게 저항하고 있었다. 그에 대한 거부감으로 뒤틀렸고, 모루를 두들기는 망치처럼 격렬하게 요동치고 있었다. 하지만 내 몸은 그렇지 않았다. 세상에, 내 몸은 어째서. 나의 정신세계와 논리적 사고로는 이해할 수 없는 무언가를 내 몸은 알고 있었다. 케일럽 인디고는 여자들을 황홀한 세계로 보내기 위한 아주 분명한 목적을 가진 예술가가 창조한 남자라는 사실 말이다.

그리고 특히 지금 이 순간에는 나라는 여자를.

그런 이유로 나는 내 몸이 너무 원망스러웠다. 내 몸에게 내가 처한 상황을 잊지 말라고 수도 없이 얘기했다. 이건 그냥 내가 마땅히 해야 하는 역할이라고. 명령받았기 때문에 복종해야 하는 역할이라고. 이 관계에 나의 의지 따위는 관여할 수 없다고.

하지만 내 몸은 그저 이렇게 대답할 뿐이었다. '이게 명령이든 아니든 상관없어……. 내가 아는 건 단 하나의 욕망뿐이야. 날 만져줘.'

만져줘.

껴안아줘.

내 몸이 이렇게 말하고 있는 지금, 완전히 벌거벗은 그의 몸이 내 눈 앞에 서 있었다.

나는 복종했다. 내 몸이 하는 말에 복종했고, 그가 조금 전에 내뱉은 '내 옷을 벗겨'라는 세 마디의 말 아래 깔린 무언의 명령에도 복종했다.

'날 만져줘'라는 그 명령에.

나는 손을 뻗었다.

내 손이 그의 몸을 어루만지자, 그의 성기가 그의 건장한 신체만큼이나 크고 완벽한 형체를 갖추었다. 완벽하게 준비된 그의 모습에서 생동감이 흘러 넘쳤다. 그저 슬쩍 어루만졌을 뿐인데, 크고 굵게 쭉 뻗어 오르며 더 많은 관심을 갈구했다.

그가 두 손을 내 어깨에 올리더니, 나를 꿇어 앉혔다. 부드러웠지만 완강한 손길이었다. 나는 위쪽을 한번 바라보고 나서 그의 명령에 복종했다. 입을 크게 벌리고, 그의 맨살을 맛보았다. 이가 닿지 않게 입술을 안으로 오므리고, 천천히 두 손으로 감싸 쥐었다. 그의 짧은 숨이 더 거칠어지고, 두 손이 내 머리카락을 움켜잡았다. 그의 목구멍 아주 깊은 곳에서 거친 신음이 터졌다. 씁쓰름한 맛과 함께 그의 정액이 흘러나왔다.

"이제 됐어, 엑스. 젠장." 그가 욕을 하다니. 미소보다 더 흔치 않은 일이었다.

그때 갑자기 그가 내 몸을 들어 올리더니 침실로 향했다. 그리고 나를 침대 위로 던졌다. 나는 재빨리 몸을 뒤로 굴려서 베개를 한쪽으로 치웠지만 충분히 빠르지 못했다. 그는 으르렁거리는 입술과 야생 동물 같은 눈빛으로 두 손을 뻗어 내 엉덩이를 움켜잡았다. 그리고 거칠게 나를 끌어당겼다. 그가 내 허벅지를 벌리고 그 사이에 자신의 허리를 맞대는 순간 나는 너무 놀라서 심장이 목구멍 밖으로 튀어나오기라도 할 것 같았다. 얼굴을 마주보고 하겠다고?

감히 이런 상황을 생각해 본 적도, 원한 적도 없었다. 숨을 깊이 들이마시고 그의 넓은 어깨를 붙잡았다. 그리고 그가 거칠게 밀고 들어오는 순간 다시 날카롭게 숨을 내뱉었다.

그와 얼굴을 맞대고 함께 움직이고 있었다.

숨을 쉴 수가 없었다.

이런 밤은 지금까지 없었다.

과감하게 섹스의 리듬에 맞추어 엉덩이를 가볍게 흔들었다. 두 눈을 뜨고 그를 똑바로 바라보았다. 그의 눈동자에서 혼란이 엿보였다. 욕망과 갈등도 있었다. 간절함과 불길함, 절박함 또한.

이런 감정들이 내 안에도 있을까?

그동안 내 감정을 일일이 파악하지 않으려고 애썼다. 그런 행동은 판도라의 상자를 여는 것과 마찬가지였고, 결과를 감당할 자신이 없었다.

그는 더욱 필사적으로 움직였다. 두 눈을 내게 고정한 채, 여전히 나를 깊이 꿰뚫으면서. 그의 검은 눈동자 안에는 우주가 있었다. 나 같은 평범한 인간은 감히 가늠할 수도 없는 완전한 우주가.

이제 거의.

이제 거의 도달했다.

숨을 쉴 수 없었다. 나도, 그도 시선을 돌렸다.

세상에.

주먹을 움켜쥐었다. 멍이 들 정도로 세게 움켜쥐었다.

"씨발. 씨이발!" 그리고 그가 갑자기 사라져 버렸다. 모든 것이 갑자기 빠져나가 버렸다. 그의 열기와 숨결, 존재와 육체까지.

모든 것이 다 끝장나 버렸다.

"케일럽? 내가 실수한 건가요?"

그는 창가에 서 있었다. 어깨를 약간 내리고, 고개는 아래로 숙이고, 두 손은 창틀 위에 넓게 걸친 채. 늘씬하고 단단하며 탄력 있는 엉덩이, 고대 그리스 건축물의 기둥 같은 두다리. 남자의 몸에서 확인할 수 있는 가장 에로틱한 매력을 어둠 속에 서 있는 그의 실루엣에서 느낄 수 있었다. 그가 다시 어깨를 폈다.

"이리 와, 엑스." 그의 목소리가 너무 작아서 하마터면 듣지 못할 뻔했다.

하지만 다행히 들을 수 있었다. 슬프게도 나는 항상 모든 속삭임과 모든 숨소리에 익숙해져 있었기 때문에.

나는 자리에서 일어나 머뭇거리며 창가로 향했다. 떨리는 손가락으로 그의 어깨를 살짝 건드렸다. "괜찮아요? 나 때문에 그래요?"

"입 다물고 창가에 서 있어." 전혀 예상하지 못했던 거친 반응이었다. 그는 거의 화난 사람처럼 보였다.

나한테 화가 난 거야?

다시 질문을 할 자신이 없었다. 그의 단호한 말투에는 끼어들 여지조차 없었다.

몸을 바르르 떨며 창가에 섰다. 고개를 돌려 어깨 너머로 그의 모습을 바라보았다. 아. 그의 얼굴은 어둠에 잠겼다. 빛의 부재로 인한 어둠이 아닌, 감정의 은폐로 인한 어둠. 마치 무감각한 돌덩이 위에 새겨 놓은 얼굴처럼 보였다. 하지만 굳게 다문 그의 입술로 내면의 혼란을 짐작할 수 있었다.

추위 때문에 몸이 떨렸고, 피부에는 소름이 돋았다.

그가 내 발을 양옆으로 밀어서 다리를 벌리게 만들었다. 그리고 보아 뱀처럼 양팔로 내 몸을 돌돌 말고서, 한 팔로는 내 가슴을 움켜잡고 다른 팔로는 엉덩이를 감싸 안았다. 그는 내 뒤에 서서 무릎을 굽혀 높이를 맞추더니 단단하고 뜨거운 성기를 다시 내 몸으로 밀어 넣었다. 위로 거칠게, 안으로 깊이 밀고 들어왔다. 갑작스런 움직임에 놀라고 아픈 나머지 비명을 지르듯 숨을 내뱉었다. 단단했고, 거칠었으며, 갑작스러웠다.

조심스럽고 부드러운 아까의 모습은 더 이상 존재하지 않았다. 조금 전의 그 에로틱한 순간도 이미 사라지고 없었다. 지금 이 상황이야 말로 익숙한 모습이었다. 나를 거칠게 밀치고, 거칠게 소비하던 그의 원래 모습이었다. 그가 신음을 내뱉었다.

몸을 똑바로 세우고 서서 나를 감싸 안고 있는 그의 팔을 붙들었다. 땀으로 미끈거리는 팔에는 힘줄이 툭 불거져 있었다. 그는 내 뒤에 다리를 넓게 벌리고 서서 미친 듯이 몸을 위아래로 움직이며 거칠게 몰아붙였다.

절정에 다다랐다는 생각이 들었을 때, 그가 나를 앞으로 미는 바람에 나는 아래로 고꾸라졌다. 하지만 그는 주먹으로 내 머리카락을 움켜잡고서 뒤로 끌어당겼고, 다른 손으로는 아플 정도로 세게 내 아래를 잡았다.

그는 나를 내리치고, 내리치고, 또 내리쳤다.

나는 울먹이며 비명을 질렀다. "케일럽!"

속도가 느려졌다. 하지만 거칠고 냉혹하기는 마찬가지였다. 다만 느려졌을 뿐.

그의 이름을 부른다는 것은 간청이나 다름없었다. 일종의 이의 제기. 그게 내가 할 수 있는 유일한 행동이었다.

그의 정액이 뜨겁게 분출되는 게 느껴졌다.

그가 갑자기 나를 놓아 버리는 바람에 나는 앞으로 쓰러지면서 창문에 머리를 부딪혔다. 창밖으로 시선을 돌리니 길 건너편의 빌딩이 눈에 들어왔다. 밤이라 불이 켜져 있는 사무실은 없었다. 내 아파트 바로 맞은편에 있는 단 하나만 제외하고. 불이 켜진 그 창가에서 어떤 사람이 나를 바라보고 있었다.

정말 대단한 쇼를 구경하셨군.

다시 부드러워진 그는 나를 일으켜 품에 안더니 침대로 옮겨 주었다. 눈물을 참으려고 애썼다. 아팠다. 마음이, 영혼이 너무나도. 어째서 이렇게 난폭하고 매정한 섹스를 감당해야 하는지 알 수 없었다. 이 관계에는 오로지 한 사람만 존재했다. 나의 즐거움 따위는 전혀 고려되지 않은 섹스였다.

멍하니 누워서 잠들기를 기다렸다. 빨리 잠 속으로 도망치고 싶었다.

하지만 무의식의 커튼 사이로 희미하게 어떤 소리가 들렸다. 그의 목소리였다. "미안해, 엑스. 당신은 내 거야. 오로지 내 거라고. 당신은 아무것도 몰라. 당신이 알아줬으면 싶을 때도 있지만 그래도 당신은 모르겠지. 당신은 모른다고. 아니면…… 됐어. 당신은 내 거야. 나 말고는 아무도 당신을 차지할 수 없어."

무의미한 말들이었다. 나를 소유하고 있는 사람이 누구인지 나도 알고 있었다. 그 사실을 알고 있다는 게 내 유일한 실수였고, 다시는 저지르고 싶지 않은 실수였다.

미안하다고?

신은 절대 사과를 하지 않는다.

08

"행사에 같이 가줄 상대가 필요해요, 엑스." 조녀선이 나를 흘끗 쳐다보았다.

"친구에게 부탁하세요." 나는 그의 얼굴을 보지 않으려고 홍차에 우유를 타며 분주하게 움직였다.

"친구들 중에는 데려갈 만한 사람이 없어요."

"그러면 그 많고 많은 여자 친구들 중 한 명에게 부탁하면 되겠군요."

"저 여자 친구 없어요, 엑스." 조녀선이 웃으며 답했다.

"하. 당신 몸에서 여자 향수 냄새가 진동하는데요, 조녀선."

"그냥 아는 여자들일 뿐이지, 여자 친구는 아니에요."

"그렇게 말을 하다니, 정말 전형적인 바람둥이 말투네요."
웃자고 한 농담이었지만, 어느 정도는 진담이었다.

"그렇다면 더 이상 부정할 수 없군요. 어쨌거나 정말 같이
갈 만한 여자는 없어요. 그런 행사에 어울리는 품격을 갖추
지 못했다고요."

"무슨 행사인데 그래요?" 이 질문은 하지 말았어야 했다.
내가 이렇게 묻도록 조녀선이 유도했다는 걸 알았지만, 어
쨌든 행사 참여는 불가능한 일이니까.

"기금 모금 행사예요. 자선기금이요. 최상류층만 참석해
요. 오로지 초대받은 사람만 들어갈 수 있고, 입장료로 1만
달러를 내야 해요. 방명록은 아마 아카데미 시상식 참석자
명단 못지않을 걸요. 이런 자리에 천박하게 차려 입은 매춘
부를 데려갈 수는 없는 노릇이잖아요. 기품 있고 세련된 여
자가 필요하다고요."

"조녀선, 무슨 말인지 나도……."

"당신이 필요해요, 엑스."

"불가능해요."

"행사가 언제인지도 모르잖아요." 조너선이 인상을 찡그렸다.

"언제인지는 상관없어요." 이렇게 대답할 때쯤에는 이미 홍차를 더 저을 필요가 없었는데도 계속 저었다.

"물론 행사 참석 시간에 대한 비용은 지급할 거예요. 수업비와 동일한 조건으로요."

고개를 들고 날카롭게 쳐다보며 말했다. "저는 사교 모임에 따라다니는 에스코트걸이 아닙니다, 조너선 카트라이트 씨."

"제 말은 그게 아니고요! 그렇지 않다는 건 물론 저도 잘 알아요. 제 말은, 그러니까, 데이트 상대 같은 걸 해달라는 게 아니에요. 이게 우리 수업의 일부라고 보면 되잖아요. 제가 실전에서 어떻게 하는지 보라고요. 테스트하는 거예요."

제법 잘 수습했다. 나는 겉으로 웃어 보이지는 않았다. "무슨 말인지 알겠어요. 정말 머리가 좋으시네요. 하지만 안타깝게도 행사 참석은 불가능해요."

내가 이렇게 답하자 조너선은 갑자기 내 옆자리로 와서 앉았다. 언제부터인가 조너선은 창가에 서서 편안하게 얘기하는 습관이 생겼지만 지금은 소파에 앉아 있었다. 그것도 너무 가까이. 그의 향수 냄새가 내 코를 간지럽혔다. 시선을 옆으로 슬쩍 돌리니 조녀선이 손목에 차고 있는 카르티에 시계가 보였다. 검은 가죽 스트랩이 달린 정사각형의 두툼한 은색 시계였다. 남성적이면서도 우아했다.

"왜 안 된다는 거예요, 엑스?"

나는 다리를 꼬고 앉아서 차를 마셨다. 조녀선의 얼굴을 보지 않으려고 했다. "그건…… 안 될 일이에요. 불가능해요. 나는 안 돼요. 당신과 같이 갈 수 없어요. 누구하고도 같이 갈 수 없어요."

"어째서요?" 그가 한 손을 소파 등받이에 슬쩍 올리며 물었다.

나는 순간 얼어붙었다. 제발 그러지 말라고, 제발 내 어깨에 팔을 올리지 말라고 속으로 간절히 애원했다. '그러지 마요, 조녀선. 나를 위해서, 그리고 당신을 위해서 그것만은 하지 말아요. 당신이 겨우 좋아졌는데, 당신한테 안 좋은 일이 일어나는 걸 보고 싶지는 않아요.'

"와, 진짜. 엑스. 당신은 정말 내가 만나 본 여자 중에 제일 예민한 여자네요. 당신 몸에 손을 댄 것도 아닌데, 이렇게까지 바짝 긴장할 필요는 없잖아요."

"예민하지 않아요."

조녀선이 콧방귀를 꼈다. "알았어요, 자기. 혼자 그렇게 실컷 생각하세요." 몹시 빈정대는 말투였다.

나는 조녀선을 노려보았다. "자기?"

조녀선은 두 손을 들어 올리고 항복하는 시늉을 해 보였다. "미안합니다. 사과할게요. 하지만 당신 정말 좀…… 너무 쌀쌀맞아요."

나는 빈 찻잔을 손에 들고 자리에서 일어났다. 차를 다 마신 줄도 몰랐는데 어쨌든 찻잔이 비어 있었다. 주방으로 가서 컵을 씻어 건조대 위에 올렸다. 한 걸음 뒤에서 조녀선의 기척이 느껴졌다.

"내가 예민하든 쌀쌀맞든, 다 나름의 이유가 있어서 그러는 게 아닐까요." 조녀선이 내 공간 안으로 침범해 들어오자, 나는 이미 좁은 공간 안에서 싱크대 쪽으로 몸을 바짝 붙여야 했다. "경고예요, 조녀선. 충분히 생각하고 행동하는 게 좋을 거예요."

"손대지 말라고요?"

조녀선이 뒤로 물러서자 나는 한숨을 내쉬었다. "그래요. 손대지 말아요."

"인디고 서비스의 자산이니까?"

다소 날카로운 목소리였다.

나는 잠시 호흡을 가다듬고, 고개를 들었다. 갑자기 조녀선이 상황의 본질을 훨씬 깊이 꿰뚫어 보고 있을지도 모른다는 생각이 들었다. 그를 과소평가했는지도. "그만 해요, 조녀선. 그냥…… 하지 말아요."

하지만 그는 그만할 생각이 없었다. "엑스는 은둔자예요? 내 말은, 엑스가 이 아파트 현관문 밖으로 나가는 모습을 전혀 본 적이 없거든요."

"조녀선, 그만."

조녀선은 거실 쪽으로 걸음을 옮기더니 주변을 두리번거렸다. "이것 봐요. 세상에. 여긴 텔레비전도 없고, 라디오도 없고, 컴퓨터도 없잖아요. 심지어 연필깎이 하나 없어요. 저 냉장고랑 토스터 빼고는 가전제품이 하나도 없고요. 그리고 밖에 있는 저 엘리베이터는 또 뭐죠? 지랄 맞게 무서운 저 엘리베이터 도우미 보디가드는 뭐냐고요? 저 사람 혹시 교도관 아니에요? 당신 휴대전화는 있어요? 아니면 유선 전화라도 있긴 해요? 어떤 식으로든 바깥세상과 접촉해 보긴 했어요?" 조녀선은 소파 뒤에 멈추어 섰다.

나는 방을 가로질러서 조녀선 옆으로 다가갔다. 그리고 얼음처럼 날카로운 눈으로 그를 노려보며 말했다. "이제 시간이 된 것 같군요. 카트라이트 씨."

"왜요? 당신이 대답할 수 없는 질문을 해서요?"

그래요. 바로 그 이유 때문이에요. 하지만 그렇게 대답할 수는 없었다. 그것이야 말로 내가 해서는 안 되는 말이었다. 그렇게 말한다면 처참한 결과를 맞게 될 테니. 나는 가만히 그를 노려보고만 있었고, 그는 대견스럽게도 시선을 돌리지 않았다. 그저 가만히 내 시선을 마주 바라보았다. 그는 내가 보여 주려고 한 것보다 더 많은 것을 보고 있는 것 같았다.

조녀선은 바지 뒷주머니에 손을 넣어 얇은 은색 케이스를 꺼냈다. 버튼을 누르니 케이스가 열리면서 안에 담긴 명함이 보였다. 조녀선은 명함 한 장을 밀어서 꺼내더니, 다시 케이스를 닫고 바지 뒷주머니에 넣었다. 그리고 한 걸음 다가와 내 앞에 바짝 붙어 서서 나를 내려다보았다. 그러면서 엄지와 검지 사이에 들고 있던 명함을 가슴골 안으로 슬쩍 밀어 넣었다. 내 살갗에 손을 대지 않고서.

명함의 모서리가 내 살을 찔렀다. 그의 두 눈은 모든 걸 다 알고 있다는, 모든 걸 다 꿰뚫고 있다는 시선을 내게 건넸다. 도대체 언제부터 오만한 찌질이의 모습을 버리고 이렇게 자신만만한 남자가 된 거지? 그는 내 몸에 손가락 하나 대지 않았지만, 그런 행동이 내 안에 웅크리고 있는 공포를 자극하지도 않았고, 숨 막히는 열정을 이끌어 내지도 않았다. 하지만 그게 그의 잘못은 아니었다.

저 바깥에 엄청난 거인들이 있기 때문이었다. —그리고 언젠가 조녀선도 이런 거인이 될 것이란 생각이 들었다.— 그리고 거인들 너머에는 타이탄이 있었다. 조녀선이 이미 자신을 위한 단단한 발판을 마련해 두었고, 자신의 내면에서 뜨거운 불덩어리를 발견했으며, 그 불덩어리를 통제할 방법까지 파악했다고 하더라도 그는 타이탄이 될 수 있는 사람은 아니었다.

하지만 어쨌든 그가 이렇게 가까이 서 있다는 사실은 나를 긴장시켰다.

"잘 있어요, 마담 엑스. 솔직히 말해서, 당신 도움이 없었다면 내가 이렇게 내 능력을 발휘할 수 없었을 거예요. 그러니…… 암튼 고마워요."

그의 손이 내 턱 주변에서 머뭇거렸다. 그의 얼굴과 내 얼굴은 고작 손가락 한 마디 정도 떨어져 있을 뿐이었다. 나는 최악의 순간을 상상했다. 그가 내게 키스하려는 것이라면? 숨을 쉴 수 없었다. 심장은 이미 멈춘 상태였다. 눈을 깜박일 수도 없었다. 나는 소파 뒤 좁은 공간에 갇혀 있었다. 그를 뒤로 밀어내기 위해 그의 몸에 손을 댈 수도 없었다. 그렇게 한다면 다이너마이트로 가득한 방에서 성냥에 불을 붙이는 것이나 다름없었을 것이다. 엉뚱한 방향으로 튄 불꽃이 도화선 위에 떨어질 가능성은 거의 없었지만, 어쨌든 그렇게 된다면 무지막지한 결과를 초래하게 될 테니까.

그때 조너선이 한 걸음 뒤로 물러섰다. 그리고 한 걸음 더 뒤로 움직였다. 숨을 한 번 내쉬더니 미소를 지어 보였다. 무심한 듯 보이는 그의 미소에서 어린 아이의 장난스러운 표정과 함께 나를 이해하고 있다는 인상을 받았다. 뒤로 그렇게 걸음을 옮기던 그는 갑자기 돌아서서 문손잡이를 돌리고는 문 뒤로 사라져 버렸다.

문이 다시 닫히자, 나는 가슴 속에서 그의 명함을 꺼내 확인했다.

존 카트라이트 | 대표 이사

카트라이트 비즈니스 서비스

전화 : (212) 555-4321

이메일 : jecartwright@cbs.com

자기 사업을 시작한 모양이었다. 조너선이 너무나도 자랑스럽고 뿌듯했다.

그때 갑자기 현관문이 열렸다. 물건을 두고 간 조너선이 다시 왔나 보다 싶어서 고개를 들지 않았다.

그런데 조녀선이 아니었다.

"이런." 위엄 있는 목소리가 깊게 울려 퍼졌다. "우리 꼬맹이 조녀선이 이제 다 컸나 보군."

"케일럽." 나는 재빨리 시선을 돌렸다가 놀라서 한 걸음 뒤로 물러섰다. "그러게요. 그런 것 같네요." 그리고 관심 없는 척, 조녀선의 명함을 건넸다. 하지만 그가 이 속임수에 속아 넘어갈 것이란 생각이 들지는 않았다.

그는 명함을 대강 훑어보았다. "잘된 일이야. 충분히 능력 있는 친구야. 인디고 서비스도 조녀선한테 사업 제안이나 해볼까 싶군."

나는 아무 대답도 않고 가만히 있었다. 사업에 대해서는 아는 게 없었기 때문에 말할 수 있는 입장이 아니었다.

그가 표범처럼 소리 없이 방을 가로질러 가더니 루이 14세 안락의자에 앉아 몸을 뒤로 기대었다. 정말 황제 같은 기품이 스며들어 있는 몸짓이었다. 그리고 조녀선의 명함을 다시 찬찬히 살펴보았다. 곰곰이 무언가를 생각하는 모습이었다. "어쨌든 조녀선의 요청이나 행동에 대한 당신의 처신은 아주 좋았어. 잘했어."

"조녀선이 안 좋은 의도로 그런 건 아니었어요."

"아니야, 그렇지 않아. 그 점에 대해서는 당신이 잘못 판단하고 있는 것 같군. 얼마든지 안 좋은 의도를 품을 수 있는 친구야." 그는 세 손가락 사이로 명함을 빙글빙글 돌리며 말했다.

"무슨 말이죠? 그가 무슨 꿍꿍이라도 품고 있다는 말인가요?" 나는 용기를 내서 물었다.

"그가 던지는 질문들 말이야. 위험할 정도의 호기심을 품고 있더군." 갑자기 그가 불타오르는 눈빛으로 나를 쏘아보았다. "조녀선은 진실을 이해할 수 없을 거야." 그의 손에 있던 명함이 칼처럼 공기를 가르며 날아가더니 바닥에 떨어졌다.

진실. 무슨 진실?

나는 다시 침묵을 지켰다. 지금은 내가 대꾸할 차례가 아니라는 것 정도는 알 수 있었다.

"조녀선과 함께 자선기금 모금 행사에 가도록 해."

적당히 놀란 것처럼 보이려고 애를 썼고, 어느 정도 성공했다. 하지만 속으로는 너무 깜짝 놀란 나머지 누가 깃털로 살짝 때리기만 해도 기절할 수 있을 만큼 정신이 혼미했다. "제가요? 정말요?" 가고 싶어 하는 것처럼 들릴까봐 걱정이 되었다.

가고 싶은 마음보다는 두려움이 더 컸다. 아니 더 정확히 말하면, 가고 싶은 마음이 반이라면, 걱정되는 마음도 반이었다.

"그래, 함께 가도록 해. 하지만 경호원들과 함께 가야 해. 렌과 토머스가 하루 종일 당신 옆에 붙어 있을 거야."

"왜요?"

"왜 렌과 토머스냐고 묻는 건가? 아니면 왜 조녀선과 함께 행사에 참석하는 걸 허락하는지 묻는 건가?"

"둘 다겠지요."

"음. 렌과 토머스는 당신을 보호하는 일에 가장 적합한 사람들이야. 렌은 조심성이 있으면서도 상당히 공격적인 친구지. 토머스는 음…… 그만의 특별한 기술이 있고 말이야." 그는 말을 잠시 멈췄다가 다시 계속했다. "그리고 참석을 허락한 이유는, 걱정할 일이 많지 않은 행사니까. 파티 자체가 비공개적이고 방송국 카메라나 기자는 없을 거야. 그리고 파티에 참석하는 사람들 모두 자기 경호원을 데리고 올 테니 당신이 참석하기에 그만큼 안전한 곳도 없지."

그래도 여전히 납득할 수는 없었지만, 나는 아무 말도 하지 않았다. 굳이 납득해야 할 필요도 없겠지.

바깥에 나가다니.

"뭐라고 말 좀 해봐, 엑스."

"솔직히 무슨 말을 해야 할지 모르겠어요."

"너무 흥분돼서? 아니면 겁이 나서?"

"둘 다요." 나는 어깨를 으쓱했다.

"당연해. 그동안 당신이 처해 있던 상황을 생각하면 이런 저런 생각들로 마음이 복잡할 수 있겠군.

고개를 끄덕였다. "그래요. 마음이 좀 복잡하네요." 이렇게 대답은 했지만 목소리가 너무 희미해서 거의 들리지 않을 정도였다. 상황을 받아들이려니 벅찼다. 온갖 생각과 복잡한 감정, 많은 질문들이 머리에 가득해서 차분하게 생각할 여유가 없었다. 그리고 이런저런 의심이 꼬리에 꼬리를 물었다.

기다렸다. 그가 이렇게 찾아왔으니, 잠시 다른 일에 정신을 판다면 오히려 기분이 나아질 것도 같았다. 하지만 그는 긴 다리를 뻗으며 자리에서 일어나더니 나를 가만히 내려다보기만 했다. 그 표정에서 왠지 모를 거리감이, 약간의 냉정함이 느껴졌다. 손익을 따지고 있는 사람처럼 보이기도 했다.

"내가 오늘은 일이 좀 많아서, 아쉽지만 그만 가야 하겠어."

"지금…… 바로 간다고요?" 내 말투가 어떻게 들릴지 잘 알고 있었다. 왜 그렇게 말했는지 짜증이 났다. 그가 떠나서 실망스럽다는 말투로 묻다니, 그렇게 없어 보이는 말투로 묻다니 내가 너무 싫었다.

"그래. 당장 가야 해. 물론 마음 같아서는 더 있다 가고 싶지만 말이야." 냉담하고 계산적이었던 태도가 누그러지고 금세 따뜻하고 다정한 말투로 바뀌었다. "내가 얼마나 당신과 함께 있고 싶어 하는지 당신도 잘 알지, 엑스?"

"그럼요. 케일럽."

"하지만 내가 가야 하는 상황이라는 것도 잘 알지?"

"알아요. 케일럽."

그는 입으로는 이런 말을 반복했지만, 단단하게 발기한 성기로 내 배를 지그시 눌렀다. 그의 두 손이 내 허벅지를 쓰다듬으며 치맛자락을 끌어 올렸다. 그리고 내 속옷 안으로, 그리고 내 안으로, 그의 손가락이 미끄러져 들어왔다. 손가락은 빙글빙글 돌면서 안으로 들어갔다가 다시 미끄러져 나오기를 반복했다. 연극도, 속임수도 없이 갑자기 일어난 일이었다.

나는 순식간에 절정에 이르렀다.

"입으로, 엑스." 나는 무릎을 꿇고 앉았다.

바지의 지퍼를 내리고 버클을 풀었다. 그리고 입을 대는 순간 탁한 정액의 맛이 느껴졌다. 단단하고 매끈한 그의 결집체에 내 입과 손을 갖다 대는 순간, 끝나 버렸다. 이렇게 금방 끝나 버릴 거라고는 상상도 못 했다. 평소에 얼마나 오래 지속되었는지 생각하면 더욱 그랬다.

"고마워, 엑스." 그는 한숨을 내쉬더니, 이렇게 말하며 이제는 늘어져 버린 물건을 바지 속으로 집어넣었다. 현관으로 몇 걸음 옮기고는 소리 없이 문을 열었다. "사람을 보낼 테니 파티에 입고 갈 드레스를 준비하도록 해."

나는 여전히 같은 자리에, 거실 한복판에 무릎을 꿇은 채 앉아 있었다. 드레스가 다 구겨졌고, 립스틱도 번져 버렸고, 그가 움켜잡았던 머리카락도 헝클어져 있었다. "알았어요."

"그렇게 슬픈 표정 짓지 마. 금방 돌아올게. 그때 다시 제대로 즐거운 시간을 보내자고."

"알았어요."

"엑스." 그의 어조가 바뀌었다. 이건 질책이었다. "왜 그러는 거야?"

"그냥 당신 행동이 이해되지 않아서 그래요."

오래, 아주 오랫동안 침묵이 이어졌다. 현관문이 반쯤 열려 있었고, 그의 표정은 문에 가려 보이지 않았다. "당신이 이해할 필요는 없어."

"그래도 이해하고 싶어요. 노력해 볼게요."

"어째서?" 그는 이상하리만치 예민한 반응을 보였지만 미묘하게 부드러운 어조도 담겨 있었다. 게다가 정말 궁금해서 묻는 것 같았다. 이 한마디에 여러 감정이 뒤섞여 있었다.

"난…… 당신은 내가 아는 전부잖아요. 내가 가진 전부이기도 하고요. 유일하지만 전부이기도 하죠. 하지만 난 당신을 몰라요. 당신에 대해 아는 게 거의 없어요. 같이 보내는 시간도 별로 없고, 마음을 나누는 일도 거의 없어요. 그리고 같이 있을 때도……." 나는 어깨를 으쓱해 보였다. 더 이상 구체적으로 설명할 수가 없었다.

"당신이 알아듣게 말하자면, 다 나름의 이유가 있어서 그런 거야. 당신이 이해할 필요는 없어. 이건 경고야." 그가 문밖으로 한 걸음 더 옮겼다. 대화는 끝나 버렸다.

하지만 그 순간, 무모하게 발사해 버린 총알처럼 나도 모르게 입에서 이런 말이 튀어나왔다. "당신을 봤어요. 그 여자하고……."

"엑스." 그의 목소리가 딱딱해졌다.

"그 여자 말이에요. 무척 화가 나 있었어요. 당신한테 말이에요. 그리고 당신은 리무진 안에서 그 여자와 섹스를 했죠. 자동차 문이 열려 있었고요. 세상 사람들이 다 볼 수 있을 정도로 말이에요. 그래서 나도 봤어요. 그리고…… 당신도 나를 바라봤어요. 나를 똑바로 바라보면서 당신은……

그 빌어먹을 미소를 짓고 있었어요." 대체 내가 왜 이렇게 화난 목소리로 질투에 사로잡혀서 정신 나간 사람처럼 말을 하고 있는 거지?

"빌어먹을, 엑스!"

"내가 당신한테 아무 의미가 없다는 사실은 나도 알아요. 하지만 내 앞에서 그걸 대놓고 보여 줄 필요가 있었어요?" 너무 무모했다. 나는 미친 게 분명했다.

문이 쾅 소리를 내며 닫혔다. "좀 더 신중하게 생각하고 말하는 게 좋을 거야, 엑스." 이렇게 말하는 그의 목소리가 수술용 메스를 연상시켰다.

나도 모르는 사이에 나는 턱을 쳐들었다. 반항아처럼 과감하게. "당신도 마찬가지예요."

그가 성큼 세 걸음 앞으로 다가왔고, 나는 아주 잠깐 동안 무중력 상태에 있다가, 무게가 전혀 나가지 않는 물건처럼 벽에 그대로 꽂혀 버렸다. 그가 단단한 하체로 나를 벽에 밀어붙이며, 한 손으로 내 목을 졸랐기 때문에 나는 숨을 쉴 수 없었다. 하지만 어떻게 한 건지 목이 아프지는 않았다.

"한 가지 분명히 짚고 넘어가자. 당신은 내 거야. 하지만 그 반대는 성립하지 않아. 내가 뭘 하든, 그리고 누구하고 하든, 당신한테 설명할 의무가 있다고 생각하지 마."

나는 눈을 깜박였다. 별이 보이기 시작했다. 시야가 점점 흐릿해졌다.

"내 말 알아들었나, 엑스?" 간신히 귀에 들릴 정도의 작은 목소리로 그가 물었다.

나는 아주 조금 턱을 아래로 내렸다가 다시 올리며 고개를 끄덕였다. 그가 나를 풀어 주었다. 바닥에 떨어져 숨을 헉헉거렸다. 달콤하고 시원하게 산소가 뇌 안으로 밀려 들어왔다.

그때 내가 가장 아끼는 창문에 검게 그림자가 드리워져 있는 걸 간신히 볼 수 있었다. 그의 실루엣이 창문을 가득 채우고 있었다. 어깨가 축 처지고 고개를 아래로 숙인 모습이었다. "젠장. 엑스, 미안해. 내가 지나쳤어." 그러고는 몸을 돌려 나를 바라보았다. "당신 괜찮아?"

나는 전혀 단정하지 않은 자세로 몸을 늘어뜨린 채 벽에 기대어 앉아 있었다. 다리를 아무렇게나 벌리고 앉은 탓에 치맛자락이 허벅지까지 말려 올라왔다. 숨을 들이마셨다. 간신히 숨만 쉬고 있었다. 대답할 수 없었다. 기운이 전혀 남아 있지 않았다.

아니, 대답할 용기가 남아 있지 않았다. 그가 내 목을 쥐어짤 때 모두 빠져나가 버렸다.

목이 졸릴 때의 느낌이 끔찍하게 싫었다.

그가 부드러운 발걸음으로 다가와 거대하고 단단한 몸을 웅크리고서 내 옆에 앉았다. 그리고 나를 향해 한 손을 뻗었다. 그의 손이 조심스럽게 머뭇거리며 다가왔다.

하지만 나는 몸을 움찔하고 말았다.

그는 손을 다시 거두었다. "젠장. 젠장!" 같은 단어를 두 번째 반복할 때는 갑자기 크게 소리를 질렀다. 무서웠다.

몸을 움츠렸다. 본능적으로 두려움에 반응하는 몸을 통제할 수 없었다.

"미안해, 엑스." 그가 내 어깨에 손을 올렸다.

그 순간 내 몸은 굳어 버렸다. 완전히 딱딱하게 얼어붙은 것처럼. 두 눈을 질끈 감고 이를 악문 채, 주먹 쥔 두 손은 허벅지에 붙인 상태로 그렇게 굳어 버렸다. 그의 손이, 그리고 그 손의 주인이 뒤로 물러설 때까지 나는 숨도 쉴 수 없었다. 그리고 그가 뒤로 물러섰을 때, 조금씩 천천히 숨을 들이마시며, 곁눈질로 주변을 살폈다. 사납게 서성거리는 발이 보였다. 그리고 현관문이 왝 열리더니 쾅 소리와 함께 다시 닫혔다. 어찌나 거칠게 닫았는지 문짝이 깨지고 문틀에도 금이 갔다.

엘리베이터 소리가 들렸다. 그리고 더 이상 아무 소리도 들리지 않았다.

나는 한참 동안 같은 자리에 앉아 있었다. 시간이 얼마나 지났는지 알 수 없었다. 그때 다시 엘리베이터 소리와 함께 남자들 목소리가 들렸다.

렌이었다.

"괜찮아요?" 렌이 내 옆에 와서 나를 일으켜 세웠다. "일어나 보세요. 현관문 수리할 사람을 데리고 왔습니다. 침대에 가서 눕는 게 좋을 것 같은데요. 차 한 잔 갖다 드릴까요? 아니면 다른 마실 거라도?"

나는 고개를 저으며 사려 깊고 조심스럽게 나를 잡고 있던 렌의 손에서 몸을 빼냈다. "괜찮아요." 그리고 쉰 목소리로 낮게 말했다. "고마워요."

침실로 들어가 옷을 그대로 입은 채 침대 위로 몸을 눕혔다. 렌이 블라인드를 내리고 내 소음 기계를 켰다.

"그분을 화나게 만들지 마세요. 현명하지 못한 행동이었어요. 너무 무모했다고요. 그분 성미를 건드리지 않는 게 좋아요. 제 말 무슨 뜻인지 아시죠?"

"가정 폭력이 발생할 때마다 항상 등장하는 변증론이군요." 여전히 목에서 쉿소리가 났다. 그래도 멍이 들진 않을 것 같았다.

"저는 대신 변명을 하려는 게 아니에요. 그냥 드린 말씀입니다."

"변증론은…… 아니에요, 됐어요. 고마워요, 렌. 금방 괜찮아질 거예요."

"알겠습니다. 그럼 이만." 렌이 잠깐 말을 멈추었다가 다시 입을 열었다. "내일 디자이너를 데리고 다시 오겠습니다."

"디자이너요?"

"드레스 때문에요. 그 부잣집 도련님이랑 같이 행사에 참석할 때 입을 드레스 말입니다."

"조너선 말이군요."

"네, 이름이야 어쨌든. 걔네들은 다 거기서 거기니까요."

나는 대답하지 않았다. 눈꺼풀이 점점 무거워지기 시작했다. 가슴 안에서, 그리고 머릿속에서 소용돌이치는 혼란은 무시했다. 타들어 가는 목과 따가운 눈도 모르는 척했다.

현관문을 교체하는 소리가 들렸다. 교체 작업이 끝나자 다시 정적이 찾아왔다.

곧 잠이 들었다.

밤이었다. 캄캄하고, 으스스하고, 탐욕스러운 밤이었다. 이를 악물고 달려드는 짐승이 보였다. 붉은 두 눈에서는 빛이 뿜어져 나왔다.

나는 맨발로 굶주린 암흑 속을 헤매고 있었다. 어딘가 발가락을 세게 부딪혔다. 마치 발톱이 뽑혀 나가는 것 같은 끔찍한 통증이 내 몸을 뚫고 지나갔다.

두 번째 짐승이 보였다. 하얀 눈에 빛을 발하며 큰 소리로 으르렁거렸다.

귀가 먹먹해질 정도로 울부짖고, 울부짖고, 또 울부짖는 소리가 사방을 가득 채웠다. 괴물들이 사방에 가득했다. 밝게 빛나는 눈과 붉은 꼬리를 지닌 괴물들이 철갑을 두르고 잽싸게 암흑 속으로 돌진했다.

나는 비틀거리며 나아갔다. 번쩍하는 불빛과 함께 내가 서 있는 길이 환하게 밝아졌다. 천둥소리에 온몸이 파르르 떨렸다. 차갑게 쏟아지는 비에 내가 걸어온 흔적이 모조리 지워지고 말았다. 나는 울지 않았고, 비명을 지르지도 않았다. 그러기에는 너무 고통스러웠다. 울자면 숨을 쉬어야 했는데, 숨마저 쉴 수 없었다. 내 허파는 이미 탐욕스러운 불길에 검게 타 버리고 없었기 때문이었다.

불길.

불길은 여전히 내 뒤에서 타오르고 있었다. 여전히 불꽃을 날름거리면서 검게 그을린 살 냄새를 풍기고 있었다.

짐승들이 으르렁거리며 나를 에워쌌다. 지나치게 밝은 두 눈을 번뜩거리면서 날카로운 발톱을 내게 휘둘렀다. 그 발톱에는 붕대와 주사 바늘이 매달려 있었다.

내 위로 정사각형이 끊임없이 이어졌다. 정사각형에는 검은 점들이 무수히 박혀 있었다. 11,424개의 점들이, 검은 구멍들이 하얀 정사각형을 꿰뚫었다.

웅성거리는 목소리가 들렸다. 마치 천 년 전의 메아리 같았다.

단어들. 귀에 들려야 하지만 들리지 않는 소리들. 단어들. 단어들. 단어들. 아무 의미 없는 단어들. 아무 의미 없는.

상실.

고통.

슬픔.

고통.

얼굴. 그리고 얼굴과 얼굴과 얼굴.

불꽃에 대한 꿈.

어둠에 대한 꿈.

어둠.

이제 더 이상 어둠은 없다. 어둠을 차단하라! 암흑 속에 짐승들이 도사리고 있다. 내 피를 노리는, 내 살을 탐내는 짐승들이.

숨을 쉴 수가 없었다.

어둠의 바닷속에 빠져 숨을 쉴 수 없었다.

"심호흡을 해, 엑스." 명령이었다.

심호흡을 했다. 고통스러운 숨을 길게 들이마셨다.

"심호흡을 해."

다시 심호흡을 했다.

두 손이 내 얼굴을 가만히 어루만졌다. 나는 그의 품에 안겨 있었다. 기억 속에서 희미해진 두려움이 아직 내 안에 고동치고 있었지만 나는 곧 안정을 되찾았다. "케일럽."

"계속 숨을 쉬어, 엑스. 이제 괜찮아. 꿈을 꾼 거야."

세상에, 이게 꿈이었다니. 내 몸을 황폐하게 망가뜨리고 내 영혼을 약탈하는 꿈이라니.

나무에 번개가 내리치듯 번쩍하며 정신이 들었다. "이제 놔줘요." 나는 그의 품에서 빠져나왔다. "내 몸에 손대지 말아요."

"엑스……."

나는 침대에서 몸을 굴려 바닥으로 내려왔다. 어둠 속에서 허우적거리며 창문 쪽으로 몸을 움직였다. 그때 어둠 속의 그림자가 침대에서 일어섰다. 남자다운 단단한 어깨, 아름다운 얼굴의 곡선. 그는 어둠 속 실루엣조차도 천상의 피조물처럼 완벽했다. 침실 문이 열려 있는 탓에 빛 한 조각이 어둠을 찌르듯 방 안을 비추고 있어서, 그의 얼굴 윤곽이 더 선명하게 드러났다.

"미안해. 당신한테든 다른 누구한테든 이런 말 하는 게 나한테는 정말 쉽지 않은 일이야. 누구에게도 사과해 본 적이 없어. 그게 어떤 결과를 초래하든, 남들이 아무리 뭐라고 하든 나는 전혀 아랑곳하지 않았어. 그런데 지금 당신한테는 사과하고 싶어. 미안해. 그러지 말았어야 했는데, 정말 미안해." 그는 내 옆에 웅크리고 앉았다. 그의 창백한 두 팔이 보였다. 사각팬티 외에 아무것도 걸치지 않고 있었다.

"나도 알아요." 나도 그를 용서하고 싶었지만 이게 할 수 있는 내 최선의 답이었다.

"다치진 않았어?"

"안 다쳤어요."

그가 한 손가락으로 내 턱을 살짝 들어 올렸다. 어둠 속에서도 그의 얼굴은 완벽했다. "나를 봐, 엑스."

"보고 있어요." 무슨 생각을 하는지 알 수 없는 어두운 두 눈이 너무나 날카롭게 나를 바라보고 있었다. 하지만 그 눈에는 슬픔과 걱정도 들어 있었다.

"무서워하지 마."

"무서워하지 않아요." 나는 이런 순간에도 필요하다면 얼마든지 거짓말을 할 수 있었다.

그는 단단하고 따뜻한 두 팔로 나를 안고 자리에서 일어났다. 느리면서도 규칙적인 그의 심장 박동 소리가 내 귀에 울렸다. 내 팔을 위아래로 쓰다듬던 그의 두 손이 내 머리카락을 부드럽게 매만졌다. 나는 여전히 옷을 입고 있는 상태였다. 시간이 얼마나 흘렀는지 알 수 없었다.

가슴이 무너져 내리는 것 같았다.

"세라."

"뭐라고요?" 그가 무슨 말을 하는 건지 감이 잡히지 않았다.

"그 여자 이름은 세라야. 나랑 같이 있던 그 여자 말이야. 세라 애비게일 허쉬백. 그 여자 부모는 유대인인데, 뉴욕에 있는 정통 유대인 커뮤니티에서 중요한 직책을 맡고 있어. 그 여자 아버지가 내 사업 파트너이기도 하고. 그리고 세라는…… 음, 그 여자하고는 좀 복잡한 사연이 있어. 만났다 헤어졌다를 반복하는 그런……. 세라는 계속 만남을 이어가고 싶어 하는 쪽이었어. 나는 그 여자가 원하는 방식으로는 만남을 이어나갈 수 없었고, 앞으로도 그럴 생각이 없다고 말했는데도 말이야. 내게서 떠났다가 다시 되돌아오길 반복했어.

내가 줄 수 있는 건 순전히 육체적인 관계뿐이었지만 그것만으로도 그 여자가 내게 다시 돌아오기에는 충분했던 거지."

"왜 나한테 이런 얘길 하는 거예요?" 나는 목소리에 감정을 싣지 않으려고 애쓰며 물었다.

하지만 그는 내 질문을 무시했다. "당신한테는 솔직하고 싶어, 엑스. 나한테는 아무것도 기대하지 마. 당신이 지금 나에 대해 알고 있는 그게 전부야. 그리고 진실을 말하자면…… 당신이야말로 진짜 케일럽 인디고에 대해서 제일 잘 알고 있는 사람이야. 그 누구보다도, 내 지인들보다도……. 그 사람들을 그렇게 부를 수 있다면. 그 사람들은 나를 잘 몰라. 같이 시간을 보내는 일도 거의 없고, 아주 잠깐 같이 시간을 보낼 때에도 내 모습을 거의 보여 주지 않으니까. 하지만 당신은…… 당신은 나한테 특별한 사람이야, 엑스."

"몇 명이나 되는데요?"

"뭐가?"

"그 지인들이요." 나는 독기 어린 목소리로 물었다.

"제법. 나는 내가 이런 사람이라는 사실 때문에 그 누구에게도 사과하지는 않을 거야. 당신 꿈에 등장하는 짐승들? 오히려 난 그 짐승에 가까운 사람이야. 항상 굶주려 있으니까. 내 굶주림은 밑 빠진 독 같아서 절대 가득 채울 수 없어. 그래서 많은 여자들을 만나지. 그 여자들은 심심풀이 스낵이야. 성찬을 즐기기 전까지만 여기저기 한 입씩 맛보는 그런 존재들일 뿐이라고."

그의 뜨거운 숨결이 나에게 닿았다. 그가 드레스의 지퍼를 끝까지 내렸다.

"케일럽……."

"당신이 내 성찬이야, 엑스."

그의 입술이 내 피부에 닿았다. 그리고 그는 두 손으로 격렬히 내 몸을 탐했다. 손가락들이 축축해진 그곳을 더듬으며 깊이 숨은 욕망을 찾아 들어왔다. 지금 내 안에는 두려움이 가득했지만, 오히려 그 두려움이 흥분을 낳았다. 두려웠다. 아, 뼛속까지 두려움이 스며들었다. 내 등 뒤에서 배회하는 저 포식자가 무서웠다. 먹이를 찾아 날뛰지만 만족을 모르는 저 짐승이 감추고 있는 발톱이 너무 두려웠다. 그러면서도 그 짐승을 바라보는 순간에는 흥분으로 몸을 떨었다. 그 짐승이 나를 향해 달려들지 궁금했다. 마침내 짐승의 두 눈을 보았을 때, 달빛에 희미하게 빛나는 짐승의 발톱을 보았을 때 곧 내게 달려들 거라는 사실을 알 수 있었다. 저 짐승은 나를 게걸스레 집어삼켜 버릴 것이다. 왜냐하면 나야말로 쉽게 찢어발겨 버릴 수 있는 가장 연약한 존재이기 때문이다.

하지만 오늘 밤이라면? 오늘 밤에는 내게도 발톱이 있다. "싫어요. 케일럽." 나는 몸을 비틀어 그의 품에서 빠져나왔다. 옷이 벗겨졌지만 팬티는 여전히 입고 있었다. 나는 두 팔로 가슴을 가렸다. 가슴 속에서 두렵고 절박한 마음과 분노가 뭐라고 설명할 수도 없는 온갖 복잡하고 격렬한 감정들과 뒤엉켜 버렸다. "싫어요. 당신은 내게 상처를 줬어요."

긴장 가득한 침묵이 흘렀다.

그는 바지 안으로 다리를 찔러 넣고, 실수 없이 재빠르게 셔츠 단추를 채웠다. 그리고 양말과 신발을 차례로 신더니 양복 재킷을 걸쳤다. 바지 주머니에서 휴대 전화를 꺼내어 화면을 확인한 후 다시 주머니에 넣었다. 검지에 열쇠고리를 걸치고 빙글빙글 돌리다가 마침내 입을 열었다. "혼자 생각할 시간을 좀 줄게, 엑스. 혼자 있을 시간이 필요해서 그러는 거라면 말이야. 그리고 마지막으로 한 번만 더 말하지. 아프게 해서 미안해."

이 말에는 이런 전제가 깔려 있었다. 내가 이 일을 극복할 수 있는 시간은 정해져 있으니 잘 지키라고……

현관문이 열렸다 닫히고 다시 혼자 남게 되자 단순한 질문들이 내 머릿속을 맴돌았다. 내가 이 일을 극복할 수 있을까? 극복하지 못하면 어떻게 해야 하지?

그를 용서할 수 있을까? 용서해야 하나? 그를 용서하고 싶은 마음이 있긴 한 걸까?

그렇지 않은 것 같아서 불안했다.

그를 용서하지 않는다면 어떤 일들이 일어나게 될지도 두려웠다.

09

당신은 두 손을 바지 뒷주머니에 꽂은 채 현관문 앞에 혼자 서 있었다. 말끔하게 빗어 넘긴 머리, 턱시도를 차려 입은 늘씬한 몸매, 목에 맨 가느다란 보타이. 당신은 젊고 잘생겼으며 자신감 넘쳐 보였다. 그리고 정중했다.

제이 개츠비가 이렇게 생겼을지도 모르겠다는 생각마저 들었다.

"마담 엑스. 안녕하세요." 당신이 격식에 맞게 몸을 앞으로 기울여 내 양 볼에 가볍게 입을 맞추었다. "정말 아름다워요."

그건 사실이었다. 오늘 아침 일찍 스타일리스트가 빽빽하게 의상이 걸린 행거를 끌고 아파트에 찾아왔다. 작고 통통하며 은빛 머리카락이 멋진, 젬이라는 이름의 남자였다. 연한 복숭아색의 여성용 팬츠 슈트를 입고, 10센티미터의 힐을 신은 이 사람은 내게 진심 어린 미소를 지어 보였다. 나는 그의 도움을 받아 드레스를 서른여섯 벌이나 갈아입었고, 마침내 지금 입고 있는 이 드레스로 결정할 수 있었다. 이 드레스는 전혀 들어 본 적 없는 브랜드의 제품으로, 굵은 'Z'자 로고가 달려 있었다. 학생이나 신인 디자이너의 작품 같았다. 젬은 굳이 브랜드를 알려 주지 않았고, 지금 같은 경우에는 디자이너의 이름보다는 내가 돋보이는 것이 가장 중요하다고 말했다. 짙은 붉은색의, 엉덩이에서부터 느슨하게 아래로 떨어지다가 바닥에 살짝 스치는 정도의 길이였다. 허리 아랫부분은 정말 가볍고 얇은 소재로 되어 있어서 안쪽이 다 비칠 것 같았지만 실제로 비치지는 않았다. 허리 윗부분은 노출이 거의 없었는데도 좀 야하다는 생각이 들 정도로 관능적이었다. 등이 깊게 파여서 꼬리뼈가 아주 살짝 드러나 보였다. 게다가 옆으로는 갈비뼈 근처까지 깊게 트여 있어서, 가슴 옆과 아랫부분 그리고 등은 사실 다 벗은 거나 마찬가지였다. 그리고 삼각형의 진홍색 실크 조각으로 목에서부터 명치까지 가렸기 때문에 가슴골은 전혀 드러나지 않았다. 하지만 이 삼각형 실크 조각은 관능적인 느낌을 강조하는 방식으로 재단되어, 가슴에서 가장 중요한 부분을 모아 돋보이게 만드는 효과가 있었다. 눈에 잘 보이지도 않을 정도로 아주 가느다란 스트랩을 목에 묶고 목 뒤에서 정교한 고리로 고정했다. 드레스가 느슨해지지 않게 하고, 의도한 것 이상으로 피부가 노출되지 않게끔, 젬은 옆 가슴이 살짝 드러나 보이는 자리에 양면테이프를 붙였다. 나는 가장 아끼는 검은 지미 추 하이힐을 신겠다고 고집했다. 젬은 다이아몬드가 박힌 다소 비싼 브랜드의 화려한 힐을 가지고 와서 신기려고 했지만 나는 내 신발을 고집했다. 낯선 장소에 가서 저녁 내내 긴장한 채 불편하게 있어야 한다면 신발만은 편한 걸 신고 싶었다. 헤어와 메이크업은 아주 단순하면서도 최대한 멋진 효과를 낼 수 있는 스타일을 택했다. 머리는 위로 말아 올리고, 얼굴이 돋보이게 몇 가닥을 아래로 내렸다. 얼굴에는 아이섀도와 립스틱을 살짝 바르고, 광대뼈 주변에 살짝 음영 효과를 주는 것으로 마무리했다.

조너선의 칭찬은 별로 자연스럽게 들리지 않았다. 하지만 나는 엘리베이터를 기다리는 동안 나를 바라보는 그의 시선을 느낄 수 있었다. 시선을 위아래로 훑다가 고개를 돌리더니, 금세 다시 슬쩍 훔쳐보았다.

"무슨 문제라도 있나요, 조너선?" 내가 날카로운 말투로 물었다.

"아니에요, 괜찮아요."

"그럼 이제 그만 쳐다봐요."

조녀선은 눈썹을 찡그리며 크게 웃었다. "아, 그건 불가능해요. 정말이지 너무 아름다워서 가슴이 아플 지경이라고요. 케일럽을 믿을 수가 없군요." 그는 뒤에 서 있던 토머스의 눈치를 보더니 다시 이렇게 말했다. "제 말은 인디고 씨가 당신과 함께 갈 수 있도록 허락해 준 게 믿기지 않는다는 뜻이었어요."

토머스. 그가 오늘 나와 함께 할 보디가드였다. 거인, 문자 그대로 정말 거인이었다. 2미터 정도의 키에, 몸은 엄청난 근육질이었다. 어두컴컴한 밤처럼 검은 얼굴, 삭발한 머리, 항상 시선을 이리저리 움직이며 주위를 관찰하고 판단을 내리는 두 눈. 하지만 지적이고 노련한 그의 두 눈은 나를 똑바로 쳐다본 적이 한 번도 없었다. 지금까지 내게 말 한 마디 건넨 적이 없었기 때문에 정말 필요한 경우가 아니라면 앞으로도 말을 걸 것 같지 않았다.

"솔직히 말하면 저도 정말 놀랐어요."

"어째서 그가 생각을 바꾼 거죠?"

나는 잠시 침묵을 지키다가 입을 열었다. "그는 자기 속내를 드러내지 않는 사람이에요. 나는 그 사람의 뇌하고는 이야기를 나눌 수도 없고, 이야기를 나눠 보고 싶은 생각도 없어요."

엘리베이터 문에 토머스의 모습이 비쳤다. 재미있어 하는 눈치였다. 저렇게 엄격하고 냉정한 얼굴을 가진 사람이 그런 감정을 느낄 수 있다면 말이다. '딩동' 소리와 함께 엘리베이터가 도착했다. 엘리베이터 문이 열리자 토머스가 먼저 올라타더니 우리에게도 올라타라는 손짓을 했다. 나는 토머스와 비스듬하게 반대편 뒤쪽에 자리 잡았고, 조너선은 내 옆에 섰다. 너무 가까이 붙어 섰다. 그에게서 달콤한 향수 냄새가 살짝 풍겼다. 이국적이고 산뜻한 과일 향이었다. 조너선 때문에 약간 곤란한 상태가 되었다. 비록 그가 나를 빤히 쳐다보지는 않았지만 여전히 나를 의식하고 있었고, 나는 나를 의식하는 그를 의식하고 있었다. 혼란스러워지기 시작했다. 긴장을 달래기 위해 숨을 내쉬었다. 그저 살짝 내쉬었을 뿐인데 조너선의 시선이 진홍색 실크 조각에 가려진 내 가슴으로 향했다. 그는 내 가슴이 위아래로 들썩이는 걸 바라봤다. 나는 고개를 옆으로 기울이고, 질책하는 의미로 한쪽 눈썹과 입술을 찡그리고서 그의 얼굴을 빤히 바라보았다.

조너선이 귀엽게 얼굴을 붉히더니 어깨를 으쓱했다. 나

는 그가 먼저 시선을 돌릴 때까지 계속 쳐다보았다. 그때 조녀선이 시계를 볼 때 그 특유의 동작을 해 보였다. 과시하는 듯 팔을 쭉 뻗어 드라마틱하게 손목을 획 돌리자 고가의 명품 시계가 모습을 드러냈다. 핑크 골드 프레임에 갈색 악어 가죽 끈을 두른 불가리 시계였다.

"그러지 말아요, 조녀선." 나는 그에게 시선을 돌리지 않고서 말했다.

"뭘요? 저는 그냥 시계를 봤을 뿐인데요."

"일부러 그러는 거잖아요. 당신 시계가 얼마나 비싼지 신경 쓰는 사람은 없어요. 그런 행동을 하면 당신이 얼마나 얄팍한 사람인지만 드러날 뿐이에요."

"아, 너무하네요. 몇 시인지 확인한 거라니까요." 짜증난 말투였다.

"진짜 부자들은 관심 끌 만한 행동은 하지 않아요. 진짜 권력자는 사람들의 시선을 얻기 위해 소리치지 않고요. 원한다는 걸 드러내지 않고서도 쟁취할 수 있어야 해요."

"알았어요." 조녀선이 웅얼거리며 말했다.

"또박또박 말해야죠." 내가 단호하게 말했다. "야단맞을 때 웅얼거리는 건 어린아이들이나 하는 행동이에요."

"됐어요, 알았어요. 알.았.다.고.요." 그가 고개를 가로저으며 한숨을 쉬었다. "세상에."

"오늘 행사의 목적은 테스트예요. 그러니 내가 옆에 있을 땐 흠 잡을 데 없는 행동을 보여 줘야 할 거예요."

"그렇다면 별것도 아닌 일로 꼬치꼬치 따지지 말아요. 당신이 그러면 나도 자꾸 더 의식하게 되고, 자꾸 더 의식하게 되면 전부 엉망진창이 되어 버리니까요."

엘리베이터 문이 열리자 넓은 지하 주차장이 나타났다. 주차장에는 번쩍거리는 고급 자동차들이 가득했다. 조너선이 차체가 낮고 매끈한 검은 승용차를 가리켰다. 문이 두 개밖에 없었고, 앞부분에는 삼지창 모양의 엠블럼이 달려 있었다.

그때 뒤에서 거칠게 으르렁거리는 소리가 들렸는데, 나는 그게 토머스의 목소리라는 걸 얼른 알아채지 못했다. 그는 꿍얼거리는 소리를 내면서 우리 두 사람을 불러 세웠다. 그가 고개를 한쪽으로 돌리며 다른 차를 가리켜 보였다. 역시 매끈하게 잘 빠진 하얀 자가용이 있었다. 그 옆에는 렌이 토머스처럼 턱시도를 차려 입고 서 있었다.

"자자, 여러분. 시간 낭비하지 맙시다." 렌이 운전석에 올라타자, 토머스가 세 걸음을 성큼움직이더니 ―세 걸음 만에 3미터는 족히 움직인 것 같았다.― 차 옆에 서서 뒷좌석 문을 열었다. 그리고 내가 차에 올라타자 문을 닫았다.

"이야, 마이바흐까지?" 조너선은 차를 바꿔 타는 일을 대수롭지 않게 받아들이는 것 같았다. 그는 내가 자리에 앉을 때까지 기다렸다가 반대쪽으로 올라탔다. "멋지네요. 랜덜렛 62 맞나요?"

"맞습니다. 인디고 씨의 개인 차량이죠." 렌이 말했다.

나는 차종에는 관심이 없었지만 시트가 무척 고급스럽고, 실내 공기가 쾌적하다는 건 알 수 있었다. 부드럽게 시동이 걸리는 소리와 함께 살짝 몸이 기울었다. 차가 주차장을 빠져나가는 순간 눈부시게 환한 빛이 쏟아졌다.

가슴이 세차게 요동치기 시작했다. 그 오랜 세월 동안 처음으로 이 넓은 세상에 나온 것이었다.

갑자기 숨을 쉴 수가 없었다.

조너선이 한 손으로 내 다리를 움켜잡았다. "엑스? 괜찮아요?"

나는 폐에 공기를 밀어 넣기 위해 안간힘을 썼다. 두 눈을 깜박거리고 주먹을 단단히 쥐면서, 어떻게든 숨을 쉬어보려고 애썼다. 들이쉬고…… 내쉬고. 또 들이쉬고…… 내쉬고. 조너선의 말에 대답을 할 수 없었다. 겉으로 보기에도 괜찮지 않았기 때문에 그의 질문이 어리석게 여겨졌다. 손을 펴고 손바닥을 허벅지 위에 올렸다. 그리고 그의 손을 밀어냈다. 조녀선의 손이 아니더라도, 지금은 누구의 손이라도 몸에 닿는 걸 감당할 수가 없었다.

눈을 떴다. 그리고 창문 밖을 내다보았다. 하늘을 향해 수십 미터씩 치솟아 있는 빌딩들을 보고 있자니 어지러웠다. 거대한 타이탄 무리처럼 보였다. 나는 수천 개의 유리창으로 이루어진 협곡의 밑바닥으로 가라앉고 있었다. 상대적으로 조용한 실내에 앉아 있는데도 자동차 경적 소리가 여기저기서 요란하게 울렸다. 조녀선은 이 차의 이름이 마이바흐 랜덜렛 62라고 했다. 확실히는 몰라도 굉장히 비싼 자동차인 것 같았다. 자동차에 대해서는 아는 게 전혀 없었고, 관심도 별로 없었다. 조녀선은 굉장히 감동한 모양이었다. 이것이 아마도 그가 이 차를 보낸 목적이 아닐까 싶었다.

사람들이 있었다. 엄청난 인파였다. 사람들의 머리, 머리카락, 모자, 그리고 앞뒤로 팔을 흔들며 걷는 어깨가 다양한 빛깔의 강물을 이루며 끊임없이 이어졌다. 저녁인데다가 날씨가 맑고 따뜻한데 검은 우산을 들고 있는 사람도 있었다. 거대한 트럭의 엔진 소리가 우렁차게 울렸다. 검은 연기를 내뿜는 수직 배기 파이프와 엄청나게 큰 타이어가 눈에 들어왔다. 정장을 입은 한 남자가 한쪽 팔로 서류 가방을 움켜잡고 움직이는 차들 사이를 쏜살같이 달려 길을 건넜다. 너무 많은 것들이 한꺼번에 나를 억눌렀다. 감당하기에는 너무 벅찼다.

"엑스, 날 봐요." 조녀선의 손길이 느껴졌다. 그는 내 얼굴을 자기 쪽으로 끌어당겼다.

나는 고개를 획 돌려 그의 손을 뿌리쳤지만 어쨌든 다시 그를 바라보았다. 그리고 이제는 숨을 쉬고 있었다. 조금씩 천천히.

조녀선이 미소를 지으며 말했다. "이제 다시 원래 모습으로 돌아왔네요. 괜찮아요, 엑스. 우리는 그냥 맨해튼에 있는 것뿐이에요." 갑자기 그가 인상을 찡그렸다. 살짝 찌푸린 눈썹, 굳게 다문 입술. "밖에 나와 본 적이 거의 없군요. 그렇죠?"

고개를 끄덕였다. "그래요. 거의 없어요."

"그럼…… 또 기분이 이상해지면 나한테 집중을 해보는 건 어때요? 나를 봐요. 나한테 말을 해봐요." 당신이 내 손을 잡았다. 어린아이들이 손을 잡을 때처럼 손바닥을 맞대고 손가락을 감싸 쥐었다. 이런 플라토닉한 행동이 이상하게도 위안이 되었다. "오늘 밤 행사에 가면 유명한 사람들이 엄청나게 많을 거예요. 하지만 유명한 사람들이 많다는 점만 제외하면 정말 끔찍할 정도로 지루한 곳이에요. 당신도 이미 알겠지만 말이죠. 많은 사람들이 고급 샴페인과 위스키 잔을 들고 이리저리 돌아다니면서 돈 자랑이나 늘어놓겠죠. 요트니 전용 비행기니, 누가 어떤 섬을 샀고, 어디에 사유지를 가지고 있고." 그러더니 갑자기 잔뜩 허세 부리는 목소리로 이렇게 말했다. "혹시 라피테 66년산 와인 마셔본 적 있으신가요? 정말 훌륭한 와인이죠. 나도 한 병 가지고 있답니다. 그러니 언제 한번 햄프턴에 있는 내 사유지에 꼭 와서 맛보세요." 그리고 역겹다는 듯 손을 내저었다. "돈 많고 말 많은 늙다리들은 이러고 놀아요. 그리고 제가 보기엔 유명한 사람들이 더 심해요. 그냥 말없이 돌아다니면서 사람들이 먼저 자기에게 다가와 관심을 보여 주길 바라죠. 세상 사람들이 모두 자기한테 관심이 있다는 듯 말이에요. 그런데 정말 열 받는 게 뭔지 알아요? 사람들이 정말 그 사람한테 관심을 보인다는 거예요. 그런 꼴을 보고 있으면 정말 기분이 더러워져요. 정말 다들 그렇다니까요. 이런 행사 한 번만 참석해 보면, 모든 행사에 가본 거나 다름없어요. 그래도 다행히 이게 전부는 아니에요. 정통 왈츠를 출 수 있는 시간도 있으니까요. 배워 두길 잘 했죠, 안 그래요?"

"그래요. 잘 했네요." 나는 힘없이 말했다.

"춤출 줄 알아요?"

나는 눈을 껌벅거렸다. "춤이요?"

"그래요. 춤이요. 왈츠나 차차차, 뭐 그런 거요." 그가 웃으며 말했다.

나는 결국 웃음이 터졌다. 기분이 한결 나아졌다. "차차차요? 그건 모르지만 왈츠는 출 줄 알아요."

조녀선이 음흉한 표정으로 눈썹을 찡그리며 말했다. "아마 당신이 차차차를 배웠으면 심장 마비로 요단강 건널 사람들이 제법 될 텐데 말이죠. 변태 노인네들 심장 박동 조율기로는 감당이 안 될 테니까요."

"뭐가 감당이 안 되는데요?" 내가 물었다.

조녀선이 뻔뻔하게 나를 위아래로 훑으며 말했다. "그야 당신이죠, 엑스. 그런 드레스를 입고 차차차를 추면, 늙은이들은 피가 죄다 아래로 쏠려서 죽을 거예요." 그리고는 어깨를 움켜잡고 심장 마비에 걸린 시늉을 하다가 웃음을 터뜨렸다.

"적절하지 못한 행동이군요."

그가 이제 그만 좀 하라는 듯 손을 내저었다. "아, 정말. 가볍게 생각하라니까요. 그냥 장난친 거예요."

렌이 백미러로 조녀선을 쳐다보고 있었다. 그리고 백미러로 토머스의 표정도 슬쩍 엿보았다. 두 사람은 재미있어

하는 것 같기도 했고, 못마땅하게 여기는 것도 같았다. 저 두 사람의 표정을 어떻게 해석해야 할지 알 수 없었다. 하지만 어쨌든 조너선 덕분에 나는 완전히 긴장을 풀 수 있었고, 그래서 고마웠다.

잠시 침묵이 이어졌다. 렌이 어느 건물 앞에 부드럽게 차를 세웠다. 정문부터 보도까지 차양이 드리워져 있는 걸 제외하면, 내 눈에는 다른 건물과 별 다를 게 없어 보이는 건물이었다. 렌이 차를 완전히 세우자, 토머스가 차에서 내려 내가 내릴 수 있게 문을 열어 주었고, 조너선이 뒤따라 차에서 내렸다. 그는 차도 쪽 문을 열고 내리는 대신, 엉덩이를 슬쩍 밀면서 가뿐하게 차에서 빠져나왔다. 여러 번 해 본 솜씨였다. 나는 차에서 내릴 때, 내려서 옷매무새를 가다듬을 때, 그리고 가만히 서서 조너선을 기다릴 때에도 항상 우아한 자세를 유지하기 위해 애써야 했다. 조너선은 내 옆에 서자마자 턱시도 코트의 가운데 단추를 채우고 내게 한 팔을 내밀었다. 꼬리가 늘어진 프록코트와 모자 차림의 도어맨 두 명이 철로 만든 손잡이가 세로로 길게 달려 있는 거대한 나무 대문을 힘겹게 당겨서 열어 주더니, 조너선과 내가 현관으로 걸어 들어가는 동안 허리를 깊이 숙여 인사했다. 토머스가 우리 뒤를 따라 들어왔다.

어깨에 묵직한 느낌이 들어 뒤돌아보니 토머스가 무표정한 얼굴로 나를 내려다보며 손가락 하나를 들고 서 있었다. 기다리라는 신호였다. 잠시 후에 렌이 따라 들어와 조너선 옆에 자리 잡고 섰다. 그러자 토머스가 내 옆에 자리를 잡았다.

"자, 됐습니다. 이제 들어갑시다." 렌이 나를 보며 말했다. "일단 안에 들어가면, 저는 사람들 틈에 섞여 있을 겁니다. 먼 곳에서 거리를 두고 지켜볼 거예요. 하지만 토머스는 계속 당신 옆에 붙어서 함께 다닐 거고요." 그러더니 조너선에게 말했다. "조너선 당신한테는 이 말 한마디만 하겠습니다. 당신이 서명한 계약서의 세 번째 조항을 명심하세요."

조너선의 얼굴이 굳었다. "알았어요. 명심하죠."

"좋습니다. 그럼 됐군요. 이제 즐거운 시간을 보내 볼까요?" 렌이 어깨를 힘차게 돌리고 나서 턱시도의 가운데 단추를 채웠다. 그리고 안으로 들어가는 문을 향해 고개를 끄덕였다.

제복을 차려 입은 또 다른 도어맨 두 명이 문을 열면서 허리를 숙여 인사했다. 우리는 안으로 들어갔다. 검은 목재가 깔린 짧은 복도를 지나자, 턱시도를 차려 입고 옷깃에는 붉은 장미를 꽂은, 나이 지긋해 보이는 키 큰 신사가 앞에 서 있었다.

"안녕하십니까, 반갑습니다. 성함이?"

"조너선 카트라이트 3세, 그리고 동행 한 명이요."

"신분증을 보여 주시겠습니까? 물론 보안 때문에 확인하는 겁니다." 신사가 주름진 손을 내밀자, 조너선은 신분증을 건넸다가 다시 돌려받았다. "감사합니다, 카트라이트 씨. 그리고 마담. 이쪽으로 가시면 됩니다." 남자가 손으로 세 번째 문이자 마지막 문을 가리켰다. 그 앞에는 역시나 제복을 입은 두 명의 도어맨이 자리를 지키고 있었다.

문이 열리자, 낮게 웅성거리는 소리가 조너선과 나를 맞이했다. '우리'라고 말하고 싶지는 않았다. '우리'라는 건 존재하지 않으니까. 단지 잠시 동안 같은 공간을 공유하는 두 사람만 있을 뿐이었다.

나 역시 이 사실을 명심하고 있어야 했다.

낮게 웅성거리는 소리, 조용히 속삭이는 소리, 점잖게 웃는 소리가 들렸다. 한쪽에서는 현악사중주단과 피아니스트가 클래식 음악을 연주하고 있었고, 벽 옆으로 조금 떨어진 자리에는 마이크 스탠드가 세워져 있었다. 아마도 무대에 오를 특별한 손님이 있는 것 같았다. 사람들은 넷, 또는 여섯씩 무리를 지어 모여 있었고, 어떤 그룹에는 여덟 명이나 되는 사람들이 원을 그리며 서 있기도 했다. 이 안의 사람들은 하나같이 턱시도와 드레스를 입었으며, 번쩍거리는 고급 시계와 다이아몬드를 걸치고 있었다. 그리고 시선을 이리저리 던지거나 머리를 살짝 돌리며 낯익은 얼굴이 있는지 티 안 나게 살피고 있었다.

여기에는 내가 아는 사람들이 세 명 있었다. 그리고 그 사람들은 모두 나와 함께 이곳에 입장했다.

우리가 입장해도 신경을 쓰는 사람은 아무도 없었다. 사람들은 우리가 유명인이 아니라는 사실을 확인하고는 시선을 다시 거두었다. 원래 하던 이야기와 마시던 술잔으로 관심을 돌렸다. 안으로 두 걸음 더 들어갔을 때, 짧으면서도 우아한 검정 드레스를 입고 허리에는 앞치마를 두른 젊은 여자가 한 손에 쟁반을 들고 우리를 향해 다가왔다. 쟁반 위에는 샴페인 잔들이 놓여 있었다. 조녀선은 한 잔을 들어 내게 건네고, 자기 잔을 또 하나 집어 들었다.

렌은 이미 보이지 않았다. 토머스는 우리 뒤에서 지켜보고 있었는데, 갑갑할 정도로 바짝 붙어 있지는 않았다. 철저하고 신중하게 거리를 유지하고 있다는 느낌이었다.

"마담 엑스를 위해, 그리고 아파트를 벗어난 걸 축하하는 의미로 건배."

나는 갑작스런 건배에 당황해서 눈을 깜박거렸다. "그래요. 건배." 그의 잔에 내 잔을 가볍게 부딪치며 말했다.

"내 건배사가 마음에 안 들어요?" 조녀선이 샴페인을 마시며 물었다. 두 눈이 장난기로 반짝거렸다.

"아, 그게…… 그냥 그런 건배사를 하리라고는 예상하지 못했어요."

"그럼 어떤 건배사를 예상했는데요?"

차분히 샴페인을 한 모금 삼켰다. 기포가 많고 새콤달콤하게 톡 쏘는 맛이었다. 마음에 들었다. 그래도 저번에 마셨던 와인만큼은……. 나는 고개를 저으며 그날의 기억을 머릿속에서 떨쳐 내려고 했다. 케일럽 인디고를 생각하느라 현재의 즐거움을 망치고 싶지 않았다. 지금 내가 느끼는 감정이 즐거움이라면 말이다. 낯선 느낌이었다. 뱃속에서 무언가 펄럭이고 있었다. 심장 박동이 빨라지고, 호흡도 가빴다. 무슨 일이…… 일어날 것만 같은 예감.

"엑스?"

고개를 가로저었다. "네?"

"무슨 생각 했어요? 제가 물었잖아요. 어떤 건배사를 예상했냐고요."

나는 눈을 깜박이며 심호흡을 했다. 재치 있는 답변을 떠올려 보았다. 그리고 조녀선을 향해 미소 지으며 농담을 건

넸지만, 이런 기분이 익숙하지는 않았다. "아마 내 드레스?"

조너선이 웃음을 터뜨렸다. "와, 당신 말이 맞아요. 그 드레스 정말…… 건배할 만하죠."

이렇게 말하는 그의 눈빛이 따뜻하고 다정해 보였다. 건방지고, 게으르고, 멍청했던 예전의 조너선과 이 조너선이 동일 인물이라는 사실을 가끔씩 잊고는 했다. 불과 몇 주 전까지만 해도 이런 모습이 아니었는데. 진짜 자신의 모습을 찾은 느낌이었다. 내가 자극을 주기는 했지만 나머지는 순전히 그가 혼자 이루어낸 것이었다.

조너선이 내 술잔에 자신의 술잔을 대며 말했다. "이곳에서 가장 섹시한 드레스를 위해 건배."

나는 웃으며 건배를 하고 샴페인을 마셨다.

우리는 여전히 행사장 입구에서 그리 멀지 않은 곳에 서 있었다.

"조너선. 이 아름다운 분은 누구시냐?" 어느 노신사가 불쑥 나타나 물었다. 백발이 성성했지만 관자놀이 부근에는 검은 머리카락이 살짝 남아 있었다. 눈은 조너선의 눈과 똑같은 반면, 코와 턱은 전혀 달랐다. "아들아, 이 아비한테도 소개해 주겠니?"

"이분은…… 조너선 카트라이트 2세, 제 아버지고요. 아버지, 이분은 마담 엑스예요."

내 아파트 안에서 내 일을 하는 동안에는, 특히 벽에 걸린 동명의 그림이 내 설명을 뒷받침해 주는 동안에는 마담 엑스라는 이름이 이상하게 들리지 않았다. 적절히 신비로우면서도 강렬한 인상을 주는 이름이었다. 하지만 여기서 내 이름을 들으니 정말 어색했다.

나는 이런 생각들을 한쪽으로 치우고, 무관심이라는 망토와 냉정한 품위라는 갑옷으로 나를 무장했다. "만나서 반갑습니다, 카트라이트 씨."

"만나서 반갑습니다, 마담 엑스." 하지만 그의 두 눈에서는 반가워하는 기색이 전혀 느껴지지 않았다. 오히려 적대감이 느껴졌다. 그는 무자비하고 타산적인 사람이라는 인상을 풍겼다. "정말 대단한 일을 하셨습니다. 내 아들을 이렇게 바꿔 놓다니. 솔직히 계약서에 서명을 하고 이 녀석을 보내긴 했지만, 그 프로그램을 그다지 신뢰하지는 않았답니다. 그런데 정말 기적 같은 결과를 낳았더군요. 정말이지 기대 이상이었습니다."

조녀선이 어찌할 바를 모르고 발을 이리저리 옮겼다. "아버지, 지금 여기서 그런 얘기는……."

"입 다물어라, 조녀선. 이 아비가 지금 말하고 있잖니." 그는 퉁명스럽고 잔인한 말투로 너무나 태연하게 아들의 말을 묵살해 버렸다.

다행히도 조너선은 움찔하지 않고 잘 버텼다. 하지만 그의 표정에서는 —나만 알아볼 수 있는— 오랜 세월 몸에 밴 익숙한 고통이 고스란히 드러났다. 조너선이 어쩌다 매너리즘에 빠지게 되었는지, 자신의 목적을 달성하려고 어떤 대상과 매일 싸우고 있었는지 이제 알 것 같았다.

나는 감추어 둔 발톱을 꺼냈다. "카트라이트 씨, 저도 아드님과 같은 생각입니다. 그런 말씀을 나누기에는 때와 장소가 적절하지 않은 것 같습니다. 게다가 여긴 사교 모임이 이루어지는 장소이고, 더 말씀드리자면 계약서에는 제 신분 및 직업과 관련해 명시된 조항이 있습니다. 이런 공공장소에서의 공개적인 언급을 원천적으로 금지하는 조항 말이죠."

"아, 알겠어요. 그렇군요." 가늘게 뜬 그의 두 눈은 이제 적대감을 노골적으로 드러냈다. "이 녀석한테 자기 회사를 차려 나가라는 뚱딴지같은 생각을 심어준 것에 대해 감사를 표해야 할 것 같소만."

"그건 카트라이트 씨 덕이죠." 나는 얼굴에 미소를 짓고서 다정하고 상냥한 말투로 대답하며, 마음속에 품고 있던 독을 쏟아 내기 시작했다. "조너선은 정말 힘들어 했어요. 타고난 재능과 능력을 그냥 낭비하고 있었죠. 그리고 카트라이트 씨는 아드님의 잠재력을 허비하고 있었고요. 의도적으로 그렇게 하셨다는 생각이 드는군요. 아드님이 진정한 행복을 찾거나 제대로 성공할 수 있는 기회를 발견할 때마다 카트라이트 씨는 아드님을 노골적으로 무시하면서 그 기회를 모조리 짓밟았어요. 저는 결코 의도적으로 조너선에게 아버지 품이나 아버지의 회사에서 벗어나라고 조언한 적이 없습니다. 경영에 관한 조언을 해준 적도 없고요. 그건 제가 하는 일도 아닙니다. 제가 하는 일은 혼자 일어설 수 있는 사람이 되는 방법을 알려주는 것뿐이에요. 그런데 지금 이렇게 카트라이트 씨를 만나 뵙고 보니, 그 방법을 통해서 조너선이 카트라이트 씨의 아들로 살아야 하는 엄청난 핸디캡을 극복할 수 있었던 것 같네요. 조너선은 이제 카트라이트 씨의 그늘에서 완전히 벗어났으니 잘 해나갈 수 있을 겁니다. 이렇게 훌륭한 아들을 놓치시다니 제가 다 안타깝군요."

조너선은 샴페인이 목에 걸려 켁켁거렸다. "엑스, 저쪽에 제 친구들이 온 것 같은데, 같이 가서 인사나 하시죠. 네?"

나는 카트라이트 씨를 내버려 두고 조너선이 이끄는 방향으로 따라갔다. 노인은 얼굴이 벌게져서는 거칠게 씩씩거렸다. 이마 위의 핏줄은 위태롭게 펄떡거렸다. 어쩌면 머지않아 심장마비로 쓰러질지도. 이런 상상을 해 보는 것도 그다지 불쾌하지는 않았다.

조녀선을 따라 홀을 가로지르자 조녀선 또래의 젊은 남자들이 한곳에 모여 있었다. 턱시도를 차려 입은 이 남자들은 한결같이 한쪽 팔에 여자를 한 명씩 달고 있었다. 화려한 외모의 이 모델들은 온몸을 다이아몬드로 치장한 채, 가짜 가슴을 내밀며 천박한 미소를 지어 보였다. 하지만 우리가 그 무리와 합류하기 전에 조녀선은 방향을 바꾸어 나를 한쪽 벽에 붙어 있는 바로 데리고 갔다. 바에서 맥주 두 잔을 주문하고 기다리는 동안, 들고 있던 샴페인을 입에 털어 넣었다. 나도 내 샴페인을 마셨다.

조녀선은 할 말이 있는 것 같았다. 천천히 기다리며 생각을 정리할 시간을 주었다. 말하기 전에 생각하고 있는 걸 보니 뿌듯했다.

"지금까지 살면서 그렇게 나를 지지해 준 사람은 한 명도 없었어요. 지금까지 단 한 명도. 무슨 일에 관해서든 말이에요. 우리 아버지한테 그런 식으로 말한 사람도 없었고요."

"진작 할 걸 그랬네요."

조녀선은 슬쩍 미소를 짓더니, 필스너 잔을 받아 들고 절반을 벌컥벌컥 들이켰다. 그리고 다시 나를 보며 말했다.

"그러게요. 진작 그럴 걸 그랬어요. 어쨌든…… 고마워요. 나는 절대 그 늙은이 인생에서 의미 있는 존재였던 적이 없어요. 그런 존재가 되고 싶은 생각도 이제 없고요."

"당신 자신에게만 의미가 있으면 되니까요."

"그래요. 이제 알겠어요. 그래도 자기를 낳아 준 아버지한테 의미 있는 존재가 되고 싶은 건 인간의 본성인 것 같아요."

"그렇죠. 하지만 자기 보호 본능 역시 인간의 본성이죠."

"내 아버지를 적으로 만들어 버렸는데 걱정되지 않아요?"

나는 고개를 저었다. "전혀요. 카트라이트 씨가 나를 해코지하고 싶어도 방법이 없어요. 만약 이 일로 케일럽한테 귀찮은 일이 생긴다고 해도 나와는 상관없어요. 케일럽한테 일어나는 문제는 케일럽의 문제지 내 문제는 아니니까요." 나는 조너선의 팔을 잡으며 말했다. "자, 이제 가서 당신 친구들한테 인사나 하죠."

조너선이 코웃음을 쳤다. "저 얼간이들이요? 쟤네들은 친구도 아니에요. 그냥 알고 지내는 멍청이들이죠. 물론 나도 예전에는 저랬지만. 자기밖에 모르고, 건방지고, 돈만 많지 아무짝에도 쓸모없고요. 쟤네들 중에서 평생 동안 제대로 된 일을 한 번이라도 해 본 놈은 아마 없을걸요. 옆에 매달려 있는 저 기지배들은 또 어떻고요? 다 거기서 거기예요. 하는 일이라고는 5번가에 가서 쇼핑하고, 보톡스 맞고, 코카인 하고, 햄프턴이나 터크스 케이커스 제도 같은 휴양지를 돌면서 끊임없이 휴가나 즐기는 것뿐이에요. 그것도 다 부모님 돈으로 하는 거죠. 자기 힘으로 뭐라도 해 본 인간들은 하나도 없어요. 저도 쟤네들처럼 살던 때가 있었지만."

"그럼 지금은요?"

"저는 아버지 자리를 물려받고 싶었어요. 회사 경영에 참여하고 싶었죠. 아버지가 하시는 일의 일부가 되고 싶었어요. 아버지는 정말 끔찍한 사람이고, 특히 아버지로서는 최악이었지만 사업가로서는 대단했죠. 그래서 고등학교 2학년 때부터 밤과 주말에는 우편실이나 복사실 같은 곳에서 열심히 일하면서 경험을 쌓았고, 그 점에 있어서는 저 친구들하고 전혀 다른 삶을 살았다고 할 수 있죠. 아버지는 내가 아들이라고 봐준 적이 한 번도 없어요. 다른 직원들한테도 내가 어떤 자리를 노리든 간에 절대 봐주지 말라고 엄포를 놨고요. 심지어 어떤 사람들은 내 이름이 카트라이트라는 이유만으로 나를 더 들들 볶기도 했죠. 그래도 나는 바르게 행동했어요. 부당한 대우를 받을 때도 잘 참고 견디면서 최선을 다했어요. 고등학교 1학년 때부터 하루도 빠짐없이 일을 했고, 그래서 돈도 제법 모았어요. 아까 그 마세라티도 내

돈으로 구입한 거예요. 아파트도 마찬가지고요. 사업 자금
도 순전히 내 힘으로 대출 받았고, 창업 자금도 내가 직접 조
달했어요. 아버지 연줄은 전혀 활용하지 않고 순전히 내 힘
으로 했다고요. 하지만 그런 건 전혀 중요하지 않아요." 조
녀선은 맥주 한 잔을 다 비우고 이제 두 번째 잔을 들고 있었
다. 나는 샴페인을 또 한 모금 마셨다. 이게 네 번째였다. "죽
을 때까지 아버지 밑에서 일을 하다가 무시당하면서 구석으
로 밀려날 팔자였는데, 지금 이렇게 내 사업을 하고 있으니
아버지가 나를 더 싫어하는군요."

"실제로는 한 번도 저 친구들처럼 살아본 적 없다는 말로
들리는데요?"

"저 친구들처럼 행동한 적은 있죠. 머저리같이. 안하무인
에 개차반이었어요. 돈이 많다는 사실을 제외하면 아무것
도 아닌 인간이었죠. 하고 싶은 것만 하고, 그것도 하고 싶을
때에만 하고. 맞아요. 돈을 벌기는 했지만, 여자들을 소모품
취급하면서 이 여자 저 여자 갈아탔기도 했어요. 특별한 이
유도 없이 말이에요. 내 주변에 있는 사람들을 다 그런 식으
로 대했죠."

"그럼 무엇 때문에 변한 건가요?" 나는 궁금해졌다.

"당신이요."

조녀선은 나를 쳐다보지 않고서 이렇게 말했다.

갑자기 심장이 덜컹 내려앉았다. 심장이 뒤틀렸다. "나요? 조녀선. 나는 그저 돈을 받고 할 일을 했을 뿐이에요."

"나는 당신이 필요해요, 엑스. 하지만 당신을 가질 수는 없죠. 그건 나도 알아요. 그래서 너무 화가 나요. 무슨 말인지 알겠어요? 심지어 우리는 친구 사이도 아니에요. 사실 그것도 납득이 안 돼요. 어쨌든 당신은…… 당신은 내가 지금까지 만나 본 사람들과 전혀 달라요. 당신은…… 특별한 사람이에요. 당신한테는 아무도 필요 없고, 아무것도 필요 없어요. 다른 사람들의 시선 같은 건 전혀 신경 쓰지도 않고요. 그게 뭔지 모르겠어요. 대체 당신의 어떤 부분 때문에 당신과 함께 있을 땐 세상이 완전히 달라 보이는 건지……. 솔직히 정말 모르겠어요. 그냥 당신을 처음 만났을 때부터 중요한 사람이 되고 싶다는 생각을 한 것 같아요."

"당신은 중요한 사람이에요, 조녀선." 나는 과감히 한 모금 더 삼켰다. 이번에는 조금 더 길게 한 입 가득 채워서. 톡 쏘는 기포들이 입 안에서 상큼하게 터지며 내 뇌를 향해 달려갔다. "그리고…… 우리는 친구예요."

"하지만 그게 전부잖아요." 이 말에는 어린 소년의 어렴풋한 희망이 살짝 담겨 있었다.

가슴이 아팠지만 그 희망을 밟아 없애야 했다.

"그래요, 조녀선. 그냥 친구일 뿐이에요. 내가 해 줄 수 있는 건 그게 다예요."

"왜요?" 조녀선은 몸을 돌리고 바에 허리를 기댄 채 내 얼굴을 바라보았다.

나는 두 손으로 샴페인 잔을 들고 몸을 바에 기댔다. 그리고 이리저리 움직이는 사람들을 바라보았다. "그 질문에는 대답할 수 없군요. 그냥…… 그래요."

"마음을 바꿀 수는 없나요?"

나는 한숨을 내쉬었다. "그래요. 바꿀 수 없어요."

"바꾸고 싶지도 않아요?" 조녀선의 숨결이 느껴졌다. 너무 가까웠다. 너무. 그가 이런 행동을 할 때마다 너무 난감했다. 당신은 그냥 친구라고, 조녀선. 그것만도 내게는 엄청난 사건이야. 하지만 당신은 영원히 모르겠지.

우리가 친구라는 사실이 나에게 어떤 의미인지 조녀선에게 알려 주고 싶었다. 하지만 어떻게 알려 주어야 할지는 몰랐다.

"내가 뭘 원하는지는 중요하지 않아요." 나는 작은 목소리로 말했다. 해서는 안 될 말을 했기 때문이었다. 하지만 결국 입 밖에 내고 말았다. 무모한 행동이었다.

토머스는 적당히 거리를 두고 떨어져 있었기 때문에 우리가 나누는 이야기를 들을 수는 없었다. 내 생각에는 그랬다. 하지만 그의 존재가 자꾸 신경 쓰였다. 토머스는 나를 보호하기 위해, 나를 감시하기 위해 이곳에 와 있었다. 내가 만약 지금 여기서 도망친다면 토머스가 어떻게 반응할까, 자꾸 그런 생각이 들었다. 아마도 나를 잡으러 오겠지. 그런데…… 나는 어디로 갈 수 있을까? 세상은 넓다.

그리고 위험하다.

"어째서요? 어째서 중요하지 않다는 거죠?" 조녀선은 성대의 울림이 느껴질 정도로 지나치게 가까이 다가왔다.

갑자기 내 안에서 무언가가 탁 풀려 버렸다. "젠장, 조녀선! 내가 대답할 수 없는 질문은 하지 말아요!" 나는 절반쯤 남아 있던 샴페인을 입 안에 털어 넣고 꿀꺽 삼켰다. 샴페인이 뜨겁게 목을 타고 넘어갔다. 뱃속까지 뜨거워지는 느낌이었다.

도망쳤다. 고개를 숙인 채 사람들 사이를 헤집으면서 화장실로 이어지는 좁은 복도 쪽으로 달아났다. 토머스가 적당히 거리를 두고 내 뒤를 말없이 따라왔다.

가장 가까이에 있는 문을 밀고 들어갔다. 허파가 조여들고 눈이 따가웠다. 가슴이 아프고, 심장은 무겁게 쿵쾅거렸다. 시야가 흐려졌다.

화장실 한 칸의 문을 홱 열고 들어가 다시 거칠게 닫았다. 차가운 금속 문에 등을 기대고 서서 마음을 가라앉히기 위해, 그리고 숨을 쉬기 위해 안간힘을 썼다.

조너선에게 육체적인 욕망을 느끼지는 않았다. 하지만 무언가가, 어떤 욕구가 내 안에서 불꽃을 피웠다. 조너선이 내 안에 잠자고 있던 의문을 깨워 버렸다. 모든 게 다 정해져 있는 나의 삶에 의문을 품게 만들었다. 그리고 내가 누구인지 질문하게 만들었다.

그런 의문과 질문이 공황장애를 일으켰다.

눈물이 흐르기 시작했다. 눈을 질끈 감았다.

안 돼.

지금 여기서 감정이 터져 나오게 내버려 둘 수는 없어. 참을 수 있다. 참을 수 있어. 심호흡, 심호흡을 해. 아니, 난 참을 수 없어. 지금, 여기서는 할 수 없어. 조너선 카트라이트 때문이 아니야. 그는 나를 전혀 모르잖아. 그가 나를 원하는 이유는 나를 가질 수 없기 때문이야. 단지 그뿐이야. 내가 설령 조너선한테서 어떤 동질감 같은 걸 느낀다 하더라도 그 이상의 감정으로는 발전할 수 없어. 그는 내 최고의 성공작이야. 단지 그뿐이야.

지금 내 인생이 좋아.

만족해.

더 이상 필요한 건 없어.

이 세상 밖에 나를 위해 존재하는 무언가가 있다고 해도 알고 싶지 않아.

케일럽 인디고와 함께 있을 때 가장 안전해.

그런데 왜 눈물을 참고 있는 거지?

문소리가 들렸다. 이어 세면대에 물 흐르는 소리가 났다.

밖이 다시 조용해졌다. 하지만 밖에 다른 사람이 —아마도 화장을 고치면서— 있다는 사실이 마음을 추스르는 데 도움이 되었다. 약해지면 안 돼. 약해지지 않을 거야. 마음을 독하게 먹고 이런저런 감정들을 억눌렀다. 감정을 땅속 깊이 묻어 버렸다. 그리고 고개를 높이 들고 화장실 칸 밖으로 나왔다.

그리고 나는 그대로 얼어붙어 버렸다.

여기는 남자 화장실이었다.

칸막이 밖으로 나와 고개를 들어 그 남자를 보았을 때, 너무 놀란 나머지 입이 그대로 얼어붙어 버렸다. 그는 한 손에 핸드폰을 들고 내 앞에 서서 나를 바라보고 있었다.

숨을 쉴 수 없었다.

정말 완벽하게 아름다운 남자였다. 아름다운 남자들은 예전에도 본 적 있었다. 선이 굵고 또렷한 유형의 남자들도 있었고, 이목구비가 예쁜 남자들도 있었다. 하지만 순전히 남성적인 매력으로만 따진다면 케일럽 인디고에 비교할 만한 사람은 아무도 없었다.

지금까지는 그랬다.

그렇다면 이 남자는?

이 남자는 천상의 피조물처럼 화려하게 빛나고 있었다.

10

"아, 둘 중 한 사람이 화장실을 잘못 들어온 것 같군요." 저음의 목소리는 따뜻하고 친절했다. 뭐라 설명하기 힘든 기분에 사로잡혔다.

움직일 수 없었다. 숨 쉴 수 없었다. 이 남자가 나를 바라보고 있었다. 너무나도 파란 두 눈이 바라보고 있었다. 가슴이 쿵쾅거리기 시작했다. 말로 표현하기 어려운 눈이었다.

셀 수 없이 다양한 파란빛이 눈동자에 담겨 있었다.

엷은 파란색, 페리윙클의 파란색, 여린 파란색, 짙은 남색의 파란색, 깊은 바다의 파란색, 하늘의 파란색, 천상의 파란색, 사파이어의 파란색, 금속의 파란색. 다양한 빛깔이 모두 섞여 있었다.

그리고 어두운 빛깔의 인디고 블루도 있었다.

아, 이런 아이러니가 있을까.

이 남자, 인디고의 눈동자를 가지고 있었다.

무슨 대답이든 해 보려고 입을 열었지만, 아무 소리도 내지 못하고 그냥 다물었다. 어딘가 단단히 고장 나 버린 것 같았다.

"괜찮아요? 불편해 보이는데요." 그가 갑자기 한 걸음 다가서자, 알코올 냄새, 담배 냄새와 함께 시나몬 껌 냄새가 강하게 풍겼다. 코로 들어온 시나몬 냄새가 내 혀에도 자극을 주었다.

그가 내 팔꿈치를 살짝 붙들었다. 다른 한 손은 내 볼을 스치고 지나갔다. 그는 내 얼굴을 건드리지 않고 눈 위로 흘러내린 머리카락을 옆으로 쓸어 넘겨 주었다.

"괜찮아요." 나는 갈라진 목소리로 겨우 대답했다.

그가 웃었다. "딱 보면 알아요. 전혀 안 괜찮아 보이는데요. 정말 괜찮아요?"

나는 눈이 따끔거렸다. "방해해서 미안해요." 나는 간신히 몸을 움직여 그를 밀치고 지나갔다.

그가 내 팔뚝을 잡고 나를 돌려 세우는 바람에 나는 그만 그의 따뜻하고 넓은 가슴에 가까이 붙어 서고 말았다. "방해하지 않았어요. 오히려 그 반대예요. 잠깐만 있어 봐요. 그렇게 서두를 필요 없어요."

"가봐야 해요."

"그러니까 더욱더 가면 안 되죠." 세상에, 목소리까지.

창문으로 쏟아진 오후의 햇살이 감은 두 눈의 눈꺼풀 위로 따뜻하게 떨어지는 느낌이었다. 이른 아침, 잠에서 완전히 깨어나기 직전에 나를 따뜻하게 감싸 주는 느낌. 온몸을 이불로 감싸고 웅크릴 때의 기분.

그의 말이 무슨 뜻인지 이해할 수 없었다. 그는 부드럽고 정중하게, 하지만 단호하게 두 손으로 내 어깨를 붙들었다. 내 뺨이 그의 가슴에 맞닿았다. 품위도 없고 적절하지도 않은 자세였다. 움직이고 싶지 않았다. 전혀. 이렇게 서 있으니 내 얼굴이 그의 가슴 높이에 있었다. 그리고 내 귀에 그 소리가 들렸다.

쿵, 쿵, 쿵, 쿵.

규칙적으로 천천히 울리며 마음을 편안하게 가라앉히는 소리였다.

"당신 이름은 뭐죠?" 그가 물었다. 그의 손끝이 은밀하게 내 관자놀이를 어루만지다가 귓불을 스치고 턱까지 내려갔다.

간단한 질문이었다. 내 이름을 묻는 것이었다. 세상의 모든 사람들이 쉽게 대답할 수 있는 질문이었다. 나또한 어제까지만 해도 고민한 적 없는 문제였다. 하지만 단순히 이름을 묻고 답하는 이런 일상적인 행동이 내 공간 밖에서는 절대 간단하지 않았다.

공황 상태에 빠졌다. 몸을 빼다 휘청거렸다. 남자가 손을 뻗어 다시 나를 붙잡았다. "이런, 내가 잡았어요. 이제 괜찮아요. 미안해요."

나는 고개를 저으며 말했다. "가봐야 해요."

"이름이라도 알려 줘요."

거짓말 하고 싶지는 않았다. "그럴 수 없어요."

그가 믿지 못하겠다는 듯 웃으며 물었다. "네? 이름이 무슨 비밀이에요?"

"여기 있으면 안 돼요." 나는 발을 떼려고 했다.

"그런 당연한 말은 하지 말아요. 여긴 남자 화장실이에요. 그리고 당신은 분명 남자가 아니죠." 그가 내 손목을 잡았다. 아무렇지 않게 내 손목을 붙들고 아무렇지 않게 나를 만졌다.

그가 내 팔을 끌어당기는 바람에 벽처럼 내 앞을 가로막은 그의 가슴에 바짝 달라붙고 말았다. 그는 조금 전, 내 관자놀이를 가볍게 두드리고 귀 주변을 어루만진 손가락 끝으로 내 턱을 살짝 당겼다. 보지 않으리라 다짐했지만 그의 얼굴을 볼 수밖에 없었다. 그의 파란 두 눈을 들여다볼 수밖에 없었다. 그 눈은 온갖 파란 빛깔들로 묘하게 빛나며 시선을 사로잡았다. 거의 보랏빛처럼 보이기까지 했다. 마치 내 영혼의 책이 그 앞에 활짝 펼쳐져 있기라도 한 것처럼, 그는 다 이해한다는 눈빛으로 따뜻하게 나를 바라보았다.

"이봐요, 신데렐라. 내가 알고 싶은 건 당신 이름이 전부예요. 이름만 알려 주면, 나머지는 내가 알아서 할게요."

"나머지라뇨?" 나는 알고 있었다. 의심을 살 만한 일이 벌어지기 전에 그를 밀쳐 내고 여기서 벗어나야 한다는 걸, 머리로는 알고 있었다. 하지만 그렇게 할 수가 없었다. 나는 심해에 있다가 줄에 걸려 빛 속으로 끌려 나온 존재였다. "나머지라니 무슨 말이죠?"

나는 침을 삼켰다. 머리부터 발끝까지 온통 혼란스러웠다. 주위 모든 것들이 번뜩이며 어지러이 넘실거리는 바람에 엉망진창이 되고 말았다.

"당신과 나의 미래요."

"무슨 말이신지 통 모르겠군요."

"아뇨. 당신도 알잖아요, 신데렐라. 감 잡은 것 같은데요. 내 눈에는 그렇게 보이거든요." 그는 인상을 찡그렸다. 이런 표정마저도 현기증 날 정도로 아름다웠다. "나도 여기 있으면 안 돼요. 지금 이 파티도 그렇고 여기 이 화장실도 내가 있어서는 안 되는 곳이에요. 더군다나 당신 같은 사람하고는 더욱 안 되죠. 그리고 당신도 당연히 여기 있으면 안 되고요. 그런데도 우리 두 사람 다 여기 이렇게 있으니…… 뭔가가 있는 거예요. 아, 이런 걸 표현하는 말이 있을 것 같은데. 하여간 우리 둘 사이에는 뭔가가 있어요."

"제정신이 아니군요. 가겠어요." 나는 뒤로 몇 걸음 물러났다.

손이 떨렸다. 내 마음 깊숙한 곳에서 원망의 소리가 울려 퍼졌다. 그를 내게서 떼어 냈다고 원망하고 있었다. 그러면서 그냥 여기 남아 내 이름을 그에게 말해 주고, 그가 원하는 걸 건네주라고 말하고 있었다.

하지만 그건 불가능했다.

"맞아요. 지금 제정신이 아니에요. 그 문제로 입씨름하지는 말자고요. 당신과 나의 관계에는 아무 지장이 없을 테니까요, 신데렐라."

"당신과 나의 관계 같은 건 존재하지 않아요. 그리고 신데렐라라고 부르지 말아요." 나는 그에게서 몸을 돌릴 만한 용기가 없었다. 그에게 내 등을 보여 줄 수는 없었다. 나는 천천히 뒷걸음질 치면서 문으로 다가갔다. 뒤로 손을 뻗어 문 손잡이를 잡았다.

"그러니까 이름을 알려 달라고요, 신데렐라."

손잡이를 잡고 있는 두 손이 떨리기 시작했다. 나는 손잡이를 아래로 밀었다. 문을 천천히 내 쪽으로 당기는 동안 그에게서 눈을 떼지 않았다. 그래야 했지만, 그럴 수 없었다. 그의 시선에 묶인 것 같았다. 그의 따뜻함에 푹 빠져버린 것 같았다. 그의 따뜻한 육체가 아니라, 나를 감싸 안아 준 따뜻한 영혼에 마음이 온통 끌렸다. 그의 따뜻함이 내 안의 차가운 얼음을 녹였고, 그의 따뜻함이 내 마음 깊은 곳에서 항상 차갑고 공허하게 울리던 커다란 구멍 안으로 서서히 스며들었다.

"안 돼요." 고동치는 심장 소리에 묻혀 들리지도 않을 정도의 작은 목소리로 대답했다. 이름을 알려 주면, 내 모든 걸 주게 될 것이다

이름은 그런 힘을 가지고 있었다.

"왜 안 된다는 거죠?" 그는 내게 한 걸음 다가왔다.

그는 두 손으로 내 허리를 감싸 끌어당겼다. 문이 다시

'철컥' 소리를 내며 닫혔다. 나는 다시 그의 가슴을 마주 보고 서서 시나몬 냄새와 담배 냄새를 음미했다. "그러면 내 이름을 당신에게 말해 줄게요. 그건 괜찮죠? 내 이름은 로건 라이더예요."

"로건 라이더……." 나를 눈을 깜박거리며 그를 올려다보았다. 심호흡을 했다. 두 손을 그의 가슴에 대고 서서 그의 숨결을 느끼고, 오른손 아래서 울리는 그의 심장 박동 소리를 느꼈다. "안녕."

"당신 이름은……?" 그가 너무 가까이 다가왔다. 나는 손과 코와 입으로 그를 온통 느낄 수 있었다. 그의 향기에 빠져 허우적거렸고, 그의 따뜻함에 온몸이 잠겼다. 그렇지만 그에게 내 이름을 알려줄 수는 없었다. 내 이름은 내가 그에게 줄 수 있는 전부였고, 감히 써 버릴 수 없는 유일한 화폐나 다름없었다.

나는 그저 고개만 가로저었다. "안 돼요. 안 된다고요." 나는 다시 뒷걸음질을 치며, 내 가슴과 내 몸이 원하는 걸 포기하고 이성을 따르려고 안간힘을 썼다.

"비밀 하나 알려 줄까요, 신데렐라?"

"원한다면요." 나는 여전히 숨을 쉬려고 애쓰고 있었다. 그래서 말에 숨소리가 함께 섞여 나왔다.

"지금 무슨 행동을 할지 나도 모른다는 거예요." 그는 한 손을 내 등 뒤로 뻗어 내 허리 바로 아랫부분을 움켜잡았다. 그리고는 나를 품에 꼭 안았다.

새로운 느낌에 온몸이 마비된 것 같았다. 그런데 마치 내가 원하면 움직일 수 있기라도 한 것처럼, 나는 이렇게 대답했다. "나도 마찬가지예요."

그는 미소 지으며 한 손을 들어 내 얼굴을 감싸 쥐었다. 그의 엄지가 내 광대뼈를 살짝 어루만졌다.

어처구니없이 눈물이 터질 것 같았다. 불가해한 이유로.

"당신도 그렇군요. 하지만 내가 지금 할 행동은……." 그는 숨을 들이쉬더니,

내게,

입맞춤을,

했다.

아니…… 입을 맞추려고 했던가. 그의 입술이 내 입술에 닿으려는 순간, 비틀거리며 그에게서 떨어졌다. 그의 입맞춤이 나를 파멸로 이끌기 전에 멈추었다.

그는 한숨을 쉬었다. 그 짧은 숨에 호기심, 좌절, 욕망이 모두 있었다.

쾅! 쾅! 누군가 주먹으로 화장실 문을 세게 두 번 내리쳤다. 화들짝 놀라 등이 문에 닿을 때까지 계속 뒷걸음질을 쳤다. 그를 뚫어질 듯 바라보았다. 눈이 따끔거렸고, 제대로 숨 쉬지 못해 답답했다. 두 손이 떨렸다.

문을 홱 당겨 열고는 열린 틈으로 재빨리 빠져나갔다. 나가는 순간 토머스의 가슴에 얼굴을 세게 부딪쳤다.

"어디 가셨던 겁니까?" 토머스는 악센트 강한 말투로 물었다. 상당히 걸쭉하고 깊게 울리는 목소리였다.

토머스는 두 손으로 내 어깨를 잡고 몇 걸음 앞으로 가더니 적당히 거리가 떨어지자 다시 돌려 세웠다.

"실수로 화장실을 잘못 찾아 들어갔어요."

토머스는 곰 발보다 더 넓적한 손으로 내 팔뚝을 잡고는 부드럽지만 단호하게 나를 화장실에서 멀리 끌고 갔다. "다음에 가실 땐 제가 도와드리죠."

다시 파티장으로 돌아왔다. 저쪽에 렌이 보였다. 팔짱을 낀 채 불만스러운 표정을 짓고 있었다. 그리고 조녀선은 몇 걸음 떨어진 자리에서 술을 마시고 있었다.

어떤 것은 이렇게 끝나 버리고, 다른 어떤 것이 시작되고 있었다.

"마담 엑스. 앞으로 화장실에 가실 땐 좀 조심해야겠어요." 렌이 친근한 척 말했지만 목소리는 날카로웠다. "어딜 가든 제가 주목하길 바라시는 건 아니죠?"

"아니에요. 미안해요." 그럴 듯한 변명을 꾸며 냈다. "그러니까…… 갑자기 그게 시작되는 바람에 말이에요. 생각보다 빨리 시작했더라고요. 무슨 말인지 아시리라 믿어요."

토머스는 여전히 옆에서 내 팔을 잡고 있었고, 렌은 내 앞에 서 있었다. 나는 숨을 쉬고, 침착해 보이려고 안간힘을 썼다. 키스 직전의 그 황홀함이 여전히 내 입술에 감돌고 있다는 사실을 감추면서. 그리고 미친 듯이 쿵쾅거리는 이 심장소리가 음악 소리보다 커지지 않길 바라면서. 어지러웠다.

이제 서성거리며 이야기를 나누는 시간은 끝난 것 같았다. 다들 두 명씩 짝을 지어 춤을 추고 있었고, 그렇지 않은 사람들은 가장자리에 서서 구경을 하거나, 자기 차례를 기다리거나, 아니면 술을 마셨다.

조너선은 나를 플로어로 이끌었다. 커플들이 빙글빙글 좌우로 움직이면서 왈츠를 추고 있었다. 조너선은 정중하게 한 손으로 내 허리를 잡고, 다른 한 손으로는 내 손을 맞잡았다. 그의 손은 건조하지만 따뜻하고 유연했다. 조너선이 능숙한 솜씨로 나를 리드했고, 우리는 그렇게 춤을 추며 한 곡에서 다음 곡으로 넘어갔다. 밴드가 연주를 잠깐 멈추었을 때, 우리도 춤을 잠시 멈추고 와인을 마셨다. 상당히 산뜻하고 과일향이 풍부한 와인이었다. 잠시 후 밴드가 연주를 다시 시작하자, 조너선은 나를 다시 플로어로 안내했고, 한 손으로 내 허리를 감싸 안았다. 그의 손길에서 플라토닉한 우정 이외의 다른 감정을 느낄 수는 없었다. 조너선이 가벼운 잡담을 하기도 했지만 대꾸하지 않고 한 귀로 흘려보냈다. 그가 무슨 이야기를 하고 있는지도 몰랐다. 하지만 그는 내가 그저 이렇게 듣고만 있길 바라는 것 같기도 했고, 아니면 아무 말도 하고 싶지 않은 내 마음을 이해해 주는 것 같기도 했다.

마음이 온통 다른 곳에 가 있었다.

"제가 이어 가도 될까요?" 아, 그의 목소리. 아까와는 달리 날카롭고 확신에 가득 차 있어 도저히 거절할 수 없는 목소리.

조너선에게는 대답할 기회조차 주어지지 않았다. 가여운 조너선.

크고 따뜻한 그의 손이 나를 잡아서 돌려 세웠다. 스텝은 그리 노련하지 않았고, 부드럽지 않았지만 힘이 넘치고, 단호했으며, 자신만만했다. 그의 손은 내 허리 위에 있지 않았고, 예의 바르지 않았으며, 플라토닉하지 않았다. 내 엉덩이를 애무하듯 감싸 쥐고 있었다. 완전히 부적절한 행동이라고 할 수는 없었지만 거의 부적절한 행동에 가까웠다. 손은 깍지를 끼고 있었다.

"안녕." 그가 인디고 색의 두 눈으로 나를 바라보며 말했다.

"안녕." 나는 다시 심호흡을 했다.

우리는 춤을 추었다. 우아하게 원을 그리며 좌우로 움직였다. 시간은 물처럼 흘러서 한 곡에서 다음 곡으로 자연스럽게 넘어갔다. 그에게서 시선을 뗄 수 없었다. 떼고 싶지 않았다. 그의 두 눈은 나를 세심하게 관찰했다. 아끼는 책을 오랫동안 잃어버렸다가 이제야 다시 찾기라도 한 것처럼, 그는 내 얼굴을 읽고 또 읽었다.

"당신 이름을 알려 줘요, 신데렐라." 그가 내 이마에 자신의 이마를 갖다 대며 물었다. 한 손은 엉덩이에 올리고 한 손은 깍지를 낀 채 바짝 붙어 서 있으니 불안했다.

춤을 중단해야 했다.

나는 그에게서 빠져나왔다.

"잠깐!" 그가 내 손을 잡고 끌어당겼다.

춤추는 무리에 뒤섞여 있다지만 렌이 지켜보고 있었다. 토머스 또한. 조너선마저도. 이건 있을 수 없는 일이었고, 있어서도 안 되는 일이었다. 그는 너무 가까이에 있었다. 우리 두 사람이 원래 한 쌍으로 만들어지기라도 한 것처럼, 이미 그가 나를 잘 알고 있기라도 한 것처럼, 내 몸이 원래 그의 것이기라도 한 것처럼 그는 나를 만졌다.

"어째서 이름을 알려 주지 않는 건가요?" 이렇게 말하는 그의 목소리는 이제 거의 절박하게 들렸다.

"그럴 수 없으니까요." 어떻게 설명해야 할지 감이 잡히지 않았다.

"그냥 이름일 뿐이잖아요."

"그렇지 않아요. 그 이상의 의미가 있어요. 이름은 나 자신이니까요." 나는 미소를 지어 보이고 싶었다. 그에게 나 자신을 내던지고 싶었고, 그의 입술을 느끼고 싶었고, 그의 뜨거운 가슴과 따뜻한 두 팔을 느끼고 싶었다. 말할 수 없는 무수한 말들을 쏟아내고 싶었다.

"맞아요." 내 손을 잡고 있던 그의 손가락이 팔뚝 위로 미끄러져 올라가더니, 맙소사, 내 팔뚝 안쪽의 부드러운 피부를 어루만졌다. 그의 그런 은밀하고 부드러운 손길에 나는 숨을 쉴 수 없었고, 순수하게 욕망을 드러내는 그의 행동에 너무나 흥분한 나머지 그를 바라보고 있는 동안 허벅지에 잔뜩 힘이 들어갔다. 그는 한 손가락 끝으로 손목과 팔꿈치 사이를, 그리고 팔꿈치와 팔뚝 사이를 어루만지며 나를 자극했다. "당신이 어떤 사람인지 알고 싶어요."

이제는 그의 손가락이 내 입술로 올라와, 그의 입술이 거의 닿을 뻔했던 그 자리를 가볍게 어루만졌다. 나는 고개를 저었다. "그럴 수 없어요."

"어째서 그럴 수 없다는 거죠?"

"불가능하니까요."

"불가능한 건 없어요."

대답할 말이 없었다. 나는 말없이 팔을 그의 손에서 빼내었고, 그도 내 팔을 놓아주는 것 말고는 달리 할 수 있는 게 없었다. 그를 외면하고 자리에서 떠났다. 가슴이 아팠다. 돌아보고 싶은 마음이 간절했다. 그에게 돌아가 하지 못한 키스를 나누고 싶은 마음이 걸음을 내딜 때마다 팽팽한 철사처럼 심장을 당기면서 하프 줄 같은 소리를 냈다.

조너선은 무도회장의 한쪽 구석에 있었다. 한 손에 와인 잔을 들고 벽에 기대어 서서 렌에게 말을 걸고 있었다. 두 사람 사이를 오가는 말들을 듣고 있자니 자동차 이야기를 하는 것 같았다. 마력이니 토크니 실린더 같은 낯선 용어로 가득한, 남자들끼리 모였을 때 하는 이야기.

하지만 토머스는 춤추는 사람들 무리 바로 옆에 서서, 크고 검은 두 눈으로 나를 지켜보고 있었다. 저 두 눈이 얼마나 많은 것들을 보았을지 궁금했다.

"마담 엑스?" 조녀선이 무언가 의심스럽다는 투로 내 이름을 불렀다.

"나는 괜찮아요, 조녀선." 시선을 다른 곳으로 돌리고 싶지 않아서, 조녀선의 옷깃에 꽂힌 짙은 붉은색의 장미만 바라보았다. 지금 보니 내 드레스의 붉은빛과 완벽하게 어울리는 색깔이었다.

"저녁 식사가 준비됐다고 하네요." 조녀선이 나를 식당으로 안내했다. 우리는 무리를 헤치고 도어맨 두 명이 지키고 있는 문을 지나, 커다란 원형 테이블이 가득한 넓은 홀 안으로 들어갔다. 테이블마다 여섯 사람을 위한 식기가 세팅되어 있었다.

홀 앞 쪽에는 무대가 있었고, 무대 위에는 마이크와 연설대가 있었다.

저녁 식사는 오랜 시간 동안 조용히, 그리고 격식에 따라 진행되었다. 바깥쪽 포크와 안쪽 포크. 바깥쪽 스푼과 안쪽 스푼. 얼음물. 화이트 와인 한 모금. 샐러드 야채와 빵 한 조각, 그다음에는 메추리 요리와 함께 매콤한 현미와 기름에 튀긴 완두 꼬투리가 저녁 식사로 제공되었다. 식사가 끝나자 맛이 좋은 다크 초콜릿 무스가 나왔다. 그때 통통한 중년 남자가 무대에 올라가더니 마이크를 손으로 가볍게 두드리며 테스트했다. 그리고 정확하고 신중한 목소리로 오늘 저녁 경매에 나온 아이템들을 천천히 소개했다. 대단히 귀한 원작 그림과 이백 년 묵은 사파이어 목걸이, 루이 16세의 물건이었던 의자와 고대 로마의 검이 있었다.

조녀선은 목걸이에 입찰했다. 10만 달러. 20만 달러. 25만 달러. 조녀선은 돈을 쓸 때는 분별력이 없는 것 같았다. 목걸이는 결국 조녀선의 차지가 되었다.

로마 검이 나를 사로잡았다. 청동으로 된 칼집, 뼈로 만들었지만 번쩍거리는 칼자루, 오래 되고, 파이고, 심하게 녹슬어 형태를 거의 알아볼 수도 없는 칼날⋯⋯. 박물관에서나 볼 법한 역사 유물이라서 그런지, 이 로마 검이 경매의 하이라이트를 장식했다. 입찰도 엄청난 가격에서 시작되었다. 입찰자는 세 사람이었다. 네 가닥의 흰 머리카락으로 휑한 정수리를 가린 노인, 엄청나게 잘생겨서 영화배우일지도 모른다고 생각했던 남자, 그리고⋯⋯.

그다.

그가 앉은 테이블에는 두 커플이 더 앉아 있었는데, 유명 인사 커플과 나이 지긋한 노부부였다. 노부부는 경매에는 관심이 전혀 없었다. 로건의 옆자리는 원래 놓여 있던 식기를 치워서 비어 있었다.

로건은 한 손에 레드 와인이 담긴 잔을 들고 편하게 의자에 앉아 있었다. 경매가 진행되는 동안 그는 입찰을 할 땐 잔을 높이 들어 올렸고, 그때마다 짙은 붉은색의 액체가 잔 안에서 찰랑거렸다.

이제 입찰 금액이 백만 달러 단위까지 올라갔다.

그에게서 시선을 떼려 했지만 그럴 수 없었다.

그는 한 마리의 재규어 같았다. 날렵하고 완벽한 외모, 다부진 몸, 편하게 앉아 있는 상태에서도 쉽게 주변을 장악하는 능력. 존재하는 것만으로도 위협적이었다. 뒤로 쓸어 넘긴 금빛 머리카락이 귀 주변에서 물결무늬를 그리며 옷깃에 살짝 닿을 정도로 흘러내렸다. 그의 인디고 눈동자가 홀 안을 훑어보았다.

그리고 나를 발견했다.

그는 시선을 거두지 않았다. 와인 잔을 들어 올리며 조용히 입찰에 참여하는 동안에도 시선은 여전히 같은 곳을 향하고 있다.

나 또한 그를 바라보았다.

조너선은 내 옆에 있었다. 로건은 홀 건너편에 앉아 있었다. 케일럽 인디고는 내 안에서 숨 쉬고 있었다.

심장이 뛰지 않았다. 허파도 작동을 멈추었다. 모든 생체

기능이 멈추어 버렸다. 유일하게 시력만 제 기능을 했다. 전쟁 같은 긴장감과 불같은 욕망, 그리고 하얗게 굳어 버린 두려움이 목구멍 안에서 요동쳤다.

"당신 친구인가요?" 조너선이 내 귀에만 들리게 작은 목소리로 물었다.

"아뇨." 나는 이렇게밖에 대답할 수 없었다.

"거짓말. 아까 두 사람이 춤추는 것도 봤는데." 조너선은 위스키를 길게 여러 번 삼켰다. 그가 과음하고 있는 것 같아서 걱정되었다. "로건 라이더. 들어본 적 있어요."

"아하." 나는 자연스럽게 보이려 애썼고, 거의 성공한 것 같았다.

하지만 내 눈은 여전히 홀 건너편에 있는 그 남자의 신비로운 시선에 이끌려, 최면에라도 걸린 것처럼 꼼짝 못 하고 있었다. 이제 그만 시선을 거두어야 했다. 그렇지 않으면 자신을 배신하게 될 것 같았다. 하지만 그것은…… 능력 밖이었다. 나는 무력했다.

끝내지 못한 키스 때문에 내 의지는 완전히 꺾여 버렸다. 그 키스를 끝내고 싶고, 완성하고 싶은 욕망에 온통 사로잡히고 말았다.

"업계에서는 다소 미스터리한 인물이에요. 뉴욕에서 최

고 수익을 올리고 있는 여러 사업에 손을 대고 있는데, 저 사람에 대해서는 알려진 게 아무것도 없어요. 그가 돈을 어떻게 벌었는지, 재산은 얼마나 되는지, 어디에 사는지 전혀 아는 사람이 없죠. 어느 날 갑자기 나타나서 여기저기 투자를 하고 사라져요. 가장 좋은 값을 받을 수 있는 순간을 귀신같이 포착해서 팔아 치우는 묘한 재주가 있더라고요. 원래 이런 행사에는 절대 오지 않는 사람인데 희한하네요. 완전히 은둔자거든요." 조너선이 떠보는 말투로 물었다. "저 사람 혹시 당신 고객인가요?

"아니에요."

"저 사람을 알고 있는 것 같던데요."

"아니에요. 정말 모르는 사람이에요." 나는 차분하고 자연스럽게 대답하려고 애썼다. 그럴싸하게 들린 것 같았다.

조너선이 가까이 몸을 기울이며 말했다. "그 거짓말은 못 들은 걸로 할게요, 마담 엑스. 당신한테 그 정도 신세는 졌으니까요."

"거짓말이 아니……."

"그냥 부탁 하나만 들어줘요."

"무슨 부탁인데요?" 나는 마침내 로건에게서 간신히 눈을 떼고 내 앞의 빈 접시를 바라보며 물었다. 디저트를 먹은 기억도 없는데 접시에는 갈색 얼룩과 부스러기만 남아 있었다. 나는 두 눈을 질끈 감았지만, 그래도 여전히 저 멀리서 나를 바라보는 그의 시선을 느낄 수 있었다.

"내가 당신에 대해서 아무것도 모른다는 것처럼 행동하지 말아요. 그렇게 다정하게 춤추는 모습을 내가 못 봤을 거라고 생각하지도 말고요. 설령 서로 모르는 사이일 수도 있겠지만 그래도 저 사람에 대해 알고 싶은 거잖아요."

"그렇지 않아요."

"그 말 진심이에요?" 조녀선이 매서운 눈으로 바라보았다.

"진심이에요." 나는 침을 삼키고, 힘겹게 조녀선의 얼굴을 바라보며 말했다. "나한테는 케일럽이 있어요. 당신만 괜찮다면 이 이야기는 이쯤에서 그만하도록 하죠."

"알았어요." 조녀선이 먼저 자리에서 일어나, 내가 자리에서 일어날 수 있게 손을 내밀었다. 그리고 내가 일어서자마자 손을 놓았다. "이만하면 충분히 즐긴 것 같군요. 그만 가죠."

"좋아요." 나는 엄청난 기적을 행했다. 돌아보지 않은 것이다. 단 한 번도.

롯의 아내처럼 되지는 않을 것이다.

조녀선, 토머스, 렌의 호위를 받으며 건물 밖으로 나왔다. 뜨거운 불구덩이 같은 저 건물에서 벗어나고 싶은 마음에 걸음을 서둘렀다. 어두운 밤거리로 나서자 사이렌과 경적 소리가 요란하게 울렸다. 여덟 명 정도의 사람들이 시끌벅적하게 웃고 떠들며 내 뒤로 지나갔다. 담배 연기와 유쾌한 분위기가 그들을 뒤따랐다. 두 손으로 얇은 드레스 자락을 움켜잡고 길바닥에 끌리지 않게 살짝 들어 올렸다. 그리고 밤하늘과 네모난 창문들을 올려 보았다. 익숙한 건물들도 새로운 각도에서는 다르게 보였다. 노란 택시들이 빽빽한 행렬을 이루고 있었다. 정지신호였다. 녹색에서 주황색으로, 다시 붉은색으로 바뀌는 신호등 불빛이 이 아래에서는 더 크고 밝아 보였다.

토머스가 질문하는 듯한 눈빛으로 쳐다봤지만 아무렇지 않은 척했다. 렌이 눈썹을 들어 올리며 당황스럽다는 표정을 지었지만 못 본 척했다. 대신 드레스를 발목까지 끌어올리고, 또각또각 발소리를 내며 콘크리트 위를 걸었다. 자유로웠다. 공기를 가득 들이마셨다. 그리고 도시의 소음을 음미했다.

그때 바닥의 갈라진 틈에 하이힐 굽이 끼었다. 나는 휘청거리다가 힐이 벗겨진 한쪽 발로 차가운 콘크리트 바닥을 디뎠다. 하마터면 넘어질 뻔했는데 건장한 남자가 재빨리 내 옆으로 다가와 한 팔로 내 허리를 감싸 안았다.

익숙한 향기가 확 다가왔다. 시나몬, 와인, 그리고 조금 더 진해진 담배 냄새.

고개를 들었다. 내 시선이 향한 곳에 그가 있었다. "신데렐라, 괜찮아요?"

이렇게 가까이 있으면 안 돼. 절대.

구두 한 짝을 길바닥에 그냥 내버려두고 황급히 몸을 돌렸다. 그에게서 가능한 한 멀리 떨어져야 했다. 내가 그에게 키스하기 전에. 그의 입술을 맛보고 싶은 욕구와 나를 감싸 안은 따뜻한 그의 두 팔을 맘껏 느끼고 싶다는 욕구가 이제는 감당할 수 없을 정도로 커져 버렸다.

"당신 구두요." 그가 허리를 굽혀 내 신발을 주워 들더니 내게 건넸다.

내가 다시 힐에 발을 밀어 넣는 순간 토머스가 다가왔다. 그 거대한 손으로 내 팔뚝을 붙잡더니 나를 돌려 세웠다. "이제 집에 가실 시간입니다, 마담 엑스."

토머스가 내 이름을 내뱉는 순간 로건의 눈에서 빛이 반짝였다.

나는 토머스와 함께 차로 향했다.

아, 그를 향해 고개를 돌리고 말았다. 그럴 수밖에 없었다.

한 발을 차에 올리고 한 손은 차 지붕에 올린 채, 기다란 지붕과 매끄럽게 윤이 나는 보닛 너머로 하염없이 시선을 던졌다. 신호등에 녹색 불이 켜지자 줄지어 서 있던 차들이 속도를 내기 시작했다. 또 한 무리의 행인들이 건물 앞을 지나갔다. 하지만 그들은 어쩌다 같이 지나가게 된 것일 뿐, 서로 이야기를 나누지는 않았다.

로건은 여전히 그 자리에 서 있었다. 나를 바라보면서. 그의 금빛 머리카락이 물결처럼 흘러내렸다. 그는 바지 주머니에 한 손을 찔러 넣고, 다른 한 손에 들고 있던 담배를 들어 입에 물었다. 붉은 라이터 불빛이 그의 눈과 이마, 날카롭게 도드라진 광대뼈를 환히 비추었다. 하얀 연기가 동그라미를 그리며 멀리 날아가더니 이내 자취를 감추고 말았다.

아주 잠깐이었다. 그의 모습을 눈에 담을 수 있었던 시간은. 토머스가 예의 그 부드러우면서도 단호한 동작으로 나를 차에 태우자, 둔탁한 소리와 함께 문이 닫혔다. 그리고 마이바흐가 길모퉁이를 도는 순간 그의 모습도 시야에서 사라져 버렸다.

하지만 나는 알 수 있었다. 담배 연기가 만든 베일 너머로 그가 나를 계속 바라보며 탐색하고 있다는 사실을. 그리고 내가 그를 원하는 만큼 그도 나를 원하고 있다는 사실을.

토머스, 렌, 그리고 조녀선이 아파트 현관 앞까지 동행했다. 잠깐 조녀선과 단 둘이 이야기할 기회가 있었으면 했지만 렌과 토머스가 엘리베이터 앞에 서서 꼼짝 하질 않았다. 조녀선이 따라 들어가지 못하게 데리고 나가려고 엘리베이터 문을 열어 놓은 상태로 기다리고 있었다.

"오늘 같이 가줘서 고마워요, 마담 엑스."

"천만에요." 나는 굳은 얼굴로 슬픈 미소를 지었다. "잘 가요, 조녀선. 그리고 당신 사업이 잘되길 바랄게요."

"당신도요." 그리고 조녀선은 뒷주머니로 손을 뻗었다. "잠깐만요."

나는 현관문을 열다가 멈췄다. 조녀선이 다가와 내 어깨를 잡더니 나를 돌려 세웠다. 내 뒤에 서 있는 조녀선의 숨소리가 들리는 것 같았다. 그때 내 가슴 위로 차갑고 묵직한 무언가가 드리워졌다. 고개를 숙이니 거대한 사파이어가 눈에 들어왔다. 아까 경매에서 구입한 그 목걸이였다.

"조녀선……."

"아무 말 말고 그냥 받아요, 엑스." 조녀선이 목 뒤에서 잠금 고리를 채웠다. 그리고 한 걸음 뒤로 물러섰다. "됐어요."

내가 돌아서자 조녀선이 고개를 끄덕이며 활짝 웃었다.

"왜 그래요?" 내가 물었다.

조녀선은 어깨를 으쓱하며 태평하게 웃어 보였다. "웃을 수 있으니까요. 웃고 싶고요. 그 목걸이, 당신이 하니까 정말 멋지네요."

"이걸 왜 샀어요? 나 주려고 산 거 아니잖아요."

그가 다시 어깨를 으쓱해 보였지만 이번에는 약간 딱딱하게 느껴졌다. "아버지가 거기 계셨거든요. 일종의 의사표시라고나 할까요."

"아버지를 괴롭히려고 목걸이에 25만 달러나 썼단 말이에요? 아버지 앞에서 돈 자랑을 하려고요? 단지 그 이유만으로?"

"그렇다고 할 수 있죠."

"정말 유치하기 짝이 없네요." 나는 목걸이를 풀려고 했다.

"그럴 수도 있죠. 맞아요. 유치한 결정이긴 해도 내가 직접 내린 결정이에요. 그러니까 목걸이는 그냥 당신이 가져요. 내 선물이라고 생각해요." 조녀선의 목소리와 눈빛에서 거절할 수 없는 묘한 무언가가 느껴졌다.

나는 다시 손을 내렸다. 뒤꿈치를 살짝 들고, 플라토닉한 포옹으로 답했다. "알았어요. 당신이 그렇게 말하니…… 고마워요."

"천만에요." 조녀선은 검지와 중지를 들어 이마에 대고 인사했다. "잘 있어요."

그리고 그는 떠났다.

그를 다시는 보지 못하겠지. 이렇게 생각하니 나도 모르게 슬퍼졌다.

마침내 나는 다시 혼자가 되어 내가 가장 좋아하는 창문 앞에 섰다. 택시와 배달 트럭이 지나갔다. 가장 가까이에 있는 신호등이 초록색, 주황색, 빨간색으로 바뀌는 걸 계속 바라보면서, 자유로운 공기가 내 가슴을 가득 채웠던 순간을 떠올렸다. 그리고 경적 소리, 사이렌 소리, 사람들의 말소리, 도시의 냄새를 떠올렸다.

인디고 눈동자.

내 볼을 감싸던 손가락, 내 입술에 닿을 뻔했던 입술, 내 비밀을 다 알고 있는 것만 같았던 표정. 남자 화장실에 두고 온 그 짧은 순간이 영원히 내 기억에 맴돌 것 같았다. 내 숨결에 와 닿은 그의 숨결, 다정한 목소리와 단단하고 부드러운 두 손, 시나몬과 담배의 향기.

그곳을 떠날 때 잃어버린 것을 되찾고 싶었다.

하지만 그럴 수 없었다. 내가 무엇을 잃어버렸는지 나도 몰랐기 때문에. 그게 무엇이든 이제는 완전히 사라져 버렸다. 그뿐이었다.

11

갑자기 잠에서 깼다. 인기척을 느꼈다. "케일럽."

"엑스."

방 안은 완전히 어두웠다. 하지만 화려한 향수 냄새와 가벼운 숨소리로 그라는 걸 알 수 있었다. 나무 바닥 위에서 서성거리는 발소리가 들렸다.

"몇 시에요, 케일럽?"

"새벽 3시 46분."

나는 자리에서 일어나지 않았다. 그를 향해 고개를 돌리지 않고 여전히 오른쪽으로 돌아누워 있었다. 약간 날이 선 목소리로 물었다. "왜 그러는 건데요?"

"그만하면 충분하지 않았나. 미안하다고 말했을 텐데. 다 끝난 일이야." 침대가 살짝 흔들렸다. 그가 이불을 덮은 내 엉덩이 위에 한 손을 올렸다.

"나는 마음대로 화도 낼 수 없다는 건가요? 당신은 내게 상처를 줬어요. 두려움에 빠뜨렸다고요. 그런데 뭐가 끝났다는 거죠?"

"나한테 그런 식으로 말하지 마. 당신은 나한테 질문할 수 없어."

"질문을 하면 내 목을 조르기라도 건가요? 그때 윌리엄이 한 것처럼?"

"질문을 하면 화를 내겠지. 나도 그런 짓을 해놓고 정말 괴로웠어. 사람이라면 다 그럴 거야. 물론 당신이 제일 괴로웠겠지만. 하지만 당신에게 상처를 주려고 그런 건 아니야, 엑스."

"하지만 상처를 줬죠. 절대 잊지 못해요." 내가 말했다.

그의 손을 밀어내고 싶은 마음이 간절했다. 내 허리로 올라온 그의 손이 이불을 한쪽으로 잡아당겼다. 추웠다.

크고 단단한 그의 손이 내 등에 닿았다. 나는 저항하지 않았다. 아직은.

"이러지 마, 엑스. 이제 그만 잊어."

"잊어 보려고 애쓰지 않았을 것 같아요? 그건 불가능해요. 그냥 그렇게 잊을 수 없다고요." 나는 결국 일어나 앉았다. 다시 이불을 끌어당겨서 몸을 덮고 싶었지만 이불은 반대쪽에 처박혀 있었다. 이렇게 어두운 방에서 그와 살이 맞닿을 위험을 감수하고 싶지는 않았다.

"젠장할. 그 한심한 세라 때문에 이런 수모까지 겪어야 하다니." 그의 마음속에 가득한 분노가 걸러지지 않은 채 밖으로 튀어나왔다.

"내 목을 조른 건 세라가 아니었어요, 케일럽. 바로 당신이죠."

"그럼 난 평생 용서받지 못하는 건가?"

"모르겠어요." 내 입 안에 쏟아지던 맛이 떠올랐다.

그날 내가 제공한 성행위 방식은 그저…… 늘 하던 대로였다. 아무렇지 않게, 아무런 이의 없이 그렇게. 경멸스러웠다. 무릎을 꿇고 앉아 그의 성기를 내 입에 넣고, 시키는 대로만 움직인 내가 혐오스러웠다. 왜 그런 짓을 했을까? 나라는 인간은 대체 뭐가 잘못됐길래 그렇게 복종할 준비가 되어 있었던 거지?

어쩌면 이 기억은 모두 왜곡된 것일 수도 있었다. 너무나도 다른 느낌으로 내 얼굴을 쓰다듬던 손길에 대한 기억 때문에, 그 입술이 내 입술로 다가오던 그 기억 때문에 다른 기억들이 모두 변질되어 버린 것인지도 몰랐다.

"그래요." 나는 단호하게 대답했다.

"그래?" 재미있다는 말투였다. "그럼 앞으로도 날 용서하지 않겠다는 말인가?"

"맞아요."

내 팔을 움켜잡고 있던 그의 두 손이 이제 내 뒤통수를 잡고 나를 끌어당겼다. 뜨겁게 불타오르는 거대한 그림자가 내 위에서 어른거렸다. "이제 곧 나를 용서하게 될 거야, 엑스."

"케일럽⋯⋯." 나는 그의 몸에 갇힌 채 꿈틀거렸다. 그는 나를 침대에 눕히고 세게 눌렀다. 내 팔다리와 몸통이 완전히 평평해질 때까지. 내 몸을 더듬어 잠옷으로 입고 있던 헐렁한 티셔츠를 내 턱 밑까지 밀어 올렸다. 가슴이 그대로 드러났다. 주변은 온통 캄캄하고 무서웠다. 몸을 쓰다듬는 그의 손바닥은 부드러웠지만 끈질기기도 했다. 그는 손을 아래로 뻗어 내 팬티를 끌어내렸다.

"케일럽." 나는 용기를 끌어 모았다. "하고 싶지 않아요, 케일럽."

그의 입술이 내 배에 닿았다. 머리카락 때문에 허리가 간지러웠다. "아니, 당신도 원하고 있어."

문제는, 내 몸이 그의 두 손이 지닌 능력을 기억하고 있다는 것이었다. 축축해진 내 다리 사이의 그곳도 그의 손가락이 전하는 쾌감을 알았다. 이미 단단하게 일어서서 기다리고 있는 그의 성기가 무엇을 할 수 있는지도. 모순적이었다. 뒤죽박죽 엉망이었다. 나는 거짓말을 했다. 그저 원하고 있었다. 그날의 일은 잠깐 화가 나서 벌어진 일이고 앞으로 그런 일은 일어나지 않을 거라는 사실을 나도 알고 있었다. 하지만 어쩌면 한 번으로 끝날 일이 아닐 수도 있다는 것도 알왔다. 내가 해서는 안 될 질문을 하거나, 해서는 안 될 말을 하거나, 불가능한 일을 원한다면, 그의 두 손은 내게 무한한 쾌락을 가져다주는 대신 고통을 안겨줄 지도 몰랐다. 처벌의 고통. 또다시 내 목을 조를 수도 있고, 주먹이나, 손바닥으로 때릴 수도 있었다. 무슨 일이 생길지 누가 안단 말인가?

그 남자 화장실에 두고 온 순간이 떠올랐다. 안전하다고 느꼈던 그 순간.

나는 대체 어떤 사람이고, 무엇을 원하고 있는 걸까?

내가 무엇을 원하는지 알 필요가 있을까?

"이것 봐. 당신 냄새가 느껴져." 그가 내 허벅지 사이에 코를 비비며 숨을 깊이 들이마셨다. "냄새가 느껴져. 당신도 원하고 있잖아. 당신도 나를 원하고 있다고. 지금까지 항상 그랬던 것처럼 앞으로도 그럴 거야. 당신도 그걸 알고, 나도 알고 있어."

나는 다시 몸을 꿈틀거리며 발뒤꿈치로 침대 매트리스를 밀었다. 그때, 그의 혀가 내 허벅지 사이에서 부드럽게 미끄러졌다. 그는 갑자기 내 허리를 들어 올렸다. 전율이 온몸을 타고 흘렀다. 그는 나를 최고로 흥분시킬 수 있는 정확한 위치를 겨냥해 혀끝을 빙빙 돌리며 자극했다.

하지만 지금은 쾌감보다도 나 자신에 대한 혐오가 더 컸다.

또다시 약해져서 쾌락에 굴복하고 몸을 내맡긴 내가, 그나마 누리고 있던 자유마저 쾌락과 맞바꾼 내가 저주스러웠다.

손을 뻗어 그의 머리카락을 움켜잡고…… 그를 밀쳐 냈다. "싫어요, 케일럽." 몸을 비틀어 옆으로 빠져 나왔다.

나는 침대 아래로 떨어졌다. 전등의 스위치를 찾아 불을 켰다. 갑작스런 불빛에 그가 두 눈을 찡그렸다. 그의 검은 머리카락이 헝클어져 있었다. 입 주변에는 내 흔적이 묻어 있었다. 티셔츠와 슬랙스……. 바지 가운데가 불룩하게 솟아 있었다.

그리고 맨발. 이런 그의 모습은 아름답고 잔혹했다.

어떻게 지금까지 저 잔혹한 얼굴을 발견하지 못한 것인가?

"엑스…… 대체 왜 이러는 거야?"

지금 이 상황을 깨고 부수어야 했다. "당신을 원해요, 케일럽. 하지만 섹스에 굴복하지는 않을 거예요."

"섹스에 굴복하다니? 마치 섹스가 금기인 것처럼 말하는군. 당신과 내가 섹스를 하는 데 문제라도 있어?" 그는 침대를 돌아 다가오며 한쪽 구석으로 몰아 붙였다.

"우리가 무슨 관계인데요? 나는 누구죠? 나는 대체 당신에게 뭔가요? 왜 이러고 있어야 하는 거죠? 나는 왜……." 나는 침을 삼키고 숨을 내쉬었다. "가끔은, 케일럽…… 죄수가

287

된 것 같은 기분이 들어요. 여기서 포로처럼 살고 있다는 기분이 든다고요."

그는 거칠게 한숨을 내쉬며 몸서리를 쳤다. 그리고 한 손으로 얼굴을 쓸어내렸다. "엑스…… 제발, 이러지 마. 이건 당신답지 않아. 왜 자꾸 이런 질문을 하는 거야?" 나는 자리에서 일어나 벽에 몸을 기대고 섰다. 그러자 그가 얼굴 양옆으로 두 팔을 뻗어 나를 그의 팔 안에 가두었다. "당신은 죽은 상태였어, 엑스. 당신 옆에는 아무도 없었고, 자기가 누군지도 전혀 몰랐지. 당신한테 다시 걷는 방법을 가르친 사람은 나야. 다시 말하는 법을 가르친 사람도 나고. 다시 사람으로 사는 방법을 가르친 사람도 나라고. 나는 당신에게 살 집을 주고, 기술을 가르치고, 직업도 줬어. 당신한테 새 삶을 줬다고."

"그러면 나는 그 보답으로 당신과 섹스만 하면 되는 건가요? 당신이 원할 때마다 당신 기분을 맞추면서? 질문은 전혀 하지 말고요? 당신이 주는 것 이상 원해서도 안 되고요?"

"그런 뜻이 아니야, 엑스."

"정확히 그런 뜻으로 들리는데요."

"틀렸어. 우리 관계에는 그 이상의 의미가 있어." 그의 숨결이 뺨에 닿았다.

그가 낯선 눈빛으로 바라보았다. 그의 얼굴에 담긴 표정을 해석할 수 없었다. 에스프레소 같은 진한 갈색 눈동자에 담긴 감정을 읽을 수 없었다. 그가 이렇게 가까이 다가와 솔직한 모습을 드러내는 건 처음이었다. 혼란스러웠다. 마치 거대한 산에 틈이 생겨, 오랜 시간 억눌려 있던 것이 그 틈으로 터져 나오고 있는 것 같았다.

"그게 뭔데요, 케일럽? 설명해 줘요." 그는 입을 다물었다. "그래요. 당신은 나를 구해 줬어요. 내가 살 수 있는 기반을 마련해 주었죠. 나도 다 알고 있어요. 잊지 않았다고요. 그렇지만 지금 이건?" 나는 두 손을 들어 그의 단단한 가슴에 올리고 다가오지 못하게 가로막았다. "우리 관계가 어떤 건지 모르겠어요. 왜 이런 일을 겪어야 하는지, 당신이 정말로 뭘 원하는 건지 모르겠다고요. 당신이 다른 여자와 함께 있는 것도 봤고, 당신한테 다른 여자들이 더 있다는 것도 알아요. 당신이 그렇게 말했으니까. 당신은 이곳저곳 돌아다니면서 여자를 만나 섹스를 하죠? 색다른 자극이 필요할 때마다 내게로 돌아와 섹스를 하는 거죠? 그런데 나는 질문할 자격조차 없다는 말인가요? 밖으로 한 발짝도 나갈 수 없는 거냐고요?"

"당신은 밖에 나가면 공황장애를 일으키잖아. 밖에서는

아무것도 할 수가 없었어. 우리 같이 시도했던 거 기억 안나? 당신은 밖에 나가면 한 걸음도 움직이지 못하고, 숨도 못 쉬었어. 죄수 취급하지 않았어. 그저 당신을 안전하게 보호했을 뿐이야."

나도 기억하고 있었다. 우리는 예전에 밖에 나가 산책을 하곤 했다. 오후에 도시에 나가 길을 걷고 있으면 사람들의 무리가 우리를 스치고 지나갔다. 겨우 한 블록을 걷고 나서, 소음과 열기, 셀 수 없이 많은 얼굴과 시끌벅적한 목소리, 사이렌 소리와 자동차 소리에 나는 그만 처참하게 무너져 바닥에 쓰러지고 말았다. 그럴 때마다 가슴이 조여서 숨을 쉬지 못했고, 세상이 빙글빙글 도는 바람에 머리가 아프고 어지러웠다. 그러면 결국 안전한 내 방으로 돌아와야 했고, 어둠 속에서 그가 내 귀에 주문을 속삭여 주어야 다시 숨을 쉴 수 있었다.

'당신 이름은 마담 엑스. 나는 케일럽 인디고. 내가 당신을 악당의 손에서 구했어. 당신은 이제 안전해. 내가 당신을 지켜줄 거야. 당신은 마담 엑스. 나는 케일럽 인디고. 당신은 내 곁에 있으면 안전해. 이 세상 누구도 이제 당신을 해칠 수 없어. 이건 악몽일 뿐이야. 당신은 안전해. 당신은 이름은 마담 엑스. 나는 케일럽 인디고.'

갑자기 내 귀에 그 주문을 외우는 소리가 들렸다. 지금, 여기, 내 침실에서. 지금 이 순간 그는 주문을 외우고 있었다. 내가 다시 깨어났던 그 순간으로, 세상이 온통 새로웠던 그 순간으로 나를 데려가기 위한 주문이었다. 내가 언어를 다시 배우고, 말하고, 듣고, 걷고, 생각하고, 살아 있는 것의 의미를 새로 배웠던 그 순간을 일깨우고 있었다.

"내 이름은 마담 엑스. 당신은 케일럽 인디고." 나도 모르는 사이, 주문을 따라 읊었다. "당신이 나를 구했어요. 당신은 내게 모든 걸 가르쳐 줬고요."

"맞아, 엑스. 당신은 이제 안전해."

그리고 6년 만에 처음으로, 붉은 눈의 괴물과 피의 악몽에 시달리기 시작한 이후 처음으로, 그가 나에게 키스를 했다. 부드럽게 천천히. 이 키스가 그에게도, 그리고 나에게도 첫 키스인 것처럼 망설이면서.

그가 입술을 뗄 때까지 숨을 쉴 수 없었다. 용기가 없었다. 숨을 쉬었다면 혼란과 유혹이 뒤섞인 독약을 함께 삼켜야 했을 것이다.

나는 두 손을 그의 가슴에 대고 그를 밀어냈다.

"나도 이제 성장했어요, 케일럽. 나도 변했다고요. 새로운 것들을 배웠죠. 더 이상 아무것도 확신할 수 없어요. 당신과 나의 관계에 대해서는 특히 더 그렇고요."

"젠장, 엑스." 화난 목소리였다. "제발 이러지 마."

한참 동안 침묵이 이어졌다. 나는 움직이지 않았다. 움직일 수 없었다. 그의 건장한 몸이 여전히 나를 가로막고 서 있었기 때문에 나도 벽에 바싹 몸을 붙이고 서 있었다. 그의 입술이 내 입술에 거의 닿을 것 같았다.

"나한테 이러지 마." 이번에는 간청에 가까웠다.

다시 마음을 독하게 먹었다. 그리고 그를 밀쳤다. 더 세게. 벽처럼 나를 가로막고 있는 그의 가슴, 팔, 다리가 휘청거릴 때까지. 나는 분노로 뜨겁게 달아오른 그에게서 벗어나 이불 속으로 미끄러져 들어갔다. 여전히 엉덩이까지 간신히 가리는 티셔츠 한 장만 몸에 걸친 상태였다. 나를 유심히 살펴보는 그의 시선으로부터 나는 몸을 돌렸다. 그리고 규칙적으로 심호흡을 했다.

"엑스?"

나는 대답하지 않았다.

그가 한숨을 내쉬었다. 그 소리가 슬프게 느껴졌다. 처량하고 외롭게 느껴졌다. 하지만 오히려 내 일부는 더 날카로워졌고 더 견고해졌다. 그리고 또 다른 내 일부는 남자 화장실에서의 그 순간을 여전히 기억하고 있었다. 안전하다고 느꼈던 그 순간을.

그 키스가 내게……

나는 소중한 사람이라고 말해 준 그 순간을.

낯선 사람과 함께했던 그 순간, 나는 다른 사람이 되었다.

그리고 이제 되돌릴 수 없었다.

12

꼬박 한 달이 흘렀다.

나는 해야 할 일을 했다. 부잣집 도련님들한테 잔소리를 늘어놓고, 모욕을 주거나, 말하는 방식과 앉은 자세를 바로잡아 주었다. 그렇게 그들의 인내심을 테스트했다. 그러다 그들이 나를 욕할 때쯤, 그들에게 대화를 주도할 기회를 주고, 말하는 동안 관심을 보이며 매력을 발휘할 수 있게 격려했다. 매력에 이끌려 거의 유혹에 넘어간 것처럼 행동하기도 하고, 내 옆에 가까이 다가왔을 때 당황한 것처럼 행동하기도 했다. 그건 게임이었다. 예전에도 마찬가지였지만 지금은 좀 더 아슬아슬했다. 나는 완전히 무기력했고, 마음에 없는 행동을 거짓으로 꾸며 내는 부담감에 점점 괴로워졌다.

나는 계속 혼자였다. 그리고 기다렸다. 하지만 내 침실 문에 그의 그림자가 드리워지는 일은 없었다. 깊은 밤중의 방문도 없었다.

마음속에서 조용히 소용돌이치고 있는 이 느낌은 뭘까? 그게 내 마음을 가득 채우고 있었지만 어째서인지 무겁게 느껴지지 않았다. 희망? 안도? 그가 더 이상 방문하지 않을 것 같으니 안심해야 하는 걸까? 하지만 나는 그에게 내 인생을 빚지고 있었다. 나라는 사람과 나의 과거, 그리고 미래까지.

무거운 빚이었다.

어떤 변화가 일어났지만, 나는 언제, 어떻게, 어째서 그런 변화가 일어났는지 정확히 집어 낼 수 없었다. 심지어 그 변화가 무엇인지도. 조녀선과 분명 관계가 있었다. 이상했다. 나는 옆에서 그가 변하는 과정을 지켜보았다. 어쩌면 그는 내가 거둔 유일한 성공인지도 몰랐다. 그가 고치 밖으로 나와서 자신의 진정한 모습을 찾고, 멋진 남자가 되어 가는 과정을 지켜봤다. 내가 한 일은 아무것도 없었다. 그의 변신은 그의 노력으로 직접 이루어낸 성과였다. 내가 자극을 제공하기는 했다. 변신할 필요가 있다는 걸 알려 주기는 했지만 그게 전부였다. 변신은 그가 혼자 해낸 것이었다.

내가 하는 일에 의문이 들기 시작했다. 한때는 가치 있는 일을 하고 있다고 생각했다. 하지만 이제는 회의가 들었다.

내 인생을 스치고 지나가는 이 젊은 남자들을 위해 내가 무엇을 할 수 있단 말인가? 그리고 나는 그들로부터 어떤 대가를 받는 것일까?

나는 어떻게 이 오랜 세월 동안 아무런 질문도 하지 않고 '존재했던' 것일까? (어째서인지 '살았다'고 말하기에는 갑자기 이 단어가 너무 무겁게 느껴졌다.)

지금까지 기꺼이 두 눈을 가리고 시키는 대로만 하면서 바람에 몸을 맡기고 떠다녔다.

이제는 앞을 더 또렷하게 바라보고 있지만, 내가 알아볼 수 있는 건 존재하지 않는 무언가와 사라져 버린 무언가의 형태뿐이었다. 내가 아는 건 내가 모르는 게 많다는 사실뿐이었다.

자선 경매 행사 이후 6주가 지난 어느 날. 현관문이 열리는 순간 내 심장은 그대로 멈추고 말았다.

나는 그날 예정된 마지막 고객을 기다리면서 소파에 앉아 차를 마시고 있었다. 이상하게도 미리 전달받은 서류나 계약서는 없었다. 유일하게 받은 정보는 그날 마지막 상담 시간―저녁 6시 45분―을 급하게 적은 종이뿐이었다. 고객이 상담 시간에 와서 필요한 자료들을 모두 제공하기로 되어 있었다.

조심스럽게 한쪽 다리를 다른 쪽 무릎 위에 걸치고 앉아서 기다렸다. 옷매무새를 가다듬었다. 스퀘어 네크라인의 하얀 드레스였는데, 무릎 바로 위까지 내려오는 길이였다. 발에는 발가락이 드러나 보이는 파란색 핍토 웨지힐을 신고 있었다. 머리는 복잡한 모양으로 말아 올려 목 뒤에서 하나로 묶었다. 목에는 사파이어 목걸이를 하고 있었다.

'딩동.'

문손잡이가 돌며 문이 안쪽으로 열렸다. 심호흡을 하면서 어깨를 올렸다가 다시 넓게 폈다. 여유 있어 보이는 자세로 앉아 모든 일에 무관심한 사람처럼 무표정한 얼굴을 꾸며냈다. 그리고 맨살이 너무 많이 드러나 보이지 않게 치마를 무릎 쪽으로 좀 더 끌어내렸다.

나는 왼손에 찻잔 받침을, 오른손에 찻잔을 들고 있었다. 찻잔 받침 가장자리와 찻잔 테두리에 금색 띠를 두른 평범한 흰색 자기였다. 찻잔에는 하니앤손스 얼그레이 임피리얼 티에 우유를 섞은 밀크티가 담겨 있었다.

이런 세세한 기억들이 모두 내 머릿속에 또렷하게 남아 있다.

현관문이 열리는 순간 찻잔 너머로 시선을 돌렸다. 건장한 체격의 남자가 보였다. 그가 안으로 들어오더니 문을 닫왔다.

나는 심장이 얼어붙었다. 허파도 그대로 멈추어 버렸다. 입에 찻잔을 댄 채 나는 동작을 멈추었다. 눈을 크게 떴다. 깜박거릴 수 없었다.

그였다.

로건.

진청 색의 데님 바지를 입고 있었다. 두꺼운 허벅지를 감싼 부분이 타이트해 보였고 왼쪽 무릎과 오른쪽 허벅지는 찢어져서 구멍이 나 있었다. 오른쪽 뒷주머니에는 핸드폰을 넣어서 네모난 윤곽이 드러났고, 상체에는 단단하고 튼튼한 가슴에 딱 달라붙는 검정 브이넥 티셔츠를 입고 있었다. 소매가 두꺼운 팔뚝을 팽팽하게 감싸고 있었다. 브이넥의 가운데에는 은색 테를 두른 애비에이터 미러 선글라스가 걸쳐져 있었다. 쓸어 넘긴 금발 머리카락이 그의 턱 선을 따라 흘러내렸고, 지나치게 파란 나머지 거의 보라색에 가까운 눈동자 위로 머리카락 한 가닥이 흘러내려 있었다. 단단하고 강인한 그의 턱 선은 마치 어느 해변의 절벽에서 깎아 낸 것처럼 보였다. 날카롭게 튀어나온 광대뼈는 그대로였다. 나와 눈이 마주치는 순간 그의 입꼬리가 올라가면서 내가 어떤 기분인지 다 안다는 듯 미소를 지어 보였다. 내게 키스했던 그 입술, 내 숨결을 앗아간 그 입술, 그리고 그렇게 내 인생까지 앗아간 그 입술이 거기 있었다.

"찾았네요." 따뜻하게 울리는 그의 목소리가 친밀하게 느껴져 몸을 떨었다.

평생을 듣고 산 목소리 같았다. 잠에서 깨자마자 기억에서 사라져 버리는 꿈들, 잠에서 깨어나 의식이 돌아오는 순간 다시 돌아가고 싶어지는 꿈들, 기억하지 못하는 꿈들 속에서 들었던 목소리 같았다.

손이 떨리는 걸 들키지 않으려고 탁자 위에 찻잔 받침과 찻잔을 부드럽게 내려놓았다. 로건에게서 눈을 뗄 수 없었다. 아무 말도 할 수 없었다. 형식적인 인사말마저도.

그가 내게 다가왔다. 한 번도 시선을 떼지 않고. 그리고 테이블 위에 앉았다. 두꺼운 검은색 목재 위에 판유리가 깔린 견고한 테이블이었다. 판유리 아래에는 옛날 세계 지도가 들어 있었다. 그의 몸이 가까웠다. 그의 무릎이 내 무릎을 살짝 스쳤다.

그가 몸을 앞으로 숙여 내 공간 안으로 들어왔다. 그리고 미소 지었다. "무슨 일인가요⋯⋯ 마담 엑스? 왜 말을 못 하고 있어요?"

숨을 깊이 들이마시고 눈을 깜박거렸다. 마비된 상태에

서 벗어나려고 몸을 흔들었다. 시나몬과 담배 냄새. 그는 턱을 위아래로 움직이며 무언가를 씹고 있었다. 껌이었다. 시나몬 냄새의 원인.

"로건. 나는…… 당신 여기서 뭐하는 거예요?" 궁금하면서도 걱정하는 말투로 물었다. 약간 화난 것처럼 들리기도 했다. "나를 어떻게 찾았어요?"

"일단 당신 이름을 알고 나니 나머지는 어려울 게 없었어요. 하지만 예약을 가장 빨리 잡는다고 잡은 게 오늘이었죠. 당신을 찾는 사람들이 정말 많은 것 같더군요."

"여기 왜 온 거냐고요?" 숨 쉬는 걸 까먹지 않으려고 번갈아 가면서 숨을 내쉬고 들이마셨다.

"내가 6시 45분에 예약한 사람이에요." 그가 더 가까이 다가왔다. "당신한테 배우려고 왔어요, 마담 엑스."

숨을 깊이 들이마실 때마다 그의 향기가 내 가슴을 가득 채웠다. 톡 쏘는 시나몬 향기와 옷에 살짝 배인 매캐한 담배 냄새를 맡을 수 있었다. 다른 냄새도 있긴 했지만 너무 희미해서 식별할 수는 없었다. 그의 냄새는 아침에 샤워를 한 후 하루를 보낸 사람의 냄새였다. 삶이 배어 있는 냄새, 도시의 냄새였다.

"그래서 말인데, 이 수업은 어떻게 진행되는 거죠, 신데렐라?" 로건은 그의 큰 엄지와 검지로 내 찻잔을 집어 들더니 내용물을 살펴보았다. "이건 차네요? 더 없어요? 차도 좋지만 강한 것도 괜찮은데. 그런 게 있다면 말이에요."

나는 이 기회를 핑계 삼아 자리에서 일어나 숨을 고를 수 있을 만한, 평정심을 되찾을 수 있는 장소로 달아나고 싶었다. "차가 싫으면 위스키뿐이에요."

"무슨 위스키예요?"

"라프로익. 싱글 몰트. 18년."

"아, 좋죠." 그는 소파로 자리를 옮겨 내가 앉았던 자리에 앉았다. 찻잔을 손에 쥔 채로. "술 한 잔 정도는 괜찮을 것 같네요." 그는 장난스럽게 경쾌한 억양으로 대답했다. 그의 두 눈이 반짝였다.

"어떻게 드릴까요?" 나는 다시 그에게서 시선을 거두고, 디캔터를 든 채 술잔을 똑바로 세우며 물었다.

"스트레이트로 부탁할게요."

나는 2센티미터 정도 부었다가, 본능적으로 2센티미터를 더 추가했다. 그리고 디캔터를 내려놓고 고개를 돌렸다. 로건이 내 찻잔에 입술을 대 보고 있었다. 찻잔에 남은 붉은 립스틱 자국 위에 입술을 맞추어 보더니 찻잔을 기울여 내 차를 다 마시고는 빈 잔을 다시 받침 위에 내려놨다. 그 모습을 바라보는데 어째서 뼛속부터 살갗까지, 머리부터 발끝까지 온몸이 떨리는 건지 알 수 없었다.

나는 로건에게 위스키를 건넸다. 그의 손가락이 내 손에 닿았다. 손가락이 스친 자리가 뜨겁게 달아오르면서 얼얼해졌다. 나는 손을 거두고 주먹을 쥐었다. 그래도 여전히 떨렸다. 아주 잠깐 스치고 지나갔을 뿐인데 검게 타 버린 것 같았다.

돌아설 수 없었다. 로건이 술잔을 들어 그의 입술에 갖다 대는 순간, 그에게서 고개를 돌릴 수 없었다. 그가 술잔을 기울여 입술 안으로 탁한 주황색 액체를 부어 넣는 모습을 쳐다보지 않을 수 없었고, 위스키를 삼키는 동안 위아래로 움직이는 목젖을 바라보지 않을 수 없었다.

그의 입술에 닿은 저 위스키가 부러웠다.

바보 같은 생각을 하고 있는 내가 한심했다.

얼굴을 붉혔다.

내 얼굴이 붉어지다니.

붉은 얼굴을 감추려고 고개를 숙였다. 하지만 로건은 위스키를 한 모금 마시고 잔을 내려놓으며 웃었다. "왜 그래요?"

"아무것도 아니에요."

나는 탁자 옆에 서서 소파 쪽을 바라보고 있었다. 가깝기는 했지만 예의에 어긋나지 않을 정도로 적당한 거리를 유지하고 있었다. 그가 손을 뻗어 엄지로 내 볼을 어루만졌다.

"얼굴이 빨개졌는데요."

"아니에요."

그는 다시 웃었다. 자리에서 일어나 가까이 붙어 섰다. "빨개졌어요. 보면 안다고요. 왜 얼굴이 빨개졌어요, 신데렐라?"

"빨개지지 않았어요. 그리고 내 이름은 신데렐라가 아니에요."

"빨갛다니까요. 그리고 그게 당신한테 딱 어울리는 이름이라고 결론 내렸어요. 난 맘에 드는데."

"당신이 그렇게 결론 내리면 그만인 거군요." 나는 날 선 목소리로 대답했다.

너무 가까웠다. 위험하리만치 가까웠다. 그는 한 걸음 정도 떨어져 있었지만, 그래도 역시 가까웠다. 둘 사이에서 탁탁 소리를 내며 전기가 흐르는 것 같았다.

그가 쾌활하게 미소 지으며 말했다. "그냥 장난친 거예요, 엑스."

"왜 하필 신데렐라예요?" 나도 모르게 이런 질문이 튀어나왔다.

"음…… 당신이 갑자기 무도회장에 여왕처럼 등장했잖아요. 관능적이고 신비로웠죠. 모두들 당신을 알고 싶어 했어요. 당신은 유리 구두 한 짝만 남겨 놓고 갑자기 사라져 버렸잖아요. 이름도 말해 주지 않고. 게다가 그 드레스는?" 로건은 깊게 한숨을 내쉬더니 무언가를 극복하려는 사람처럼 고개를 절레절레 흔들었다. "그 드레스는 정말이지." 그가 어깨를 으쓱했다. "내 눈에는 한 편의 동화처럼 보였어요."

"그렇군요." 나는 돌아서서 창가로 향했다. 나를 쫓는 그의 시선을 느낄 수 있었다.

내가 원래 걸을 때마다 이렇게 엉덩이를 많이 움직였던가? 걸음을 내딛을 때마다 허벅지가 서로 스치는 기분이 이렇게 달콤했던가?

저 아래 거리에서 어떤 남자가 그의 아내와 손을 잡고 걸어가는 모습을 바라보았다. 저 부부의 이야기를 꾸며내 보고 싶었지만 아무 생각도 떠오르지 않았다. 대신 나 자신이 금발의 남자와 손을 잡고 길을 걷는 모습을 상상했다. 우리는 아무 말도 하지 않는다. 그저 손깍지를 끼고 같은 속도로 걷고 있다. 이 금발 남자와 내가 어디로 가고 있는지 나는 모른다. 어디로 가는지는 중요하지 않다. 그저 함께, 더불어 갈 뿐이다.

나는 고개를 절레절레 흔들며 다시 돌아섰다. 깜짝 놀라서 숨이 턱 막혔다. 로건이 바로 내 앞에 서 있었다. 알지 못

하는 사이 내 뒤로 와서 섰던 것이다. 그가 움직이는 소리를 듣지 못했고, 그의 존재를 감지하지도 못했다. 위스키 잔은 탁자 위에 놓여 있었다. 인디고 눈동자가 모든 걸 알고 있다는 눈빛으로 나를 뚫어지게 바라보았다.

"당신은 누구인가요, 엑스?" 그의 목소리는 첼로 현을 퉁길 때 나는 소리처럼 들렸다. 아주 낮고, 아주 깊고, 영혼이 충만한 그의 목소리가 나를 애무했다. 목소리를 듣기만 했을 뿐인데 뼛속까지 몸이 떨렸고 피부에는 소름이 돋았다. 그의 목소리가 나를 다정하게 어루만지는 것 같았다.

뭐라고 대답을 해야 하지? 목이 꽉 메었다. "나도 잘 몰라요." 나를 바라보는 그의 두 눈 앞에서 거짓말을 할 수는 없었다.

"당신이 누군지 모른단 말이에요?" 믿기지 않는다는 말투였다.

나는 방어적인 입장을 취했다. "그러는 당신은 누구인가요, 로건 라이더? 이 질문에 당신은 뭐라고 대답할 거죠?"

로건은 천천히 눈을 깜박거리며 두 손을 바지 뒷주머니에 찔러 넣고는 한참 동안 나를 가만히 바라보았다. "내 이름은 로건 라이더예요. 주로 신생 기업이나 벤처에 자금을 투자하는 사업가이고, 자선가이기도 하죠. 미혼이고 사귀는 사람은 없어요. 사고를 많이 치며 살긴 했지만 이젠 사고뭉치 자리에서는 은퇴했죠."

"그건 당신이 무얼 하는 사람인지에 대한 답변일 뿐이에요. 당신이 누구인지는 말하지 않았어요." 나는 그와 거리를 두기 위해 등을 유리창에 바싹 붙이고 섰다.

그가 가까이 다가오면 숨을 쉴 수가 없었다. 공황장애 증상이 아닌, 뭔가 다른 증상이었다. 가슴 두근거리는 기대와 기억. 그때 화장실에서처럼 그가 내게 또다시 다가온다면 내가 어떤 행동을 할지 몰라 겁이 났다. 그가 가까이 있을 때 나는 통제력을 상실하는 것 같았다. 그가 자꾸 내 회로에 합선을 일으키기 때문에 더욱 불안해졌다.

"나는 샌디에이고에서 태어났어요. 가난한 집에서 자랐죠. 서핑을 좋아해서 하루 종일 해변에서 파도를 즐기며 시간을 보냈어요. 학교에 가는 날보다 안 가는 날이 더 많았고요." 과거를 떠올리는 그의 두 눈이 먼 곳을 응시하고 있었다. "그러다 문제에 휘말렸어요. 안 좋은 친구들이랑 어울리게 된 거죠. 나쁜 짓거리도 좀 했고…… 눈앞에서 친구가 죽는 걸 보고나서야 이제 그런 생활에서 벗어나야 한다는 사실을 깨달았어요. 그렇지 않으면 나도 개죽음을 당하거나 감옥에 갈 게 뻔했으니까요. 그 당시에는 나 같은 인간이 새로운 기회를 얻을 수 있는 유일한 방법은 군대밖에 없다고 생각했어요. 그래서 4년 동안 군대에 있었고요. 전투에서 투지를 불태우지는 않았지만 열심히 일하고 열심히 노는 방법을 배웠죠. 그래도 거기서 고등학교 졸업장을 받았으니 나름 괜찮은 경험이었어요."

"그건 당신의 과거지, 당신이 누구인지에 대한 설명이 아니에요." 나는 차가운 유리창 위에 손바닥을 펼쳤다.

"이것만 해도 이제 나에 대해 가장 많이 알고 있는 사람은 당신인데요."

"아."

"그래요. 놀랄 만하죠." 로건이 웃으며 말했다. "이제 내가 누구인지 이야기해 볼 차례군요. 군 제대 후 지루해서 살수가 없었어요. 저축한 돈이 조금 있었지만 어디에 써야 할지도 모르겠고. 그래서 여기저기 기웃거리다가 다시 안 좋은 일에 휘말렸죠. 문제를 일으키는 데는 정말 타고난 재주가 있거든요. 골치 아픈 일이 따르거나, 아니면 내가 그런 일을 찾아다니거나, 항상 그런 식이었어요. 서로 떨어질 수 없는 사이였다고나 할까요. 그러다가 세인트루이스에 갔을 때 술집에서 어떤 남자를 알게 됐어요. 민간 군사 기업에서 일하는 사람이었는데, 좋은 건수가 있다면서 지원해 보라더군요. 사막에서 하는 일이라고. 그렇게 민간 전투병으로 한 번만 다녀오자 했던 게 두 번이 되고, 또 세 번이 됐죠. 일은 찝찝했지만 수입은 엄청 짭짤했거든요." 그가 어깨를 으쓱했다. "세 번째로 다녀오고 나서 손을 뗐어요. 모은 돈을 들고 그대로 떠났죠. 그만하면 충분히 봤고 충분히 했다 싶었어요. 전 재산을 쏟아 부어 시카고에 술집을 샀어요. 그 술집을 리모델링한 다음에 상호도 바꾸고 직원도 새로 고용했어요. 그리고 다른 사람한테 팔아 치웠죠. 그런 일을 반복했어요. 돈을 제법 많이 벌게 되면서, 나한테 그런 재주가 있다는 사실을 알게 됐죠. 손에 흙을 묻히면서 일을 하는 게 좋았어요. 원래 있던 건물을 모조리 뜯어내고 새로 짓는 게 좋더라고요. 그러다 투자 사업을 할 기회가 생겼죠. 여기 맨해튼에서. 큰돈을 투자했어요. 위험 부담은 컸지만 그만큼 큰 보상이 기다리는 일이었는데…… 생각대로 잘되지는 않았어요. 여기까지만 얘기하는 걸로 하죠."

그의 이야기에 중요한 부분이 빠져 있는 것 같았다. "빠진 내용이 있는 것 같은데요, 로건."

그가 고개를 끄덕였다. "맞아요. 아직은 당신한테 말하고 싶은 이야기가 아니거든요. 나라는 사람에 대해 이야기할 때 빼놓을 수 없는 부분이지만, 아직은 그 일에 대해서는 말하는 것이 쉽지 않아요. 아직 극복하는 방법을 배우고 있는 중이라고 생각하고 있어요."

"그런데 나한테 내가 누군지 말해 보라는 거군요. 쉽지 않은 질문이라는 걸 알면서요."

로건은 프랑스식으로 한쪽 어깨만 으쓱해 보였다. "내가 답하기 어려운 질문을 그대로 당신한테 하는 게 공정할까요? 그렇진 않을 거예요. 분명 아니에요. 하지만 당신이 그 질문에 어떻게 대답하는지 보면서 나는 답을 알게 될 거예요. 가령, 당신은 좀 전에 아예 대답을 하지 않았어요. 그저 같은 질문을 내게 던졌죠. 당신은 방어하고 있어요. 비밀도 많죠. 당신이라는 사람을 알 수가 없어요. 당신은 누구죠, 엑스?" 그의 깊은 눈동자가 날카롭게 빛났다. "대답해 줘요. 뭐든지."

나 자신에 대해 이야기하는 건 금지되어 있었다. 그래야 한다고 겉으로 소리 내서 말한 적은 없었다. 무언의 규칙이었다. 나 자신에 대해 이야기하지 말 것.

하지만 어떻게 안 할 수가 있단 말인가? 로건이 깊은 바다 같은 눈으로 나를 바라보고 있는데. 사납게 물결치는 이 바다에는 너무나 깊은 틈이 있어서 그 틈에 빠지면 산산이 부서질 것만 같았다.

"나는 마담 엑스예요." 이것도 답변이 될 수 있지 않을까?

"계속해 봐요." 차분한 요구, 아니 명령이었다.

"나는…… 난 모르겠어요." 어찌 해야 할지 몰라, 돌아서서 이마를 유리창에 기댔다. 숨을 내쉬자 유리창에 수증기가 어렸다. "이제 그만 가세요."

"아직 50분이나 남았어요."

겨우 십 분밖에 안 지났다는 말인가? 고작? 영겁의 시간을 고작 600초 안에 밀어 넣은 것 같은 기분이었다.

"당신에 대해서 딱 한 가지 사실만 말해 줘요. 난처한 이야기나 비밀을 얘기해 달라는 게 아니에요. 그냥…… 뭐든지 얘기해 봐요."

"왜요?" 나는 낮은 목소리로 물었다.

그저 단순한 이야깃거리가 될 수도 있는 주제였다. 하지만 내게는 그렇지 않았다. 왜 그런지조차 알 수 없었다. 그는 나를 당황하게 만들었다. 그는 내 삶에 대해 내가 알고 있는 모든 것을 요구했다.

"궁금하니까요. 알고 싶어요."

"나는 스페인 사람이에요."

그가 또다시 가까이 다가와 몸을 앞으로 기울였다. 그의 숨결이 느껴졌다. "그렇게 어렵지 않았죠? 대답하는 거요."

"그래서 무슨 일이 있었는데요? 그 투자 사업 말이에요."

나는 대체 왜 이런 질문을 하고 있는 거지?

그가 웃었다. "곧장 반격을 하네요. 그건…… 말하기 좀 복잡해요. 그 거래에 합법적이지 않은 요소가 있었다는 걸 알게 됐거든요. 하지만 충분히 미리 손을 써 놨기 때문에 나한테 직접적인 영향은 없을 거라고 생각했어요. 그런데 배신을 당한 거죠."

"그럼 당신은 범죄자란 말이군요."

"한때는 그랬죠. 아까 말했잖아요. 이제 은퇴했다고요. 지금 내가 하는 일들은 완전히 합법적이에요."

"그런 사람처럼 보이지 않아요."

"그런 사람이라뇨?"

"범죄를 저지를 사람이요."

"하여간 나는 새로 태어날 기회를 맞았어요." 로건은 여전히 내 뒤에 서 있었다. 그가 침을 삼키는 소리와 숨 쉬는 소리까지 들을 수 있었다.

아직도 시나몬 껌 냄새가 약하게 풍겼다. 그래도 위스키 냄새가 더 강했다. 그는 그 껌을 어떻게 했을까? 이상하게 이런 사소한 것들이 궁금했다. 어쨌든 그는 내 몸에 손을 대지는 않았다. 그저 내 공간 안에 함께 서 있을 뿐.

나는 어째서 그를 밀쳐 내지 않는 걸까?

"새로 태어나는 건 어려운 일이죠." 내가 말했다.

"맞아요. 정말 그래요." 그가 집게손가락을 들어 내 턱에 갖다 댔다. 그저 가볍게. 나를 돌려 세우지 않고, 그저 손가락 만으로. "당신은 무엇 때문에 새롭게 태어나야 했던 거죠?"

"왜냐하면 나는…… 잃어버렸거든요." 이 말은 진실의 윤곽만 드러낼 뿐, 알맹이를 담고 있지 않았다.

"중요한 부분이 빠진 것 같군요. 엑스."

"맞아요. 빠뜨렸어요."

"당신의 진짜 이름 같은 걸 말이죠."

"그건 이미 얘기했어요. 내 이름은 마담 엑스예요."

"그건 스페인 사람 이름도 아닌 걸요." 그의 얼굴을 직접 확인하지는 않았지만 이렇게 말하는 그의 얼굴에는 미소가 담겨 있었다. 그의 목소리를 들으면 알 수 있었다. 눈이 멀 정도로 아름다운 미소. 보지 않아도 듣는 것으로 충분했다.

길게 한숨을 내쉬며 말했다. "그게 내 유일한 이름이에요."

그의 얼굴에서 미소가 사라졌다. 나는 다른 곳으로 시선을 돌렸다. 유리창에 비친 로건의 모습이 보였다. 그의 두 눈은 골똘히 탐색을 하고 있었고, 머리카락 한 가닥이 여전히 한쪽 눈 위에 드리워져 있었다. 그는 한참 햇빛을 본 사람처럼 눈을 찡그렸다. 그의 얼굴에 주름이 생겼다. 심각한 표정이었다. 로건의 얼굴은 아름다우면서도 강인하고 날카로웠다. 그의 땀구멍 하나하나에서 위협적인 기운이 뿜어져 나왔다. 하지만 어쩐지 부드럽기도 했다. 자신에게 어떤 위협이 가해지더라도 그걸 제거할 능력이 있었기 때문에, 그는 강한 척할 필요가 없었다. 자기가 왕이라는 사실을 알고 있는 정글의 호랑이처럼.

"엑스. 왜 엑스라는 이름이죠?"

내 시선이 자연스럽게 벽에 걸린 그림으로 향했다. 로건이 내게서 몸을 돌리자 나는 안도의 한숨을 내쉬었다. 하지만 그가 〈마담 엑스의 초상〉 앞에 가서 섰을 때 나도 그를 따라 옆에 섰다. 로건은 그림을 자세히 관찰했다. 우리는 한참 동안 말없이 그림만 바라보았다. 나는 그 그림을 모두 외우고 있었다. 로건은 아마도 단서를 찾고 있는 것 같았다. 하지만 아무 단서도 찾지 못할 게 뻔했다. 화가의 붓놀림에서도, 그림의 구성에서도, 검은색, 흰색, 갈색의 색상에서도, 그리고 마담 엑스의 목선과 오뚝한 콧날, 창백한 피부, 손을 늘어뜨린 모양에서도 그가 찾을 수 있는 건 없었다. 유일한 단서는 나에게 있었기 때문에.

황금색으로 물든 저녁의 태양빛 속에서 차분한 목소리

로 이야기를 시작했다. "나는 기억을 잃었어요. 나도 몰라요…… 내가 어떤 사람이었는지, 또 어떤 이름을 가지고 있었는지. 기억을 몽땅 잃었어요. 그리고 이 그림을 발견했죠. 이유는 모르겠지만 이 그림에서 강렬한 인상을 받았어요. 내게는 이름도 없고, 과거도, 미래도 없었죠. 그러다가 이 그림을 보았고, 그림이 내게 뭔가를 말하는 것 같았어요. 어쩌면 그림 속에서 내 모습을 본 건지도 몰라요. 하지만 분명하지 않아요. 앞으로도 알 수 없을 거고. 하지만 나는 이 그림을 선택했어요. 마담 엑스. 이 시대에 그려진 다른 초상화들은 인물의 실제 이름을 담고 있죠. 그런데 이 그림은…… 그냥 마담 엑스예요. 물론 마담 엑스에게도 원래의 이름이 있죠. 비르지니 아멜리 아베뇨 고트로. 하지만 이 초상화 안에서는 그냥 마담 엑스예요. 그림 속의 인물, 그 이상도 그 이하도 아니에요. 내게는 그 사실이 중요했어요."

나는 진지하고 의미 있는 반응을 기대했다. 하지만 로건은 몸을 돌려 방 건너편에 있는 반 고흐의 〈별이 빛나는 밤〉 앞에 가서 섰다. "그러면 이 그림은요?"

나는 어깨를 으쓱했다. "그냥 좋아서요."

"허튼소리!"

나는 갑자기 그의 입에서 튀어나온 저속한 단어에 인상을 찡그렸다. "로건……."

"나한테 진실을 있는 그대로 이야기해 주지 않을 거라면 그냥 나한테 입 다물라고 해요. 하지만 거짓말은 하지 말아요."

"거짓말 아니에요. 이 그림을 봤고, 이 그림이 마음에 들었을 뿐이에요. 나는 그때 공허하고 텅 비어 있는 상태였어요. 너무나 많은 감정이 홍수처럼 밀려 들어와서 어떤 감정도 제대로 느낄 수 없게 되어 버린 그런 공허함 말이에요. 내 감정을 말로 표현할 수 없었고, 아무것도 표현할 수 없었어요. 그런데 이 그림을 봐요. 이 그림에는 너무나 다양한 감정이 담겨 있어요. 쓸쓸해 보이는 동시에 평화로워 보이기도 하고, 왜곡, 혼란, 열정, 심지어 광기까지 느껴지죠. 심지어 저 교회의 첨탑에서도 어떤 감정을 발견할 수 있어요. 자세히 들여다보면 굉장히 많은 감정들이 눈에 보이거든요. 과거에 어떤 삶을 살았든 이 그림에서는 나만의 감정을 발견할 수 있죠. 물론…… 나한테는 해당되지 않아요. 나는 내 이름도 모르니까요. 내가 아는 건 그저…… 이 그림을 바라보고 있으면 내 마음속에서 꿈틀거리는 여러 가지 감정들을 느낄 수 있다는 거예요."

"묻고 싶은 게 너무 많군요." 그는 차분한 목소리로 말했다. 마치 무서운 비밀을 고백하면 가진 게 아무것도 남지 않을 사람처럼.

"나도 마찬가지예요." 이 두 마디 대답에는 내가 감당할 수 있는 것보다 훨씬 많은 진실이 담겨 있었다.

나는 간신히 그에게서 몸을 돌리고 소파 위에 털썩 주저앉았다. 탁자 위에 놓인 위스키 잔을 집어 들었다. 아직 절반 정도 남아 있었다. 잔에 입술을 갖다 댔다. 그렇다. 그의 입술이 술잔에 남긴 희미한 흔적 위에 내 입술을 갖다 댔다. 일종의 애정 표현이랄까. 입술과 목이 뜨겁게 타올랐다. 두 눈에 눈물이 고였다. 기침을 하고 침을 삼켰다. 그리고 또 기침을 했다. 내 목 안으로 흘러 들어간 뜨거운 액체가 혈관을 따라 온몸에 퍼졌다.

오.

이래서 사람들이 독한 술을 마시는 거구나.

내 핏속에 흐르는 이 뜨거운 기운과 머릿속에 어지럽게 퍼지는 온기를 느끼면서 나는 한 모금을 더 삼켰다. 그리고 다시 기침하고, 삼키고, 기침하는 과정을 반복했다. 사방이 윙윙거렸다.

몸이 공중으로 떠오르는 것 같았다.

무릎을 붙이고 그 위에 팔꿈치를 기댄 뒤, 두 발은 옆으로 활짝 벌리고 앉아서 몸을 앞으로 숙였다. 테이블의 판유리

밑에 깔린 지도가 눈에 들어왔다. 낯선 철자와 괴상하게 꺾인 곡선들, 그리고 그다지 정확하지 않은 지리적 위치…….머리가 온통 어지럽고 몸이 구름 위로 붕 떠오르는 것 같았다. 내 머릿속에서 무언가가 느슨하게 풀린 것 같았고, 중요한 장치 하나가 떨어져 나간 것 같았다. 풀린 밧줄이 뱀처럼 꿈틀꿈틀 기어가더니 둥그렇게 똬리를 틀었다. 이제 세상과의 연결 고리는 존재하지 않았다.

로건이 한 손으로 내 손을 감쌌다. 내 손에서 술잔을 빼내지는 않고, 다만 그의 손으로 내 손을 감싸 쥐었다. 그는 이제 내 옆에 앉아 있었다. 어떻게, 언제 내 옆으로 온 거지? 로건은 체격이 엄청나게 크진 않았다. 180센티미터 정도, 아니면 그보다 약간 더 큰 것도 같았다. 탄탄한 체격이었다. 그의 근육은 어째서인지 더 단단해 보였다. 더 두꺼워 보이기도 했다. 완벽한 체형은 아니었지만. 그 사람처럼……. 나는 고개를 가로저었다. 머릿속에 떠오른 생각을 떨쳐내고 싶었다. 이런 생각들이 꼬리에 꼬리를 물다가 결국 그에 대한 생각으로 향하게 될 것이다. 그는 포식자였다. 그의 온몸은 사냥을 통해 단련되어 있었다. 먹이를 남기는 법도 없었고, 과하게 사냥하는 법도 없었다. 나는 멍하니 앞을 바라보았다. 무기력했다.

고개를 들었다. 로건의 조각 같은 팔과 가슴, 그리고 허벅지가 보였다. 시선을 위로 더 올리니 그의 인디고 눈동자 안에서 폭풍우가 휘몰아치고 있었다. 너무나 밝고 생생해서 거의 자체 발광하고 있는 것처럼 보였다.

아…….

나는 가라앉았다. 앞으로 쓰러졌다. 그 파란 빛깔 안에서 영원을 본 것 같았다.

그는 내 손을 감싸 쥐었고, 내 손은 술잔을 단단히 움켜잡았다. 내 손을 잡고 있던 그의 손이 위로 향했다. 그는 잔을 입에 대고 남아 있던 위스키를 삼켰다. 나는 그를 따라 손을 위쪽으로 뻗었다. 내 손이 그의 입 안에 술을 흘려 넣고 있었다. 그의 하얀 치아와 분홍색 혀가 살짝 눈에 띄었다. 목젖이 위아래로 움직였다. 그는 술을 넘길 때 나처럼 기침을 하지 않았다. 술이 얼마 남지 않은 잔을 다시 내게 내밀었다. 여전히 내 손을 감싸고 있었다. 우리 손은 연결되어 함께 움직였다. 그는 술잔을 내 입술에 건넸고, 우리는 함께 술잔을 기울였다. 나는 술을 삼켰다.

불이 뜨겁게 타올랐다.

내 목 안에서, 내 혈관 안에서.

그리고 내 다리 사이에서.

배 안으로 흘러든 위스키만큼이나 강력하고 뜨거운 열기와 습기가 내 다리 사이에서 못을 이루었다.

로건의 콧구멍이 공기를 깊이 빨아들였다. 로건도 뜨거워진 나의 냄새를 맡을 수 있을지 궁금했다. 이제 시간이 얼마나 지났을까? 로건과 내가 서로 술잔을 주고받는 동안 시간이 얼마나 흘렀을까? 시간은 언제나 말없이 흘러간다. 아무리 길어도 고요하다. 하지만 지금 이 침묵은 살아 있었다. 단순히 말과 소리의 부재가 아니었다. 심오한 무언가를 눈의 언어로 주고받았다. 스치는 손과 뒤섞인 호흡, 육감적인 시선의 문법으로 이루어진 새로운 교감. 깊은 곳의 무언가를, 본질적이며, 사고나 언어로는 열거도, 요약도, 소통할 수도 없는 무언가를 함께 공유하고 있었다.

아름다운 예술 작품이 영혼을 움직이는 것처럼, 생명이 넘치는 침묵은 사람의 마음을 움직인다.

위스키를 삼키자 로건은 내 입술을 뚫어져라 보았다. 이번에는 기침이 나오지 않았다. 내가 혀로 입술을 핥을 때 그의 시선은 내 혀를 따라 함께 움직였다. 그리고 자신의 혀로 입술을 핥았다. 나는 나를 바라보는 그를 바라보고 있었다. 마치 그의 입술과 혀를 맛보고 있는 것 같은 착각에 빠졌다.

로건은 입술을 벌리고 한숨을 내쉬었다. 그의 코에서도

약간의 공기가 흘러나왔다. 인상을 찡그리는 바람에 미간에 주름이 깊게 파였다. 이 한숨은…… 그날 그가 내게 키스하려고 한 후에 내뱉었던 그 한숨과 같았다.

후. 이런 소리였다. 후. 하지만 성대가 울리는 소리라기보다는 날숨에 가까웠다.

나는 내 마음 깊은 곳에 그 소리를 담아 두고 있었다.

두 사람의 코끝이 맞닿았다. 그때 땅이 기울며 나는 그의 품 안으로 떨어졌다. 내 팔꿈치는 여전히 무릎에 닿아 있었지만 두 팔은 서로 엇갈린 채 엑스 자를 그리며 왼손은 오른쪽 무릎 쪽으로, 오른손은 왼쪽 무릎 쪽으로 떨어졌다.

위스키를 세 모금 가득 마셨지만 취하지 않았다. 나를 취하게 만든 건 로건이었다.

로건의 입가에 위스키가 약간 남아 있었다. 그걸 핥아서 지워 주고 싶은 욕망이 들끓었다. 키스로 지우고 싶었다. 그의 입술에 남은 위스키를 맛보고 싶었다. 나는 천천히 숨을 내쉬며 몸을 앞으로 기울였다. 혀로 내 입술을 스윽 핥으면서.

하지만 마지막 순간에 나를 붙들었다. 키스의 맛을 보고, 위스키가 묻은 그의 입술을 맛보고 싶은 욕망으로 눈물이 흐를 지경이었다. 하지만 그러는 대신 내 엄지를 그의 입술에 갖다 대고 위스키의 흔적을 닦아 냈다. 그리고…….

손가락을 입에 넣고 빨았다. 로건의 가슴에서 산이 무너지는 소리가 울렸다. 신음 소리? 아니면 속삭임?

아직 어지럽기는 했지만 감각이 돌아왔다. 휘청거리며 자리에서 일어나 침실로 향했다.

로건은 어머어마한 존재였다. 지나치게 가까웠고, 강렬했다. 나의 정신과 신체의 욕망의 깊은 곳에 그가 자리하고 있었다. 이제는 그가 없는 순간을 상상조차 할 수 없었다. 하지만 나는 여전히 숨을 쉴 수 없었다. 그는 내게 주어진 시간 그 자체였고, 아주 더디게 흘러가는 시간의 모든 파편이었다. 그는 또한 내가 들이마시는 숨이기도 했다. 그를 더욱 깊이 들이마실수록 그에게 더 깊이 취해 버렸다. 그에게 깊이 빠져 들수록 아무것도 아닌 존재가 되어 버렸다. 그의 몸에서 풍기는 향기, 그의 시선이 나를 바라볼 때의 느낌, 두 손을 포개어 잡은 우리 두 사람의 모습, 그리고 막연한 키스의 기억만이 남아 있을 뿐이었다.

침실 문을 닫고 문에 기대어 섰다. 아무 소리도 들리지 않았다. 죄를 지었다는 것을 알고 있는 내 심장이 천둥처럼 쿵쾅거리는 소리만 들렸다. 감시 카메라에 찍힌 장면과 그로 인해 치러야 할 대가를 알고 있었다.

그때 현관문이 열리는 소리가 들렸다. 손잡이가 돌아갈

때 '딸각' 하고 걸쇠가 움직이는 소리가 희미하게 들렸다. 문 밑에 달린 틈마개가 나무 바닥을 스치는 소리도 들렸다.

공포가 엄습했다.

로건을 이렇게 떠나보내면 수축했다가 폭발하는 초신성처럼 내 가슴도 산산이 무너져 버릴 것이었다.

생각 없이 침실 밖으로 뛰어나갔다. 거실 탁자 위에 덩그러니 놓여 있는 텅 빈 위스키 잔이 눈에 들어왔다. 현관문이 닫히고 있었다. 문을 붙잡았다.

"로건?"

무슨 말을 해야 할지 몰랐다. 무슨 말을 할지 생각나지 않았다. 이렇게 그를 보내면 안 된다는 생각뿐이었다.

그는 거기에 있었다. 웅크린 어깨 너머로 나를 돌아보았다. 주먹 쥔 두 손과 아름다운 머리카락이 눈에 들어왔다. 당당하고 남성미 넘치는 그의 외모는 자극적이고 육감적이었다.

"신데렐라." 로건은 방문 열리는 소리에, 나를 보려고 고개를 돌리고 서 있었다. 그는 미소 짓지는 않았다. 몸싸움으로 숨이 가빠진 사람처럼 가슴을 위아래로 들썩였다.

"신데렐라." 나는 희미하게 속삭였다.

현관문 너머로 발을 한 걸음 더 옮겼고, 이제 복도에 섰다. 감시 카메라에 찍히지 않는 위치.

무언의 규칙을 하나 더 어긴 셈이었다.

이제 무슨 일이 벌어질 차례일까?

내가 로건의 품 안으로 달려들자, 로건은 두 손으로 내 엉덩이를 움켜잡고 나를 끌어당겼다. 우리는 춤을 추며 스텝을 밟는 것처럼 몸을 움직였다. 그의 입이 내 입을 막았다. 우리는 키스를 하면서 서로를 맛보고, 느끼고, 탐색하고, 자극하고, 희롱했다. 그리고 계속 발을 움직였다. 내 두 발이 공중에 떠올랐다. 등을 벽에 대고 공중에 떠 있었다. 키스를 하면서 한 바퀴 돈 것이다. 로건이 두 팔로 내 허리를 감싸 안았다. 그리고 그의 두 손은…… 아래로 더 내려갔다. 그의 손가락이 내 엉덩이를 터질 듯 움켜잡았다. 그의 심장은 내 심장만큼이나 빠르게 뛰고 있었다. 나는 두 팔을…… 그의 목에 둘렀다. 두 손으로는 그의 뒷머리와 뒷목을 감싸 안았다. 그의 머리카락은 부드럽고, 따뜻하며, 힘이 있었다.

그에게 키스했다.

그에게 입술을 맞대고 키스했다.

온 세상이 소멸하고 있었다. 서서히 사라지고 있었다. 촛불 하나가 깜박거리더니 이내 완전히 꺼지고 말았다.

오, 이 키스.

이 키스는 모든 것을 담고 있었다.

과거의 모든 이야기와 미래의 모든 가능성이 이 키스에 담겨 있었다.

현재의 모든 것들이 내게 키스를 하는 로건의 입술이라는 특이점에 응축되어 있는 것 같았다. 그는 부드럽고 단단하고 자신감 넘치는 손으로 내 엉덩이와 골반을 어루만졌다. 그리고 내 몸을 더욱 바싹 끌어당겼다.

나는 그의 몸과 완전히 밀착해 있었기 때문에, 그의 성기가 점점 단단해지는 걸 느낄 수 있었다.

내 안의 욕망이 더 강렬하게 응집되었다.

그와의 키스는 황홀 그 자체였다. 그는 혀로 내 입술을 애무하고, 미끄러지듯 탐색하면서 나를 느끼고 있었다. 나는 그의 키스에 나의 키스로 응답했다. 나의 온몸이 그의 키스와 그의 애무를 간절히 원하고 있었다. 그의 손이 점점 아래로 내려가더니 내 허벅지 뒷부분을 움켜잡았고, 나는 다시 공중으로 떠올랐다. 내 두 다리가 공중에서 허둥거리다가 그의 늘씬한 허리를 감쌌다. 나는 온몸을 비틀었다. 신음이 터져 나왔다. 이렇게 간절한 신음 소리를 낼 수 있다는 걸 처음 알았다. 로건은 한 손으로 내 뒷목을 움켜잡고 다른 한 손으로는 내 엉덩이를 받쳤다.

마치 평생 동안 키스 없이, 키스에 굶주려 살았던 사람처럼 두 사람은 키스를 멈추지 않았다. 마치 키스가 필요하다는 걸 직감으로 알고 있었지만 뭐라고 불러야 할지도 모르고 뭐라고 정의해야 할지도 몰랐던 사람들 같았다. 하지만 이제 우리는 여기 함께 있었고 앞으로 한 순간도 이 키스 없이는 살 수 없을 거라는 사실을 깨달았다. 이 키스는 욕망 그 자체였다.

두 다리로 그의 허리를 감고 몸을 비틀었다. 내 중심부가 그의 배에 격렬하게 맞부딪쳤다. 내 가슴이 그의 가슴을 짓눌렀다.

이 키스만으로도 오르가슴에 도달할 수 있을 것 같았고, 실제로도 거의 도달해 있었다.

"엑스……." 로건이 숨을 내쉬었다. 키스는 끝났다.

딩동.

나는 그의 몸에서 얼른 떨어졌다. 그리고 재빨리 몸을 돌려 아파트 안으로 들어갔다. 침실에 들어가 쾅 소리가 나게 문을 닫고 침대 위로 몸을 던졌다.

몸을 떨었다.

눈물이 흘렀다. 엄청난 엑스터시였다. 너무나도 엄청나서 그 에너지만으로도 도시의 불을 밝힐 수 있을 것 같았다.

눈물이 흐르며 침대 시트를 적셨다. 완전히 넋이 나가서 몸을 꼼짝할 수 없었다. 두 눈을 질끈 감고 눈물을 흘리면서도 그의 모습을 볼 수 있었다. 얼굴을 감싸는 금빛 머리카락. 손을 들어 머리를 쓸어 넘기는 모습. 보랏빛에 가까운 푸른빛으로 내 마음을 꿰뚫어보는 그의 따뜻한 눈동자. 그리고 그의 몸도 느낄 수 있었다. 나를 감싸 안은 그의 몸, 나를 잡고 있는 그의 손, 내 입술에 맞닿은 그의 입술, 내 입 안으로 들어오는 그의 혀. 희미한 시나몬 향기와 위스키가 느껴졌다.

눈물이 두 뺨을 타고 흘러내렸다. 혼란으로 완전히 뒤죽박죽되어 버린 가슴이 거칠게 들썩였다. 강력한 욕망의 물결 아래 완전히 잠겨 버린 나머지 침대 위에서 몸을 뒤틀고 다리를 꼬았다. 드레스가 엉덩이 부근까지 말려 올라왔다. 이불로 몸을 덮었다. 그리고 손을 다리 사이에 넣었다. 내 손이 무엇을 하고 있는지 확실하게 자각하고 있었다. 팬티 안으로 손을 밀어 넣었다. 혀로 내 입술을 핥았다. 흘러내린 눈물 때문에 짭짤했다. 위스키의 희미한 흔적과 로건의 입술도 남아 있었다. 내 입술에 닿았던 그의 입술을 다시 느낄 수 있었다. 내 엉덩이를 꽉 움켜잡고 탐색하듯 애무하던 두 손의 촉감도 다시 느낄 수 있었다. 너무나 달콤하고 부드럽게 내 몸을 탐하던 손길이었다. 그의 키스는 내 안에서 활활 불타오르며, 그 어느 때보다도 살아 있다는 기분을 느끼게 해주었다.

나는 내 몸을 어루만졌다.

손가락을 은밀한 그곳에 밀어 넣고 축축한 열기를 느꼈다. 그리고 다시 혼자서 오르가슴에 도달했다. 순식간이었다. 생각보다 너무 빨리 도달했다. 그의 눈동자가 보였다. 그의 숨결이 느껴졌다. 그의 욕망을 느낄 수 있었다. 터져 나오려는 신음을 억눌렀다. 손가락을 안에 넣고 온몸을 비틀면서 이 손가락이 로건의 손가락이라고 생각했다. 클리토리스를 문지르며 손가락을 빙글빙글 돌렸다. 또다시 오르가슴에 도달했다. 이번에는 더 강력했다. 그의 손가락이라고 생각하면서 손가락 두 개를 안으로 깊이 밀어 넣었다. 손가락에 묻어 나온 축축한 액체를 클리토리스 위에 천천히 문질렀다. 여전히 그의 손가락이라고 생각하면서 더 빠른 속도로 빙글빙글 돌렸다. 그러다 나는 이불 속에서 허리를 획 꺾었다. 빠져나가지 못한 뜨거운 입김이 이불 속을 가득 채웠다. 이를 악물고 신음을 하며 그의 이름을 내뱉었다.

"로건…… 로건……." 절망에 빠진 목소리로 속삭였다.

신선한 공기가 필요했다. 이불을 아래로 밀쳤다. 다른 손으로 눈물을 훔쳤다. 한 손은 여전히 다리 사이에 놓여 있었다. 더 이상 눈물은 흐르지 않았다. 혼란 속에서 이 감정을 어떻게 받아들이고 표현해야 할지 전혀 알 수 없었다. 비명을 지르고 싶었다. 에너지가 끓어 넘쳤다. 로건에 대한 기억 때문에, 나를 휘감는 아드레날린과 격렬한 흥분 때문에 온몸이 불타올랐다.

로건이 필요했다.

그가 필요했다. 맙소사. 절대적으로 필요했다. 그는 내가 살아 있다는 기분을 느끼게 해주는 사람이었다. 그와 함께 있을 때 자유로웠다.

창가로 달려갔다. 저기 있다! 저 아래 로건이 보였다. 두 손을 바지 주머니에 찔러 넣은 채, 느슨하고 가벼운 발걸음으로 길을 건너고 있었다. 그는 길 건너편에 도착하자 걸음을 멈추고 돌아섰다. 그리고 고개를 들어 올렸다. 로건은 내가 어느 창문에 있는지 알고 있을까? 내가 서 있는 곳은 환한 도시에서 희미한 빛이 흘러나오는 수많은 창문 중 하나일 뿐이었다. 내 모습은 빛 속에서 사라져 버린 건 아닐까?

유리창에 손바닥을 대고 손가락을 쫙 폈다. 그리고 이마를 차가운 유리창에 갖다 댔다. 로건이 나를 봤을까? 그는 손을 들어 흔들었다. 딱 한 번. 그리고 나서 엄지를 입꼬리에 대고 입술을 닦는 시늉을 했다. 그렇게 여러 번 되풀이했다. 일종의 신호일까?

나는 13층 위에 있는데 로건은 나를 볼 수 있는 걸까? 그게 가능한 일일까?

그때 로건이 몸을 돌렸다. 계단을 내려가더니 지하철역 안으로 사라졌다. 이제 그의 모습이 보이지 않았다.

그의 키스가 남긴 기억에 몸이 파르르 떨렸다. 상상의 손길이 나를 다시 어루만졌다.

이 상상을 현실로 만들 수 있다면 무슨 일이든 하리라.

무슨 일이든.

오늘 밤에는 잠들 수 없을 것 같았다. 도서관으로 가서 책 읽는 시늉을 했다. 로건을 생각하지 않는 척 행동했다. 다른 마음을 품고 있지 않은 척, 희망을 품고 있지 않은 척, 꿈을 꾸고 있지 않은 척 행동했다.

그리고 불가능한 일들에 대한 공상을 펼쳤다.

조용히 도서관 의자에 앉아 있다가 불을 켜놓고 그대로 잠들어 버렸다. 금빛 머리카락과 인디고 눈동자와 달콤한 입술이 여기서 나를 데리고 달아나는 꿈을 꾸었다.

13

잠에서 깼다. 머리가 멍하고 온몸이 뻐근했다.

갑자기 어젯밤 일이 떠올랐다. 손가락 끝으로 내 입술을 어루만지며 미소 지었다. 의자에 앉아 두 다리를 앞으로 쭉 뻗었다. 등을 바로 세우고 뒤로 쭉 밀었다. 두 팔에 힘을 주고 가볍게 털었다. 고양이처럼 꼼꼼하게 전신 스트레칭을 했다.

딩동.

놀라서 눈을 깜박거렸다. 너무 늦게까지 잤나? 어제 입었던 드레스를 아직도 그대로 입고 있었다. 머리는 흐트러져 엉망이었고, 화장도 번진 상태였다. 굳은 마스카라 찌꺼기가 눈 주변에 떨어져 있었다.

엘리베이터 소리가 들리자마자 현관문이 벌컥 열렸다. 눈 깜짝할 사이였다. 아니, 어쩌면 그보다도 짧은 것 같았다.

거대한 검은 그림자가 도서관 문을 완전히 가로막고 섰다. 토머스였다. "어제 찍힌 비디오를 보셨습니다." 토머스의 목소리는 베이스의 가장 낮은 음을 전자 기기로 더 낮게 내린 것 같았다. 비현실적으로 깊고 농후하며, 어쩐지 실크처럼 부드럽기도 한 목소리였다.

나는 잠이 덜 깨서 미적거리며 물었다. "뭐라고요? 누가 무슨 비디오를 봤다고요?"

토머스는 화난 사람처럼 나를 향해 세 걸음을 옮기고는 내 앞에 우뚝 섰다. 토머스가 너무나 무서운 눈으로 바라보는 바람에 놀라서 잠이 완전히 달아나고 말았다. "당신이 그 남자와 함께 있는 걸 사장님이 보셨단 말입니다. 그 금발 머리 남자요."

"케일럽이, 케일럽이 비디오를 봤다고요?" 나는 사태의 심각성을 깨달았다.

토머스가 내 팔을 움켜잡고 다짜고짜 현관문으로 끌고 갔다. "사장님은 지금 완전히 미쳤어요. 얼른 떠나요."

"떠나라고요?"

"떠나지 않으면 죽을지도 몰라요. 완전히 미친 사람 같다고요." 토머스가 아프리카계 미국인 특유의 억양으로 이렇게 말하는 걸 들었을 때, '미쳤다'는 토머스의 말이 단순히 화났다는 의미가 아니라는 걸 깨달았다. 그건 단순한 분노보다 더 끔찍한 상황을 의미했다.

나는 맨발이었다. 어제 신었던 구두는 현관문에서 도서관으로 이어지는 길목에 널브러져 있었다. 한 짝은 옆으로 쓰러져 있고, 다른 한 짝은 거꾸로 뒤집혀 있었다. 나는 발가락으로 구두를 똑바로 세워 신고 허둥지둥 문으로 향했다. 헝클어진 머리가 흘러내렸다.

토머스가 가슴에서 울리는 낮은 목소리로 말했다. "신발 신고 있을 시간 없어요. 머리 만질 시간 따위 없다고요, 얼른 가요!"

나는 머리가 풀리든 말든 그냥 내버려 두고 문으로 향했다. 휘청거리며 복도로 뛰어나가 문이 열려 있는 엘리베이터에 올라탔다. 열쇠 구멍에 꽂힌 열쇠가 13층으로 돌려져 있었다. 웨스턴 슈트를 입고 내 앞에 서 있는 토머스는 사납고 험악한 얼굴을 하고 있었다. 번득거리는 두 눈의 흰자위와 하얀 치아가 유독 눈에 띄었다. 웨스턴 슈트를 신고 있는데도 어쩐지 고대 누비아의 전사처럼 보였다. 몸에는 사자 가죽을 두르고 양손에는 둥근 방패와 기다란 창을 든 채, 머리가 벗겨질 듯 뜨거운 아프리카의 태양 아래서 흙먼지를 일으키며 춤을 추는 토머스의 모습이 눈앞에 아른거렸다.

눈을 깜박거리는 순간 다시 현재의 토머스였다. 검은 슈트와 하얀 셔츠, 가느다란 검정 넥타이, 귀 뒤에서 옷깃 아래로 구불거리며 이어지는 검은 코드. 토머스의 두 눈이 잠시 멍해졌다. 그는 한 손가락으로 귀에 꽂은 장치를 슬며시 눌렀다. 나를 가만히 쳐다보았다. 그러다가 갑자기 엘리베이터 안으로 들어와 열쇠를 'PH', 즉 펜트하우스 방향으로 돌리고는 나를 엘리베이터 밖으로 끌어냈다.

"계단으로 내려가요." 토머스는 복도 한쪽에 있던 문을 열었다. 비상계단이라고 생각했던 곳이었다. 잠겨 있어서 억지로 열면 사이렌이 울리리라 생각했던 곳.

손잡이를 밀자 문은 맥없이 열렸다. 계단에는 비상구 표시만이 있었다. 사이렌 같은 건 울리지 않았다. 계단 옆으로는 회백색 벽과 금속 난간이 보였고, 파란색 고무를 덧댄 계단이 사각 나선으로 아래층을 향해 이어져 있었다. 구두를 벗어 손에 들고 계단을 뛰어 내려가다가 발을 헛디디는 바람에 휘청거렸다. 토머스의 목소리가 들렸지만 제대로 알아듣지는 못했다. 휘청거리며 서둘러 뛰느라 가슴이 흔들려서 아팠다. 층계참에 내려서기 직전에 다시 발을 헛디뎌 앞쪽 벽에 몸을 세게 들이받았다. 잠시 멈춰 서서 호흡을 가다듬었다. 팔과 팔꿈치, 엉덩이가 욱신거렸다. 그때 아래층에서 사람 목소리가 들렸다.

"여자가 계단으로 내려오고 있는 중입니다." 처음 들어 보는 비음 섞인 남자 목소리였다. "토머스가 여자한테 미리 말해준 것 같습니다. 네. 사장님. ……지금 7층에서 걸어 올라가고 있는 중입니다. 앨런이 1층에서 대기 중이고요. 곧 찾을 겁니다, 사장님. 확실합니다. 네. 잡으면 곧바로 알려드리겠습니다. 다치지 않게, 네. 상처 하나 없도록 하겠습니다."

목소리는 불과 두세 층 아래에서 울리고 있었고 점점 가까워지고 있었다. 공포에 사로잡혀 숨을 쉴 수가 없었다. 바로 앞에 검정색으로 '10'이라고 적힌 문이 있었다. 문을 밀고 나갔다. 깔끔한 현대식 복도가 눈에 들어왔다. 바닥에는 크림색 카펫이 깔려 있고, 연회색 벽에는 추상화들이 걸려 있었다. 한쪽으로 남녀 화장실로 통하는 문이 각각 있었다. 허리를 굽히고 여자 화장실로 들어갔다. 세면대를 붙들고 기대어 섰다. 심호흡을 하면서 눈물을 겨우 삼켰다. 지금 이게 무슨 일이지? 토머스는 어째서 내게 도망가라고 경고해 준 걸까? 나를 딱하게 여기고 걱정한 걸까? 하지만 대체 내가 어디로 달아날 수 있을 거라고 생각한 거지? 말이 되지 않았다. 알람이 울리지 않는 비상계단도 이해가 안 되긴 마찬가지였다. 어쩌면 토머스는 케일럽의 화가 가라앉을 때까지 잠깐만 시간을 끌려고 한 건지도 몰랐다. 어떻게 해야 할지 알 수 없었다. 기회를 놓쳐서는 안 된다는 생각뿐이었다. 이곳에서 이렇게 살 수는 없었다. 로건이 내 삶에 들어온 지금, 여기 머무른다는 건 더 이상 가능하지 않았다.

그럼 이제 어떻게 하지? 고개를 들어 거울을 보았다. 꼴이 말이 아니었다. 심호흡을 하며 공포를 떨쳐내려 애썼다.

정신 차리고 이성적으로 판단해야 해. 겁에 질려서 행동하면 안 돼.

아직 묶여 있는 머리를 손가락으로 쓸어내렸다. 그러느라 검은 머리카락이 몇 가닥 빠졌다. 검정 고무줄에 머리카락이 엉켜 붙었고, 머리는 완전히 헝클어져 있었다. 손가락으로 조심스럽게 빗질을 하고, 머리카락을 쓸어 모아 동그랗게 말아 올렸다. 그리고 손에 물을 묻혀 다시 머리를 매만졌다. 비누와 물로 화장을 깨끗이 닦아 내고, 까끌까끌한 갈색 종이 타월로 물기를 닦았다. 그러는 동안 머릿속도 정리했다.

이제 얼굴도 깨끗해지고, 머리도 단정해졌다. 옷매무새를 가다듬었다. 심하게 구겨진 부분을 손으로 열심히 폈다. 한쪽으로 쏠린 어깨를 바로 잡고 치맛단을 아래로 당겼다. 다시 구두를 신고, 심호흡을 했다.

화장실 밖으로 나와 계단을 흘끗 돌아보았다. 엘리베이터를 탈지 말지 고민이었다. 지금쯤이면 나를 찾아 계단을 샅샅이 뒤질 것이다.

마음을 못 정하고 망설였다. 그때 계단 쪽에서 치직거리는 소리와 남자의 목소리가 들렸다. 방향을 돌려서 복도를 따라 왼쪽으로 향했다. 유리문을 열고 안으로 들어가니 사무실이 나타났다. 광택을 입힌 화려한 책상이 보였다. 한쪽 구석에는 키 큰 화분 식물들이 놓여 있었고, 벽에는 점묘법으로 그린 그림이 걸려 있었다. 책상에 앉아 헤드셋을 쓰고서 컴퓨터 화면을 쳐다보고 있던 여자가 나를 보고 물었다. "무슨 일이시죠?"

"잘못 들어온 것 같네요." 내가 말했다. "엘리베이터를 타려면 어느 쪽으로 가야 하나요?"

여자가 눈을 찡그리더니 나를 위아래로 훑어보았다. 무언가를 찾는 것 같았다. "보안 카드 좀 보여 주시겠어요?"

"아, 저는……."

여자가 앞쪽에 있던 버튼에 손을 대고 말했다. "잠깐 기다리시면 보안팀이 올라와서 임시 출입증을 발급해 줄 거예요."

나는 돌아서서 사무실 밖으로 빠져나왔다.

"이봐요! 가면 안 돼요!" 여자가 소리치며 말했지만 무거운 유리문이 닫히자 여자의 목소리도 더 이상 들리지 않았다.

엘리베이터를 찾아 버튼을 눌렀다. 기다리는 동안 공포가 스멀스멀 목구멍을 타고 올라왔다. 엘리베이터 문이 열리는 순간 텅 빈 엘리베이터 안으로 재빨리 뛰어 들어갔다. 이건 내 아파트로 통하는 엘리베이터와 같은 엘리베이터가 아니었다. 버튼이 잔뜩 있었다. G, 숫자 1과 별표, 그리고 점점 커지는 숫자들. 버튼은 58층까지 있었지만, 내 아파트가 있는 13층의 버튼은 보이지 않았다. 다시 자세히 살펴보았다. 10, 11, 12, 14, 15……

G를 눌렀다. 주차장? 알 수 없었다.

엘리베이터가 아래로 움직였다. 내려가는 동안 2층을 눌러 버렸다. 왠지 그렇게 해야 할 것 같았다. 엘리베이터가 2층에서 멈추자 두려움을 억누르고 엘리베이터에서 내렸다. 감시 카메라가 없는 곳이 없었기 때문에 보안 요원들이 나를 찾는 건 시간문제였다. 너무나 많은 일들이 한꺼번에 닥쳤지만, 당장은 이 빌딩에서 빠져나가는 게 급선무였다.

엘리베이터에서 내려 양옆을 살피는데, 검은 정장을 입고 한 손에 무전기를 든 보안 요원이 모퉁이를 돌다가 나를 발견하고 소리쳤다. "거기 서!"

다시 엘리베이터로 돌아와 '닫힘' 버튼을 누른 다음, 손을 뻗어 아무 버튼이나 눌렀다. 가장 높은 층인 58층 버튼이었다. 밖에서 남자가 주먹으로 문을 두드렸다. 하지만 엘리베이터는 움직이기 시작했다. 위로, 위로, 또 위로.

급하게 6층을 눌렀다. 엘리베이터가 멈추고 문이 열리자 복도로 나와 좌우를 살폈다. 아무도 없었다. 엘리베이터 안으로 몸을 기울여 58층을 한 번 더 누르고 엘리베이터만 위로 올려 보냈다.

다시 주위를 둘러보았다. 흰색의 평평한 벽에는 장식품이 하나도 걸려 있지 않았다. 아무것도 깔지 않은 콘크리트 바닥을 보니 건물 뼈대가 보이고 공사가 마무리되지 않은 것처럼 보이는 인더스트리얼 인테리어 방식으로 꾸민 것 같았다. 머리 위로는 검정색 페인트를 칠한 기둥과 파이프가 겉으로 드러나 있었다. 이 복도는 연결된 문이나 표지판 같은 것도 없이 6미터 정도 이어지다가 오른쪽으로 꺾였다. 복도를 따라 계속 걷다 보니 복도 양쪽으로 문이 여러 개 나타났다. 이 문들은 서로 마주 보지 않고 엇갈리는 식으로 나란히 줄지어 있었다. 아무 장식도 없고 외시경도 없었다. 똑같이 하얀 페인트를 칠해 놓은 출입문에는 검은 색으로 숫자가 커다랗게 쓰여 있었다. 숫자를 셌다. 1, 2, 3, 4, 5……. 짝수는 오른쪽, 홀수는 왼쪽이었다. 문은 모두 열두 개였다.

그때 '딩동' 소리와 함께 엘리베이터 문이 열렸다. "네, 지금 여자를 따라 6층으로 왔습니다. 알겠습니다. 잠깐이면 됩니다." 아까 계단에서 들었던 비음 가득한 목소리였다.

심장이 쿵쾅거리고 목이 답답했다. 바로 옆에 있는 문의 손잡이를 잡고 돌렸다. 문이 열렸다. 이상했다. 당연히 잠겨 있을 거라고 생각했는데.

안으로 들어온 나는 다시 혼란에 사로잡혔다. 너무나 익숙한 공간이었다. 바닥, 페인트 색깔, 크기까지 내 아파트와 너무 비슷했다. 유일한 차이점은 벽에 걸린 그림뿐이었다. 아, 그리고 여기에는 루이 14세 안락의자가 없다. 하지만 소파도 똑같고, 붙박이 책장도 똑같았다. 칸막이 없이 거실과 이어지는 주방, 욕실 딸린 침실과 그 침실로 이어지는 짧은 통로, 그리고 침실 맞은편의 작은 서재까지. 내 도서관이 위치한 방에는 운동 기구가 놓여 있었다. 커다란 보라색 짐볼, 아령 여러 개, 헬스 기구…….

습관대로 현관문을 등지고 서서 닫았다. 문이 닫히면서 '딸각' 하는 소리가 크게 울렸다. 누군가 맨발로 다가오는 소리가 들렸다.

"케일럽?" 여자가 부드러운 목소리로 물었다. 비음이 섞인 높은 톤의 목소리였다.

나는 숨을 수도 없었고, 다시 밖으로 나갈 수도 없었다. 그저 이 여자가 내 처지를 불쌍하게 여겨 주길 바랄 뿐이었다.

작은 키에 붉은 빛이 도는 금발 머리, 주근깨와 연한 갈색 눈동자. 상당히 아름다웠다. 하트 모양의 얼굴형과 섬세한 턱 선, 기대에 가득 찬 두 눈.

"아니네. 아니, 케일럽이 아니네요."

"그래요, 아니에요."

"누구세요?"

나는 아주 잠깐 머뭇거렸다. "내 이름은 마담 엑스예요."

"그게 그쪽 이름이에요?"

"네. 당신은요?" 나는 당당해 보이려 애쓰며 물었다.

여자는 대수롭지 않다는 듯 어깨를 으쓱하며 말했다. "나는 69713이에요. 일단 지금은 그래요. 하지만 곧 레이철이 될 예정이에요."

심장이 뒤틀렸다. "69…… 뭐요?"

여자는 손으로 반대편을 가리키며 말했다. "복도 맞은편에 사는 여자는 69714고요." 이번에는 옆을 가리키며 말했다. "얘는 5예요. 그 옆은 7, 또 옆은 9. 복도 맞은편에 2, 6, 8도 있고요. 지금은 이게 다예요."

"무슨 말인지 모르겠군요." 나는 문에 몸을 기대고 섰다. 기분이 꺼림칙했다. 어떤 끔찍한 생각이 자꾸 떠오르려 하고 있었다.

여자는 시프트 드레스를 입고 있었다. 그 옷을 설명할 수 있는 다른 용어는 없는 것 같았다. 드레스도 아니고 나이트가운도 아니었다. 얇은 흰색 면 소재의 수수한 원피스로 무룰 중간까지 내려오는 길이었다. 이 시프트 드레스 말고는 속옷도 입지 않은 것 같았다. 그리고 맨발이었다. 머리는 심플하게 아래쪽에서 포니테일로 묶었고, 메이크업은 하지 않은 얼굴이었다. 손톱이나 발톱에도 색을 칠하지 않았다.

"그건 내 수습생 번호예요. 당신은 누군데 여기 있는 거죠?"

"저는 케일럽 밑에서 일하는 사람이에요." 어쨌거나 이 말은 사실이었고, 내가 여기 있을 자격이 있는 사람이라는 말처럼 들렸으면 했다.

"그런데 왜 여기 있는 거냐고요?" 여자가 의심하는 눈초리로 가까이 다가왔다. "뭐 때문에……." 여자는 얼굴을 찡그리더니 다시 입을 열었다. "제 말은요…… 지금까지 케일럽 외에는 아무도 여길 찾아온 사람이 없다는 말이에요. 지금까지 아무도요. 그러니까 당신은 누구고, 무엇 때문에 여기 있는 건가요?"

나는 고개를 들어 천장을 구석구석 살펴보았다. "여기도 감시하나요?"

"감시라니요?" 69713이 나를 따라 고개를 두리번거렸다. "카메라 같은 거요?" 여자는 코웃음을 쳤다. "나를 놀리는 건가요? 여긴 감시 카메라가 없어요. 여기 6층하고 9층에는 카메라가 없어요. 58층에 있는 케일럽의 펜트하우스에도 카메라가 없겠죠. 13층은 존재하지 않아요. 13층으로 통하는 길이 없거든요. 13층에 케일럽이 뭔가를 숨겨 놨다는 소문도 있어요. 어쨌든 여기하고 9층, 58층에는 감시 카메라 같은 거 없어요. 그러기엔 위험 부담이 너무 크니까 말이에요. 여기서 일어나는 일들을 다른 사람들이 알 필요는 없지 않겠어요?"

나는 고개를 가로저었다. "그…… 6층, 9층, 58층에서 무슨 일어나고 있다는 건가요…… 레이철?"

여자는 잠시 뜸을 들이다가 대답했다. "나는 아직 레이철이 아니에요. 이름을 받지 못했으니까요. 지금은 그냥 3번이에요." 그리고 못마땅한 눈으로 나를 바라보다가 결심한 듯 말했다. "당신이 모르는 일이라면, 말하면 안 될 것 같네요."

여자를 지나 창가로 다가갔다. 내가 가장 좋아하는 창문…… 과 같았다. 그리고 같은 방. 좀 더 낮은 곳에서 보니 안정이 되었다. 지나가는 자동차들과 사람들을 보았다. 익숙한 광경을 보니 긴장이 풀리기 시작했다. 이제 제대로 숨 쉴 수 있었다.

침묵. 나무 바닥 위를 오가는 발소리. 샴푸와 비누 냄새. "당신 이름이 마담 엑스라고 했죠?"

"케일럽이 13층에 숨겨 놓은 비밀이 바로 나예요." 내가 낮은 목소리로 말했다.

"거기서 뭘 하는데요?" 여자는 맞은편 창틀에 기대고 서서 이렇게 물었다. 그렇게 서 있는 자세가 상당히 익숙해 보여서, 나만큼이나 이 여자도 창가에서 많은 시간을 보내는구나 싶었다.

"당신이 모르는 일이라면, 말하면 안 될 것 같네요." 내가 대답했다.

"그건 불공평해요. 나는 당신이 존재하는지도 몰랐다고요. 내가 어떻게 알았겠어요?"

"그렇죠. 그런데 나도 당신 존재는 몰랐어요. 3번 씨." 나는 창문에 어깨를 기대고 섰다. "그게 당신 수습생 번호라고 했나요? 무슨 수습생인데요?"

"수습 신부요." 목소리가 작아졌다. "그게 내 목표예요, 최종적인 목표요. 일단은 에스코트로 승급해야 해요. 그래야 동반자가 되고, 최종적으로 신부가 될 수 있어요."

"무슨 말인지 모르겠군요."

"나하고 6층에 있는 다른 애들은 모두 인디고 서비스의 자산이고, 지금 훈련 프로그램에 참여하고 있는 중이에요."

"자산이요?" 나는 간신히 그 단어를 입 밖으로 내뱉었다.

여자가 빤히 바라보았다. "내 동의 하에 계약서에 서명하고 하는 일이에요. 다른 여자애들도 마찬가지고요. 그러니까 그렇게 불쌍하다는 표정으로 보지 말아요. 이게 길바닥에서 사는 것보다 훨씬 낫거든요. 케일럽을 못 만났다면 아직 길바닥에서 살고 있겠죠. 지금은 약도 끊고, 포주를 상대할 필요도, 빚도 없어요. 죄다 지나간 일이죠. 돌파구를 찾았거든요. 나는 노예가 아니에요. 당신이 그렇게 생각하고 있는 것 같아서 하는 말이에요. 그러니 나를 알지도 못하면서 멋대로 판단하려고 들지 말아요!"

"당신을 판단하려고 하지 않았어요. 그저 이해가 안 돼서 그런 거예요."

"왜 때문에 이해가 안 돼요? 화성에서 오기라도 했나?"

갑자기 본능이 먼저 반응했다. "무엇 때문에⋯⋯ 라는 거겠죠."

3번이 짜증을 내면서 비웃었다. "내가 말하는 게 뭐 그렇게 잘못됐다고 그러는지 모르겠네. 케일럽도 맨날 뭐라고 하거든요."

"첫인상이 중요하니까요. 제대로 말할 줄 알면 그만큼 좋은 인상을 줄 수 있어요. 제대로 된 문법, 이해하기 쉬운 정확한 구문으로 말할 줄 알아야 해요. 상스러운 표현은 쓰지 말고요. 중요한 사람이 되고 싶어요? 그러고 싶다면 일단 행동부터……." 나는 '신사'라고 말할 뻔했다. 순발력을 발휘해서 말을 이었다. "숙녀답게 행동하세요. 수준 높은 사람처럼 말이에요."

"당신 대체 뭐예요, 마담 엑스?"

"당신이랑 비슷해요. 스스로 깨달은 건 아니지만. 지금 깨닫고 있는 중이에요." 나는 현관문을 쳐다보았다. "당신은 밖에 나갈 수 있어요? 나가고 싶을 때?"

3번은 또다시 얼굴을 찌푸렸다. "당연하죠. 나갈 생각은 없지만, 나갈 수는 있다는 말이에요. 문은 잠겨 있지 않아요. 엘리베이터도 탈 수 있고. 일주일에 한 번씩 케일럽이랑 랩소디에 가서 실전 데이트를 하거든요. 내가 좋은 점수를 따면 케일럽이 나를 데리고 나갈 수도 있어요. 매달 평가를 하니까요."

나는 조심스럽게 단어를 골라서 질문했다. "혹시…… 혹시 그 훈련 프로그램이 어떤 식으로 진행되는지 설명해 줄 수 있어요?"

3번이 어깨를 으쓱했다. "당근이죠. 간단해요. 나는 노숙자였어요. 길바닥에서 살았죠. 입에 풀칠할 수도 없어 결국 유일하게 팔 수 있는 걸 팔게 됐어요. 내 몸 말이에요. 그러다가 케일럽을 만났어요. 케일럽이 나를 하루 종일 샀거든요. 나한테서 뭔가를 발견한 것 같았어요. 잠재력이라고 해야 하나. 케일럽이 어떤 프로그램을 운영하고 있는데 거기 오면 기술도 배울 수 있고, 더 이상 길바닥에서 살 필요도 없다고 하더라고요. 일종의 훈련 프로그램인데, 다 마치고 나면 중매 프로그램까지 갈 수 있는 거죠. 지금 나는 훈련 프로그램에 참여하고 있는 중이고요."

"무슨 훈련을 하는 거죠?"

3번은 몸을 비비 꼬며 어깨를 으쓱했다. 나는 여자의 자세를 바로잡아 주고 싶어서 몸이 근질근질했다. 하지만 그건 지금 내가 할 일이 아니었다. "전부 다요. 선생님이 있어요. 파워스 씨요. 그분은 보통 학교에서 하는 그런 수업을 해요. 고등학교 졸업장이 필요하면 졸업장을 받을 수 있게 도와주고요, 고등학교 졸업장이 이미 있는 사람한테는 좀더 높은 수준의 공부를 시켜요. 특별한 과목은 학습 지도를 해줘요. 가령, 과학 분야를 공부하고 싶다고 하면 자료 검색 같은 걸 도와주기도 해요. 하여간 파워스 선생님도 만날 나한테 말 좀 곱게 하라고 뭐라고 하는데, 말버릇이 이런 걸 어쩌라는 건지. 주변 사람들도 다 나 같은 말투를 썼는데 말이에요. 고치기 힘든 습관도 있는 거잖아요. 그리고 리사 선생님도 있어요. 그분이 원장님이에요. 우리가 진도를 얼마나 나갔는지 일일이 확인하고, 상위 단계로 승급하려면 어느 부분을 고쳐야 할지 말해 주죠. 그분이 이곳 책임자라고 할 수 있어요. 그 위에는…… 케일럽이 있고요."

"그러면 케일럽이 하는 일은 뭔가요?" 나는 이렇게 물었지만, 정말 답변이 듣고 싶었던 건지는 모르겠다.

3번은 대답하지 않았다. 나를 쳐다보려고 하지도 않았다. 그녀의 창백한 두 뺨이 붉게 물들었다. "내가 어쩌다 케일럽을 만났고 뭘 하며 살았는지 따져 보면 이제 와서 고상한 척할 필요는 없겠죠." 그리고 또다시 침묵했다. 주저하는 것 같았다. "케일럽은 상대를 기쁘게 하는 방법을 가르쳐요. 매력적으로 행동하는 방법이랑 상대를 유혹하는 방법, 또 옷 입는 방법이나 매력적인 표정을 짓는 방법 같은 것도 가르치고요. 그리고 섹스하는 방법도요."

"케일럽이 그런 걸 직접 와서 가르친다는 말인가요?"

여자의 눈이 휘둥그레졌다. "그럼요. 당연하죠. 최종 시험 결과를 평가하는 사람이 케일럽이에요. 상위 단계로 올라갈 때마다 우리가 제대로 잘 했는지 확인하는 거죠. 에스코트는 동반자만큼 요구 조건이 까다롭지는 않아요. 물론 제일 까다로운 건 신부 단계고요."

"요구 조건이요?" 나는 거의 들리지도 않을 것 같은 목소리로 물었다.

3번이 어깨를 으쓱했다. "꽤 복잡해요. 각 단계의 차이점을 학습하는 것도 훈련의 일부예요. 한두 문장으로 간단하게 요약해서 설명할 수 있는 게 아니라고요." 그녀는 창밖을 바라보며 말을 계속 이었다. "당신한테 이런 거 얘기하면 안 돼요. 외부 사람한테 프로그램 얘기를 하는 건 금지거든요. 계약서에 서명을 했으니까요. 하지만 당신은 케일럽이 13층에 숨겨 놓은 비밀이니까, 아마 나만큼이나 비밀이 많을 것 같네요. 케일럽한테 일러바치지도 않을 것 같고⋯⋯. 얘기 안 할 거죠?"

나는 고개를 끄덕였다.

"그래요. 얘기 안 할게요. 약속해요."

묻고 싶은 것들이 너무나 많았다. 하지만 어디서부터 시작해야 할지 감도 잡히지 않았다. 그런데 그때 3번이 갑자기 자리에서 벌떡 일어나더니 벽에 걸린 평범한 시계로 눈을 돌렸다.

"젠장! 지금 당장 여기서 나가요. 오늘 평가가 있단 말이에요. 얼른요!"

"평가요?"

"네. 케일럽하고요."

"케일럽이 온다고요? 지금이요?"

그때 그의 목소리가 들렸다. 우리 둘 다 그의 목소리를 들었다. 그의 목소리는 평소처럼 침착하지 않았다. 분노에 휩싸인 목소리였다. "아니야, 더글러스. 절대 괜찮지 않다고. 만약 이 건물을 빠져나가지 않았다면 어딘가 숨어 있는 게 분명해. 그러니까 어서 여자를 찾으란 말이야. 안 그러면 아주 골치 아파질 거야." 문 바로 밖에서 들리는 소리였다.

3번이 내 귀에 대고 속삭였다. "침대 밑으로요. 얼른! 숨소리도 내지 말아요. 오래 있지는 않을 거예요. 특히 저런 기분으로는."

나는 재빨리 침실로 들어가서 침대 밑에 몸을 숨겼다. 그리고 몸을 잔뜩 웅크렸다. 두 팔로 가슴을 감싸고 바닥에 엎드렸다. 바닥의 먼지가 뺨에 묻었다. 나는 숨도 거의 쉬지 않았다.

문이 열리는 소리가 들렸다. 그리고 그의 목소리가 낮게 울렸다. "좋은 아침이야."

"케일럽." 3번이 숨소리가 섞인 목소리로 말했다. "좋은 아침이에요. 잘 지냈어요?"

"아니, 별로. 문제가 좀 생기는 바람에 정신이 없었어." 그의 발소리가 들렸다. 반들거리는 고급 황갈색 구두와 카키색 슬랙스가 보였다. "당신 평가 날짜를 내일로 조정해야 할 것 같아. 지금 평가에 집중할 수 있을 것 같지가 않아서 말야."

"하지만…… 리사 선생님이 오늘 평가를 통과하면 내일 첫 에스코트를 맡을 수 있다고 하셨단 말이에요." 3번은 정말 실망한 목소리로 말했다. "제가 평가에서 떨어질 거라고 생각해서 그러는 게 아니면……."

"당신이 평가에서 떨어질 가능성은 거의 없어. 지금까지 아주 잘 했으니까."

"그러면…… 당신 기분이 풀리게 제가 좀 도와주면 안 될까요?" 3번이 무척 관능적인 목소리로 은밀하게 물었다. "물론 제가 해결할 수 있는……."

"3번." 경고의 목소리였다.

"미안해요, 케일럽. 그러니까, 제가 해결할 수 있는 문제는 아니지만 말이에요." 신발을 신고 있는 그의 발 사이로 여자의 맨발이 다가왔다. 그녀는 발꿈치를 들어 올렸다. 말소리가 들리지 않았다. 하지만 지금 무슨 일이 일어나고 있는지 그 침묵이 말해 주고 있었다. 아마도 키스겠지. 소리로는 알 수 없었다. "내가 잠깐 당신 머리를 좀 식혀 줄까요?"

이를 악물고 천천히 얕은 숨을 쉬었다. 두 사람이 가까이 다가왔다. 3번의 발이 침대 쪽으로 향하자, 그의 가죽 구두도 뒤따라 들어왔다.

여기서 3번에 대한 평가가 진행될 터였다.

침대가 아래로 살짝 쳐졌다. 스프링에서 끼익 소리가 났다. 그의 발이 내 얼굴에서 별로 떨어지지 않은 곳에 있었다. 3번이 이리저리 움직이더니 무릎을 꿇고 앉았다. 벨트 버클이 딸그락거렸다. 그리고 지퍼가 내려가는 소리와 함께 카키색 바지가 발목까지 흘러내렸다. 낯익은 종아리가 눈에 들어왔다. 질척이는 소리. 그의 신음 소리. 그리고 조용히 숨을 헐떡이는 소리.

"정말 훌륭해." 굳게 다문 입술 사이로 그는 이렇게 말했다. "으으음. 혀를 좀 더 써. 머리도 조금 더 움직여야지, 그냥 빨지만 말고. 손, 입술, 혀를 적절히 번갈아 사용해. 그래, 바로 그거야." 그의 신음 소리를 듣고 있으니, 3번이 정말 제대로 재능을 발휘하고 있는 것 같았다.

속이 뒤틀렸다. 화가 난다는 사실조차 외면하고 싶었다.

빨고, 헐떡이고, 신음하고, 한숨을 내뱉는 소리가 계속 이어졌다. 생각했던 것보다 더 오랫동안 그들은 그렇게 있었다. 중간에 잠깐씩 소리가 멈추기는 했지만 이내 다시 시작되었고, 3번의 헐떡거리는 숨소리와 그의 신음 소리가 이어졌다.

"준비됐어, 3번?" 그가 이를 악물고 숨 가쁜 소리를 내며 물었다. "이제 갈 거야. 어디로 받을 건지 당신이 결정해."

그녀의 숨이 막히는 소리, 꿀꺽 삼키는 소리. 그리고 깊은 곳에서 올라오는 그의 신음 소리와 한숨. 3번은 체중을 뒤로 옮겨 발뒤꿈치로 엉덩이를 받치고 앉았다. 한 손으로 바닥을 짚었다. 그녀의 손에 하얀 액체가 묻어 있었다. 전부 다 삼키지는 않은 모양이었다.

잠시 정적이 흘렀다.

"정말, 정말 훌륭해." 그는 한숨을 길게 늘어뜨리며 뒤로 누웠다. "다음에는 얼굴로 다 받아 주면 좋을 것 같아. 나는 그런 걸 별로 좋아하지 않지만, 좋아하는 사람도 있으니까 말이야. 그러니 미리 연습해 보는 것도 나쁘지 않을 거야."

"그렇게 할게요, 케일럽." 왜 저렇게 열성적으로 대답하는 거지?

"이제 사실대로 얘기해 줬으면 좋겠어. 당신이 무슨 대답을 하더라도 처벌을 내리지는 않을 거야. 지난 번 수업 때 말이야, 오르가슴을 느끼는 척 연기했어?"

그녀는 머뭇거렸다. 그리고 당황한 목소리로 작게 대답했다. "네…… 아니요. 아, 그러니까. 제 말은…… 조금 과장하긴 했어요. 오르가슴을 느끼긴 했는데, 겉으로 표현한 것만큼 강렬하지는 않았어요."

"왜 그랬어?"

"그저 당신이…… 음…… 모르겠어요. 저도 몰라요."

"사실대로 얘기해, 3번. 당장."

"나도 오르가슴을 느끼고 싶었어요. 하지만 그게…… 안
될 때가 있어요, 가끔." 3번이 기어들어 가는 목소리로 답했
다. 당황해서 어쩔 줄 모르는 목소리였다. "저도 노력해 봤
어요. 혼자서도 해 봤고, 당신이랑 같이 있을 때도 해 봤어
요. 여기 들어오기 전부터도 그랬고, 평생 그랬던 것 같아
요. 그냥 힘들었어요. 오르가슴이 쉽게 느껴지지 않았어요.
하지만 섹스를 하는 건 힘들지 않아요. 즐기고 있으니까요.
당신이 나한테 해주는 것들을 좋아해요. 하지만 할 때마다
오르가슴을 느낄 수는 없어요. 당신이 기대하는 만큼 강렬
한 기분을 느끼기가 쉽지 않아요."

"첫 번째 경고야. 오르가슴을 느끼는 척하지 마. 과장하지
도 말고. 절대, 무슨 일이 있어도 말이야. 알겠어?"

"알았어요, 케일럽."

"이제 일어나서 침대 위에 엎드려."

"벌주지 않을 거라고 했잖아요!"

겁에 질린 그녀가 저항했다.

"당신 대답 때문에 벌을 주려는 게 아니야. 나를 속인 것 때문에 그러는 거야. 내가 처음에 말했지. 절대 내게 거짓말을 하거나 나를 속이지 말라고. 그게 뭐가 됐든 말야. 당신이 어떤 상황에서든 진실만을 얘기했으면 좋겠어." 목소리가 조금 누그러졌다. "오늘 벌을 받더라도 프로그램 성적에 영향을 주지는 않을 거야. 우리 둘 사이의 일이니까. 그러니 내가 진심으로 하는 말이라는 걸 알아줘."

"하지만…… 케일럽. 아…… 알았어요. 네? 다시는 속이지 않을게요. 맹세해요!"

"3번. 일어서. 당장. 침대 위로 엎드려. 어서." 그는 또박또박 침착하게 말했다.

3번이 자리에서 일어나 몸을 돌렸다. 다리를 떨고 있었다. 이탈리아 가죽 구두가 앞으로 움직이더니 슬랙스가 위로 올라갔다. 벨트를 채우는 소리가 들렸다. 침대가 아주 약간 아래로 쳐졌다. 3번은 두 발을 어깨 넓이만큼 벌렸다. 그리고 그녀의 시프트 드레스가 위로 올라갔다.

찰싹! 손바닥으로 맨살을 때리는 소리였다.

찰싹! 또.

3번이 비명을 질렀다. 그녀의 비명 소리에는 과장하지 않은 진짜 고통이 담겨 있었다. 하지만 동시에…… 흥분도 있었다.

찰싹!

찰싹!

엉덩이를 때리는 소리가 점점 커졌다. 한 번 때릴 때마다 고통과 흥분의 비명이 뒤따랐다. 나는 또다시 속이 뒤틀렸다. 그래도 어째서인지 이 상황이 생각만큼 끔찍하지는 않았다. 3번은 이 상황을 즐기고 있었다. 그리고 이 일을 자발적으로 하고 있었다. 그녀는 원한다면 떠날 수 있었다. 매질이 계속되는 동안 고통의 비명은 에로틱한 욕망의 절규로 바뀌었다. 그녀의 맨발이 이리저리 움직였다. 무릎을 더 굽히고, 엉덩이를 더 내민 채 엎드려서 매질을 당하고 있었다.

그저 엉덩이만 때리고 있는 건지, 아니면 다른 일이 함께 일어나고 있는 건지 궁금했다. 혹시 그의 손가락이 그녀의 은밀한 그곳을 탐색하고 있는 건 아닐까? 3번이 신음하며 홀쩍이는 소리를 듣고 있으니 그런 생각이 들었다.

그리고 지금 이 상황도 그녀에게 무척이나 자극적일 수 있다는 생각이 들었다. 3번이 매질당하는 걸 훔쳐보고 있으니 내가 더러워지는 기분이었다. 그런데도 침대 위에서 무슨 일이 일어나는지 알고 싶고, 질투까지 하다니 더욱 더럽게 느껴졌다. 마음 한구석에서는 이 광경을 지켜보면서 음흉한 쾌감을 느끼고 있었다. 스스로 너무 역겨웠다. 그리고 지금 이 상황도.

하지만 여기서 당장 벗어날 수는 없었다.

3번이 오르가슴에 이르렀다. 그녀는 날카로운 비명을 지르며 흥분을 발산했다. 내 귀에는 진짜 오르가슴처럼 들렸다.

그녀의 하얀 시프트 드레스가 바닥으로 떨어졌다. 그리고 그의 바지가 다시 발목으로 흘러내렸다. 3번은 또다시 비명을 질렀다. 침대가 들썩이며 살짝 내려앉았다. 그가 거칠게 밀칠 때마다 침대가 옆으로 흔들렸다. 3번은 침대 위에 엎드렸고, 그는 그녀 뒤에 서 있었다. 섹스는 무척 요란하고 긴박한 소리를 냈다. 3번은 그의 피부가 자신의 엉덩이에 맞닿을 때마다 훌쩍였고, 그 박자가 빨라지자 훌쩍이는 소리는 비명 소리로, 비명 소리는 신음 소리로 바뀌었다. 3번의 발이 움직이는 걸 보니 그가 밀어 넣을 때 더욱 적극적으로 받아들이고 있다는 걸 알 수 있었다.

그가 길게 신음을 내뱉었다. 몸과 몸이 맞부딪치는 소리가 점점 느려지다가 결국 멈추었다. 3번은 숨을 헐떡이며 신음했다. 그리고 높은 목소리로 흐느꼈다.

내 다리 사이가 흥분으로 축축하게 젖었다. 죄책감과 수치심과 혼란으로 속이 메스꺼웠다.

그리고 한동안 침묵이 이어졌다. 누구도 움직이거나 말하지 않았다. 잠시 후 그가 바지를 입었다. 벨트 버클을 채우는 소리, 옷이 바스락거리는 소리가 들렸다. 그가 깨끗한 흰색 셔츠를 바지 안으로 밀어 넣는 모습이 떠올랐다. 앞부분을 당겨서 자연스럽게 부풀리고, 뒷부분은 불룩해지거나 구겨지지 않게 손가락을 밀어 넣어 펴는 모습을 상상할 수 있었다. 옷을 다시 입고 매만지는 익숙한 절차였다. 물론 3번은 여전히 발가벗고 있겠지. 쾌락을 실컷 맛보았다는 만족감에 나른해져서 교태를 잔뜩 부리며 누워 있을 것이다.

그건 내게도 무척 익숙한 자세였다. 나도 백만 번쯤 해 봤으니까.

"그것도 과장한 오르가슴이었나?" 거만하고 자신감 넘치는 목소리로 그가 물었다.

"아, 아니에요. 케일럽. 이번에는 진짜였어요. 정말 좋았어요."

"무슨 차이가 있었는데?"

"당신이 나를…… 때렸잖아요. 난, 나는 그게 좋았어요. 아팠지만, 그래도 좋았어요." 당황한 목소리였다. "정말 너무 좋았어요."

"진정해. 부끄러워할 필요 없어. 자신의 성적 취향을 알아야 해. 다음에는 섹스를 지배하는 방법을 배우게 될 거야. 내가 당신하고 연습할 때처럼 남자가 뒤에서 할 경우에는 당신한테 일어날 수 있는 상황들을 육체적으로 통제하기가 어려워. 하지만 그런 자세에서도 파트너에게 자극과 쾌감을 줄 수 있어. 그리고 파트너와 함께 얼마나 빨리, 얼마나 강렬하게 오르가슴에 도달할 수 있을지 통제할 수도 있고 말이야. 나는 당신이 거짓 오르가슴을 연기하면 알아챌 수 있어. 알아채지 못하는 남자들도 있겠지만 나는 아니야. 당신이 그저 수동적인 역할을 하는 게 아니라 적극적으로 참여하면서 순수하게 즐길 때 그 누구보다도 에로틱한 존재가 될 수 있어. 당신이 매춘부였을 땐 그런 게 중요하지 않았지. 포주들은 당신한테 돈을 주고 섹스를 하라고만 했지, 당신이 어떻게 느낄지에 대해서는 전혀 관심이 없었으니까. 하지만 당신은 이제 더 이상 매춘부가 아니야. 돈을 벌기 위해서 섹스를 할 필요는 없어. 인디고 서비스가 제공하는 건 성 노동자가 아니야. 우리가 제공하는 건 동반자 관계, 파트너 관계와 로맨스야. 당신이 클라이언트와 섹스를 할지 말지는 서비스 기간이 만료된 후에 클라이언트와 상호 합의 하에 결정할 일이고, 당신이 선택할 문제야. 내일 에스코트 서비스를 할 때 내가 지금 한 말을 명심해. 인디고 서비스의 기본 계약서에는 서비스 기간 동안 어떠한 형태의 성적인 행위도 명백히 금지한다고 적혀 있어. 하지만 계약 기간이 종료된 후에 클라이언트와 섹스를 하고 싶다면 그건 당신 선택인 거야. 클라이언트를 부담스럽게 느낄 필요는 없어. 어떤 식으로든 클라이언트가 부담을 준다면 즉시 리사에게 보고해. 그러면 그 클라이언트는 블랙리스트 명단에 올라갈 거야. 절대 클라이언트의 강압 때문에 섹스를 하는 일은 없어야 해. 그리고 섹스를 할 때는 항상 즐기면서 할 줄 알아야 하고. 내 말 알겠어?"

"알았어요." 3번은 확신이 서지 않은 듯, 작은 목소리로 답했다.

"당신은 섹스할 때 고통을 약간 즐기는 성향이 있어. 좀 더 강도를 높여도 되지 않을까 생각했는데 일단 확인은 됐군. 이제 에스코트 서비스를 맡게 될 테니까 몇 주 있다가 당신이 고통을 얼마나 즐길 수 있을지 한계를 확인해 보자고."

"하지만…… 저를 다치게 하지는 않을 거죠? 제가 다칠 수도 있을까요?" 숨소리가 섞인 그녀의 목소리에는 간절함과 두려움이 모두 담겨 있었다.

"아니. 그런 일은 없을 거야. 당신은 소중한 사람이니까. 나한테도 그렇고 인디고 서비스에도 그렇고, 무엇보다도 훗

날 당신을 신부로 맞이할 남자에게 소중한 사람이 될 거야."

"저를 선택해 주는 사람이 있을까요, 케일럽?" 오, 그녀는 불확실한 상황에 대한 두려움과 나약함을 그대로 드러내고 있었다.

"오, 이런." 그녀의 목소리에 담긴 두려움을 감지한 건 나뿐만이 아니었다. "당연하지. 분명 히. 당신을 선택하지 않을 수 없을걸? 당신은 어떤 상황에서든 빛을 발하는 사람이니까. 물론 이 훈련 프로그램이 그렇게 쉽지 않다는 건 나도 알아. 당신의 이름과 과거를 모두 잊어야 하니까. 그건 절대 쉬운 일이 아니야. 하지만 이 과정을 모두 끝마치고 나면 당신은 더할 나위 없이 아름다운 사람이 될 거고, 그건 당신의 아름다운 외모뿐만 아니라 아름다운 마음이 이루어 낸 결과라는 걸 잊지 마."

나는 이렇게 친절하고 기운을 북돋워 주는 말을 들어 본 적이 없었다. 나는 소중하지 않은 걸까?

"고, 고마워요. 케일럽."

"축하합니다, 69713번 수습생. 당신은 이제 에스코트로 승급되었습니다." 그는 격식을 갖추어 말했다. "생각해 둔 이름 있어?"

"레이철이요." 이제 레이철이 된 3번은 신나서 들뜬 목소리로 말했다.

"왜 그 이름을 선택한 거지?"

그녀가 머뭇거렸다. "말하면 웃을걸요."

나는 그의 입술이 미묘하게 움직이는 모습을 상상할 수 있을 것 같았다. "웃지 않을게."

"예전에 〈프렌즈〉를 진짜 많이 봤거든요. 로스, 레이철, 조이, 챈들러, 피비, 모니카가 나오는 그 시트콤 알죠?"

"들어는 봤어. 텔레비전은 안 보지만 워낙 인기가 많고 사람들이 많이 얘기하니까."

"제가 꼬맹이였을 때 우리 언니하고 〈프렌즈〉를 같이 봤어요. 언니는 숙제를 했고, 저는 언니 옆에 앉아서 텔레비전을 봤었죠. 슬레이드 밑에서 일할 땐 밤늦게 집에 돌아와서 그걸 보는 게 삶의 낙이었어요. 탈출구 같은. 거기서 제가 제일 좋아하는 캐릭터가 레이철이에요."

"그때가 그리워?"

"네? 〈프렌즈〉 보던 때요?"

"그래."

3번은 한동안 말없이 가만히 있다가 대답했다. "네, 가끔씩 그리워요. 과거를 되돌리고 싶은 생각은 전혀 없지만, 〈프렌즈〉는…… 친구 같은 드라마였어요. 등장인물들은 다 나보다 잘 살았고 심각한 고민도 없었죠. 그래서 드라마를 보는 동안에는 내 고민을 잊을 수 있었어요. 그게 그립네요."

"어쩌면 볼 수 있게 해줄 수 있을 것 같군. 텔레비전 방송처럼 시시한 데 정신을 파는 건 좋은 생각이 아닌 것 같지만, 당신도 이제 에스코트 자격을 얻었으니 그 보상으로 텔레비전을 볼 수 있게 해줄게."

"그럼 다른 여자들은요?"

"이건 당신을 위한 보상이야, 레이철."

"그 말은 같이 봐도 된다는 뜻이죠?"

"그래, 알았어. 이제 곧 리사가 와서 리뷰를 하고, 내일 할일을 설명해 줄 거야. 다시 한 번 축하해."

그의 발이 조용히 멀어져 갔다. 하얀 문이 열리고, '딸각' 소리와 함께 다시 닫혔다. 나는 침대 밑에서 조금 더 기다렸다.

"이제 나와요. 케일럽은 갔어요." 레이철이 눈앞에서 손을 흔들며 나오라고 손짓했다.

나는 서둘러 침대 밖으로 빠져 나왔다. 몸이 뻣뻣하게 굳어서 휘청거리며 자리에서 일어났다. 옷에 묻은 먼지를 털어 내고, 옷매무새를 바로 잡았다. 레이철은 여전히 알몸으로 침대 위에 느긋하게 누워 있었다. 빈약한 가슴과 연한 분홍색의 유륜이 보였다. 나와는 달리 레이철은 음모를 다 밀어서 털이 하나도 없었다. 공기 중에는 사향 냄새, 정액 냄새, 페로몬 냄새와 땀 냄새 같은 섹스의 온갖 냄새들이 뒤섞여 있었다.

무슨 말을 어떻게 해야 할지 몰랐다. 레이철을 축하해 주어야 하나? 글쎄, 모르겠다. 레이철을 쳐다보는 것도 힘들었다. 그녀의 신음 소리, 그녀가 매질을 당하는 소리, 그녀가 매질을 즐기는 소리가 계속 귓가에 맴돌았다. 레이철이 머리카락으로 얼굴을 다 가린 채 침대 위에 엎드려 있고, 매질을 할 때마다 연약한 엉덩이 피부가 붉게 부어오르는 모습을 직접 두 눈으로 보기라도 한 것 같은 기분이었다. 그 이미지들을 머릿속에서 떨쳐 냈다.

"관객 앞에서 해본 건 처음이네요." 레이철이 말했다. "처음에는 당신이 거기서 듣고 있다고 생각하니 기분이 좀 이상했어요. 그런데 하다 보니⋯⋯." 레이철은 됐다는 듯 어깨를 으쓱해 보였다.

"하다 보니?" 나는 묻지 않을 수 없었다. "어땠는데요?"

"하다 보니 잊게 되더라고요. 당신이 거기 있다는 걸 막연히 인식하고 있긴 했지만, 그게 오히려 더 자극이 되던걸요." 레이철이 키득거리며 웃었다. "와, 진짜. 내가 매 맞는 걸 그렇게 좋아할 줄은 꿈에도 몰랐어요. 몸을 팔 때는 모든 게 간단했거든요. 뒤에서 하거나, 엎드려서 하거나 뭐 그랬죠. 그런데 케일럽은…… 좀 유별나요. 그냥 엎드리기만 하는 것도 아니고, 뒤에서만 하는 것도 아니고. 벽을 바라보고 서서 허리만 숙이고 하는 그런 거 있잖아요. 그런 자세로만 해요. 얼굴을 마주 보고 하는 일은 절대 없어요. 다른 여자애들한테 얘기하니까 걔네들한테도 그런다고 하더라고요."

그건 내 경우에도 마찬가지였다. 하지만 레이철에게 그런 얘기를 하지는 않았다. "흐음. 얼굴을 마주 보고 하는 섹스에 불만을 느끼는 건 아닐까요?"

레이철이 다시 어깨를 으쓱했다. 그냥 버릇인 것 같았다. "음. 어쩌면 헌신의 문제 아닐까요? 케일럽 같은 남자한테는 통제력의 문제가 아닌 것 같아요. 아니면 같이 섹스하는 여자를 통제하는 게 아니라 자기 자신을 통제하는 문제인 거죠. 얼굴을 마주 보고 하면 상대방의 눈을 봐야 하잖아요. 상대방의 표정을 보게 되고, 그러면 그건 좀 더…… 개인적인 관계가 되어 버리니까요. 우리는 케일럽에게 개인적인 관계는 아니죠."

"섹스잖아요, 레이철. 섹스가 어떻게 개인적이지 않을 수 있어요?"

레이철이 정말 어이없다는 표정을 지었다. "우리 그냥 수

습생이에요. 그냥 훈련 받는 여자애들이라고요. 클라이언트
들은 상대를 찾을 때 완벽한 여자를 원해요. 교양 있고, 예의
바르고, 잠자리에서 솜씨 좋은 여자 말이에요. 다들 '오, 상
대가 처녀였으면 좋겠어요.'라고 말하지만 처녀는 절대 잠
자리에서 잘할 수 없어요. 서투르고, 재미도 없고, 너무 금방
끝나 버리니까요. 그건 숫총각이든 숫처녀든 똑같아요. 사
람들 말로는 숫처녀가 더 힘들 거라고 하더라고요. 왜냐하
면 숫처녀는 통증을 느끼니까요. 그런 여자들은 특별히 훈
련을 시켜야 한다고 생각해요. 트로피 와이프를 구하려고
인디고 서비스를 찾는 신사들이 원하는 여자는 자기를 만족
시켜줄 수 있는 여자, 그의 물건을 어떻게 가지고 놀아야 할
지 아는 여자예요. 밤새 그걸 빳빳하게 세워 놓을 수 있는 그
런 여자요. 처녀는 그런 걸 할 수 없어요. 신부를 돈 주고 사
려는 부류의 남자들은 부인한테 섹스하는 방법을 직접 가르
치고 싶어 하지 않아요. 오히려 섹스 전문가와 하고 싶어 하
죠. 그리고 섹스 전문가가 되려면 섹스를 많이 하는 방법밖
에 없고요."

"그러면 케일럽은…… 당신을 섹스 전문가로 키우려고
당신과 섹스한다는 거군요." 내 입으로 직접 이런 말을 하니
어색하고 이상했다.

"맞아요."

"여덟 명하고 한 번씩 돌아가면서요?"

"뭐, 한꺼번에 다 하는 건 아니고요. 삼각…… 아니, 팔각 관계라고 부를 만한 것도 아니에요."

"그래도 케일럽이 항상 다른 수습생들이랑 섹스를 한다는 사실을 알고 있잖아요?"

"뭐, 그렇죠. 케일럽이니까요." 레이철이 상당히 당연하다는 듯 말했다.

하지만 나도 그녀의 이런 반응이 어쩐지 수긍되었다. 그의 검은 눈동자와 위엄 있는 태도, 성적 매력에 대한 절대적인 자신감, 사람을 끌어들이는 지배력에는 최면제 같은 힘이 있었다.

"신경 쓰이지 않아요?" 내가 물었다.

"별로요. 케일럽이 옆방의 5번이랑 함께 있을 땐 심지어 소리도 들려요. 걔는 소리를 많이 지르거든요. 케일럽이 만날 입 다물게 하려고 애를 쓰긴 하는데 걘 조금만 몸이 달아올라도 발정 난 고양이처럼 울어대기 시작해요. 막상 떠올리니까 진짜 짜증이 나긴 하네요." 레이철은 침대에서 일어나 자신의 알몸을 과시하듯 방 안을 거닐었다.

레이철의 뒤를 따라가던 나의 시선이 나도 모르게 그녀의 엉덩이로 향했다. 엉덩이에는 아직도 붉게 손자국이 남아 있었고, 다리 사이로는 끈적거리는 하얀 액체가 흘러내렸다.

역겨우면서도 자극적인 광경이었다. 섹스 후에 다리 사이로 정액이 흘러나오는 걸 본 적은 없었지만 침대에서 욕실로 걸어가던 내 모습, 다리 사이의 기분 좋은 통증과 만족감, 그리고 내 몸에 묻어 끈적거리던 그의 정액이 떠올랐다.

하지만 이런 기억을 떠올리며 흥분에 온몸을 떠는 순간, 역겨움과 증오가 다시 나를 사로잡았다.

혐오스러웠다.

나 자신이 너무나도 혐오스러웠다. 그렇게 맹목적으로 그를 믿고 따랐던 내가 혐오스러웠다.

머리가 온통 뒤죽박죽이었다. 케일럽이 다른 여자와 섹스를 하는 소리를 엿들으면서 쾌감을 느낄 수 있다니.

샤워기에서 물이 떨어지는 소리가 들렸으나 금방 다시 멈췄다. 레이철이 가슴에 수건을 두르고 욕실 밖으로 나왔다.

"케일럽이 말한 그 '문제'가 당신이군요. 그쵸?" 레이철이 날카로운 목소리로 물었다.

레이철이 말할 때 문법을 잘 틀리고 상스러운 표현을 사용한다는 이유로 나는 그녀가 똑똑하지 않을 거라고 생각했는데, 그렇지 않았다.

"문제라뇨?" 나는 못 알아들은 척 말했다.

"내숭 떨지 말아요, 마담 엑스. 케일럽이 여자를 찾으라고 하는 말 들었어요. 당신 지금 도망친 거잖아요. 케일럽한테서." 그녀는 마지막 말에 노골적인 비난을 담아 내뱉었다.

나는 한숨을 쉬었다. "맞아요. 제대로 봤어요."

"잡힐 거예요."

"나도 알아요."

"케일럽 같은 사람이 어디 있다고 그래요? 나는 아직 스물두 살이지만 열세 살 때부터 길거리에서 살았어요. 몸을 팔면서 정말 별의별 인간들을 다 봤어요. 전부 나쁜 사람은 아니었지만 암튼…… 외로운 사람들이었어요. 아니면 평범한 방법으로 여자를 만나 섹스를 하기엔 너무 바빠서 매춘부를 찾는 사람도 있었어요. 그냥 호기심에 찾아오는 사람도 있었고, 숫총각들도 가끔 있긴 했죠. 하지만 그 중에 케일럽 같은 남자는 한 사람도 없었어요. 당신이 지금 이렇게 도망가면 얼마나 많은 걸 잃을지 생각해 봐요."

"내 상황은……." 나는 적절한 표현을 생각해 내려고 애썼다. "독특해요."

"누군 안 그래요?" 레이철이 나를 노려보았다.

"음, 당신 말이 맞지만, 어쨌든 나는 달라요. 내 말은……."

"당신은 다르군요. 특별한 사람이군요. 무슨 말인지 알겠
어요. 당신은 케일럽이 13층에 숨겨 둔 '비밀'이니까요. 케
일럽이 내게 하는 행동과 6층에 있는 다른 여자들한테 하는
행동을 이해 못 하는 거죠? 당신이 우리를 어떻게 생각하는
지 알겠네요. 당신은 우리를 멋대로 판단하고 있어요."

"당신들을 판단하지 않……."

"아니긴, 웃기시네!" 레이철이 자신만만하고 영리한 표
정으로 가까이 다가와 나를 뚫어지게 쳐다보았다. "나는 마
약 중독자였어요. 그런 삶을 살아 보지 않았다면 모를 거예
요. 아니, 모를 수밖에 없겠죠. 나는 거의 죽기 일보 직전이
었어요. 그런 나를 살려 준 사람이 바로 케일럽이었어요. 그
는 길거리에 있던 나를 데려다가 살 집과 먹을 음식을 줬죠.
약도 끊을 수 있게 도와줬고요. 약을 사려고 몸을 팔면서 살
았던 나예요. 나한테 신경 쓰는 사람은 하나도 없었어요. 심
지어 나 자신도요. 그런데 지금 나를 봐요. 나는 이제 살아
야 할 이유를 찾았어요. 마약에 손대지 말아야 할 이유를 찾
았다고요. 나는 여기서 가치 있는 사람이 됐으니까요. 물론
내가 케일럽에게 유일한 여자는 아니지만 어쨌든 그와 함
께 시간을 보내고 있어요. 매춘부였고, 마약 중독자였던 내

가요. 케일럽과 함께 있을 때, 나는 정말 중요한 사람이 될 수 있어요." 침착하게 마지막 문장을 말하는 레이철의 목소리가 확신에 차서 가늘게 떨렸다. "케일럽과 함께 있으면 더 괜찮은 사람이 될 수 있다는 기분이 들어요. 나중에 나도 신부 명단에 이름을 올릴 수 있겠죠. 그리고 어쩌면 결혼할 상대를, 그러니까 나를 사랑해 줄 그런 사람을 만날 수 있을지도 모르고요." 레이철의 희망은 쉽게 꺾이지 않을 것 같았다. "하지만 당신이 달아난다면 그런 걸 다 버리고 가는 거예요."

한동안 침묵이 흘렀다. 나는 무슨 말을 해야 할지 알 수 없었다. 머리도, 마음도 너무 복잡했다.

"주차장 말고 다른 길은 별로 가능성이 없어 보이네요." 레이철이 말했다. "엘리베이터를 타고 내려가서 최대한 빨리 뛰어요. 행운을 빌게요. 내가 먼저 말하지는 않겠지만 케일럽이 묻는다면 사실대로 얘기할 거예요."

"나 때문에 거짓말 하지는 말아요." 나는 다정하게 웃어 보이려고 했다. "고마워요, 레이철. 그리고…… 축하해요. 승급한 거요."

레이철이 고개를 끄덕이며 어깨를 으쓱했다. "고마워요."

마지막으로 레이철을 바라보며 미소 지었다. 문을 열고

밖을 살펴보다가 복도로 나와 문을 닫았다. 걸쇠가 부드럽게 '달각' 소리를 내며 닫혔다. 나는 '3'이라고 적힌 문 앞에서 천천히 걸음을 옮기며 현재 상황에 집중했다. 이제 할 일은 밖에 나가서 자유로운 공기를 마시고 햇살을 만끽하는 것이었다.

엘리베이터에 올라탔다. 주차장으로 가는 'G' 버튼을 누르지 못하고 머뭇거렸다. 내가 왜 머뭇거리고 있는 거지?

답을 들어야 했다. 그게 내가 머뭇거리고 있는 이유였다. 내가 누구인지, 내가 케일럽에게 어떤 사람인지, 그리고 무슨 의미가 있는지, 이 질문들에 대한 답을 들어야 했다.

레이철의 목소리에는 확신이 담겨 있었다. 케일럽과 함께 있을 땐 자신이 제일 중요한 사람이라는 확신이 있었다.

'G' 버튼 대신 엄지로 'L' 버튼을 눌렀다. 로비로 가는 버튼이었다.

엘리베이터가 움직이자 속이 울렁거리기 시작했다. 엘리베이터가 멈추고 문이 열렸다. 나는 엘리베이터에서 내렸다.

사람들이 놀란 얼굴로 쳐다보았다. "마담 엑스!" 그리고 나를 결박하려고 했다.

무서운 눈으로 쏘아보자 그들은 멈추어 섰다. "내 몸에 손대지 말아요. 그리고 나를 케일럽에게 데려다줘요." 명령하

듯 말했다.

긴장으로 온몸이 부들부들 떨리기도 했고, 화가 나서 혼란스럽기도 했지만 겉으로 드러내지 않으려고 애썼다. 내가 알던 세상이 완전히 뒤집혀 버렸지만 그런 일이 없었다는 듯 행동했다.

렌이 구경꾼들과 보안 요원들을 헤치며 내게 다가왔다. 적어도 이제 아는 사람을 만나긴 했다. "마담 엑스. 이렇게 사람을 놀라게 하다니요. 사라져 버린 줄 알았습니다." 렌의 무표정한 얼굴에서 아무 감정도 읽을 수 없었다.

"케일럽에게 데려다줘요, 렌."

"그냥 아파트로 돌아가시죠. 아직 이른 시간이니 좀 쉬는 게 좋을 것 같군요." 렌이 정중하게 말하기는 했지만 이건 명령이나 다름없었다.

"별로 그러고 싶지 않아요, 렌. 나를 펜트하우스로 데려다줘요. 지금 당장." 인상을 쓰면서 단호하고 냉정하게 말했다.

렌이 눈을 두 번 깜박이더니 짧은 한숨을 내쉬었다. 손목을 입에 대고 말했다. "마담 엑스를 찾았습니다. 지금 사장님을 뵙겠다고 하는데요. 아닙니다. 펜트하우스로 데려다 달라고 하십니다. 네, 알겠습니다."

렌이 내 팔뚝을 움켜잡더니 제일 오른쪽에 있는 엘리베이터를 가리켰다. '관계자 외 사용 금지'라고 적힌 문구가 보였다. 렌이 열쇠를 넣어 엘리베이터 문을 열고, 다시 열쇠를 꽂고서 'PH'라고 적힌 방향으로 돌렸다. 엘리베이터가 올라가기 시작했다. 한 층 한 층 위로 올라갈 때마다 점점 더 긴장되었다. 렌은 태연히 침묵을 지켰다.

열심히 생각을 정리하면서 마음을 가다듬으려고 애썼다.

하지만 펜트하우스가 있는 58층에서 엘리베이터 문이 열리는 순간, 하려고 했던 말들은 모두 증발해 버렸다.

"마담 엑스, 들어와." 아, 그의 목소리였다. 협곡만큼 깊고, 사포만큼 거친 목소리였다.

14

"다시 제정신으로 돌아온 것 같아서 다행이야." 그가 이를 악물고, 분노를 억누르며 말했다.

내 등 뒤로 엘리베이터 문이 닫혔다. 엘리베이터가 끼익 소리를 내며 내려가자 나는 안으로 들어갔다. "이 개자식."

"뭐?" 충격을 받은 그는 자기 귀를 의심했다.

"내가 조금 전까지 어디 있었는지 알고 싶어요?" 나는 천진난만한 목소리로 다정하게 물었다.

그는 미심쩍다는 듯 검은 두 눈을 찡그렸다. "어디 있었는데, 엑스? 말해."

나는 그 앞에 바짝 붙어 서서 그의 얼굴을 노려보았다. 안에서 분노가 끓어올랐다. "6층에 있었어요."

"그렇군."

"3번 방에서 아주 재미있는 여자를 만났는데, 자기 이름이 '3번'이라고 하더라고요. 정말 이상하죠. 그런데 거기서 아주…… 뜻깊은 평가와 승급이 이루어지는 과정을 엿듣는 영광을 누렸지 뭐예요. 그 여자가 승급하면서 진짜 이름을 얻었거든요."

"당신이 뭘 보고 들었는지는 모르겠지만 당신이 생각하는 그런 게 아니야."

"아, 그래요? 정말 이상하네요. 왜냐하면 3번이 당신 물건을 빼는 소리와 아주 비슷한 소리를 들었거든요." 6층에서의 기억이 다시 떠오르며, 흥분을 억누르지 못했다는 수치심에 피가 끓어올랐다. 화를 가라앉힐 수가 없었다. "내가 들은 건 분명 당신이 그 여자와 섹스하는 소리였어요. 나랑 섹스할 때처럼 말이에요. 그런 상황에 있다 보니 갑자기 궁금한 게 많아지더군요, 케일럽."

"당신이 그걸 봤단 말이야?" 그는 상당히 침착하고 조용한 목소리로 물었다.

"봤냐고요? 아뇨. 정확하게 말하자면, 들었죠. 침대 밑에
있었거든요. 당신이랑 당신 패거리들을 피해서 숨어야 했거
든요."

그의 턱 근육이 불끈거렸다. "엑스. 당신이 잘 몰라서 그래."

"그럼 알려줘 봐요, 케일럽!" 나는 소리쳤다. "나는 내가
지금 6층의 여자들과 별다를 게 없는 처지인 것 같단 생각이
드는데요? 그 여자들한테는 미래가 있지만 나한테는 없다
는 걸 제외하면 말이죠. 매일 혼자 아파트에 갇혀 나를 찾는
고객들만 상대하면서 살았어요. 어떤 식으로든 관계를 맺
는 건 허락되지 않았죠. 당신이 황송하게도 한밤중에 찾아
올 때를 제외하면 말이에요. 나도 훈련을 받고 있는 건가요?
2번부터 8번까지 6층의 여자들을 훈련시키는 것처럼 나한
테도 그런 거예요? 나한테 남자를 즐겁게 만드는 방법을 가
르치는 거냐고요? 가장 높은 가격을 부르는 사람한테 나를
팔려고 그러는 거 아니에요? 다 그런 거였어요? 아니면 그냥
13층에 숨겨 놓은 지저분한 취미 생활이었던 건가요? 밤늦
게 몰래 찾아와 어두운 방에서 섹스만 하는 그런 상대였던
거죠, 나는! 다른 여자들을 모두 훈련시키고 난 다음에 찾아
오는 그런······."

"당신은 내 거야!" 이렇게 외치는 그의 독기 어린 목소리에 나는 말을 멈췄다. 그는 커다란 두 손으로 내 얼굴을 움켜쥐고 위로 끌어당겼다. 내가 빠져나가지 못하도록 손가락으로 내 얼굴을 꽉 움켜잡았다. "당신은 그 여자들하고는 달라. 당신을 비밀로 한 건 당신이 특별하기 때문이야."

"당신 말 못 믿겠어요."

"내가 그 여자들을 돈 받고 판다고 생각해? 그렇게 생각하는 거냐고?" 그는 갑자기 말을 다른 데로 돌렸다. "그런 게 아니야. 레이철이랑 얘기를 해 봤다면 당신도 이해할 거야."

"당신이 그 여자를 완전히 세뇌시켰던데요. 나한테 한 것처럼 말이죠."

"나는 그 여자 목숨을 구해주었을 뿐이야. 당신 목숨을 구한 것처럼! 길바닥에서 살던 여자애를 데리고 와서, 그 애가 약물 금단 증세에 시달릴 때 옆에서 지켜 줬어. 목욕도 시켜 주고, 몸을 너무 심하게 떨 때는 뼈가 부러질까 봐 옆에서 꽉 붙들어 주고, 내 손으로 직접 음식도 떠먹였어. 감자 내다 팔 듯 팔 거였다면 그렇게까지 하지는 않았겠지! 나는 레이철에게 미래를 준 거야. 나에 대해서 쥐뿔도 모르는 사람한테까지 변명하고 싶지는 않군." 그가 갑자기 나를 내려놓더니 화를 내며 방 안을 서성거렸다. "당신이 나에 대해서 뭘 안다고 그래? 아무것도 모르잖아!"

"내 말이 그 말이에요!" 나도 소리쳤다. "당신은 내가 왜 이런……."

"내가 당신을 위해 한 일들을 다 잊은 거야? 당신이 혼자 깨어났을 때 옆에 있었던 사람이 누구냐고?"

"당신이었죠. 하지만……."

"말도 못 하고 걷지도 못 하는 당신을 휠체어에 태워 데리고 다니면서, 공책에 일일이 말을 적어 가며 얘기를 나눴어! 뉴욕현대미술관에 데려가서 〈마담 엑스의 초상〉도 보여 줬고! 매일 밤 한밤중에 비명을 지르며 잠에서 깨어나던 당신을 다독여 줬어! 당신은 이름도 몰랐고, 기억도 없었지. 그래서 당신을 그냥 내버려 둘 수 없었어. 그런데 지금 당신한테 해준 게 뭐냐고 묻는 거야?"

"이름을 줬죠." 나는 작게 속삭였다.

"그리고 미래도 줬잖아!" 그가 내 허리를 붙들었다. 뜨거운 그의 숨결이 느껴졌다. "나는 당신한테 삶을 마련해 줬어. 가장 좋은 옷, 가장 좋은 음식, 뭐든 가장 좋은 것만 당신에게 해줬어. 교육도 받게 해주고, 기술도 가르쳤지. 지루해서 미쳐 버리지 않게 직업도 만들어 주고 말이야. 나는 당신을 죄수 취급하지 않았어. 당신을 안전하게 지켜 줬을 뿐이야. 그런 건 다 잊은 거야?"

"아뇨, 잊지 않았어요."

"이런 얘기는 별로 하고 싶지 않아. 당신도 알겠지만. 나는 현재에만, 그리고 가까운 미래에만 몰두하는 사람이야. 앞만 보고 움직인다고. 과거를 곱씹으면서 살고 싶지 않아. 당신한테 보답이나 감사를 바란 것도 아니고!" 그는 두 손가락으로 내 턱을 잡고 들어 올렸다. 검은 두 눈을 크게 뜨고서 나를 뚫어져라 바라보았다. 나는 고개를 돌릴 수 없었다. "내가 당신한테 바라는 건 충성심이야."

"어떻게 그래요?" 나는 그에게서 떨어졌다. "충성심? 당신 옆에서 당신이 변덕을 부릴 때마다 비위를 맞추는 여자들을 여덟 명이나 두고서 어떻게 그런 말을 해요? 당신이 쳐다봐 주길 바라고, 다음…… 평가가 얼른 돌아오길 바라고 있는 여자들이 있잖아요. 그런데 당신은 나한테 충성심을 기대한다는 말인가요?"

"잘 알지 못하는 일에 대해서는 함부로 얘기하지 마. 당신이 뭘 안다고 그래?"

"당신이 늦은 밤 내 아파트에 와서 나하고 섹스한다는 사실이요. 그뿐이잖아요. 그 여자들도 똑같고요. 예외는 없죠. 그런 행동이 당신한테는 아무런 의미도 없어요. 나하고 있을 때도, 그 여자들하고 있을 때도 마찬가지예요. 우리는 그저 당신의…… 성욕을 해소하기 위한…… 도구일 뿐이에요. 그럴 듯한 변명으로 화려하게 치장했지만 말이에요." 나는 간신히 울음을 참으며 말했다. "섹스를 하고 나면 당신은 그냥 떠나 버리고, 남겨진 나는 섹스에서 의미를 찾아보려고 하죠. 하지만 당신은 내가 의미를 찾아 볼만한 아주 작은 단서도 남겨 놓지 않아요. 물론 당신과 섹스하면 기분은 좋아요. 하지만 섹스가 끝나고 혼자 남았을 땐? 당신이 당신 입으로 그렇게 말했죠. 나는 당신에 대해 아는 게 아무것도 없다고. 대체 내가 어떻게 알 수 있다는 말인가요? 나는 나 자신에 대해서도 아는 게 아무것도 없어요. 하지만 그런 건 중요하지 않죠. 나는 당신이 원할 때 당신의 기쁨을 위해 존재하는 사람이니까요."

침묵이 이어졌다. 그리고 또 침묵이 이어졌다. 언제 폭발할지 모르는 긴장감이 팽팽하게 감돌았다.

"어떻게 모를 수가 있지?" 그가 너무 조용히 말해서 나는 귀 기울여 들어야 했다.

"모르다니, 뭘요?"

"당신이 나한테 특별한 존재라는 사실. 나는 당신과 거리를 두는 거야. 나한테서 떼어 놓고 있는 거라고. 레이철이나

6층의 다른 여자들은 언젠가 떠나보내야 해. 그 여자들은 완전히 망가져 버렸기 때문에 다시 회복해서 일어설 수 있게 내가 도와주고 있는 것뿐이야. 당신이 이해 못 한다는 거 알아. 하지만 그게 내가 하는 일이야. 돈을 받고 여자들을 파는 게 아니라, 여자들에게 짝을 찾아 주는 거라고. 한 명도 빠짐없이 자신을 소중히 여기고, 사랑도 줄 남자를 찾아 짝을 이룰 거라고. 그렇게 될 거야. 실제로 그렇게 된 케이스도 있고. 하지만 이 여자들이 세상에 나가서 훌륭한 아내가 되려면 자신이 아름다운 사람이라는 걸 깨달아야 해. 자신을 존중할 줄 알아야 한다고. 하지만 그들이 처음 나를 만나서 프로그램에 들어올 땐, 아직 그걸 깨닫기 전이었지."

그가 내 옆으로 몇 걸음 다가오자 그를 쳐다보지 않을 수 없었다. 그는 기다란 집게손가락을 들어 내 광대뼈를 어루만졌다. "하지만 당신은 특별한 사람이야. 예전부터 알고 있었어. 당신을 처음 봤을 때, 당신을 도와주어야 한다는 생각뿐이었어. 그리고 맞아. 나는 나중에 당신을 그 프로그램에 넣으려고 했어. 하지만 그럴 수 없었지. 그건 지금도 마찬가지야."

그의 설명에는 무언가가 빠져 있었다. 하지만 지금 너무 어지러웠다. 그의 몸이 뿜는 뜨거운 열기가 나의 감각을 마비시켰고, 예상하지 못한 갑작스러운 고백에 머리가 흐려졌다. 그가 두 손으로 내 허리를 잡아 돌렸다. 그의 손을 통해 격렬한 욕망이 전해졌다. 그의 입술이 내 귀에 닿았다. 부드럽게. 낯설고, 그래서 반가웠다.

"왜요?" 나는 속삭이듯 물었다. "왜 그럴 수 없는데요?"

"당신을 다른 사람한테 보낼 수 없어. 당신은 내 거니까. 당신은 내 여자야. 다른 사람한테 보낼 수 없어. 보내지도 않을 거고. 당신은……." 그가 침을 삼키자 목젖이 위아래로 움직였다. "당신은 나한테 소중한 사람이니까." 그는 이제 내 등 뒤에 서 있었다.

그가 이렇게 말한 건 처음이었다. 이렇게 열렬하고 솔직한 모습을 보이는 건 처음이었다. 의심이 한가득 밀려왔다.

그의 입술이 내 목에 닿았다. 그리고 마법의 거미줄을 뻗어 나를 단단히 결박했다.

"모르겠어?" 그의 커다란 손이 내 배를 어루만졌다. "우리가 하나라는 사실을?"

아, '우리'라는 단어. 누군가에게 속한다는 의미. 나도 그것을 원했다. 그렇게 믿고 싶었다.

"정말 모르겠어, 엑스?"

"알아요, 케일럽." 그렇다. 나도 아주 잘 알고 있었다.

알고 싶지 않았지만, 이미 아주 잘 알고 있었다. 나는 너무 나약한 인간이었기 때문에.

그의 마법에 완전히 사로잡히고 말았다.

두 다리가 떨렸다. 아랫배에서 가벼운 전율과 함께 긴장이 느껴졌다. 심장이 거세게 고동쳤다. 내 뒤에 서 있는 탄탄한 그의 몸은 크고 강력했다. 내 안에 움츠리고 있던 욕망을 자극했다. 나는 어쩔 수 없이 고개를 뒤로 젖혔다. 커다란 손 하나가 내 몸을 타고 올라와 내 가슴을 감싸 쥐었다. 그리고 내 목을 부드럽게 어루만졌다. 다른 한 손은 아래로 미끄러져 내려가 내 허벅지 사이에서 멈췄다. 그리고 손으로 부드럽게 감쌌다. 옷자락을 위로 끌어당겼다. 조금씩 허벅지 위로, 또 엉덩이 위로 끌어당겼다. 그러자 은밀한 부위를 가린 검은 망사와 허리를 감싼 가느다란 끈이 드러났다.

그는 한 손으로는 내 목을 감싸고, 다른 한 손으로는 내 중심부를 움켜잡았다. 적당한 힘으로 내 목을 감싸고 있는 손은 두려웠던 기억으로 나를 떨게 했지만, 속옷 안에서 내 맨살을 탐하고 있는 다른 손은 나를 흥분으로 떨게 만들었다.

"당신은 내 거야, 엑스."

나는 대답 대신 신음을 내뱉었다. 그의 손가락이 안으로 점점 파고 들어오며 민감한 부위를 자극했다. 몸이 떨리고 다리의 힘이 풀렸다.

나는 순식간에 오르가슴에 도달했다.

하지만 그게 끝이 아니었다. 오, 이런. 내가 두 발로 서 있
으려고 안간힘을 쓰고 있을 때, 그는 손가락을 빼내더니 바
지의 지퍼를 내렸다. 내 드레스는 이제 허리까지 올라와 있
었다. 그의 뜨거운 숨결이 느껴졌다. 내 속옷은 순식간에 사
라지고 없었다. 허리 아랫부분은 벌거벗은 상태가 되었다.
공기는 서늘했지만 내 한가운데는 뜨겁고 축축했다. 신발을
벗는 소리가 들렸다. 바지와 벨트가 둔탁한 소리를 내며 바
닥에 떨어졌다. 그가 한 발로 내 발을 밀었다. 나는 다리를
양옆으로 벌렸다. 그가 한 손으로 내 등을 앞으로 살짝 밀었
다. 내 엉덩이가 고스란히 노출되었다. 내 안에서는 욕망이
흘러넘쳤다. 그리고 아팠다. 너무나 아팠다.

내 목을 잡고 있던 손의 힘이 조금 풀렸다. 이제 내 몸은
완전히 앞으로 구부러졌다. 이제 그의 손은 내가 앞으로 고
꾸라지지 않을 정도로만 힘을 주면서 나를 잡고 있었다.

가슴 깊은 곳에서 올라오는 그의 신음 소리와 함께 내 몸
이 가득 채워졌다. 천천히, 아주 깊은 곳까지 가득 채워졌다.

"느껴져, 엑스? 우리가 느껴져?"

나는 이 질문을 어떻게 받아들여야 할지 알 수 없었다. 지

금까지 그는 섹스하는 동안 말을 건넨 적이 한 번도 없었다. 대화가 섹스에 포함되었던 적은 없었다. "그래요, 케일럽."

"그래? 뭐가?"

"느끼고 있다고요."

하지만 그것 말고는 여전히 똑같았다. 몇 마디 말을 주고받긴 했지만, 감정을 겉으로 드러내긴 했지만 그래도 똑같았다. 나는 바닥만 보고 있었다. 나는 그가 내게 느껴도 된다고 허락한 만큼만 느끼고 있었다.

하지만 그때 변화가 일어났다. 그가 한 번 더 깊숙이 들어왔다. 나는 온몸을 떨며 신음했다. 다리가 휘청거렸다. 내 목을 잡고 있는 그의 손에 의지해서 간신히 버티고 있었다. 숨을 제대로 쉬지 못해 현기증이 났다. 목이 졸리지는 않았지만 어쨌든 산소가 충분히 공급되고 있지는 않았다.

통제당하고 있었다.

하지만 더 많은 것을 원했다.

"당신 얼굴을 볼래요, 케일럽." 나는 이렇게 말했다. 큰 소리로. 내 용기에 나도 깜짝 놀랐다.

내 몸을 가득 채우던 그의 일부가 빠져나갔다. 그가 내 머리카락을 날카롭게 잡아당기는 바람에 나는 간신히 두 발로 서 있었다. 그가 나를 돌려 세웠다. 뜨겁게 불타오르는 그의 검은 두 눈이 보였다. 무슨 생각을 하는지 읽을 수 없었다.

"내 얼굴을 보고 싶어?"

세상에, 정말 현기증 나도록 완벽한 몸이었다. 단단하고 아름답게 굴곡진 근육이 온몸을 감싸고 있었다. 조각상처럼 정교하고 완벽했다. 나는 손을 뻗었다. 아주 잠깐 동안 나는 그의 몸을 어루만졌다. 하지만 아주 잠깐이었다.

그가 내 드레스와 끈 없는 브라를 차례로 벗겼다. 시간이 별로 걸리지 않았다. 이제 나는 완전히 발가벗고 그의 앞에 서 있었다.

그에게 밀려 뒷걸음질을 치다가 무언가에 걸려 뒤로 주저 앉았다.

내 앞에 서 있는 이 남자에게 너무 몰두한 나머지 발밑에 뭐가 있는지도 모르고 있었다. 그게 뭐였는지 모르기는 지금도 마찬가지지만. 아마 소파인 것 같았다. 뜨겁고 단단한 그의 몸이 점점 내게 가까이 다가왔다. 나는 뒤로 누웠다. 두 다리를 소파 아래로 늘어뜨렸다. 그가 내 다리를 양옆으로 벌리며 다리 사이의 공간으로 들어왔다. 그리고 두 손으로는 내 허벅지를 움켜잡고 끌어당겼다가 내 엉덩이를 받쳐 들었다. 날카로운 얼굴선, 거무스름한 수염 자국, 거칠게 불타오르는 두 눈, 그리고 매서운 입매가 눈에 들어왔다. 잠깐 동안 숨을 들이쉬며 그의 모습을 바라보았다. 조각 같은 가슴과 근육이 잘 잡힌 복부가 보였다. 그러자 그때 그가 단단해진 그의 성기를 날카롭게 한 번 밀어 넣었다.

나는 거칠게 숨을 내뱉었다. 그가 익숙하지 않은 각도로 거칠게 후벼 파며 들어왔다. 여전히 나를 가득 채웠지만 느낌이 너무나도 달랐다. 그가 두 손으로 내 엉덩이를 움켜잡고 위로 들어 올렸다. 내 몸이 뒤로 밀리면서 다시 한 번 거칠고 단단하게 그가 밀고 들어왔다.

"오…… 세상에……." 그가 밀고 들어올 때마다 아팠다. 하지만 아프면서도 달콤했다.

"당신은 내 거야. 내 여자라고."

그는 허리로 내 엉덩이를 거칠게 몰아쳤다. 몸이 세게 흔들렸지만 그의 강한 두 손이 나를 단단히 움켜잡았다.

그의 검은 눈동자는 내 눈을 계속 바라보고 있었다. 나도 그의 눈에서 시선을 뗄 수 없었다. 오르가슴으로 온몸이 파르르 떨릴 때조차 눈을 감을 수 없었다. 시선을 돌릴 수도 없었지만, 돌리려고 하지도 않았다.

"내 사람." 그가 몸을 거칠게 흔들면서 나를 점점 정점으로 몰아붙였다. "따라 해, 엑스. 따라 하라고, 시발! 당신은 내 거라고 말해!"

내게는 그의 몸이 더 필요했다. 이런 절정의 기쁨을 계속 맞보기 위해서는 그의 도움이 필요했다. 지금 이 상태에서는 아무것도 중요하지 않았고, 아무것도 의미가 없었다. 단지 뜨겁게 나를 가득 채우는 이 느낌과 뜨겁고 찌릿한 통증, 내 엉덩이를 단단히 잡고 있는 그의 손, 그리고 우리 두 사람이 거칠게 몸을 맞부딪치고 있다는 사실만 중요했다. 지금 당장은 이것 말고 중요한 건 아무것도 없었다. 지금 이 순간만큼은 나는 그의 몸을 원할 수밖에 없었다. 그의 몸을 원하는 것 말고는 아무것도 할 수 없었다.

"나는 당신 거예요, 케일럽." 나는 흐느끼며 말했다.

내 입에서 이 세 마디가 흘러나오는 순간 그의 정액이 뜨겁게 솟구쳤다. 그리고 그의 무거운 몸이 내 위로 쓰러졌다. 그를 받치면서 그의 단단한 근육을 어루만졌다. 그의 얼굴이 내 얼굴을 스쳤다. 수염이 닿자 얼굴이 따가웠다. 얼굴을 마주 보고 거칠게 숨을 헐떡였다.

"엑스." 그가 내 이름을 불렀다. 이렇게 내 이름을 부르는 그의 목소리는 나약한 건 아니었지만 평소보다 부드러웠다. 조금 전까지 그가 내게 한 모든 말들이 사실이었으면 좋겠다고 바라게 만드는 그런 목소리였다.

나도 무슨 말이든 해야 했지만 할 말이 없었다.

갑자기 그가 몸을 일으켰다. 그리고 차가운 대리석처럼 무표정한 얼굴이 다시 나타났다. "나는 이제 나가 봐야 해."

나는 섹스에 흠뻑 취해 소파에 알몸으로 누워 있었다. 혼란스러웠다. 세상이 무너져 내리는 것 같았다. 벗은 몸에 옷을 하나씩 걸치는 그를 지켜보았다. 그는 마지막으로 신발을 신었다. 신발이 그의 발을 착 감싸고 있는 것처럼 보였다.

"가지 말아요." 애원하는 목소리로 말했다.

그가 멈추어 섰다. 머뭇거리고 있었다. 지금 내 눈에 보이는 건 그의 넓은 등과 늘씬한 허리, 그리고 강인한 다리뿐이었다. 그의 아름다운 얼굴에 담긴 표정은 볼 수 없었다. "그럴 수 없어. 하지만 곧 돌아올 거야. 당신은 여기 있어. 옷은 입지 말고." 이 짧은 몇 마디 말로는 가슴 깊은 곳에서 올라오는 그의 감정이 충분히 전달되지 않았다. "그냥…… 있어. 금방 올게. 그리고……."

"네?"

"당신은 나한테 특별한 사람이야." 내 마음 한구석에서 무언가 꿈틀거리더니 희망이 활짝 피어올랐다.

그는 은색 열쇠를 꺼내 엘리베이터 구멍에 넣고 돌렸다. 문이 열리자 그는 엘리베이터에 성큼 올라탔다. 그런 그의 뒷모습에서는 여러 감정들이 어지럽게 소용돌이치고 있었다. 마음속에 숨겨놓은 비밀이 많은 것 같았다.

잔잔한 물은 깊이 흐른다는 속담을 나는 믿었다.

엘리베이터 문이 닫히고, 나는 다시 혼자 남았다.

주변을 둘러보았다. 커다란 창문으로 햇빛이 쏟아져 들어왔다. 내가 이 펜트하우스에 들어온 지 삼십 분쯤 지난 것 같았다.

펜트하우스는 굉장히 넓었다. 이 펜트하우스가 건물의 가장 높은 층 전체를 차지하고 있었다. 짐작되지 않을 정도로 면적이 넓었다. 벽이 거의 없는 열린 공간이었고, 낮은 벽과 칸막이로 공간을 구분하고 있었다. 한쪽은 기다란 소파로 공간을 분할하여 한층 아늑해 보였다. 저쪽으로는 반들거리는 대리석과 스테인리스스틸로 꾸며 놓은 주방이 보였다. 한쪽 벽을 양옆으로 밀고 나가면 발코니가 나타났다. 발코니 지붕이 기울어져 있어서 열린 방향으로 외부 공간이 드러났다. 그 공간은 건물을 깎아서 만든 것 같았다.

일본 문화의 영향이 느껴지는 섬세한 그림이 담긴 칸막이 뒤로는 침실이 있었다. 칸막이 세 칸을 교묘하게 배치하여 밖에서 침실이 보이지 않게 가려 놓았다. 낮고 넓은 침대 위에는 하얀 이불이 깔끔하게 정돈되어 있었다. 한쪽에는 스탠드가 덩그러니 서 있었다. 침실의 왼쪽은 진짜 벽으로 가로막혀 있었고 벽 안쪽에 욕실로 이어지는 짧은 통로가 보였다.

갑자기 샤워를 해야겠다는 생각이 들었다. 꽤 오랜 시간 동안 씻지 못한 상태였다.

욕실 안에서 커다란 욕조를 보았을 때 나도 모르게 얼굴에 미소가 번졌다.

뜨거운 물을 욕조에 가득 받았다. 물속에 발을 담그자 피부가 기분 좋게 따끔거렸고, 바닥에는 물이 살짝 넘쳐흘렀다. 욕조에 앉아 몸을 천천히 눕혔다. 온몸이 서서히 물에 잠겼다.

그 순간, 떠올리고 싶지 않았던 생각들이 한꺼번에 내 머릿속으로 밀고 들어오는 바람에 나는 다시 혼란에 빠지고 말았다.

다리 사이에서 통증이 느껴졌다. 이 통증을 안겨 준 그가 떠나 버리고 없는 지금, 나는 또다시 그의 마법에 취하고 말았다는 사실에 나 자신이 너무 부끄럽고 역겨웠다. 혐오스러웠다. 케일럽은 또다시 내가 이성적이고 논리적인 생각을 하지 못하게 교묘히 마법을 걸어서 내 마음 속의 의심을 모조리 지워 버렸다.

케일럽은 신이다. 그리고 신들은 간섭하기를 좋아한다.

적어도 고대 그리스, 로마 신화에 등장하는 신들은 그렇다. 케일럽은 신이 되어 내 이성적인 사고 능력에 간섭을 했고, 내 몸과 마음을 조작했다. 완벽한 성적 매력으로 내 감각을 마비시키고, 아름다운 얼굴로 내 두 눈을 멀게 했다. 이렇게 혼자 남은 지금에서야 나는 케일럽이라는 사람을 구성하는 부분적인 요소들을 하나씩 똑바로 바라볼 수 있었고, 그 요소들이 모두 똑같은 효과를 발휘하지는 않는다는 사실을 깨달았다. 그의 눈, 입, 턱 선, 팔, 손, 단단한 근육. 이런 것들은 케일럽을 구성하는 일부였다. 분노, 냉혹한 눈빛, 몸에서 뿜어 나오는 뜨거운 열기, 나를 완전히 녹여 없애 버리는 노련한 손길. 이런 것들도 마찬가지로 케일럽의 일부였다. 하지만 모든 요소가 한꺼번에 발휘되면 그 효과는 막강했다.

그리고 나는 매번 그가 부리는 마법에 속아 넘어갔다.

케일럽이 달콤한 말과 손길로 거미줄을 치고 있다는 걸 알면서도 눈을 감았고, 기꺼이 그와 섹스를 했다. 그가 불과 몇 분 전에 레이철과 섹스를 했다는 사실을 알면서도.

역겨웠다.

그러면서도 흥분하고 말았다.

나 자신이 혐오스러웠다,

케일럽도 혐오스러웠다. 나를 농락하고, 내가 그에게 소중한 사람이라고 착각하게 만든 그가 혐오스러웠다. 어떻게 그렇게 쉽게 모든 의심과 의혹들을 몽땅 잊을 수 있었는지 이해가 되지 않았다.

케일럽은 나를 만나기 전에 레이철의 방에서 펜트하우스로 돌아와 샤워를 하긴 했을까? 그런 것 같지 않았다. 욕실에는 샤워한 흔적이 남아 있지 않았다. 나는 욕조에서 일어나 몸을 돌려 샤워기를 살펴보았다. 물기가 없었다. 사용하지 않은 것이다.

그러면 지금 내 몸에 세 사람의 흔적이 모두 뒤섞여 있다는 것인가?

역겨웠다. 그리고 수치스러웠다.

또 거짓말에 속고 말았다. 나는 특별하다는 그럴듯하고 진부한 변명에 속은 것이다.

하지만 어쨌든 그의 펜트하우스에서 그의 욕조에 앉아 목욕을 하며 그를 기다리고 있었다.

뜨거운 물속에 몸을 깊이 담갔다. 얼굴에서 땀이 흘렀다. 그리고 눈꺼풀이 무거워졌다.

자기 자신을 혐오하는 건 힘 빠지는 일이었다.

시끄러운 소리가 들리는 바람에 갑자기 잠에서 깼다. 몸을 일으켜 앉았다. 젖은 머리카락이 등을 덮었다. 나는 잔뜩 긴장한 채 머뭇거렸다. 분명 무슨 소리가 들렸다.

발소리였다.

"케일럽?" 두려움이 스민 목소리로 물었다. 뜨거운 물에 몸을 담그고 있다가 잠이 들었던 탓에 머리가 여전히 멍했고, 벌거벗고 있는 탓에 나약해진 기분이었다. 이 상태에서는 케일럽의 마법을 막아 낼 수 없었다.

하지만 이 발소리는 케일럽의 것이 아니었다. 발소리는 이리저리 바쁘게 움직이고 있었다. 이상했다. 나는 수건을 찾으려고 주변을 둘러보았지만 보이지 않았다. 결국 다 식어 버린 욕조 물 안에서 몸을 잔뜩 웅크리고서 두 팔로 가슴을 감싸 안았다. 그리고 누구든 모습을 드러내길 기다렸다.

반짝이는 검은 구두가 보였다. 그리고 다리와 허리, 정장 재킷이 차례로 눈에 들어왔다. 렌이었다. 그는 몸을 뒤로 젖힌 채 앞으로 조금씩 걸어 들어왔다. 부자연스러운 걸음이었다.

아. 렌의 목을 휘감고 있는 팔과 관자놀이를 겨누고 있는 권총이 보였다. 나는 권총을 움켜잡고 있는 그 손을 알아볼 수 있었다. 그리고 렌의 목을 누르고 있는 그 팔뚝도 알아볼

수 있었다.

"엑스?" 부드럽고 친근한 그의 목소리가 들렸다. 그와 렌은 이제 욕실에 들어와 있었지만 렌의 몸집에 가려 그의 모습이 잘 보이지는 않았다.

"로건? 지…… 지금 여기서 뭐 하는 거예요?"

"당신을 데리러 왔어요." 그는 총구로 렌의 관자놀이를 꾹 눌렀다. "이 사람이 나를 들여보내 주지 않더라고요. 하지만 내가 이겼죠."

나는 아무 말도 못 하고 그저 욕조 안에 잔뜩 웅크리고 앉아 물을 뚝뚝 흘리면서 추위에 몸을 떨고 있었다.

"무릎 꿇어." 로건이 권총으로 렌의 뒤통수를 툭툭 치며 말했다.

렌이 머뭇거렸다.

로건은 공이치기를 뒤로 당기며 렌의 머리를 더 세게 밀었다. "일을 크게 만들지 말라고."

심장이 덜컹했다. 렌이 눈을 깜박이다가 이내 질끈 감고서 어깨를 들어 올리더니…… 육중한 몸을 천천히 움직이며 무릎을 꿇었다. 로건은 뒤꿈치가 끌리는 군용 부츠를 신었고, 물 빠진 청바지를 입고 있었다. 위에 입은 회색 브이넥 티셔츠는 앞부분만 벨트 버클 안쪽으로 밀어 넣은 모습이었고, 티셔츠 소매가 단단한 팔뚝을 팽팽하게 감싸고 있었다. 검은 모자를 깊이 눌러 쓰고 있어서 그의 얼굴이 잘 보이지 않았다.

"벨트 풀고 신발, 양말 다 벗어." 로건이 지시했다.

렌은 그가 시키는 대로 가느다란 검은색 가죽 벨트를 끌러 옆으로 죽 잡아 당겼다. 그리고 멋보다는 실용적인 검은 정장 구두와 아가일체크 양말을 차례로 벗었다.

"옆으로 누워서 두 손을 발목에 갖다 대."

렌은 다시 로건이 시키는 대로 천천히 옆으로 눕더니 손목을 아래로 뻗었다. 로건은 총을 든 한 손으로는 계속 렌을 겨누고, 다른 손으로는 벨트 한쪽 끝을 렌의 발목 아래로 밀어 넣고서 렌의 발목과 손목을 함께 벨트로 감았다. 이 모든 과정을 한 손으로 능숙하게 처리했다. 벨트를 팽팽하게 당기더니 다시 한 번 더 세게 조였다. 렌이 신음 소리를 냈다. 렌을 완전히 결박하고 나서야 로건은 권총을 바지 뒤춤에 찔러 넣었다. 순식간에 벨트를 묶어 매듭을 만들었다. 그리고 양말 한 짝을 돌돌 말아 렌의 입에 밀어 넣고, 다른 한 짝은 얼굴에 빙 둘러 감아 렌의 입을 단단히 틀어막았다.

로건이 렌을 묶고 재갈을 물리는 데 30초도 걸리지 않은 것 같았다.

"괜찮아요?" 로건이 나를 향해 빠른 걸음으로 다가와 내 앞에 무릎을 꿇고 앉았다.

로건은 깊은 바다처럼 파란 인디고 눈동자로 나를 바라보았다. 침착하면서도 근심이 어린 눈길이었다.

나는 고개를 끄덕였다. "괜찮아요." 하지만 바닥에 누워 있는 렌에게 시선을 돌리자 몸이 부들부들 떨리기 시작했다. "아뇨, 안 괜찮아요."

"다쳤어요?"

"아뇨, 다치지는 않았어요."

그는 조금 전에 내가 그랬던 것처럼 수건을 찾아 욕실 안을 두리번거렸다. 그리고 내 눈에는 보이지 않았던 수건을 찾아냈다. 벽 안에 수납장이 있었던 것이다. 로건은 재빨리 몸을 움직여 두툼한 흰색 수건을 가져다주었다. "자, 여기."

나는 천천히 일어나 욕조 밖으로 나왔다. 로건의 두 눈은 계속 내 눈을 향하고 있었다. 나는 벌거벗은 채 그 앞에 서 있었지만 내 자신이 무력하다는 생각이 들지는 않았다. 로건은 내 어깨 위로 수건을 둘러서 내 몸을 감쌌다.

"걸을 수 있겠어요?" 로건이 물었다. 그의 목소리를 들으니 마음이 가라앉았다. 귓가에 따뜻한 기운이 감도는 것 같았다.

"네." 나는 두 걸음 앞으로 나아갔지만 곧 다리에 힘이 풀려 버렸다. 아직도 머리가 어지럽고 혼란스러웠다. 힘이 빠져 몸을 가눌 수 없었다. 갈증도 심했다. 로건이 두 팔로 나를 부축해 주었다. "미안해요. 욕조에 앉아 있다가 잠들었거든요."

"그랬군요. 지금 몸이 뜨거워요." 나는 로건의 부축을 받으며 욕실 밖으로 나왔고, 별로 힘들이지 않고 침실을 빠져나왔다. "이제 두 발로 서 봐요. 넘어질 것 같으면 잡아 줄게요."

다리에 힘이 돌아왔다. 옆에는 로건이 있었다. 기운이 나는 것 같았다. 로건이 가까이 있으니 마음이 차분해졌다. 하지만 동시에 모든 게 혼란스러웠고 피곤이 몰려왔다. 나는 지금까지 낮잠을 자본 적이 없었다. 그런데 땅 속의 구멍에 빠져 다른 세상으로 굴러떨어진 것 같은 기분이었다. 토끼굴에 빠진 이상한 나라의 앨리스처럼. 모든 게 뒤죽박죽이었다. 어쨌든 더 이상 케일럽의 펜트하우스에 있을 수 없었다. 그건 로건도 마찬가지였다.

사람 머리에 총을 겨눈 채 벨트와 양말로 결박하고 재갈을 물린 남자의 품은 편할 수 없을 것 같았다.

그런데 편했다.

로건이 바지 주머니에서 열쇠를 꺼냈다. 렌의 열쇠를 빼앗은 것 같았다. 열쇠를 구멍에 넣고 돌리자 엘리베이터가 움직이기 시작했다. 잠시 후 엘리베이터가 멈추고 문이 열렸다.

로건이 나를 이끌며 말했다. "금방 따라붙을 거예요. 여기서 빠져나가려면 서둘러야 해요."

우리는 내 아파트가 있는 13층에서 내렸다. 로건은 한 팔로 내 허리를 감고 걸을 수 있게 부축해 주었다. 서둘렀지만 조심스러웠다.

현관문 앞에서 로건은 바지 뒤춤에 꽂아 놓은 총을 다시 꺼내 들었다. 로건의 손이 커서 그런지 그 차가운 금속 물체가 유독 작게 보였다. 총을 들고 있는 로건의 모습은 너무 자연스러워서 마치 총이 팔의 일부처럼 보였다. 그는 내 앞에 서서 한 팔로 나를 감싼 채 문을 벌컥 열었다. 총구를 앞으로 겨눈 채 신속하고 능숙하게 주변을 살폈다. 안으로 들어가 나를 소파에 앉히더니 손으로 여기 가만히 있으라는 시늉을 했다. 그리고는 내 침실로 사라져 버렸다.

잠시 후 로건이 양손에 옷을 한 무더기 들고 다시 나타나 내 앞에 내밀었다. "평상복이 하나도 없네요. 속옷도 마찬가지고요."

검은색 아장 프로보카퇴르의 데미컵 브라와 보이 쇼츠 팬티, 그리고 연한 파란색의 여름용 선 드레스였다. 이 드레스는 소매가 없고 무릎까지 내려오는 길이에, 밑단에는 빨간 꽃무늬가 그려져 있었다. 신발은 내가 가지고 있는 것들 중에서 굽이 제일 낮은 은색 끈 샌들이었다.

어깨를 으쓱해 보이며 옷을 받아 들었다. "내가 산 옷들이 아니에요."

로건은 얼굴을 찌푸렸기만 할 뿐, 대꾸하지 않았다. "어서 입어요." 짧게 내뱉었지만 다정한 목소리였다. "시간이 별로 없어요." 로건은 이렇게 말하고 돌아서서 바지 뒷주머니에 손을 찔러 넣었다. 허리춤에 비스듬히 꽂아 놓은 권총이 보였다.

서둘러 옷을 입었다. 옷 입는 것만으로도 기분이 달라질 수 있다니 신기했다.

로건은 슬쩍 고개를 돌려 내가 옷을 다 입었는지 확인하고 나서 몸을 돌려 나를 마주 보고 섰다. 양손으로 내 팔을 잡고, 아주 진지하고 따뜻한 눈길로 나를 바라보았다. "좋아요. 이제 당신한테 질문할 건데 딱 한 번 물을 테니 당신도 진지하게 생각하고 답해 주면 좋겠어요." 그는 한 손으로 내 뺨에 붙은 축축한 머리카락을 떼어냈다. "나는 당신을 여기서 데리고 나갈 수 있어요. 그게 당신이 원하는 거라면. 야

만인처럼 당신을 어깨에 들쳐 업고 나가지는 않을 거예요. 나하고 같이 갈 수도 있지만, 억지로 그럴 필요는 없어요. 당신 선택을 따를 거예요."

나는 침을 꿀꺽 삼켰다.

익숙한 모든 것이 이곳에 있었다. 케일럽, 렌, 이 아파트까지. 왼쪽으로 고개를 돌렸다. 열린 문 너머 도서관 안에서 나를 기다리는 책들이 보였다. 내가 가장 아끼는 창문과 친숙한 바깥 풍경……

하지만 저 위, 펜트하우스에서 있었던 일이 생각났다. 허리를 숙인 채 내 목을 움켜쥔 손에 매달려 있던 그 순간이. 케일럽은 부드러운 손길로 내게 마법을 걸었었다. 마치 내 의지 따위는 아무렇지 않게 꺾어 버릴 수 있다는 듯이. 그리고 너무나 아무렇지 않게 나를 혼자 내버려 두었고, 아무런 설명 없이 사라져 버렸다. 언제든 그의 지시를 따르는 내가, 거기서 그를 계속 기다릴 거라고 생각하면서.

내가 뭘 원하는지 나도 몰랐다.

나는 로건을 모른다. 알지 못한다는 건 두려운 일이다. 특히 이름도 없고 과거도 기억하지 못하는 상태에서 위험을 무릅쓰고 익숙한 공간 밖으로 벗어날 때에는 모든 것이 낯설고 두려울 수밖에 없다.

하지만 로건은 내게 선택의 기회를 주었다.

그 사실이 마음을 흔들었다.

미지의 세상은 두려울 수밖에 없었다.

이미 알고 있는 약간의 현실 역시 두려운 건 마찬가지였다.

"당신이랑 같이 갈래요, 로건." 아무것도 확신할 수는 없었지만 확신에 찬 목소리로 답했다.

로건이 살짝 미소 지었다. "내가 기대했던 답이군요." 그가 두 손으로 내 얼굴을 감싸며 말했다.

그의 손길은 너무나 부드럽고 따뜻했다. 어떤 위험에서든 나를 지켜줄 수 있을 것 같았다. 그의 손 안에 얼굴을 파묻었다. 눈꺼풀이 감기면서 파르르 떨렸다. 아주 잠깐이었지만 어지럽던 마음이 조금 가라앉았다. 정말 아주 짧은 순간이었는데도.

두 눈을 감는 순간 그의 숨결을 느꼈다. 그의 입술이 내 입술에 닿았다. 부드럽고, 달콤하게.

그는 내게 키스를 하고,

또 키스를 하고,

또 키스를 했다.

아주 짧은 순간.

그가 입술을 뗐을 때 나는 거칠게 숨을 삼켰다. 로건은 내 손을 맞잡고 손가락을 걸었다. 그리고 나를 이끌며 말했다.
"이제 됐어요. 어서 가요."

나는 내게 익숙한 모든 것을 버리고 그를 따라 나섰다.

15

로건은 엘리베이터에 올라타자 모자를 벗어 내게 씌웠
다. 그리고 챙을 아래로 살짝 당겨 내 얼굴을 가렸다. 로건
이 모자에 눌려 있던 머리카락을 한 손으로 흐트러뜨렸다.
머리카락이 살짝 헝클어진 모습이 너무 섹시해서 쳐다보기
만 해도 가슴이 벅차올랐다.

"그냥 앞으로 쭉 걸어 나가면 돼요. 알겠죠? 정문으로 직
진하는 거예요." 로건은 이렇게 말하며 한 팔로 내 허리를
감았다. 그리고 다른 손으로 주머니에서 휴대전화를 꺼내
나에게 건네주었다. "고개 숙여요. 페이스북 하느라 정신 팔
린 사람처럼 화면만 봐요. 앞에 뭐가 있는지 신경 쓸 여유 따
위 없는 사람처럼."

나는 로건의 휴대전화를 받아 들었다. 크고 네모난 검은
색 물체가 고무 케이스에 들어 있었다. 아랫부분에는 동그
란 버튼이 보였다. 로건이 엄지로 그 버튼을 누르자 화면이

켜지면서 혀를 쑥 내민 커다란 초콜릿색 개와 로건의 모습이 나타났다. 로건이 버튼 위에 다시 엄지를 대자 화면이 바뀌었고, 알록달록한 색깔에 다양한 로고가 달린 조그만 아이콘들이 나타났다. 바탕 화면에는 아름다운 나선은하의 사진이 깔려 있었다.

이걸로 대체 뭘 해야 하는지 감이 잡히지 않았다. 나는 휴대전화도 없었고, 사용법을 몰랐기 때문에 휴대전화가 없는 걸 당연한 것처럼 생각했었다.

화면만 보다 고개를 들고 말했다. "어떻게 하는 건지 모르겠어요."

로건이 얼굴을 찡그리며 내려다보았다. "그게 무슨 소리예요?"

핸드폰을 들어 보였다. "이거 말이에요. 써본 적 없어요."

그의 두 눈이 휘둥그레졌다. "당신은 정말이지, 매번 나를 놀라게 만드네요." 로건이 집게손가락으로 화면을 터치한 다음 왼쪽으로 밀자 아이콘으로 가득한 화면이 다시 나타났다. 아이콘 하나를 터치하니 확대되면서 숨겨져 있던 아이콘들이 더 나타났고, 로건은 다른 하나를 또다시 터치했다. "테트리스예요. 간단해요. 내려오는 조각들을 일자로 맞추기만 하면 돼요. 손가락으로 누르면 방향이 바뀌어요. 움직이는 퍼즐 같은 거죠."

화면을 몇 번 더 두드리니까 화면이 모눈종이 같은 모양으로 바뀌면서 작은 사각형들이 나타났다. 노란색 정사각형이 위에서 아래로 천천히 떨어졌다.

금방 게임의 원리를 파악해 게임에 집중했다. 그러는 사이 엘리베이터가 로비에 도착했다. 일부러 게임에 몰두했다. 다양한 도형들을 이리저리 끼워 맞추면서 한 줄씩 한 줄씩 지워 나갔다. 그렇게 하지 않으면 겁먹을 것 같았다. 아니, 사실은 이미 겁을 먹고 있었다. 나 자신에게조차 겁먹지 않은 척, 연기하고 있을 뿐이었다. 비디오 게임을 한다고 해서 아파트에서 나왔다는 두려움과, 발각되어 다시 끌려가면 벌을 받게 될 것이라는 두려움이 덜어지지는 않았다.

나는 달아나고 있었다.

로건과 함께.

익숙한 모든 것들을 버리고, 이제 겨우 두 번 본 남자와 함께 달아나고 있었다.

그러면서 비디오 게임을 하고 있었다.

이 상황이 너무 어처구니없어서 웃으려면 웃을 수도 있을 것 같았다.

로건의 팔이 내 허리를 더 단단히 감싸는 바람에 나는 그에게 몸을 바짝 붙이고 그가 가는 방향으로 따라갔다. 양손으로 핸드폰을 잡고 케일럽과 고객들이 휴대전화를 사용할 때 하던 동작들을 그대로 따라하면서 엄지 두 개로 화면을 열심히 클릭했다. 게임을 하는 게 아니라 정말 중요한 일을 하는 것처럼 보였다.

너무 긴장해서 숨을 쉴 수 없었다. 심장이 요란하게 망치질을 했다. 발을 내딛을 때마다 사람들이 고함을 치며 따라올 것 같았다. 웅성거리는 사람들의 말소리, 희미하게 흐르는 음악소리, 엘리베이터가 로비에 멈추고 문이 열리는 소리. 저 앞쪽에 있는 회전문이 열릴 때 길거리의 소음이 살짝 흘러 들어왔지만, 문이 다시 닫히자 로비는 이내 조용해졌다.

지금까지 건물의 로비를 본 적이 없다. 주차장을 통해 몇 번 드나들긴 했지만, 그런 경우에도 항상 철저한 감시 아래 최대한 빨리 차에서 엘리베이터로 이동해야 했다. 주변을 둘러보고 싶었지만 그러지 않았다. 대신 발밑을 쳐다보았다. 반짝이는 검은색 대리석 위에 금색 줄무늬가 있었다.

로건이 나를 데리고 정문을 통과할 때 그의 상체가 조금 꿈틀거렸다. 우리는 은색 손잡이가 달린 거대한 유리문을 지나 밖으로 나왔다. 요란하게 울리는 경적, 자동차 엔진 소리, 끼익하고 브레이크 밟는 소리 같은 거리의 온갖 소음이 쏟아졌다. 묵은 공포가 다시 스멀스멀 올라왔다. 심장이 위험할 정도로 빠르게 뛰기 시작했다. 가슴이 아플 정도로 세게 요동치고 있었다. 숨을 쉴 수 없었다. 허파가 얼어붙은 것 같았다. 눈을 깜박거릴 수도 없었고, 다리도 움직여지지 않았다.

이런 공황장애 때문에 나는 케일럽의 빌딩을 벗어나지 못하고 오랫동안 갇혀 있었다.

로건이 나를 끌고 가다시피 했다. 그의 휴대전화를 손가락에 간신히 걸치고 있었다.

"괜찮아요?" 그의 목소리가 귓가에 따뜻하게 울렸다.

숨을 들이마시려고 안간힘을 썼고, 조금은 성공을 했다. 겨우 말을 내뱉을 수 있었다. "공황…… 장애."

정장 차림의 남자가 내 옆을 지나다가 실수로 내 어깨를 쳤다. 그 사람은 나를 돌아보지도 않고 가버렸다. 나는 몸을 잔뜩 움츠린 채 건물 벽에 바싹 붙어 섰다. 벽 속으로 파고들어 돌이라도 되려는 사람처럼. 그러다 다리에 힘이 풀려 주저앉고 말았다. 누가 내 옆으로 지나갔다. 엉덩이를 간신히 덮을 정도로 짧은 핫팬츠와 가슴골이 드러나지 않는 탱크톱을 입은 여자였다. 그 여자는 역겹고 경멸스럽다는 눈길로 나를 노려보았다. 마치 내가 그 여자한테 무슨 잘못이라도 한 것처럼. 나도 그 여자를 뚫어지게 바라보았다. 고개를 돌릴 수가 없었다. 저 여자는 공황장애에 걸린 사람을 본 적이 한 번도 없는 걸까? 나를 알지도 못하는 사람이 어째서 저렇게 경멸이 가득한 표정으로 나를 쳐다보는 거지?

"엑스, 정신 차려요. 내가 여기 있잖아요. 아무도 당신을 해칠 수 없어요. 나랑 있으면 안전해요. 여기서 두 블록만 걸어가면 돼요. 알겠어요?" 로건이 내 앞에 무릎을 꿇고 두 손으로 내 얼굴을 감쌌다. 눈을 깜박이자 그의 깊고 파란 두 눈이 다시 보였다. "그래요. 나를 봐요. 이제 괜찮아요. 숨을 쉬어 봐요. 알겠죠? 깊게 들이마시는 거예요. 준비됐어요?"

나는 고개를 끄덕였다. 그의 팔뚝을 손가락으로 꽉 움켜쥐고 그의 파랗고, 파랗고, 파란 눈동자를 쳐다보았다. 맨해튼의 뜨거운 여름 공기를 가득 들이마셨다.

로건은 미소 지었다. 다정하고 참을성 있는 얼굴로 나를 바라보았다. 그는 절대 시선을 다른 데로 돌리지 않았다. "잘했어요. 좋아요. 한 번 더. 내 얼굴 보면서. 알았죠? 코로 깊이 들이마시고 입으로 내쉬는 거예요. 계속해 봐요. 좋아요. 내 눈을 계속 봐요."

숨을 쉬었다. 그의 얼굴을 바라보면서. 심장의 움직임이 조금 느려졌다. 한두 번 심호흡을 더 하고 난 후에, 로건은 내 손을 잡고 나를 일으켜 세웠다. 무심결에 로건의 핸드폰을 꽉 움켜쥐었던 탓에 손가락이 아팠다. 로건에게 몸을 기댔다. 로건이 내 옆에 있다는 사실만으로도 크게 안심이 되었다. 그의 티셔츠에서 섬유 유연제와 담배 냄새가 살짝 풍겼다. 로건은 주변을 살피며 서두르지 않고 천천히 걸음을 옮겼다. 횡단보도 앞에 멈춰 섰을 때 로건은 마주 보고 서서 내게 씌워 주었던 모자를 다시 바로잡아 주었다. 그러는 동안에도 여전히 뒤쪽을 살피며 따라오는 사람이 없는지 살폈다.

"이제 안심해도 될 것 같아요." 로건은 물기가 마르지 않아 축축하게 늘어진 내 머리카락을 어깨 뒤로 쓸어 넘기며 이렇게 말했다. "내 차가 바로 근처에 있어요. 반 블록쯤, 아니 그것보단 가까워요. 이제 좀 괜찮아요?"

여전히 잔뜩 겁먹은 상태이긴 했지만, 발작은 가라앉은 것 같았다. 나는 고개를 가볍게 끄덕이며 답했다. "괜찮아요."

로건은 나를 향해 씨익 웃더니 다시 한 팔로 내 허리를 감쌌다. "내 여자답네요. 잘하고 있어요."

로건은 침착했다. 케일럽이 어떤 사람인지 로건은 모르고 있는 걸까?

그리고 내 여자라니? 내가 로건의 여자인가? 아니면 그냥 의미 없이 한 말일까? 로건의 생각을 알 수 없었다.

그는 나를 이끌고 길모퉁이를 돌아 좁은 길의 교차로까지 쭈욱 걸었다. 도로에는 배달 트럭들이 잔뜩 주차되어 있었다. 길 중간쯤에 오렌지색, 흰색의 공사장 울타리가 놓여 있었고, 그 옆으로는 하얀 농산물 배달 트럭과 검은 밴 사이에 커다란 은색 SUV 차량이 주차되어 있었다. 로건은 나를 그 SUV로 데려가 내가 조수석에 올라탈 수 있게 도와주었다. 차에 올라타자 차 안에서 그의 체취가 느껴졌다. 로건이 안전벨트를 채워 주기 위해 몸을 기울였을 때 나는 숨을 깊이 들이마셨고, 신기하게도 마음이 차분해졌다.

곧 출발했다. 차는 살짝 후진했다가 속도를 내서 큰길로 진입했다. 차 안에서는 가죽 냄새와 바닐라 냄새가 났다. 로건은 아무 데서나 방향을 꺾었다. 일부러 그러는 것 같았다. 왼쪽으로 꺾었다가 다음에는 오른쪽으로 가고, 좌회전을 세 번하고 나서 여러 블록을 지나다가 또다시 우회전하는 식이었다. 로건은 신호에 걸릴 때마다 백미러를 살폈다.

"우리를 미행하는 차는 없는 것 같아요." 로건이 의기양양한 얼굴로 씨익 웃으며 말했다. "우리가 해냈어요, 엑스! 당신 정말 잘했어요!"

"잘했다고요? 건물 밖으로 나오자마자 공황장애 때문에 쓰러질 뻔했는데요. 지금도 속이 메슥거려요. 모든 게 엉망이라고요. 내가 지금 무슨 짓을 하고 있는 건지, 지금 무슨 일이 일어나고 있는 건지 모르겠어요. 한편으로 인생 최악의 실수를 저지른 기분인데, 다른 한편으로는 벗어났다는 사실에 당장 눈물이 쏟아질 것 같아요."

"당신이 느끼고 싶은 대로 느끼면 돼요. 천천히 하나씩 해 나가자고요. 알았죠? 가장 먼저 하고 싶은 게 뭐예요?"

어깨를 으쓱했다.

"모르겠어요. 아무것도 모르겠어요, 로건."

로건이 고개를 끄덕이며 말했다. "몰라도 괜찮아요. 내가 도와줄게요. 당신을 도울 수 있게 해줘요. 그럴 수 있죠? 뭐든 하고 싶은 게 생각나면 말만 해요."

로건이 콘솔에 달린 동그란 스위치를 누르자 갑자기 요란한 음악이 울려 퍼졌다. 귀에 거슬리는 악기 소리와 함께 분노에 찬 남자의 비명이 들렸다. 나는 순간 문에 바짝 붙어 몸을 움츠렸다. 가수의 목소리에 담긴 원초적 증오심과 엄청난 볼륨 때문에 순식간에 몸이 빳빳하게 굳어 버렸다. 가수…… 라는 단어는 내가 듣고 있는 저 목소리에는 해당되지 않는 것 같았다. 로건이 스위치를 돌려 볼륨을 적당히 낮추었다. 로건이 다른 버튼을 누르고 스위치를 돌렸다가, 또 버튼을 누르는 과정을 반복하자 음악이 바뀌었다. 드럼, 키

보드 연주와 함께 여자 보컬의 목소리가 흘러나왔다. 훨씬 들을 만했다.

"미안해요." 로건이 말했다. "슬립낫이 당신 취향에는 안 맞는 것 같네요."

"슬립낫?"

"네, 헤비메탈 밴드예요." 로건이 나를 슬쩍 보며 말했다. "어떤 음악을 좋아하고 싫어하는지 스스로 잘 모르는 것 같아요."

"아주 정확하게 맞췄어요." 나는 시인했다.

"당신은 뭘 좋아하는 것 같아요?"

한숨을 내쉬었다. "잘 모르겠어요. 책 읽는 걸 좋아해요. 그건 자신 있게 말할 수 있어요. 오래된 책, 작가 서명이 담긴 초판본, 희귀 판본 같은 거요. 소설은 장르 가리지 않고 다 좋아해요."

로건은 잠시 동안 아무 말도 하지 않았다. 이제 다음 곡이 흘러나오고 있었다. '업타운 펑크'라는 단어가 계속 반복되는 곡이었다. '업타운 펑크'가 뭔지 나로서는 알 수가 없었지만, 어쨌든 귀에 착착 감기는 노래였고, 나는 어느 사이엔가 리듬에 맞춰 고개를 까닥거리고 있었다.

"지금 가장 먼저 하고 싶은 건 뭐예요?"

"샤워요. 뜨거운 물로 오랫동안 샤워하고 싶어요. 편안한 옷이 있었으면 좋겠고, 그리고 뭘 좀 먹었으면 좋겠어요." 나는 말을 멈췄다. 그러다가 커다란 비밀이라도 말하는 것처럼 이렇게 내뱉었다. "건강에 안 좋은 음식이요. 기름기 많은 음식을 잔뜩 먹고 싶어요."

로건이 내게 미소를 지었다. "정말 쉬운데요. 그럼 제일 먼저 메이시에 가죠."

로건을 따라 메이시백화점 안을 이리저리 돌아다니는 동안 눈이 휘둥그레졌다. 방향감각을 완전히 잃고 말았다. 방향을 몇 번 틀었을 뿐인데 끊임없이 새로운 통로가 나타나는 걸 보면서, 혼자 나가는 길을 찾으려면 꽤 애먹었을 것 같다고 생각했다. 그래도 주의를 기울인다면 괜찮을 것 같기도 했다. 행거 사이를 배회하며 다양한 물건들을 구경하기만 해도 하루 종일 돌아다닐 수 있을 것 같았다. 로건은 한시도 경계를 늦추지 않았다. 겉으로는 태연하게 나를 데리고 여기저기 돌아다녔지만, 옷을 고르는 동안에도 여전히 주변을 감시했다.

평범하고 편안해 보이는 옷들을 골랐다. 청바지, 셔츠, 속옷과 플랫 슈즈까지 모두 편안해 보이는 것들만. 착용은 해보지 않고 눈대중으로 골랐다. 다시 차로 돌아왔을 때 로건은 한결 느긋해 보였다. 아까만큼 심하게 커브를 돌지도 않았다. 맨해튼 시내를 빠져나오자, 낮은 적갈색 벽돌담이 가로수와 함께 길게 늘어서 있는 조용한 골목이 나타났다. 로건은 어느 나무 옆에 차를 세웠다. 그 나무의 주변에는 벽돌이 둥그렇게 둘러쳐져 있었고, 나무 밑동의 뿌리 덮개 밑으로 조그만 조명들이 박혀 있었다. 로건이 계단을 세 칸 올라가서 열쇠를 자물쇠에 넣고 돌렸다. 그러자 문 바로 안쪽 벽에 붙어 있는 흰색 패널에서 알람 소리가 요란하게 울려 퍼졌다. 로건이 숫자 버튼을 차례로 누르고 나서야 알람이 멈췄다.

"경보 해제." 어딘지 알 수 없는 곳에서 전자 음성이 흘러나왔다.

그때 멀리서 사납게 짖어대는 소리가 들렸다. 안으로 들어서자 로건이 문을 닫고 손잡이를 돌려 자물쇠를 채웠다. "이리 와요." 로건이 말했다. "이제 코코아를 방에서 꺼내 줘야 해요. 순한 녀석이에요. 정말로요. 환영법이 지나치지만 다정한 녀석이에요."

걱정을 시작하기도 전에 로건은 복도 반대편으로 사라졌다. 문이 열리는 소리와 함께 개 짖는 소리가 점점, 점점 더 커졌다. 흐릿한 갈색 형체가 눈에 보이는가 싶더니 나무 바닥에 발톱이 날카롭게 부딪치는 소리가 들렸다.

"코코아, 내려와. 코코아!" 로건이 이렇게 소리를 질렀지만 이미 소용없었다.

커다란 개가 나를 보고 꼬리를 흔들면서 왈왈 짖더니 침을 흘리며 달려들었다. 곰처럼 거대한 앞발을 내 어깨에 올리고 혀로 내 얼굴을 끊임없이 핥았다. 커다란 개의 체중에 밀려 나는 뒷걸음질을 치다가 결국 균형을 잃고 바닥에 누웠다. 몸을 공처럼 웅크리고 누워서 눈물을 참으며, 미친 듯 핥아대는 혓바닥을 피했다. 개는 커다란 발바닥으로 내 어깨를 누르고 차가운 코로 내 손바닥을 밀치며 얼굴을 계속 핥으려고 했다.

웃어야 할지 울어야 할지 알 수 없었다.

그때 로건이 웃음을 터뜨렸다.

"좀 불러 봐요, 로건." 혓바닥 공격을 피하면서 말했다. 이 개는 내가 마지막으로 먹은 음식이 뭔지, 내가 언제 코를 풀었는지 혀로 확인이라도 하려는 것처럼 내게 달려들었다.

"코코아, 앉아." 로건이 단호하고 날카롭게 말했다.

그러자 이 거대한 갈색 짐승, 그러니까 내가 로건의 핸드폰 화면에서 본 바로 그 개가 핥는 걸 멈추고 웅크리고 앉아 낑낑거리는 소리를 냈다.

"엑스, 코코아와 인사해요." 내가 얼굴을 닦으면서 몸을 일으켜 앉는 사이에 로건은 내 옆에 무릎을 꿇고 앉았다. "악수하자고 해봐요."

거대한 개를 의심스러운 눈초리로 바라보았다. "또 나를 삼키려고 하지 않을까요?"

로건이 웃었다. "당신을 삼킨다고요? 그냥 반갑다고 인사한 거예요. 미친 강아지 방식으로요."

나는 로건을 흘겨보았다. "강아지라고요? 덩치가 회색 곰만 하다고요, 로건."

"이제 겨우 한 살인걸요. 몸무게도 아직 40킬로그램이 안 돼요." 로건은 다정하게 코코아의 귀를 살짝 치고서 엄지로 원을 그리듯 문질렀다. "순한 녀석이에요. 그렇지, 코코아?"

나는 마지막으로 한 번 더 팔뚝에 얼굴을 문질러 닦고, 몸을 틀어서 코코아를 바라보았다. "악수, 코코아."

코코아는 앞발 하나를 들어 올리고는, 순둥이 같은 미소를 지어 보였다. 나는 코코아의 앞발을 잡고 사람과 악수하는 것처럼 위아래로 흔들었다. 코코아가 짖었다.

"칭찬해 줘요." 로건이 말했다.

"착하다, 코코아." 내가 이렇게 말하자마자, 코코아는 혀를 내밀고 내게 달려들었다. 이번에는 로건이 사용했던 방법을 시도해 보았다. 날카롭고 단호한 목소리로 말했다. "앉아, 코코아."

"봤죠?" 로건이 코코아의 목을 끌어안았다. 코코아가 로건의 턱을 핥자 로건도 웃음을 터뜨렸다. "착한 녀석이에요."

로건은 이 개를 정말 사랑하는 것 같았다. 그를 보고 있노라니 마음 한구석이 찡했다. 나는 코코아가 자식이라도 되는 것처럼 끌어안고 어루만지면서 뽀뽀를 하는 모습을 그저 멍하니 바라보았다. 그러면서 마음이 녹아내리지 않게 애썼다.

로건은 마침내 자리에서 일어나 얼굴을 닦으며 말했다. "나가고 싶어, 코코아?"

코코아가 짖는 소리로 응답하더니 발톱 소리를 요란하게 내면서 집 반대편의 뒷문을 향해 쏜살같이 달려가 바닥에 웅크리고 앉았다. 두꺼운 꼬리를 정신없이 흔들며 로건과 문을 번갈아 쳐다보았다. 로건이 유리로 된 미닫이문을 열었다. 코코아는 자기 몸이 빠져나갈 수 있을 정도로 문이 열리기를 기다렸다가 웬만큼 열리자 뒷마당으로 돌진했다. 맨해튼에 이렇게 마당 있는 집이 있을 거라곤 상상도 못 했다. 넓지 않아도 아름답고 정교하게 꾸민 마당이었다. 자갈이 깔린 아담한 테라스와 연철로 만든 둥그런 테이블, 의자 네 개, 그리고 뒤쪽 울타리를 따라 늘어선 꽃나무들. 로건이 코코아를 따라 마당으로 나가자, 나도 그를 따라 나갔다. 로건과 나란히 서서 코코아가 행복하게 뛰어다니는 모습을 바라보았다. 코코아는 마당을 세 바퀴 돌더니 한쪽에 쪼그리고 앉아 볼일을 보았다.

상당히 조용한 동네였다. 한낮인데도 자동차 엔진 소리나 경적, 사이렌 소리가 들리지 않았다.

"당신이 이런 곳에서 살 거라곤 생각 못 했어요." 나는 뜬금없이 이렇게 말했다.

"내가 도심의 고층 건물 같은 데서 사는 줄 알았죠? 전망 좋고 검은 대리석이 좌악 깔려 있는 그런 데 말이에요." 로건은 바지 뒷주머니에 한 손을 찔러 넣고, 부츠를 신은 발로 자갈을 문질렀다.

나는 고개를 끄덕였다. "비슷해요."

"그런 건물에 살았던 적이 있긴 해요. 그런데 너무 싫더라고요." 로건이 어깨를 으쓱했다. "그러다 우연히 이 집을 발견했어요. 구입한 다음 내 손으로 직접 개조했죠. 코코아도 입양했고요. 하루 일과를 마치고 나서 돌아갈 조용한 장소가 있는 게 어떤 기분인 줄 알아요? 아, 억만금을 준대도 안 바꿔요. 녹색 식물이 있고, 나 혼자 있을 수 있는 마당이 있다는 건 또 어떻고요? 내 옆에 이렇게 코코아도 있고…… 이

보다 더 좋을 수는 없죠." 로건이 내게 고개를 돌렸다. "음. 더 좋을 수도 있겠죠. 머지않아 그렇게 된다면 좋겠네요."

내 얘기를 하고 있는 걸까? 로건은 나를 바라보며 말했다. 나를 염두에 두고 있는 것처럼. 하지만 나는 로건의 말을 어떻게 해석해야 할지, 어떻게 대꾸해야 할지, 또 어떻게 받아들여야 할지 몰랐다. 나로서는 로건이 무슨 생각을 하는지 도저히 알 수가 없었다. 커다란 개와 마당이 있는 집, 조용하고 평화로운 오후. 하지만 여기서는 도시의 풍경을 내다볼 수도 없고, 길거리를 지나다니는 수많은 사람들의 이야기를 상상할 수도 없다. 이런 시간을 두 번 다시 누릴 수 없다면⋯⋯. 하지만 내가 입을 옷을 직접 고르고, 내가 어떤 것들을 좋아하는지 알아갈 수 있는 삶은⋯⋯.

한꺼번에 이 모든 일을 감당하자니 너무 버거웠다. 무한한 가능성의 바다에 빠져 익사할 것만 같았다. 돌아서서 유리문을 열고 안으로 들어갔다. 복도 한쪽에 문이 열려 있어서 들어가 보니 욕실이었다. 욕실 문을 닫을 겨를도 없이 뚜껑 닫힌 변기 위에 주저앉았다. 얼굴을 두 손에 파묻었다. 어깨가 들썩였다. 눈물이 두 뺨을 타고 흘러내렸다.

왜 울고 있는 건지 알 수 없었다. 눈물이 그치지 않았다.

그렇게 한참을 멍하니 눈물만 흘리고 있을 때, 차가운 코가 내 뺨에 닿는 게 느껴졌다. 코코아는 나를 핥거나, 짖거나 달려들지 않았다. 그냥 내 무릎에 가만히 턱을 올리고 앉았다. 까만 눈망울로 나를 바라보는 코코아의 얼굴을 보고 있으니 나도 모르게 울다가 웃음이 터졌다. 마치 이야기를 나누며 위로해 주고 싶다는 표정이었다. 자기가 옆에 있으니 기운 내라고 말하는 표정이었다.

그리고 코코아의 위로는 정말로 효과가 있었다.

초콜릿처럼 진하고 부드러운 코코아의 갈색 털을 어루만졌다. 코코아의 목을 쓰다듬기도 하고, 커다란 귀를 긁어 주기도 했다.

"내 말이 맞죠?" 로건의 목소리가 들렸다. "이래서 사람들이 개를 '인간의 제일 좋은 친구'라고 하나 봐요."

나는 훌쩍이다 말고 또다시 눈물을 주르륵 흘렸다. 코코아의 어깨에 얼굴을 파묻고 눈물을 숨겼다. 코코아는 그저 턱을 내 어깨에 올리고 부드럽게 내 귀를 핥아 주기만 했다.

마침내 눈물이 그쳤다. 고개를 들어 보니 로건이 두 다리를 뻗고 벽에 등을 기댄 자세로 내 옆에 앉아 있었다.

"미안해요." 눈물을 닦으며 말했다. "그냥 나도 모르게……."

"그만." 로건이 내 말을 끊었다. "사과할 필요 없어요. 나도…… 당신이 어떤 기분인지 잘 알아요. 나한테 설명할 필요 없어요. 그냥…… 내가 옆에서 돕고 싶어요. 괜찮죠?"

마음을 가라앉히려 애썼지만, 혼란스럽게 뒤엉킨 감정은 쉽게 풀어지지 않았다. "어째서요? 당신은 나에 대해 아무것도 모르잖아요. 어째서 날 돕고 싶다는 거예요?" 나는 다시 눈물을 닦았다. "당신은 케일럽을 적으로 만들고 말았어요. 대체 왜 그런 짓을 했어요?"

로건은 내 앞으로 다가와 무릎을 굽히고 앉았다. 그리고 내가 쓰고 있던 모자를 살짝 밀어 올렸다. "그 사람은 신경 쓰지 말아요. 이제 당신은 케일럽이란 사람을 상대할 필요 없어요. 그 사람은 내가 직접 상대할 거예요." 로건이 손가락으로 내 뺨을 어루만졌다. "그리고 내가 이런 일을 하는 이유는…… 마음 같아서는 내가 정말 순수한 이타주의자이기 때문에 화려한 갑옷을 두른 흑기사가 되어 위기에 처한 여자를 구하고 싶었다고 말하고 싶지만, 정말 그렇다고는 할 수 없군요."

나는 눈을 깜박이며 숨 쉬는 데에만 집중했다. 그러지 않으면 당장이라도 로건에게 달려들어 그의 향기를 실컷 맡고, 두 손으로 그의 몸을 실컷 느끼고, 그의 목과 입술과 혀를 실컷 탐하게 될 것 같았다. 그래서 나는 꼼짝 않고 앉아 심호흡을 하며 로건의 얼굴을 가만히 바라보기만 했다. "어째서요?"

"왜냐하면 내 욕심이 더 많이 개입되어 있으니까요. 그곳은 당신이 있을 곳이 아니고요. 그래서 당신을 빼내야 한다고 생각했어요. 하지만 케일럽의 감시 카메라나 경호원들을 뚫고 당신을 빼내는 일은…… 당신을 거기서 벗어나게 하려면……."

"내가 거기서 벗어나길 원했어요?" 어째서 내 귀에는 이 말만 들렸던 건지 모르겠다.

"맞아요. 그랬어요."

"나는 이제 여기 있어요." 아주 작은 목소리로 말했다. 내 입에서 벗어난 단어들이 공기 중에 흩어져 버렸다. 그의 얼굴이 더 가까이 다가왔다. 그의 향기를 맡을 수 있었다. 내 다리를 붙잡고 있는 그의 손길을 느낄 수 있었다.

"그렇죠." 로건이 내 목소리만큼이나 작은 목소리로 답했다. "맞아요."

하지만 그때 옆에서 코코아가 짖었다. 자기도 이 순간을 함께 공유하고 싶다는 듯 해맑은 얼굴을 하고 있었다.

로건이 자리에서 일어나 무거운 한숨을 내쉬었다. 눈을 내리깔고 뭔가 골똘히 생각하더니 손으로 샤워 부스를 가리키며 말했다. "아까 샤워하고 싶다고 했죠? 여자들이 쓰는 샤워 용품들은 전혀 없지만 깨끗하게 씻을 수는 있을 거예요." 로건이 손바닥으로 그의 허벅지를 툭툭 치자, 내 옆에 앉아 있던 코코아가 로건의 옆으로 자리를 옮겨 혀를 늘어뜨리고 앉았다. "나는 코코아랑 잠깐 나가서 산책 좀 하고 올게요. 혼자 편하게 씻어요. 알았죠? 나갈 때 문 다 잠그고, 보안 장치도 설정해 놓을 거니까 걱정 말고요. 수건은 저 세면대 밑에 있어요. 다 씻고 준비 끝나면 점심 먹으러 나가자고요."

로건은 욕실에서 나가며 문기둥을 찰싹 치더니 나를 보고 활짝 웃었다. 그리고 자리를 떴다. 뭔가가 딸랑거리는 소리, 코코아의 발톱이 마룻바닥에 부딪치는 소리, 문이 열리고 로건이 비밀번호를 입력하는 소리가 들렸다. 마지막으로 문이 닫히는 소리와 함께 나는 이제 혼자가 되었다.

내가 기억하는 시간 안에서는 처음으로 완전히 혼자였다.

여기에는 내 일거수일투족을 감시하는 카메라와 마이크가 없었다. 내가 혼자 떠난다고 뒤쫓아 올 보안 요원도 없었다. 렌도, 토머스도…….

케일럽도…….

나를 바라보던 케일럽의 검은 두 눈동자가 떠올랐다. 격정적인 분노에 휩싸여 있던 그 강렬한 눈빛이 생생했다. 나를 잡고 있던 그의 두 손이 연결 고리처럼 느껴졌었다. 처음이자 마지막으로 그렇게 우리는 얼굴을 마주 보고 있었다.

케일럽이 펜트하우스에 남아 있었다면 어떻게 되었을까? 그의 어두운 두 눈동자 뒤에는 내가 모르는 세계가 있었다. 내가 모르는 감정과 생각이 식별할 수 없을 정도로 아주 깊은 곳에 자리하고 있었다. 케일럽이 내게 몇 가지 사실을 말해 주긴 했다. 그가 말해 줄 거라고는 생각도 못 했던 진실들을.

그러나 케일럽은 그곳을 떠나 버렸다.

그리고 나는 지금 혼자 있다.

샤워를 할 때면 욕실 안에서 옷을 벗고 다시 욕실 안에서 옷을 입었다. 내 아파트에서 사생활이 보호되는 장소가 욕실뿐이었기 때문에. 옷을 갈아입을 때만큼은 감시 없이 편하게 행동하고 싶었다.

하지만 이제는 내가 하고 싶은 대로 할 수 있었다.

나는 혼자였다.

거실로 나갔다. 거실에는 대형 텔레비전과 오디오, 갈색 초극세사 소파가 놓여 있었고, 벽에는 밴드 포스터와 고전 미술 작품들이 골고루 걸려 있었다. 감시하는 사람 없이 혼자 마음껏 돌아다니며 관찰했다. 나를 두껍게 둘러싼 침묵이 축복처럼 여겨졌다. 완전히 고립되어 있다는 느낌은 꽤나 달콤했다.

한쪽으로 계단과 계단참이 눈에 들어왔다. 올라가는 계단을 마주 보는 벽에는 그림이 하나 걸려 있었다.

반 고흐의 〈별이 빛나는 밤〉이었다.

나에게 이 그림이 특별한 의미가 있는 것처럼 로건에게도 그런 걸까? 아니면 그냥 여러 그림들 중 하나일 뿐일까?

주방은 크지 않았지만 아기자기하고 깔끔했다. 식사하는 자리에는 둥그런 테이블 하나와 의자 두 개가 있었다. 의자 하나가 뒤로 빠져 있는 걸 보니 아침에 로건이 이 의자에 앉았던 모양이다. 한쪽에는 잡지와 우편물들이 쌓여 있었고, 열쇠 여러 개가 걸린 열쇠고리도 보였다. 우편물에는 주소와 로건 라이더라는 이름이 적혀 있었다.

그렇게 주방을 둘러보고 있다가 갑자기 어떤 충동에 사로잡혔다. 내가 무슨 행동을 하는지 깨닫기도 전에 손을 뒤로 뻗어 드레스의 지퍼를 내렸다. 가슴에서 심장이 요란하게 쿵쾅거렸다. 드레스를 벗어 발밑에 내려놓았다. 이어 브라와 팬티를 차례로 벗었다. 나는 이제 로건의 주방에 알몸으로 서 있었다. 유리 미닫이문과 뒷마당, 그리고 뒷마당을 둘러싸고 있는 높은 담벼락이 생각났다. 담벼락 뒤에는 고층 빌딩이 하나도 없었다. 헬리콥터를 타고 공중에서 내려다본다면 모를까, 아무도 나를 볼 수 없었다.

약간 겁이 나고 긴장되었지만 스릴을 느끼기 위해 과감히 마당으로 걸어 나갔다.

완전히 벌거벗은 상태로 바깥 공기에 몸을 맡겼다.

자유로운 몸이 되었다는 사실에, 신이 나서 소리 지르며 춤추고 싶었다. 과감히 열댓 걸음 더 걸어 나가 내 주변을 높이 둘러싸고 있는 담벼락을 바라보았다. 나도 밖을 내다볼 수 없고, 밖에서도 나를 들여다볼 수 없었다.

그러다 갑자기 왼쪽 담벼락 너머에서 사람 목소리가 들렸다. 나는 너무 놀란 나머지 안으로 뛰어 들어갔다. 몸이 파르르 떨렸다. 더 이상 시간을 낭비하지 않고 곧장 욕실로 향했다. 욕실에 들어가 샤워기를 틀고, 제법 뜨거울 정도로 온도를 올렸다. 샴푸와 린스가 함께 들어 있는 용기 하나와 비누가 하나 있었다. 머리에 거품을 칠하고 문지르다가 '여자들이 쓰는 샤워 용품'은 없다고 한 로건의 말이 생각나서 웃었다.

한참 동안 몸을 문질러 닦았다. 내 몸에서 케일럽의 흔적을 지워 버리고 싶었다. 머릿속을 떠나지 않고 희미하게 맴돌며 마음을 불편하게 만드는 생각을 지워 없애야 했다. 만약에 케일럽이 나가지 않고 펜트하우스에 있었다면 어떤 일이 벌어졌을까 하는 그 생각을.

피부가 벌겋게 벗겨질 때까지 나는 계속 문질러 닦았다. 케일럽은 떠나 버렸다. 늘 그랬던 것처럼. 나를 이용해 자신의 욕구를 채웠고, 또다시 나만 남겨 두고 사라져 버렸다.

하지만 케일럽의 두 눈은 분명 나를 다정하게 바라보고 있었다. 아주 잠간이었지만 그 순간을 똑똑히 기억했다. 아무리 모른 척하려고 해도 그 기억이 생생하게 떠올랐다. 그건 분명 실제 상황이었다. 그가 나를 바라보던 다정한 시선은 가짜가 아니었다. 그런 눈빛은 내가 상상해 낼 수 있는 성질의 것이 아니었다. 하지만 그건 너무나 짧은 시간에 일어난 일이었고, 케일럽은 달려드는 벌레를 때려잡듯 그 순간을 짓눌러 버렸다.

바로 이 순간의 기억이 그에게서 달아나고 싶다는 욕망을 자극했다. 나는 케일럽에게서 다정한 눈길을 갈구했고, 케일럽이 숨겨둔 모습을 훔쳐보고 싶었다. 모든 걸 다 소유한 절대적인 존재가 아닌 평범한 인간의 모습을. 하지만 그것은 덧없는 희망이었다. 그건 영원히 변함없는 사실로 남을 것이다.

샤워기 수도꼭지를 끝까지 돌려서 피부가 얼얼해질 정도

로 물의 온도를 높였다. 뜨거운 물로 상처를 녹여 없애는 게 가능하기라도 한 것처럼.

그런 일을 모두 겪고도 케일럽 앞에서는 여전히 마음이 약해졌다. 그가 두려웠으면서도 그를 원했다.

이러는 나 자신이 너무 싫었다.

나는 생각했다. 지금 케일럽에 대한 욕망을 지워 버리려 하고 있다고. 케일럽에게 품었던 욕망을 다른 사람에게로 돌리려는 건지도 모른다고.

로건. 로건에게 푹 빠져 버렸다. 로건이라는 사람에게 깊이 도취되고 매혹되었다.

로건은 다정했다. 사려 깊었다.

그리고 따뜻했다.

하지만 그의 내면에는 얼음처럼 차갑고 강철처럼 단단한 모습이 숨어 있었다. 그의 인디고 눈동자 아래에는 교활한 포식자가 도사리고 있었다. 가끔은 맹렬한 전사의 모습이 보이기도 했다.

그런 모습이 두렵기도 했지만 무척 든든하기도 했다.

영원히 샤워만 하고 있을 수는 없었다. 수도꼭지를 잠그고 세면대 아래 수납장에서 깔끔하게 삼등분하여 접어놓은 두툼한 수건을 꺼내 몸에 둘렀다. 온몸이 따끔거렸다. 젖은 머리카락에서 물기를 빼기 위해 수건을 하나 더 꺼내 머리에 둘렀다. 나는 머리숱이 상당히 많아서 헤어드라이어를 사용하지 않으면 물기가 다 마를 때까지 오랜 시간이 걸린다. 욕실 밖으로 고개를 내밀고 집 안을 살펴보니 아직 로건은 돌아오지 않은 모양이었다. 아까 백화점에서 새로 구입한 옷들은 아직 쇼핑백에 담긴 채 현관문 앞에 놓여 있었다. 현관문 앞에서 쇼핑백을 집어 들던 바로 그때, 자물쇠가 돌아가더니 문이 홱 열렸다. 심장이 가슴 밖으로 튀어나올 것만 같았다.

삐삐삐삐.

코코아가 짖으면서 나를 향해 달려들었고, 축축해진 앞발로 내 어깨를 눌렀다.

그리고 대혼란이 일어났다.

로건이 출입문을 막고 있던 코코아를 떠미는 바람에, 코코아에게 떠밀린 나는 뒤로 넘어졌다. 밖에는 양동이로 퍼붓는 것처럼 세찬 비가 내리고 있어, 맞은편 길이 보이지 않을 정도였다.

알람 간격이 더 짧아졌다. 코코아는 내 위에서 꼬리를 마구 흔들며 즐겁게 짖어 댔다. 코코아가 진흙투성이가 된 발로 내 몸과 수건 위에 발자국 도장을 찍었다. 수건이 코코아의 발톱에 걸려 느슨하게 풀어졌다. 벗겨지기 일보직전이었다. 로건은 코코아를 넘어 안으로 들어와 경보를 해제하고 문을 꽝 닫았다.

나는 한 손으로는 코코아를 밀어내고 다른 한 손으로는 수건을 움켜잡은 채 자리에서 일어나려고 했다.

로건은 비를 맞아 흠뻑 젖어 있었다. 회색 티셔츠가 몸에 착 달라붙어서 몸매가 적나라하게 드러났다. 깊게 파인 단단한 복근이 돌을 깎아 놓은 것 같았다. 마찬가지로 끌로 조각해 놓은 듯한 가슴 근육과 넓은 어깨가 미끈하면서도 강인한 자태를 뽐냈다. 로건의 머리카락이 아래로 축 늘어져 뺨과 턱에 들러붙어 있었다.

로건은 가만히 서서 뜨겁게 불타오르는 파란 눈동자로 나를 바라보고 있었다. 그의 발밑에 빗물이 고여 웅덩이를 만들었다. 로건도 나도 움직이지 않았다. 숨을 쉴 수 없었다.

두르고 있던 수건이 느슨하게 풀어졌다. 한 손으로 가까스로 수건을 누르고, 다른 한 손으로는 여전히 진흙투성이 발로 요란하게 인사하는 코코아를 막고 있었다.

"코코아…… 앉아." 로건이 말하는 방법을 까먹기라도 한 것처럼 희미한 목소리로 말했다. "가만히 있어, 코코아."

코코아가 내 발치에 자리를 잡고 앉았다. 축축하게 젖은 코코아의 털이 내 발에 닿았다. 젖은 개의 냄새가 났다.

머리에 감은 수건을 풀어 로건에게 건넸다. 로건은 내게 시선을 고정한 채 코코아 옆에 무릎을 꿇고 코코아의 목줄을 풀었다. 그리고 조심스럽게 코코아의 몸을 닦아 주었다. 발, 다리, 기다란 몸통, 축 늘어진 귀, 하나하나 정성스럽게 닦았다. 거의 다 닦아 내자 코코아가 그의 손에서 빠져나가고 싶어 엉덩이를 씰룩거렸다.

"네 방으로 가, 코코아. 가서 쉬렴." 로건의 목소리는 여전히 희미했다. 두 눈이 여전히 나를 응시하고 있었다. 나는 움직일 수 없었다. 어찌된 일인지 뜨겁게 불타오르는 파란 눈동자에 온몸이 마비된 것 같았다.

코코아는 한 번 짖는 것으로 대답을 대신하고 종종거리며 자기 방으로 돌아갔다.

나는 벽을 등지고 섰다. 수건으로 가리지 못한 등이 벽에 닿아 차가웠다. 수건을 들어 몸을 가려야 했지만 그럴 수가 없었다.

로건은 내 앞에 서 있었다. 얼마 떨어지지 않은 곳에 서 있는 그의 어깨는 더 넓어 보였고 훨씬 커 보였다. 로건 역시 흠뻑 젖은 상태였다. 하지만 그의 몸은 김이 뿜어져 나올 것처럼 뜨거웠다. 남자의 향기가 물씬 풍겼다. 비에 젖은 개의 냄새만큼이나 강렬했다.

로건이 셔츠를 벗으니 상체가 그대로 드러났다. 조각처럼 매끈한 근육 위로 힘줄이 불거져 있었다. '그'는 체격이 곰처럼 거대했지만 로건은 그렇지 않았다. 지금껏 그 사람 말고는 벗은 남자의 몸을 본 적이 없으니 제대로 비교할 수는 없지만 어쨌든 그랬다. 바랜 청바지만 입고 서 있는 그는 키가 더 커진 것 같았다. 180센티미터가 넘는 장신인데도 날렵해 보였다. 매끈하면서도 단단한 근육이 맞춤 제작이라도 한 것처럼 완벽한 균형을 이루고 있었다. 군살도 전혀 없고 근육도 적당했다. 과하거나 불필요한 부분도 없었다. 굵고 강한 곡선이 그의 몸에 흐르고 있었다. 군데군데 상처도 있었다. 왼쪽 가슴과 오른쪽 알통에 가느다란 하얀 선들이 여러 개 있었고, 왼쪽 팔꿈치 위로도 상처가 길게 이어져 있었다. 오른쪽 어깨에도 뭉개진 것처럼 보이는 상처가 두 개 있었다. 어깨 근육에서 제일 두꺼운 부분에 하나, 그리고 쇄골 위쪽으로 하나. 갈비뼈 바로 아랫부분에도 비슷한 상처가 하나 더 있었다. 어깨에는 상처 말고도 다채로운 색깔의 문신이 있었다. 왼쪽 쇄골에서 왼팔로 이어지는 부분에는 알아볼 수 없는 그림들이 그려져 있었다. 문신은 왼팔 팔꿈치 바로 윗부분에서 끝났기 때문에 반팔 티셔츠를 입고 있을 땐 거의 보이지 않았다. 문신 중에는 만화에 등장하는 여자 캐릭터와 불꽃 그림도 있었고, 엑스 자로 놓인 공격용 라이플총 두 개 위에서 해골이 웃고 있는 깃발도 있었다. 가시철사에 휘감긴 고대 영문자들도 있었는데 무슨 글자인지 알아볼 수 없었다. 문신은 팔꿈치에서부터 나무처럼 위로 뻗어 나갔다. 알통을 감싼 부분은 나무뿌리처럼 보였고, 어깨로 이어지는 그림들은 큰 줄기 같았다. 해골 손가락 그림들은 잔가지처럼 그의 쇄골을 감싸면서 견갑골 너머로 이어졌다.

나는 손을 뻗어 그 나무의 뿌리부터 잔가지까지 탐색해 보고 싶었다. 하나하나 분류해서 이름을 붙이고 저마다의 이야기를 찾아내고 싶었다.

로건의 젖은 티셔츠가 바닥에 떨어지면서 질척한 소리를 냈다. 그의 머리에서 흘러내린 빗물이 목과 어깨를 타고 내려오다가 흉골에 모여 명치 쪽으로 향했다. 그리고 복근 사이의 정교한 골짜기를 따라 흘러내렸다.

"몸에 흙이 묻었네요." 로건이 낮게 중얼거렸다. 그의 목소리가 저음의 리본처럼 부드럽게 내 몸 위에서 미끄러졌고, 그의 손가락이 내 어깨 아래 묻은 진흙투성이 발자국 위에서 머뭇거렸다.

"아, 다 씻었는데."

딱히 할 말이 없어 그냥 이렇게 대답했다.

"누가 먼저 씻을지 정해야겠군요."

"먼저 씻어요. 이건 털어 내면 될 것 같아요."

로건은 허리를 숙여서 내 몸을 가리고 있던 수건의 한쪽 끝을 잡았다. 그리고 내 어깨 아래 묻은 진흙을 깨끗하게 닦아 냈다. "자, 이제 됐네요. 막 씻은 것처럼 깨끗해졌어요."

로건이 수건을 들어 올리는 바람에 내 무릎과 아랫배 사이의 은밀한 부분이 노출되었다. 살갗에 찬 공기가 닿으니 몸이 떨렸다. 아니, 어쩌면 몸이 떨리는 건 로건 때문인지도 몰랐다.

나는 몸을 가리기 위해 한 손으로는 가슴에 수건을 대고 다른 손으로는 로건의 동작을 따라했다. 수건 한쪽 끝을 들어 그의 가슴에 흐르는 빗물을 닦았다.

마음만 먹으면 수건을 바닥에 떨어뜨릴 수도 있었다. 마음 한구석에는 그러고 싶은 생각도 있었다. 그 결과를 기꺼이 감당할 의사가 있었다. 로건에게 나를 보여 주고 싶었다. 로건의 손길에 내 몸을 맡기고 싶었고, 로건의 몸에 내 몸을 맞대고 싶었다.

로건도 내가 이런 생각을 하고 있다는 걸 알까? 로건이 살며시 손을 뻗어 내 몸을 끌어당겼다. 나는 잠시 휘청했지만 기꺼이 그에게 몸을 기댔다. 내 뺨이 그의 가슴에 닿았다. 그의 심장 박동 소리가 드럼 연주처럼 울렸다. 두쿵, 두쿵, 두쿵. 로건의 맨살은 부드럽고 단단했다. 또 따뜻하고 축축했다. 내 뺨이 로건의 가슴에 착 달라붙어 있었고, 뒤로 물러서고 싶단 생각은 전혀 들지 않았다. 나는 양손을 들어 손바닥을 펴고 그의 가슴 위에 가만히 올렸다. 내 왼손이 그의 오른쪽 가슴에 있는 상처와 맞닿았다. 아마도 총알 자국이 아닐까 싶었다. 나는 손가락 끝으로 부드럽게 상처를 어루만졌다.

로건이 내 귀에 대고 낮게 중얼거렸다. "보기에는 좀 그래도 그렇게 심한 상처는 아니었어요. 근육과 뼈에만 맞았거든요." 로건은 내 손을 잡고 천천히 아래로 이끌었다. 그의 흉곽 바로 아래에 있는 상처가 손끝에 느껴졌다. "이것 때문에 거의 죽을 뻔 했어요. 회복에 거의 여섯 달이 걸렸죠. 폐 아래쪽에 제대로 맞았거든요. 그래도 다른 장기는 가까스로 비껴갔고 다행이었지요."

지금 내 안에 들어온 이 미친 여자는 대체 뭐지? 이건 내가 아니야. 원래 내 모습은 이렇지 않아. 지금 내 안에 있는 이 여자는 길들여지지 않은 무모한 짐승 같았다. 이 여자는 지금 두 손으로 로건의 갈비뼈를 감싸 쥐고 손끝으로 그의 탄탄한 근육을 세심하게 탐색하고 있었다. 이 여자가 나란 말인가? 이 여자가 마담 엑스라고? 이 여자는 입술로 그의 몸을 어루만졌다. 그의 가슴에 그려진 그림들을 지나 흉골의 세로선을 따라 내려오면서 키스하고, 키스하고, 또 키스했다. 그리고 그 못된 흉터를 어루만졌다. 내 입술이 그의 살갗을 어루만지자 두 사람의 몸에서 폭발적인 화학반응이 일어났다. 섬세한 숨결로 그의 맨살을 어루만졌을 뿐이었지만 내 몸을 불태우기에는 그것만으로 충분했다. 그의 옆구리를 잡고 있던 두 손과 그의 가슴을 어루만지는 입술을 통해 로건의 몸에 흐르는 전율을 느낄 수 있었다. 나는 그의 상처에 한 번씩 입을 맞췄다. 이유는 나도 모른다. 그의 상처에 내 입맞춤을 하나씩 길게 채워 넣었다. "거긴 파편이 날아와서 박힌 자리예요." 로건이 말했다. 나는 그 상처 위에 입을 맞추었다. 팔뚝 위에는 매끈한 잔물결 같은 화상이 보였다. "그건 뜨거운 라이플 총신에 닿는 바람에 생긴 화상." 그가 또 작게 속삭이며 설명했다. 나는 그 상처 위에도 입을 맞추었다.

　내 입술에 불이라도 붙은 것처럼, 내 혀가 아주 뜨거워서 그의 피부를 태우기라도 하는 것처럼, 내 입술이 닿을 때마다 로건은 거칠게 숨을 들이마셨다.

손에 닿는 그의 피부와 단단한 근육…… 이 느낌에 중독되고 있었다. 로건에게 흠뻑 취해 있었다. 키스를 멈추고 그의 쇄골에 내 입술을 지그시 눌렀다. 그리고 두 손을 뒤로 뻗었다. 손끝에 그의 어깨뼈가 닿았다. 눈을 감고 손끝으로 그의 날카로운 어깨선을 따라 점점 아래로 내려갔다. 양 손으로 그의 허리와 옆구리를 어루만지다가 손가락 끝으로 그의 갈비뼈를 가볍게 두드렸다. 시를 쓰듯 어루만지고, 노래를 부르듯 키스했다.

"엑스, 이제 그만 하는 게 좋겠어요." 로건이 긴장한 목소리로, 하지만 또박또박 천천히 말했다.

"왜요?" 나는 그를 어루만지며 엄청난 쾌감을 느끼고 있었다. 명령이나 지시에 따라서가 아니라 내 마음을 따라 그를 실컷 애무하고 있었다. 머릿속에는 온통 그를 만지고 싶단 생각뿐이었다. 내 입술은 자유의지에 따라 움직였고, 내 손도 열심히 예술 작품을 탐색했다.

"아직 준비되지 않았어요." 로건이 한 손으로 내 왼손과 오른손을 부드럽게 움켜잡았다. 그리고 다른 한 손으로는 내 얼굴에 붙은 머리카락을 조심스럽게 치워 주었다. "당신이 계속 이렇게 키스를 하면 나는 이 사실을 망각해 버리고 말 거예요."

"무슨 준비를 말하는 건가요?" 나는 이렇게 물으며 고개를 들었다. 그의 눈을 마주 보았다.

"당신과 하고 싶은 일들을 하기 위한 준비요. 그리고 그걸 준비하기 위한 시간의 준비요." 이렇게 말하는 로건의 눈빛에 굳은 의지가 담겨 있었다.

나는 몸을 떨었다. "아."

"그래요." 로건은 용기가 필요한 듯 깊이 숨을 들이마셨다.

로건은 내 얼굴을 외우는 것처럼 찬찬히 바라보았다. 왼손으로는 여전히 내 두 손목을 부드럽게 감싸 쥐고서, 오른손으로는 내 턱을 살짝 잡아 당겼다. 내가 고개를 들어 그의 얼굴을 바라보자 로건은 내 뺨과 이마를 엄지로 부드럽게 쓰다듬으며 흘러내린 머리카락을 옆으로 쓸어 넘겼다.

"젠장." 로건이 낮게 중얼거리더니,

내게 키스를,

내게 키스를,

내게 키스를 했다.

숨을 쉴 수 없었다. 어지러웠다. 심장이 미친 듯이 방망이질을 했다. 가슴이 죄어들었다. 손이 파르르 떨렸다. 떨리는 손으로 그를 움켜잡았다. 그리고 그에게 키스를 돌려주었다.

키스. 이렇게 단순한 행동이 또 있을까. 두 사람이 입을 맞대기만 하면 키스가 된다. 촉촉하고 부드러운 입술이 서로를 갈구하며 어루만지는 행동. 과감히 두 손을 뻗어 상대방의 성감대를 자극하는 행동. 단순한 몸짓. 동시에 무척이나 복잡했다. 이 행위에는 온갖 의미가 다 담겨 있다. 묻고 싶은 것들이 많아서 심장이 고동치고, 다양한 가능성이 존재하기에 가슴이 두근거린다.

로건의 키스가 다른 무언가로, 다음 단계로 넘어가기 위한 과정일까?

나는 다음 단계를 위해 그에게 키스를 하고 있는 것일까?

그저 이렇게 입을 맞추면서 상대가 어떤 생각을 하는지 파악할 수 있을까? 상대에게 벌거벗은 내 모습을 보여 주며 무력함을 느끼는 대신, 이렇게 키스만 나누면서도 욕망의 깊이를 탐색할 수 있을까?

로건의 손에서 내 팔을 뺐다. 두 손을 뻗어 그의 강인한 목을 감싸 안았다. 그의 몸을 바싹 끌어당겼다. 우리는 숨을 쉬기 위해 잠시 입술을 뗐다. 숨을 쉬는 동안 눈을 크게 뜨고 서로의 얼굴을 바라보았다. 그의 얼굴이 너무 가까워서 희미할 정도였다. 로건의 두 눈동자는 깊은 바다처럼 파랗게 빛나고 있었다. 해가 막 자취를 감추고 아직은 별들이 밤하늘에 완연히 모습을 드러내지 않은 해질녘 하늘빛을 닮은

색깔이었다. 로건이 두 손으로 내 허리를 잡았다. 맨살에 그의 손길이 닿았다. 이제 로건 앞에서 모든 걸 드러냈다. 나는 알몸이었고, 그 사실이 전혀 수치스럽지 않았으며, 그를 향한 욕망에 잔뜩 굶주려 있다는 사실 또한 숨기지 않았다.

바닥에서 두 발을 뗐다. 두 다리로 그의 단단한 허리를 휘감았다. 내 몸의 중심에 닿은 그의 단단한 아랫배가 무척 뜨거웠다. 로건이 몸을 돌려 내 등을 유리창에 밀착시켰다. 두 손으로 내 엉덩이를 움켜잡고서 별로 힘들이지 않고 나를 들어 올렸다. 로건의 혀가 내 입 안을 탐색하면서 나의 감각과 호흡과 의지를 앗아갔으며, 키스 이상의 것을 갈구하던 욕망, 또 다른 무언가를 갈구하던 욕망까지 앗아갔다.

나는 두 손으로 수염이 살짝 자란 그의 턱을 감쌌다. 그가 나를 떨어뜨리지 않을 거라 믿고 있었다. 그래서 내 몸을 그에게 완전히 맡겼다. 무슨 일이 생기든 로건 라이더와 함께하는 일이라면 기꺼이 받아들일 수 있었다.

이유는 몰랐다.

로건이 신비한 힘을 발휘하고 있으며 그 힘에 저항할 수 없다는 사실만 알고 있을 뿐이었다.

로건은 이제 튼튼한 한 팔로 내 엉덩이를 받치고 있었다. 그의 다른 손은 내 등을 어루만지면서 조금씩 위로 올라오더니 내 목을 움켜잡고 부드럽게 주물러 주었다. 그리고 다시 아래로 내려갔다. 마음이 진정되는 것 같았지만 몸은 조금씩 달아올랐다. 한편으로는 로건의 품에 안겨 잠들고 싶으면서도 다른 한편으로는 그를 거칠게 집어삼키고 싶었다. 내 두 손도 이런 내 마음에 호응하여 그 이상의 것을 찾아 그의 몸을 탐하기 시작했다. 둥글고 단단한 어깨를 어루만지다 옆구리와 허리를 지나 넓고 뜨거운 등으로 나아갔다. 팔을 더 높이 올려 축축하게 젖은 그의 머리카락 속에 손가락을 파묻었다.

로건은 한 손으로 내 머리카락을 그러모으더니 부드럽게 움켜쥐었다. 그리고 내 고개를 뒤로 천천히 당기며 내 눈동자를 바라보았다. ―아니, 내가 눈을 뜨고 있었다면 로건이 내 눈동자를 바라보았을 것이다.― 그리고 내게 키스를 퍼부었다. 내 존재마저 잊게 만드는 강렬한 키스였다. 내 머리카락을 움켜잡은 그의 손길이 달콤했다. 단호하면서도 부드러웠다. 그 손길에서 벗어나고 싶지 않았다. 설령 벗어나야 한다고 하더라도.

나는 벗어나지 않았다.

그가 퍼붓는 키스를 만끽하고 싶었다. 내 입술로 그의 입술을 삼키고 싶었고, 내 입에 들어오는 그의 혀를 맛보고 싶었다. 부드럽고 단단한 로건의 두 팔 안에 영원히 머무르고 싶었다.

시간이 얼마나 지났을까? 몇 분? 몇 순간? 몇 시간?

예전에 읽은 어떤 오래된 책에서는 한 순간이 한 시간의 사분의 일이라고 했다. 어쩌면 지금 백만 개의 순간이 지나 갔다고 하더라도 나는 모든 순간을 하나하나 구분해서, 매 순간마다 확인 도장을 찍은 다음, 마음속 깊이 저장할 수 있을 것 같았다. 로건과 함께하는 이 순간은 하나도 빠뜨리지 않고 모두 기억에 남기고 싶었다. 그에게서 이 순간들 말고는 얻을 게 아무것도 없다 하더라도.

무수한 순간들.

로건이 다시 내 엉덩이를 받쳐 들더니 한 손으로 내 뺨을 어루만졌다. 굳은살이 박인 거칠고 단단한 손이었지만 솜털 로 어루만지는 듯 부드럽게 스치고 지나갔다. 그리고 다시 입술을 내 입술에 문질렀다. 윗입술과 아랫입술을 깨물기도 했다가 꼬집기도 했다. 그가 아랫입술을 깨물 때마다 마약 에 중독되는 기분이었다. 그의 입술은 최음제만큼이나 강력 하게 나를 계속 끌어당겼다.

그가 아랫입술을 잡아당길 때의 쾌감에 조금씩 빠져들면 서, 그의 숨결과 그의 혀가 닿는 느낌에 점점 더 익숙해지면서, 나는 한 마리의 들짐승으로 변하고 있었다.

내 목에서 깊은 신음이 터져 나왔다. 이 신음 소리는 짐승이 울부짖는 소리라고 설명할 수밖에 없었다.

어떻게 하면 손을 뻗어 로건의 바지 단추를 풀고 그의 단단한 성기를 움켜쥘 수 있을지 생각했다. 하지만 바로 그때 로건이 나를 바닥에 내려놓고 뒤로 물러났다.

나는 갑자기 벌거벗은 상태가 되었다. 바닥에 떨어졌던 수건은 어디 갔는지 보이지 않았다.

지금 상황을 묘사하자면 이랬다. 나는 아무것도 몸에 걸치지 않았으며 흥분해서 유두가 단단해진 상태였고, 로건은 이글거리는 눈빛으로 이런 내 모습을 바라보고 있었다. 욕망이 가득 고여 있는 내 아랫배에서는 뜨거운 열기가 뚝뚝 흘러내렸고, 로건의 바지 앞부분은 불룩하게 솟아 있었다. 그리고 목에는 핏줄이 툭 불거져 있었다. 로건은 가슴을 위아래로 거칠게 들썩이며 주먹을 움켜쥐었다가 다시 펴길 반복했다. 미친 듯이 날뛰던 숨을 고르느라 내 가슴도 위아래로 들썩였다. 그는 언제라도 다시 내게 달려들 수 있었고, 나는 달려드는 그를 막을 생각이 없었다. 오히려 그를 자극하고 마음껏 신음을 내뱉으면서 더 많은 것을 갈구했으리라.

"맙소사. 엑스." 로건이 손바닥으로 턱을 문지르며 말했다. "당신 때문에 미치겠어요." 그의 목소리가 떨렸다.

나는 똑바로 설 수조차 없었다. 다리에 힘이 완전히 풀려 등을 벽에 기대고서야 간신히 서 있을 수 있었다. "당신이 원하는 게 뭔지 알고 싶어요." 그가 묻지도 않았는데 이렇게 대답했다.

로건은 인상을 찌푸리며 고개를 갸우뚱했다. "뭘 원하느냐고요?" 로건은 무릎을 굽혀 바닥에 떨어진 수건을 줍더니 내 몸을 가려 주었다.

마지못해 하는 행동처럼 보였다.

나는 다리에 힘을 주고 똑바로 서서 떨리는 손으로 머리카락을 쓸어 넘기려 했다. "당신과 있으면 나도 내가 무슨 짓을 할지 모르겠어요. 당신과 있으면…… 자유로워지는 기분이에요. 하지만 내 상황은 그럴 수 없고…… 나는 지금 안전하지 않아요. 그래서 당신이 원하는 게 뭔지 알고 싶고, 무슨 일이 일어나고 있는지 알고 싶은 거예요. 나는, 나는……."

로건은 재빨리 내 앞으로 다가와 두 손으로 어깨를 부드럽게 움켜잡고 엄지로 원을 그리듯 어루만졌다. "날 믿어요, 엑스."

"나도 그러고 싶어요."

"그런데요?"

"당신을 믿을 수 있을지 모르겠어요. 당신과 단 둘이 있을 때 숨도 쉴 수 없어요. 말이 되지 않는다고요. 내 존재조차 의식할 수 없어요. 나도 몰라요. 앞으로 어떻게 될 것 같다는 짐작도 못 하겠고 모든 게 다 두렵다고요. 나 자신을 잃어 버린 것 같아요. 잃을 것도 거의 없지만 어쨌든 그마저도 모두 잃게 될 것 같은 기분이에요."

"무슨 말인지 모르겠군요."

나는 고개를 가로저으며 로건의 손을 뿌리쳤다. 그리고 괜히 주변을 서성거렸다. "나도 내가 왜 이러는지 모르겠어요. 이건 나답지 않은 행동이에요."

로건은 나를 따라왔지만 다시 붙들지는 않았다. "저기, 내가 방금 깨달은 사실이 하나 있어요."

"그게 뭔데요?"

"당신 말 돌리는 재주가 탁월하다는 사실이요. 자기 얘기를 좀처럼 하지 않으려고 하죠."

나는 어깨를 으쓱했다. "할 말이 거의 없으니까요." 이건 어쨌든 진실이었다.

"할 말이 너무 많기 때문에 어디서부터 시작해야 할지 모르고 있을 뿐이에요."

나는 얼굴을 찌푸렸다. "내가 상당히 복잡한 사람인 것처럼 말하네요."

"복잡한 그대여, 그대의 이름은 엑스." 로건이 다시 내 앞으로 가까이 다가왔다. 축축하다 못해 이제는 차가워진 수건 한 장이 두 사람의 몸을 가로막고 있는 유일한 가림막이었다. 어쩔 수 없이 그의 가슴에 이마를 기댔다.

"그렇지 않아요." 나는 이의를 제기했다.

"그럼 당신이 제일 좋아하는 색깔이 뭐예요?"

"몰라요."

"가장 좋아하는 시인은?"

"이이 커밍스."

"가장 좋아하는 음식은?" 그의 목소리가 귓가에 다정하게 울렸다.

"나도 몰라요."

"가장 좋아하는 밴드는?"

"모른다고요." 나를 관찰하는 로건의 시선을 피하려다 보니 나도 모르게 돌아서고 말았다. 수건으로 가슴만 대강 가리고 있었기 때문에 뒷모습이 그에게 고스란히 드러났다. 내 등에서 엉덩이를 따라 움직이는 로건의 시선을 느낄 수 있었다. "나는 나에 대해 아는 게 아무것도 없어요. 아무것

도 모른다고요. 알았어요? 나는 복잡한 사람이 아니에요. 그
저…… 불완전할 뿐이에요."

"엑스, 당신은 복잡해요." 로건이 두 손으로 원을 그리듯
내 등을 살살 문질렀다. 마음이 좀 가라앉는 것 같았다. "복
잡한 사람이라고 나쁜 건 아니에요. 신비로운 사람이 되는
거니까요. 누군가 평생을 바쳐서 당신을 연구한다고 해도
당신이 가지고 있는 모습을 모두 드러내지는 못할 것 같다
는 생각이 들어요."

"나를 잘 알지도 못하잖아요."

"내 말이 그 말이에요." 로건은 말을 멈추고 여전히 축축
한 내 머리카락을 손가락으로 쓰다듬었다. "내가 아는 당신
이름은 '엑스'예요. 스페인계 사람이고요. 당신이 케일럽 인
디고 밑에서 일한다는 사실을 알아냈지만, 케일럽이 데리고
있는 여자들 중에서도 당신은 정말 찾기가 힘들었어요. 여
기에 무언가 중요한 사실이 숨겨져 있을 거예요."

로건은 두 손으로 내 엉덩이를 잡고 살짝 끌어당겼다. 그
의 부드러운 가슴과 까끌까끌한 청바지가 느껴졌다. 바지
지퍼 안쪽에 불룩하게 솟은 그의 성기도 느껴졌다. 그걸 느
낄 수밖에 없는 위치에 서 있었다. 만약 로건도 옷을 벗고 있
다면, 그렇다면……. 나는 숨을 들이마시며 그런 생각과 욕

망을 떨쳐 내려고 했다.

하지만 로건의 몸과 나의 몸은 퍼즐 조각 같았다. 어떻게 이렇게 완벽하게 딱 들어맞을 수 있지?

가장 깊은 곳에 숨겨 놓은 욕망 안에서 꿈틀거리는 가능성들을 생각하며 몸을 떨었다.

"진짜 당신 이름은 뭐예요?"

갑자기 화가 났다. "당신한테 알려 준 이름이 내 진짜 이름이라고요! 젠장!" 그의 손에서 빠져나가려고 했지만 로건은 나를 놓아 주지 않았다. 로건을 알고 난 후 처음으로 그의 진짜 힘을 느낄 수 있었다.

그는 내 엉덩이를 잡은 두 손으로 다시 나를 끌어당겼다. 그는 여전히 부드럽고 조심스럽게 잡았지만 놓아주지는 않았다.

그의 손은 완강했다.

"말이 안 되잖아요!" 로건도 화가 나 있었다. "지금 당신 진짜 이름이, 법적인 이름이 마담 엑스라는 걸 나더러 믿으라는 말인가요?"

"그래요!"

"거짓말하지 말아요. 나도 당신 말을 믿고 싶어요. 하지만 거짓말하는 건 못 참아요. 진실을 감추는 것도 마찬가지고요." 로건은 목소리를 낮게 깔고 단호하게 말했다. 로건에게 이렇게 냉정한 모습이 있을 거라고는 생각하지 못했다. 그래, 그는 전쟁터에서 사람을 죽였고, 한때 범죄를 저질러 교도소에도 갔던 사람이었지.

"거짓말하는 거 아니에요." 작고 슬픈 목소리가 패배한 사람의 그것 같았다.

로건이 두 손으로 나를 돌려 세웠다. 그리고 내 눈을 보며 말했다. "그러면 당신 이름을 말해 줘요."

"내 이름은 마담 엑스예요. 존 사전트 싱어의 그림에서 따온 이름이에요." 나는 로건의 손을 뿌리치며 말했다. 뜨겁게 달아올랐던 몸은 이제 차게 식어 버렸고, 흥분도 완전히 가라앉았다. 갑자기 눈이 따끔거렸다. 물이 고였다. 왜 눈물이 나는 거지? 알 수 없었다. 하나의 이유를 고르기에는 너무 많은 이유가 존재하기 때문인지도 몰랐다.

얼른 숨을 들이마시고 어깨를 넓게 폈다. 이를 악물고 끓어오르는 복잡한 감정들을 억눌렀다. 몸을 가리고 싶었다. 욕실로 향했다. 하지만 로건이 나를 따라와 앞을 가로막고 섰다. 그의 눈동자는 갈등에 휩싸여 있었다. 나를 걱정하면서도 혼란스러워 하고 있었다. 로건이 손을 들고 엄지로 내 뺨에 흐르는 눈물을 문질러 닦았다. "당신 말 믿을게요."

"당신이 안 믿는다고 해서 내 이름이 사라지거나 하지는 않아요. 나도 마찬가지고요. 나한테는 다행이죠." 나를 지키기 위해 날카롭게 발톱을 세웠다.

"그러면 당신도 케일럽이 데리고 있는 여자들과 같은 처지인가요?" 예상하지 못한 질문에 가슴이 덜컹 내려앉았다.

"무슨 말을 하는 건지 모르겠군요." 차가운 말투였지만 조심스러웠다.

"물론 당신은 모르겠죠." 로건은 당연하다는 듯 대답했다. 나를 믿는다는 말도 사실이 아닌 것 같았다. 로건은 한숨을 내쉬며 두 손으로 얼굴을 문질렀다. "이 문제는 나중에 다시 얘기하죠. 일단 뭘 좀 먹어야겠어요. 점심 먹으러 갈래요, 마담 엑스?" 로건은 손목에 차고 있던 두꺼운 검정색 시계를 보며 말했다. "아니면 저녁을 먹어도 좋고요. 시계를 보니 저녁이라고 해도 되겠네요."

"나는⋯⋯." 배가 고팠다. 로건이 날카로운 질문들을 퍼부을까 두렵기도 했지만 배고픔이 두려움보다 더 컸다. "그래요. 저녁 먹으러 가요."

"좋아요. 그럼 이제 옷 입어요. 나도 옷 갈아입고 올게요." 로건이 대답했다. 하지만 우리 둘 다 머뭇거리면서 먼저 돌아서려고 하지 않았다. 결국 로건이 한숨을 내뱉으며 다시 입을 열었다. "미안해요, 엑스. 당신을 의심하거나 화나게 하려던 건 아니었어요. 그냥…… 내가 당신에 대해 모르는 게 너무 많으니까, 알고 싶어서 그랬어요."

힘이 없긴 해도 진심 어린 목소리였다. 나는 다시 눈물이 흐를 것만 같았다. "로건, 당신 말이 맞아요. 나는 복잡한 사람이에요. 하지만 복잡할 게 없는 사람이기도 해요. 다른 사람에게 내 이야기를 하는 게 너무 힘들 뿐이에요. 시도조차 거의 없고요. 그러니 내가 앞으로도 쉽게 마음을 터놓지 못해도 당신이 나를 이해해 줬으면 좋겠어요."

"서두르지 않고 최대한 노력할게요. 하지만 이것 하나는 기억해 줘요. 내가 원하는 걸 잡으면 절대 놓지 않을 거예요."

뭐라고 대답을 해야 할지 몰라서 그저 멍하니 바라보며 침만 삼켰다. "알았어요." 이게 내가 생각해 낼 수 있는 유일한 대답이었다.

"그럼 이제 옷 입어요." 로건의 목소리가 유독 거칠었다. "내 자제력을 확인하려는 게 아니라면 말이에요. 당신이 그러고 있으면 지금 당장이라도 당신과 황홀경에 빠지고 싶거든요."

"황홀경이라고요?" 나는 약간 달뜬 목소리로 물었다. 이 남자와 있을 때면 나도 모르는 내 모습이 불쑥불쑥 나타났다.

"황홀경이요. 옛날 책들 좋아하죠? 옛날 책들 보면 그런 단어가 가끔 나오잖아요. 무슨 의미냐면…….."

"그 단어의 의미는 나도 알아요." 조금은 냉정을 되찾았다. 원래 내 모습이 조금은 되돌아온 것 같았다.

"그런데도 계속 그렇게 알몸으로 가만히 서 있을 건가요?" 로건이 내게 한 걸음 다가왔다. 지금 이 순간의 로건만큼이나 원초적이고 위협적으로 남성적인 매력을 발산하는 남자는 본 적이 없었다. 그는 한 마리 이리처럼 날렵하면서도 강인한 몸으로 좁은 통로를 완전히 가로막고 있었다. 청바지를 입고 있었지만 상체는 그대로 드러낸 채 주먹을 단단히 쥐고서 고개를 숙여 나를 바라보고 있었다. 그래서 그의 날카로운 광대뼈와 불타오르는 눈동자 외에 아무것도 내 눈에 들어오지 않았다. "나는 아까 벌거벗은 당신을 품에 안고 있었어요. 당신을 구석으로 몰아세울 수도 있었지만, 그러고 싶지 않았어요."

"어째서요?" 나는 속삭이듯 물었다. 다가오는 포식자의 냄새를 맡은 사슴처럼 온몸이 그대로 얼어붙었다.

"당신은 아직 준비가 안 됐으니까요. 내가 원하는 걸 함께할 수 있는 준비."

"당신이 원하는 게 뭔데요?"

로건이 한 걸음 더 다가왔다. 또다시 그와 나 사이에는 깃털만큼이나 얇은 공기의 장막만이 존재했다. 그의 숨결이 느껴졌다. 로건은 언제라도 나를 품에 감싸 안을 수 있었다. 그와 나의 피부가 조금이라도 맞닿는다면 그 무엇도 우리 두 사람을 막을 수 없을 것 같았다.

"전부 다요. 마담 엑스. 전부 다 원해요." 로건이 나를 내려다보았다. 나는 고개를 들어 그의 얼굴을 바라보았다. 그의 입술과 나의 입술이 스칠 듯 스치지 않고 미끄러졌다. "전부 다. 하지만 그게 끝은 아니에요."

로건의 말이 맞았다.

나는 아직 준비되어 있지 않았다.

로건은 길을 비켜 주었다. 나는 안도에 가까운 가벼운 숨을 내쉬고 발걸음을 옮겼다. 하지만 이제 롯의 아내와 다를 바 없었다. 문에 등을 기대고 서서 로건의 눈을 가만히 응시했다. 문손잡이를 찾느라 손을 더듬거렸다. 그래도 눈은 로건에게서 떼지 않았다. 문을 열고 안으로 들어가 그를 앞에 세워 두고 문을 닫기 위해서는 의지를 총동원해야 했다. 로건은 여전히 나를 바라보며 서 있었다. 내가 문을 닫는 동안 그는 눈도 깜박이지 않았고, 숨도 쉬지 않았다.

문이 닫히고 나서도 문 너머 그의 존재를 느낄 수 있었다.

16

로건은 나를 아담한 이탈리안 레스토랑으로 안내했다. 우리는 레스토랑까지 걸어갔다. 나란히 손을 잡고 도시를 가로질러 걸어가니 한 시간 반 정도 걸렸다.

비는 그쳤지만 길은 젖어 있었다. 나뭇가지에 매달린 빗방울이 황금빛으로 물든 저녁 안개 속에서 반짝거렸다. 해가 다시 구름 사이로 고개를 내밀자 고층 건물들이 사라지기 전에 마지막으로 환하게 타오르는 태양빛을 반사하며 주변의 모든 것들을 밝게 비추고 있었다. 주변이 온통 로맨틱하고 아름다우며 완벽한 세상의 빛으로 물들었다.

이렇게 밖에 나와 있는데도 공황 상태에 빠지지 않았다. 믿기 어려웠다.

"하루 중 이 시간이 제일 좋아요." 로건이 뜬금없이 이렇게 말했다. "사진작가들은 이 시간을 황금 시간대라고 부른대요."

"아름답네요."

이 순간의 소박한 사치에 가슴이 벅차올랐다.

로건이 길을 건너면서 한 손을 들어 건물들 사이로 쏟아지는 햇살을 가리켰다. "그거 알아요? 일본어에는 '코모레비'

라는 단어가 있어요. 저 햇살처럼 나무 사이로 쏟아져 내려오는 햇빛을 가리키는 말이라고 하더라고요. 나는 하루 중 이 시간만 딱 집어서 설명하는 단어가 있으면 좋겠다는 생각을 늘 했어요. 저 태양은 맨눈으로 직접 쳐다보기 힘들 정도로 완벽한 황금빛으로 빛나고 있고, 햇살은 도시의 건물들을 액자 삼아 유리창 위에서 환하게 빛나며 주변의 모든 것들을 아름답게 비추고 있잖아요." 로건이 나를 바라보았다. "정말 아름다워요."

이건 나를 두고 하는 말일까? 아니면 햇살이 쏟아지는 지금 이 순간을 두고 하는 말일까?

우리는 계속 걸었다. 나는 걸으면서 이 순간을 기억했다. 한 손으로 로건과 손깍지를 꼈고, 로건은 내 엄지와 검지 사이의 얇은 피부를 엄지로 살살 어루만졌다. 도시는 아름다웠고 공기는 싱그러우면서도 따뜻했다. 비가 내린 후의 신선한 내음이 공기 중에 가득했다. 뉴욕의 소음이 이제 익숙하게 다가왔다. 나는 자유롭고 지금 내 곁에는 이 남자가 있다.

"또 이런 단어도 있어요." 로건이 다시 침묵을 깨고 말했다. "이건 '무디타'라는 —로건은 '무우디이타아'라고 발음했다.— 산스크리트어인데요, 무슨 의미냐면…… 아, 어떻게 설명해야 하지? 그러니까 다른 사람의 행복에서 기쁨을 찾는다는 뜻이에요. 간접적인 행복이라고 할까요?"

로건을 바라보며 뒷말을 기다렸다.

로건이 고개를 돌려 나를 보았다. 그가 미소 짓자 아름다운 얼굴이 더 환하게 빛났다. "나는 지금 '무디타'를 체험하는 중이에요. 당신을 바라보면서 말이죠."

"정말요?" 내가 물었다.

로건이 고개를 끄덕였다. "그럼요. 당신은 지금 인생에서 가장 아름다운 걸 바라보는 사람의 눈으로 이 모든 것들을 바라보고 있으니까요."

그에게 내 마음을 설명할 수 있다면 얼마나 좋을까. "무얼 보든 다 아름다운 걸요."

"저…… 뭐랄까, 당신의 때 묻지 않은 그 모습이 좋아요. 나는 금방 질려 버릴 때가 많거든요. 지금껏 많이 봤으니까요. 더러운 꼴을 많이 보며 살다 보면 아름다운 것들은 쉽게 잊어버려요." 로건이 말을 잠시 멈췄다가 다시 입을 뗐다. "나는 이국적인 표현을 좋아해요. 영어로는 구체적으로 설명하기 힘든 무언가를 설명해 주는 그런 단어들. 찰나의 아름다움을 잘 설명해 주는 그런 단어요. 그래서 '코모레비' 같은 단어를 보면 일상의 환멸을 잊고 현재를 즐겨야 한다는 생각을 하게 돼요."

"당신은 지금까지 어떤 일들을 겪으며 살았던 건가요?" 나는 이렇게 물었다. 내가 왜 이런 질문을 하는 건지, 로건의 답이 내가 감당할 수 있는 일인지 잘 알지도 못하면서.

로건은 답하지 않았다. 다만 내 팔꿈치를 쿡 찌르며 한쪽을 가리켰다. 그가 가리키는 방향에 낮은 출입문이 있었고, 그 안으로 들어서자 어두운 레스토랑의 실내가 나타났다. 레스토랑 안에서는 마늘 냄새가 강하게 풍겼고, 한쪽에서는 아코디언 연주가 흘러나오고 있었다.

로건은 빨간색과 흰색 체크무늬의 식탁보를 정리하고 있던 나이든 남자에게 손짓을 했다. "지노, 뒤쪽에 우리 자리 준비됐나요?"

"그럼요, 물론이죠. 이쪽으로 오세요, 자요. 들어가서 앉아 계시면 와인과 빵을 준비해드리겠습니다." 지노는 미소를 지으며 이렇게 말하더니 곧 주방으로 사라졌다. 그는 등이 약간 굽어 있었지만 걸음걸이는 생각보다 빨랐다.

로건을 따라 뒷문으로 나가니 자그마한 뜰이 나타났다. 똑바로 누우면 양쪽 벽에 몸이 닿을 정도로 아담한 공간이었지만 테이블이 네 개 놓여 있었고, 세 테이블에는 벌써 다른 커플들이 앉아 있었다. 전선에 매달린 하얀 조명들이 벽을 따라 늘어져 있었다. 전선은 오래되어 쉽게 바스러지는 벽돌에 못으로 고정되어 있었다.

　로건은 벽을 등지고 앉았다. 자리에 앉자마자 지노가 한 손에는 마늘빵이 담긴 바구니를, 다른 한 손에는 와인 한 병과 잔 두 개를 움켜쥐고 돌아왔다. 그는 테이블 가운데에 바구니를 내려놓은 다음 와인을 따라 주었다. 병에서 어두운 홍옥색의 액체가 흘러나왔다.

　"말벡 와인 중에서도 최상품입니다." 지노가 입을 열었다. "아르헨티나 말벡이거든요. 아르헨티나 말벡만큼 좋은 말벡은 없지요. 정말 훌륭합니다. 마음에 드실 겁니다."

　"내가 안 좋아하는 와인이 있던가요? 아마 없을걸요?"

　"라이더 씨가 싫어하는 와인이 있다면 정말 형편없는 와인이겠죠." 지노가 이렇게 말하며 내 앞에 와인 잔을 내려놓았다. 로건과 지노는 모두 소리 내어 웃었지만 나는 어느 부분에서 웃어야 할지 몰랐다.

　두 남자가 나를 바라보았다. 무언가를 기다리는 것 같았다. 내가 먼저 와인을 맛보아야 하는 건가? 이것 또한 새로운 경험이었다. 나는 잠시 망설이다가 지난번에 레드 와인을 맛보았던 경험을 떠올리며 와인 한 모금을 입에 머금었다.

　새로운 맛이었다. 혀에 톡 쏘는 느낌이 그렇게 강하지 않고 부드러웠다. 맛이 풍부하면서도 아주 자극적이지는 않았다. 나는 고개를 끄덕였다. "좋네요. 제가 와인 전문가는 아니지만요."

"누구는 와인 전문가인가요? 저도 아니랍니다." 지노가 말했다. "저 같은 허풍쟁이를 와인 전문가라고 할 수는 없죠. 저희 식당에 소믈리에는 없지만 훌륭한 와인과 맛있는 음식은 얼마든지 있답니다, 미아 벨라."

"미아 벨라?" 내가 물었다.

"그건 그냥 '내 사랑'이라는 뜻이에요." 로건이 대답했다.

"아니, 이봐요. 누가 이탈리아 사람이죠? 라이더 씨는 아니잖아요. 그건 정말 확실해요. 라이더 씨는 '벨라'와 '볼라'도 구분 못 하니까요. 사랑의 언어인 이탈리아어는 제게 맡겨 주시죠."

"저는 프랑스어가 사랑의 언어인 줄 알았는데요?" 로건이 웃으며 말했다.

"아니죠, 아니에요. 이탈리아어라니까요. '이탈리아노 에 몰토 피우 벨라.'" 지노가 손을 내저으며 말했다. "하, 프랑스어라뇨. 그런 오리 콧바람 소리 같은 언어랑 비교하다니 기가 차는군요. 노랫소리처럼 아름다운 이탈리아어를 말이에요. 자, 그럼. 식사는 뭘로 하시겠습니까?"

"깜짝 놀랄 만한 메뉴 좀 추천해 주세요. 일단 우리 둘 다

엄청나게 배가 고프다는 걸 알아주시고요."

"마마가 주방에서 대기하고 있답니다. 라이더 씨도 마마가 어떤 사람인지 잘 알잖아요. 식사를 마치고 집에 가려면 기중기가 있어야 할 거예요. 라이더 씨는 배가 아주 빵빵해져서 그만 먹게 해 달라고 마마에게 애원해야 할지도 몰라요. 그러면 바로 그때 마마가 당신에게 디저트를 갖다 주겠죠!" 지노는 껄껄 소리를 내며 웃었다. 나는 이번에도 그의 농담을 알아듣지는 못했지만 그의 웃음에는 전염성이 있었다.

나는 씨익 웃으며 와인을 맛보았다. 지노의 말대로 정말 훌륭한 와인이었다.

다시 로건과 나, 둘만 남게 되자 로건은 팔을 테이블에 올리고 상체를 앞으로 약간 숙였다. "지노는 내 오랜 친구예요. 그리고 마마 이야기는 농담이 아니에요. 마마는 우리가 더 먹지 못할 지경이 될 때까지 계속 음식을 만들어서 보낼 거예요."

나는 와인을 한 모금 더 삼켰다. "이 와인은 정말 완벽하네요. 고마워요, 로건."

로건은 나를 지그시 바라보다가 이내 눈을 가늘게 뜨고 눈썹을 찌푸리며 물었다. "당신한테 질문을 해도 될까요, 엑스?"

"당신이 그 질문에 함께 대답해 준다면 얼마든지요."

"거래로군요. 당신한테 너무 유리한 조건 같은데요. 나도 나 자신에 대해서는 할 말이 그다지 많지 않으니까요."

"그러면 우리는 입 무거운 한 쌍이 되겠네요."

로건은 고개를 끄덕이며 웃었다. 그리고 마늘빵을 한 조각 떼어내며 말했다. "그런 것 같군요." 로건이 빵을 씹고 삼키는 동안 그의 얼굴에서 미소가 사라졌다. "그럼 가장 먼저 이 질문을 해야 할 것 같아요. 어떻게 자기 자신에 대해서 아는 게 거의 없는 거죠?"

나는 체념이 섞인 한숨을 길게 내쉬었다. "그 질문에 대해서는 네 단어로 대답할 수 있겠군요. '역행성 전기 기억상실증'이요."

로건은 눈을 깜박거렸다. 방금 그의 귀에 입력된 데이터를 처리하고 있는 것 같았다. "기억상실증……."

"맞아요." 말벡을 한 입 가득 삼키면서 불편한 기색을 드러내지 않으려고 애썼다.

"역행성 전기 기억상실증." 그는 내가 한 말을 반복해서 발음했다. 지노가 돌아오자 다시 등을 뒤로 기대고 앉았다. 지노는 샐러드가 담긴 커다란 사발과 접시 두 개를 가져와서는 접시에 샐러드를 듬뿍 덜어 주고 다시 말없이 주방으로 사라졌다. 로건은 포크로 샐러드의 양상추와 모차렐라치즈 조각을 찍어 들면서, 눈으로는 나를 계속 응시했다. "왜 그런 일이 생겼는지 설명해 줄 수 있어요?"

나는 샐러드를 씹으면서 생각을 정리했다. "역행성 전기기억상실증이란 내가 과거의 내 모습을 전혀 모른다는 의미예요. 심각한 두부 외상 때문에 나 자신에 대해서는 물론이고 과거의 기억까지 모조리 잃어버렸어요. 병원에서 깨어나기 전에 있었던 일들은 전혀 기억하지 못해요. 전혀. 그게 6년 전이었고, 정말 아무것도 기억하지 못했어요. 의사들은 그 상태가 영원히 지속되지는 않을 거라고 했죠. 기억상실증 환자들이 대체로 일시적이고 점진적인 기억상실증을 경험하는데, 다시 말하자면 외상이 발생하기 직전의 일들은 기억하지 못하지만, 자기 자신에 대해서나 더 오래 전에 있었던 일들에 관한 기억은 남아 있다는 거예요. 어린 시절에 있었던 일들 같은 거 말이죠. 많은 환자들이 어느 정도는 저절로 회복을 하면서 잊었던 기억의 대부분을 되찾는다고 해요. 비록 외상이 발생하기 직전의 일들은 여전히 떠올리지 못할 수도 있지만요. 외상이 심하고 신경 연결 통로의 손상이 심할수록 심각한 기억 상실을 오랫동안 겪을 수 있다고 하더군요. 내 경우에는 외상이 지나치게 심했어요. 살아남아 혼수상태에서 깨어나기는 했지만 몸을 제대로 움직일 수 없었죠. 의사들은 내가 깨어난 것만으로도 기적이라고 했어요. 그런 일을 겪고도 그저 기억상실증 —물론 심각하기는 하지만— 말고는 심한 외상이 없으니 축하할 일이라면서요. 그렇게들 말하더라고요. 하지만 어쨌든 내가 아무 기억 없이 혼수상태에서 깨어났다는 사실엔 변함이 없어요. 자신에 대해 아는 게 하나도 없고요."

로건이 몸을 떨고 있는 것처럼 보였다. "세상에. 무슨 일이 있었던 건데요?"

"확실하게 아는 사람은 아무도 없어요. 그냥 어떤 사람이…… 쓰러져 있는 나를 발견했을 뿐이에요." 그 이름을 말할 용기가 나지 않았다. "거의 죽은 사람이나 다름없었어요. 아주 끔찍한 강도 사건이 있었을 거라고 추측할 뿐이에요. 잠깐 동안은 죽은 상태나 다름없었고요. 나중에 들은 얘기지만. 내가 수술대 위에서 숨이 끊어졌는데 의사들이 다시 살려 냈다고 하더군요. 어쨌든 나는 살아났어요. 식구들이 있었는데 나만 살아남고 모두 죽었죠. 다들 잔인하게 살해당했는데 어찌된 일인지 나만 죽지 않고 살아남았어요. 그것도 나중에 들어서 그렇게 알고 있을 뿐이에요."

"그러면 당신 신분을 확인해 줄 사람이 아무도 없었다는 말이에요?"

나는 고개를 끄덕였다. "그랬던 것 같아요. 나한테는 신분증이 없었고, 내 가족은 죽었죠. 그래서 내 신분을 확인해 줄 사람이 없었어요."

"그러면 혼자 혼수상태에서 깨어났다는 말이군요. 당신이 누군지 전혀 모르는 상태로."

"혼자는…… 아니었어요."

"더 물어보고 싶지만 나중에 다시 얘기하기로 하죠." 지노가 다시 나타나 반쯤 남은 샐러드 와 접시를 치우고 네모난 라사냐를 내려놓는 동안 우리는 대화를 멈추었다. 라사냐를 서너 숟갈 정도 먹었을 때 로건이 다시 입을 열었다. "그러면 새로운 기억을 저장하는 덴 문제가 없는 거죠? 그렇죠?"

"그래요. 그건 다른 종류의 기억상실증이에요. 새로운 기억을 저장하지 못하는 증상은 순행성 기억상실증이라고 해요." 라사냐 맛이 정말 일품이었다. 떠들다가 이 순간을 망쳐 버리고 싶지 않았다. 그래서 로건과 나는 둘 다 말없이 음식에만 몰두했다.

"그러면……." 두 사람 모두 라사냐 접시를 비웠을 때 로건이 다시 입을 열었다.

내가 그의 말을 가로챘다. "이제 내 차례인 것 같은데요."

로건이 어깨를 으쓱했다. "좋아요."

"어린 시절 이야기를 들려 줘요."

로건이 미소 지었다. 어딘지 슬퍼 보이는 미소였다. "아주 흔한 이야기예요. 아버지는 내가 아기였을 때 떠나 버렸고, 엄마와 단 둘이 살았어요. 엄마는 하루에 일을 두 탕씩 뛰었고, 어떤 날은 세 탕을 뛰기도 했죠. 그렇게 해서 지붕이 있는 코딱지만 한 집에서 두 식구가 겨우 살았어요. 엄마는 정말 좋은 분이셨고, 나를 정말 사랑하셨죠. 능력이 허락하는 범위 내에서는 성심성의껏 저를 돌봐주셨어요. 그 점에 대해서는 전혀 불만이 없어요. 하지만 엄마는 일을 너무 많이 했어요. 그래서 내가 원한 방식으로는 신경 써주시지 못했고요. 나는 학교를 빠지기 시작했어요. 친구 아버지가 교외에서 서핑 장비를 파는 가게를 하셨는데 우리 둘이 만날 학교를 빼먹는다는 걸 알고 계셨죠. 하지만 그분도 학교를 마치지 않았기 때문에, 우리가 학교를 가든 말든 신경 안 썼던 것 같아요. 내 짐작이긴 하지만. 어쨌든 친구 아버지한테 서핑 보드를 빌려서 하루 종일 서핑만 했어요. 배고플 때만 해변으로 돌아와 샌드위치를 먹고 곧장 다시 바다로 돌아갔죠. 헤엄도 칠 수 없을 정도로 완전히 기진맥진해질 때까지 계속 파도만 탔어요. 미겔과 나는 5학년 때부터 줄곧 이렇게 놀았어요. 학교를 빼먹고 서핑을 하면서요. 그러다 어느 날 미겔의 아버지가 우리한테 보드를 하나씩 선물로 주셨죠. 우린 그걸 들고 파도가 좋은 곳을 찾아 하루 종일 해변을 뛰어다녔어요. 상상만 해도 근사하지 않아요? 실제로도 정말 근사했어요. 고등학교에 갈 나이가 될 때까지 매일 그렇게 시간을 보냈어요. 그러다가 미겔은 하비에르라는 사촌의 꼬임에 넘어가서 마약에 손을 대기 시작했어요. 하비에르는 우리를 마약 판매에도 끌어들였죠. 그렇게 해서 마약 조직 비슷한 게 되어 버리고 말았어요. 우리는 하비에르의 친구들과 뭉쳐 다니면서 말썽을 많이 일으켰어요. 그전까지는 학교에 다니는 시늉이라도 했었는데 그때부턴 그마저도 그만뒀고요. 엄마는 모르는 척하셨어요. 내가 경찰에 체포되지 않고 이삼 일에 한 번씩 연락해서 살아 있다고 알리고 있는 동안에는. 어쩌다 보니 그렇게 되더군요."

지노가 다시 돌아오자 로건도 말을 멈추었다. 이번에는 치킨 파르메산과 함께 토마토소스를 곁들인 파스타가 테이블 위에 올려졌다.

"그러다 보니 상황이…… 그다지 좋지는 않았어요. 미친 짓거리를 하지는 않았지만 암튼 지금 생각해 보면 그래요. 교도소에 간 사람도 없었고 다친 사람도 없었어요. 그냥 서핑을 하면서 마약도 하고, 가끔 이 사람 저 사람한테 아주 조금씩만 마약을 팔았어요. 위험한 딜러들의 눈에 띄지 않을 정도로만 아주 조금씩이요. 그러다가 여름이 됐어요. 학교를 다녔으면 고등학교 3학년으로 올라가기 직전이었겠죠. 암튼 열일곱 살, 뭐 열여덟 살 때라고도 할 수 있을 거예요. 그때 멕시코 국경 근처에서 대규모로 사업을 하던 딜러가 하비에르에게 접근했어요. 세르반테스라는 사람이었는데 미겔이랑 하비에르한테 자기 운반책이 되어 물건을 남쪽으로 운반해 달라고 했어요. 큰돈을 벌 기회였지만 그만큼 위험 부담도 컸죠. 나는 거기 껴주지 않더군요. 백인이었으니까. 그때까지는 내가 백인이라는 사실이 상관없는 일이었는데 그 일에 있어서는 상관이 있었어요. 그래서 세르반테스라는 사람은 내가 없을 때만 미겔이랑 하비에르에게 접근했어요. 그리고 두 친구는 마약 운반책이 되기로 했죠. 마약을 배달해 주고 큰돈을 받았어요. 대박을 맞았다고 생각했을 거예요. 어쨌든 몇 달 동안은 그럭저럭 문제없이 굴러갔거든요. 그러다가 하비에르한테 문제가 생겼어요. 마약단속국 국경 경비대의 함정 수사에 걸린 거예요. 그래서 하비에르는 밀고하는 수밖에 없었어요. 미겔의 뒤통수를 쳐서 덤터기를 씌운 거예요. 세르반테스는 배에 잔뜩 실어 놨던 물건들을 빼앗기고 수백만 달러를 물어 줘야 하는 상황이 되자 미겔이 한 짓이라고 오해를 했어요. 미겔하고 나는 평소처럼 서핑을 하고 있었어요. 날마다 이른 아침에 서핑을 했거든요. 동이 튼 직후에는 파도가 정말 좋으니까요." 로건은 고개를 숙이고, 한 손으로 와인이 약간 남아 있는 잔을 빙글빙글 돌렸다. "세르반테스가 졸개 세 명을 데리고 해변에서 우리를 기다리고 있었어요. 그러고는 말 한 마디 없이 그냥…… 그냥 미겔한테 총을 쐈어요. 가슴에만 열댓 방 정도를 쏘더군요. 내가 보고 있는 바로 앞에서요. 그게 다였어요. 협박이나 경고도 하지 않았고, 무슨 일이 있었는지 꼬치꼬치 캐묻지도 않았어요. 나한테도 말 한 마디 하지 않았죠. 내가 경찰에 무슨 말이라도 한다면 다음은 내 차례가 될 게 뻔했어요. 미겔은 세상에서 가장 친한 친구였는데. 가족이나 다름없었어요. 열 살 때부터 줄곧 친구였어요. 그런데 빵, 빵, 빵, 빵, 빵. 그렇게 가버렸어요. 바로 내 눈 앞에서요."

"세상에. 로건."

로건은 고개를 좌우로 절레절레 흔들었다. "그 상황에서 내가 뭘 할 수 있었겠어요? 다음은 내 차례가 될 게 뻔한데. 세르반테스의 손에 죽거나, 그게 싫으면 마약 운반책이 되는 방법밖에는 없었어요. 마약 운반책이 되더라도 결국 감방에 갇혔겠죠. 그러다가 어느 날 우연히 길에서 신병 모집 사무소를 봤어요. 어떤 남자가 그 앞에 서서 담배를 피우고 있었는데, 배지랑 훈장 같은 걸 엄청 멋진 군복에 주렁주렁 달고 있더라고요. 그 남자가 나를 멈춰 세우더니 무슨 일을 하냐고 묻더라고요. 군대에 들어가는 것도 괜찮은 생각 같았어요. 당시 내가 처해 있던 복잡한 상황에서 벗어날 수 있는 좋은 방법이었죠. 그래서 곧바로 입대했어요. 솔직히 나한테는 잘된 일이었어요. 쿠웨이트로 파견됐거든요. 군대에서 내가 기계 만지는 일에 소질이 있다는 걸 알게 됐어요. 군대에는 맛이 간 트럭이랑 탱크가 잔뜩 있었죠. 제대할 무렵, 고등학교 졸업장도 따고 기술도 좀 배운 상태였어요. 은행에 저축한 돈도 제법 있었고요. 전에도 말했지만 그렇게 4년을 군대에서 보낸 후에 어쩌다 세인트루이스로 가서 필립을 만났어요. 블랙워터라는 민간 군사 기업에서 일하던 사람이요. 그리고 다시 군인이 되었죠. 이번에는 전투 훈련을 받았어요. 그 사람들은 내 손에 총을 쥐어 주더니 나를 이라크로 보냈죠. 거기서 헬리콥터를 타고 돌아다니면서 엄청나게 많은 돈을 벌었어요. 기계를 고치는 데도 소질이 있었지만, 날아다니는 헬리콥터에 앉아서 90미터 밖에 있는 반란군을 쏘아 맞추는 일에도 제법 소질이 있었죠. 그 짓거리를 정말 오래도 했죠. 상남자라도 된 기분이었거든요. 육군과 해병대 놈들은 우리를 정말 싫어했어요. 개네들도 같은 일을 했지만 우리는 돈을 네 배나 더 받았으니까요."

"네 배나요?"

로건은 고개를 끄덕였다. "그래요. 정말 쉽게 돈을 벌었어요. 일종의 위험수당이었지만. 하지만 나는 위험한 일을 즐겼어요. 집에서 나를 기다리고 있는 식구도 없었고, 그래서 나한테 무슨 일이 생기든 전혀 신경도 쓰지 않고 될 대로 되라는 식이었죠."

"그러다 총에 맞은 거군요." 나는 그다음에 이어질 이야기를 추측하며 운을 뗐다.

"그러다 총에 맞은 거죠." 로건이 내 말을 반복했다. "AK 소총을 들고 있던 어떤 멍청이가 운 좋게 맞춘 거였죠. 내 말은 그놈이 제대로 나를 쏘려고 했으면 절대 성공하지 못했을 거라는 뜻이에요. 내가 굉장히 먼 곳에서 헬리콥터를 타고 빠른 속도로 움직이고 있었거든요. 그런데 그놈은 포기를 모르는 인간이었어요. 물론 원래대로라면 방탄조끼를 입었겠지만, 그날 아침에는 폭탄 테러도 있었고 매복 습격도 발생하는 바람에 바쁘게 움직이느라 정신이 없었어요. 헬리콥터에 타려고 서두르다가 방탄조끼를 까먹고 안 챙겼어요. 처음에는 어깨에 두 발을 맞았는데 대수롭지 않았어요. 생명에는 전혀 지장이 없었죠. 그런데 그놈이 다시 총을 쏘기 시작했고, 총알 하나가 내 가슴 아래로 날아와 박히더군요. 당신도 아까 봤죠." 로건은 손으로 갈비뼈를 가리켰다. 그의 상처가 내 두 눈에 또렷하게 보이는 것 같았다. "그나마 내 몸을 벨트로 묶어 놔서 다행이었어요. 그것도 다행이라고 말할 수 있다면 말이죠. 동료들이 나를 헬기 안으로 끌어 올려서 위생병을 붙여 주었고, 나중에는 미국으로 보내더군요. 전투는 끝나지 않았지만 내 전투는 그때 끝난 거죠. 하지만 완전히 회복할 때까지 오랜 시간을 병원 침대에 누워 보내야 했어요. 병원에 누워서 가만히 생각했죠. 두 번이나 죽을 뻔 했지만 운 좋게 위기를 넘겼더라고요. 세르반테스의 손에 죽을 수도 있었어요. 내가 입대하지 않고 주변을 계속 얼쩡거렸다면 결국 그렇게 됐겠죠. 하지만 어쨌든 나는 죽지 않았고 군대로 도망쳤어요. 그런데 그러다가 배에 총알이 날아와 박혔어요. 거의 죽을 뻔 했죠. 총알이 내 폐를 스치고 지나가는 바람에 영원히 폐 기능이 손상된 채 살아야 하지만 어쨌든 살았어요. 간발의 차로 총알이 다른 장기와 척추는 비껴갔어요. 그렇지 않았으면 좋지 않은 결과를 맞았을 거예요. 사람이 오랜 시간 동안 가만히 누워서 시간을 보내다 보니, 내가 죽음의 문턱에 얼마나 가까이 갔었는지 생각하게 되면서 정말 죽을 수도 있었겠구나 싶더라고요. 인생에서 뭐가 제일 중요한지 다시 생각해 보게 됐어요."

"그래서 어떤 결론에 도달하게 됐나요?"

"일단 성공해야 한다고 생각했어요. 살아남지 못할 수도 있었는데 살아남았잖아요. 정말 상투적인 말 같지만, 이렇게 살아 있으니 두 번째 기회를 얻은 기분이었어요. 일을 조금씩 하면서 지내다가 어느 날 시카고에서 어떤 사람을 알게 됐어요. 압류된 집들을 사서 개조한 다음에 이익을 남기고 되파는 일을 하는 사람이었죠. 이미 돈은 넉넉했지만 계속 바쁘게 살아야 했어요. 혼자 그 일을 할 수 있을 정도로 충분히 배운 다음 혼자 사업을 시작했죠. 부동산 시장이 호황을 누리던 시절에는 수입이 엄청 짭짤했어요. 큰돈을 벌었으니 일을 더 크게 벌여 보자 싶었죠. 돈이 한 푼도 없어서 파산하기 일보직전이었던 사람의 술집을 사서 그걸 새로 개조했어요. 그리고 술집 운영에 대해 좀 아는 사람을 몇 명 채용한 다음에 큰 수익을 남기고서 다시 팔았죠. 그 술집은 정말 돈이 됐어요. 그리고 더 큰돈을 벌기 위해 위험부담이 더큰 일에 손을 대기 시작했어요. 대부분은 성공했지만 그렇지 않은 경우도 있긴 했죠. 벌어들인 돈은 다음 사업을 위한 자금으로 투자했어요. 또 새로운 기술을 익힌 거죠. 대박과 쪽박을 구별할 수 있게 됐으니까요. 그래서 기술 개발 사업에 뛰어 들어서 관련 업체들을 하나씩 사들이다가……."

"그러다가 안 좋은 일에 휘말려서 결국 손해를 보게 된 거군요."

로건이 고개를 끄덕였다. "맞아요. 그 이야기만 해도 엄청 시간이 오래 걸릴 거예요."

"그 일에 대해서는 별로 이야기하고 싶지 않은가 보네요."

"맞아요." 로건이 나를 바라보며 말했다. "이제 다시 내가 질문할 차례예요. 케일럽과는 어쩌다 엮이게 된 건가요?"

온몸이 차갑게 얼어붙었다. 뭐라고 대답해야 할지 알 수 없었다. 케일럽에 대해서 어디서부터 이야기를 해야 하는지, 그 일을 어떻게 설명할 수 있을지…….

"그 사람이 거기에 있었어요. 아무도 내 곁에 없었을 때." 결국 이렇게 말했다. 어쨌든 사실이었다.

로건은 고개를 끄덕였지만, 설명한 것보다 그렇지 않은 이야기가 더 많다는 사실을 눈치 채고 고개를 끄덕이는 것이었다. "내가 정말로…… 사적인 이야기를 들려주면 어떻겠어요? 내가 진심이라는 걸 당신이 알 수 있게요. 그냥 정말 궁금해서 그래요. 당신을 판단하거나 그럴 의도는 없어요. 그냥 당신에 대해 알고 싶고, 그게 다예요."

"사적인 이야기라니, 어떤 이야기인데요?" 나는 묻지 않을 수 없었다.

그때 지노가 또 새로운 요리를 들고 나타났다. 라사냐와 비슷했는데, 넓은 판 모양의 얇은 파스타 위에 리코타 치즈와 간 소시지를 올리고 마리나라 소스를 뿌려 둥글게 말아놓은 음식이었다.

"혹시 그 그림 봤어요?" 로건이 물었다.

"〈별이 빛나는 밤〉 말이군요." 내가 답했다. "그래요, 봤어요. 그렇지 않아도 그 그림이 궁금했어요."

"당신도 알겠지만 반 고흐가 돈을 받고 다른 사람에게 팔았던 그림은 두세 점밖에 없어요. 그 그림도 그 중 하나죠. 내가 가지고 있는 그 특별한 그림은 그가 비슷비슷하게 그린 여러 가지 버전들 중 하나예요. 반 고흐는 그걸 프랑스에 있는 어느 수도원에서 그렸어요. 요즘 사람들은 정신병원이라고 부르죠. 거긴 돈 많은 부자들을 위한 정신병원이었어요. 반 고흐는 만성 우울증 환자였고 신경 쇠약으로 고생했어요. 자기 귀를 잘라내기도 했죠. 어쩌면 일부일지도 모르지만. 아무튼 그는 자기 발로 생폴 드 모솔 수도원을 찾아갔어요. 반 고흐는 한 병동을 혼자 사용했고 방 하나를 자기 작업실로 꾸몄죠. 그리고 그 방에서 내다보이는 광경을 그림으로 그렸어요. 그림을 그리고, 그리고, 계속 그렸죠. 관점을 바꿔 보기도 하고, 새로운 기법을 적용해 보기도 하면서 말이에요. 낮을 그렸다가 다시 밤을 그리고, 가까이에서 보는 것처럼 그렸다가 다시 멀리서 보는 것처럼 그리기도 했어요. 또 다른 버전도 있어요. 〈론 강의 별이 빛나는 밤〉이라는 그림이에요. 어쨌든 고흐는 그 방에서 내다보이는 풍경을 계속 반복해서 그렸어요. 우리 두 사람 모두 복제화로 가지고 있는 그 버전은 좀 더 특별한 구석이 있어요. 반 고흐는 정말 문제가 많은 사람이었어요. 그런데 그 그림에는 내가 공감할 수 있는 무언가가 있어서 내게 말을 걸고 있다는 인상을 받았어요. 결국 잘 풀리지 않은 그 거래 때문에…… 나는 감방에 가고 말았어요. 교도소에서의 경험은 자세히 말하고 싶지 않지만 어쨌든 하루에 한 번은 마당에 나갈 수 있었는데, 죄수들은 거기서 운동도 하고 시시한 일들을 하면서 시간을 보냈어요. 거기서 밖을 내다보면 그 그림에 있는 것 같은 언덕이 멀리 보였고, 그 언덕에는 나무도 몇 그루 심겨 있었어요. 아마도 여기저기서 날아온 새들이 그 나무에 앉아 휴식을 취했겠죠. 지금도 그 풍경은 직접 보는 것처럼 생생하게 떠올릴 수 있어요. 죄수들이 멀리 가지 못하게 잔디

가 마당 주변을 둘러싸고 있었고, 노란 민들레가 여기저기
조금씩 피어 있었어요. 그 너머에 그 언덕과 나무가 있었죠.
무슨 나무인지는 모르겠어요. 떡갈나무였을지도 모르겠네
요. 몸통이 상당히 두껍고 키도 무척 컸어요. 가지도 엄청나
게 많아서 사방으로 뻗어 있었죠. 정말 미치도록 더운 날, 교
도소 마당에 서서 언덕의 나무와 나무가 드리우는 그림자를
바라보면서 그 그늘 밑에 눕는 상상을 하곤 했어요. 정말이
지 그 풍경은 다시 보지 않아도 그림으로 그대로 그릴 수 있
을 정도예요. 하지만 그림 실력이 형편없어서 정말로 그리
지는 못하겠지만. 내게 〈별이 빛나는 밤〉이라는 그림은 멀
리 떨어져 있는 장소라는 의미예요. 어쩌면 평화로운 장소
를 의미할 수도 있고요. 글쎄요, 말로 설명하기 너무 어렵네
요. 어쨌든 이 그림을 보고 있으면 매일 언덕을 바라보며 느
꼈던 감정이 고스란히 살아나는 것 같은 기분이에요."

"나한테는 내 아파트에서 창밖으로 내다보는 도시의 풍
경이 당신의 언덕과 비슷해요. 나한테는 세상 밖으로 나오
는 게 쉬운 일이 아니었어요. 당신도 아까 봤으니 알겠죠.
당신 집에서 여기까지 걸어오는 동안 처음으로 공황 상태에
빠지지 않고 편하게 걸어올 수 있었어요. 그게 처음이었어
요. 창가에 서서 내려다 볼 때 세상 사람들은 너무나도 쉽게

그들의 인생을 살고 있었는데 말이에요……. 가끔씩 인생이 그렇게 단순하고 쉬웠으면 좋겠다는 생각을 했어요. 하지만 막상 밖으로 나가면 도로의 소음과 수많은 사람들 때문에 모든 게 감당할 수 없을 정도로 커지는 걸 느껴요……." 두 눈을 감고 생각을 차분히 정리했다. "내게 〈별이 빛나는 밤〉이 주는 메시지는 세상에 특별한 건 아무것도 없다는 거예요. 별들은 앞으로도 항상 빛날 것이고, 별빛은 앞으로도 항상 이 세상을 환하게 비출 거예요. 그건 당신이 누구든 변함없는 사실이에요. 내 경우에는 내가 누군지 모르더라도 변함없는 사실이라고 말할 수 있겠죠. 혼수상태에서 깨어났을 때 나는 내가 누군지 몰랐어요. 하지만 도시는 여전히 활기차게 흘러가고 있었죠. 이런 생각을 하면 위로가 되기도 하지만 동시에 무섭기도 해요. 그때그때 기분에 따라 달라지죠. 하지만 반 고흐에게는 앞으로도 영원히 별이 빛날 것이고, 성당과 사이프러스 나무는 영원히 그 자리를 지키고 있겠죠. 그리고 이 바깥세상에는 아름다운 무언가가 항상 존재할 거예요. 내가 어떤 사람이든, 어떤 기분을 느끼든 상관없이 항상 아름다운 무언가가요. 어떻게 더 덧붙여야 말이 되게 설명할 수 있을지 모르겠네요. 당신 말대로 설명하기 정말 힘들군요."

"아니에요. 나는 이해했어요." 로건이 한 손을 뻗으며 말했다. 그 순간 이해라는 감정이 우리 사이를 스치고 지나갔다. 흐릿했지만 진짜였다.

시간은 언제나 한 방향으로만 흐르니 아무리 간절히 원해도 그 순간으로 뒷걸음질 쳐서 돌아갈 수 없었다.

모든 것은 변하기 마련이었다.

이곳에 이렇게 로건과 함께 앉아 있는 건…… 그건 정말 쉽고 간단했다. 그리고 진짜였다. 이 순간을 즐기고 싶었다. 훌륭한 와인과 맛있는 음식, 그리고 나에 대해 알고 싶다고 말하는 잘생긴 남자까지. 하지만 그럴 수 없었다. 로건은 케일럽에 대해서도 알고 싶어 했다. 하지만 어떻게 케일럽을 설명할 수 있을까?

여전히 케일럽이 내 인생의 중요한 일부라는 말을 어떻게 할 수 있다는 말인가? 케일럽의 이야기를 다른 사람에게 하는 건…… 신성 모독이자, 배신으로 여겨졌다. 케일럽과 나 사이에 있었던 무수한 일을 말로 설명해 버리면 더없이 하찮은 일들이 되어 버릴 것이고, 드러내지 말아야 할 사소한 일을 드러내는 꼴이 될 것이다. 비밀은 아니었다. 단지 은밀한 이야기일 뿐.

자신이 누군지 모르는 사람보다 더 벌거벗은 사람은 없

고, 본래의 성격을 잃어버린 채 정체성도, 영혼도 없이 사는 것보다 더 무력한 삶을 사는 사람도 없다.

나는 아무도 아니었다.

그런데 케일럽은 나를 누군가로 만들어 주었다. 그 누군가의 인생은 케일럽이라는 사람을 중심으로 돌아가고 있었다.

"엑스?" 로건이 불렀다. 차분하지만 날카로운 목소리였다.

"아, 미안해요." 로건을 향해 미소를 지어 보려고 애썼다.

"잠깐 딴 생각을 했나 보네요."

그저 멍하니 그의 얼굴을, 파란 눈동자를 바라보았다. "우리…… 우리 이제 그만 갈까요? 저녁 식사는 정말…… 훌륭했어요. 당신은 이해 못 하겠지만 이보다 더 훌륭할 수 없을 거예요. 아주 좋았어요."

로건은 한숨을 내쉬었다. 슬픈 기색이었다. "아…… 아니. 알았어요. 정말이에요." 로건은 자리에서 일어나더니 주머니에서 돈을 꺼내 테이블 위에 올려놓았다.

그때 지노가 접시를 들고 다시 나타났다. "아, 곤란합니다. 지금 가면 안 돼요. 아직 안 끝났단 말입니다. 하이라이트는 아직 나오지도 않았다고요!"

로건이 지노의 어깨를 가볍게 두드리며 말했다. "미안해요. 내 친구가 몸이 좀 안 좋아서 그래요."

"아. 그렇다면 가셔야죠." 지노가 어깨를 으쓱했다. 그 몸짓이 마치 '일어날 일은 언제든 일어난다.'고 말하는 것 같았다.

밖으로 나와 로건의 손을 잡았다. 이제 저녁이었다. 황금빛 태양이 사라진 자리에는 땅거미가 내려앉고, 금빛도 어둠 속에 녹아 버리고 없었다. 마법 같은 시간이 이제 모두 끝났고, 마법을 걸었던 주문도 풀려 버린 것 같았다. 왜 그렇게 됐는지, 어쩌다 그랬는지도 몰랐지만, 나는 걸음을 걸었고 마음 한구석이 편치 않았다.

이제 도시의 아름다움 대신 추한 모습이 드러났다. 길바닥에 너저분하게 떨어져 있는 쓰레기와 대형 쓰레기통에서 풍기는 악취, 자동차가 내뿜는 디젤 가스와 열린 창문 밖으로 들려오는 화난 남자의 욕설. 발밑에서는 유리 조각들이 으스러졌고, 벽을 가득 채운 추한 그라피티는 바스러진 벽돌을 망가뜨리고 있었다.

와인 때문인지 머리가 무겁고 어지러웠다. 두개골 안쪽이 쿡쿡 찌르는 것처럼 아팠다.

돌아가는 길은 너무나 멀게 느껴져서 영원히 걸어야 할 것 같았다. 발이 아프기 시작했다.

욕조에 누워 있다가 잠에서 깼을 때가 몇 시였지?

시간이 얼마나 흐른 걸까? 영원처럼 느껴졌다.

정말 이 모든 일들이 오늘 하루에 벌어진 걸까?

끝나지 않을 것 같은 오늘 하루가 나를 무겁게 짓눌렀다. 하루 동안 겪은 일들의 무게가 너무나 버거웠다. 무거운 음식과 무거운 와인. 내 입술에 키스하던 로건의 입술. 내 몸에 맞닿았던 로건의 단단한 몸. 그리고 로건과의 키스. 그를 원했지만 원해서는 안 될 것 같았다. 어째서인지 그와 함께 있으면 잘못을 저지르는 기분이었다. 왜 이런 기분이 드는 건지 이해할 수 없었다. 이해하려 할수록 머리가 빙글빙글 어지럽게 돌았다.

내 침대와 도서관이 그리웠다. 얼그레이를 마시면서 〈맨스필드 공원〉을 읽고 싶었다. 내 창가에 서서 도시에 밤이 내려앉는 광경을 감상하고 싶었다.

아파트를 떠난 것이 실수였을까? 그땐 옳은 일이라고 생각했다. 하지만 지금은……. 확실하게 말할 수 없었다. 로건은 어떤 사람일까? 그는 전사였다. 한때 교도소에 갇혔던 남자였고, 한때 전쟁터를 누비던 남자였다.

위험을 무릅쓰고 내가 자유의 몸이 될 수 있게 도와준 남자였다.

하지만 로건이 나를 이해할 수 있을까? 내가 처한 상황을 이해할 수 있을까?

"엑스?" 로건의 목소리가 들렸다. 걱정하는 목소리였다. "괜찮아요?"

그렇다고 말할 수 없었다. "오늘 무척 긴 하루를 보낸 탓에 너무 피곤하네요." 더 많은 이유가 있었지만 말하지 않고 남겨 두었다.

"얼른 집에 가요." 로건은 이렇게 말하면서 한 팔로 내 허리를 감쌌다.

집? 집이 어딘데? 집이 대체 뭔데?

"더 이상 못 걷겠어요, 로건. 이제 더는 못 걸어요."

나를 바라보는 그의 시선이 느껴졌다. "젠장. 이런 바보 같은 짓을. 당신이 하루 종일 얼마나 힘들게 보냈는지 옆에서 빤히 봐 놓고, 대체 정신이 어디 팔려 있었던 건지 모르겠군요." 로건이 한 손을 들자 마법처럼 어딘가에서 노란 택시가 나타나 우리 앞에 멈추어 섰다.

로건은 나를 택시에 먼저 태우고 내 옆에 올라타더니 기사에게 집 주소를 불러 주었다. 로건의 집까지는 그리 멀지 않았다.

택시가 적갈색 벽돌담이 늘어서 있는 길가에 차를 세웠다. 로건이 요금을 치렀다. 담요처럼 하늘을 덮은 짙은 어둠 사이로 가로등 불빛이 반짝였다. 택시에서 내린 로건은 한 팔로 내 허리를 안고서 현관문 앞까지 부축해 주었다.

오늘 밤 로건과 함께 자는 걸까? 그의 침대에서? 아니면 소파에서? 빈 방에서?

집에 돌아가고 싶은 마음이 간절했다. 이야기책에나 등장할 법한 모험을 찾아 떠난 기분이었다. 이제 다시 원래의 삶으로 돌아가고 싶었다. 하지만 원래의 내 삶은 없었다. 옛날이야기나 동화는 더더욱 아니었다.

내 삶은 대체 뭐지?

너무 피곤했다.

다시 로건과 함께 알몸으로 서 있던 그 시간으로 돌아가고 싶었다. 로건의 두 손이 내 몸을 감싸 안고 있던 바로 그때로, 모든 일이 단순하고 가능해 보였던 그때로 돌아가고 싶었다. 그 순간만큼은 모든 것이 간단하고 쉽게 느껴졌다. 내가 원하는 건 로건뿐이었으니까.

지금도 여전히 로건을 원하고 있었다.

지금처럼 로건의 품에 있을 땐 안전한 기분이 들었다.

하지만 내일은 또 어떻게 상황이 바뀔지 알 수 없었다. 솔직히 현재의 상황이 어떻게 바뀔지조차 알 수 없었다. 길을 잃고 혼란에 빠졌고, 집이 몹시 그리웠다. 아파트를 이렇게 오래 떠나 있었던 건, 익숙한 모든 것에서 벗어나 이렇게 오랫동안 떠나 있었던 건 오늘이 처음이었다.

로건이 갑자기 걸음을 멈추었다. 긴장한 기색이 역력했다. "여기 가만히 있어요." 로건은 내게 낮은 목소리로 속삭이더니, 내가 나무에 기대어 설 수 있게 부축해 주었다.

나무 아래에 있는 조명이 주변을 환하게 비추었다. 나는 눈을 깜박였다. 로건이 주먹을 단단히 쥐고 서 있었다. 탄탄한 그의 팔에 힘줄이 불거졌다.

어둠 속을 자세히 들여다보았다. 로건의 현관문 앞 계단에 어떤 사람이 앉아 있었다. 낯익은 형체였다. 낯익은 넓은 어깨와 낯익은 턱 선이 눈에 띄었다. 그 광대뼈와 이마와 입술까지도.

앞으로 걸음을 옮겼다. "케일럽?"

"거기 있어요, 엑스." 로건이 무쇠처럼 단단하고 무거운 목소리로 말했다. "그리고 케일럽 당신도 거기 꼼짝 말고 그대로 있어. 엑스한테서 떨어져."

"엑스. 이제 집에 가야지." 깊이 갈라진 어두운 땅 속에서 울려 퍼지는 것 같은 목소리였다.

나는 눈을 깜박였다. 몸이 휘청거렸다. 로건이 내 앞을 가로막고 케일럽과 나 사이에 인간 방패처럼 버티고 서 있었다.

케일럽은 자리에서 일어섰다. 두 손을 바지 주머니에 찔러 넣었다.

두 남자가 그렇게 서 있었다. 한 사람은 어둠 속에, 다른 한 사람은 빛 속에.

달아나고 싶었다. 내 옆에 있는 나무 위로 기어올라 가지 사이에 몸을 숨기고 싶었다.

케일럽이 앞으로 한 걸음 다가서자, 로건이 자기 몸으로 길목을 막았다.

팽팽한 긴장이 감돌았다.

극렬한 기운이 공기 중에 짙게 드리워져 있었다.

숨을 쉴 수 없었다. 내 깊은 곳에서 두려움이 스멀스멀 기어 올라오고 있었다. 공포가 내 손바닥의 주름만큼이나 익숙하게 느껴졌다.

한밤의 어둠처럼 새까만 그의 눈동자가 보였다. 그 눈동자는 나를 노려보았다. 모든 걸 꿰뚫어 보는 그의 눈동자가 기대에 부응하라는 듯 나를 노려보았다.

나를 보고 있었다. 바로 나를.

"이제 집에 갈 시간이야, 엑스." 그의 목소리는 완강했다. 사람의 모습을 한 어둠이 있다면 저런 모습일 것이다. 잠이 사람의 몸 안으로 잠식할 때 그 주변을 감싸는 어둠은 저런 모습일 것이다. 그건 공포를 불러일으키는 어둠이 아니라 마음을 가라앉게 만드는 어둠이었다. 해가 밝을 때까지 밤새 내 곁에 머물며 내 꿈을 지켜보는 어둠이었다.

"저 사람 따라갈 필요 없어요, 엑스." 로건의 말이었다.

"당신이 있을 곳이 어딘지 당신도 잘 알겠지. 이제 그곳으로 돌아갈 시간이야." 케일럽의 말이었다.

내가 있을 곳? 내가 있을 곳이 어딘지 나는 알고 있을까?

케일럽이 매끈한 검은색 자동차 쪽으로 걸음을 옮겼다. 렌이 뒷좌석 문을 잡고 서 있었다. 로건은 몸을 돌려 내 얼굴을 바라보았다. 그는 이제 내 앞을 가로막지 않았다. 나를 저지하려고도 하지 않았다. 내 몸에 손을 대지도 않았다.

내 왼쪽에는 케일럽이 서 있었다. 내 아파트, 내 도서관과 내 창문. 이미 내게 익숙한 것들이 있었다.

바로 앞에는 로건이 있었다. 적갈색 벽돌담과 코코아가 있는 집, 정상적인 삶이라는 환상을 실현할 수 있는 집이 있었다.

"당신 이름은 마담 엑스야." 왼편에서 차분하고 확신에 찬 목소리가 들렸다. "그리고 당신은 내 사람이야. 당신은 나와 함께 있어야 해."

"아니에요. 그럴 필요 없어요, 엑스." 로건이 나를 향해 다가왔지만 여전히 내 몸에 손을 대지는 않았다. 어쩌면 살짝 닿았을지도 모르지만, 거의 닿지 않았다. "가고 싶지 않으면 가지 않아도 돼요. 무슨 말인지 알죠?"

두 사람은 나를 이리저리 잡아당기고 있었다. 눈에 보이지 않는 실들이 내 손목에 감겨 있었다. 내 목과 발목과 허리에도 묶여 있었다. 나를 잡아당기는 힘은 어떤 향기도 아니었고 기억도 아니었으며 촉감도 아니었다. 마법의 주문도 아니었다.

나는 이십 년 동안의 기억을 깡그리 잃어버렸다. 원래의 내 모습도 잃었고, 나 자신을 완전히 모두 잃어버린 사람이었다.

하지만 지금 내게는 6년의 기억이 있다. 태어나서부터 지금까지의 시간에 비하면 일부분일 뿐이지만 내가 유일하게 기억하고 있는 내 인생이다. 도서관. 창문. 홍차. 흘러가는 시간은 기억이라는 바닷가로 밀려와 조금씩 퇴적되는 인생을 위로하며, 모든 순간들을 순서대로 정리해서 파악하고 이해한다.

로건은…… 로건과 함께하면 나는 미지의 세계로 들어가 새로 탄생할 미래를 경험하게 될 것이다. 그리고 새로운 꿈을 꿀 수도 있다. 내게 다가와 코를 비비며 나를 열렬히 반기는 개 한 마리. 광기에 사로잡힌 격렬한 키스와 나를 집어삼키는 뜨거운 욕망. 무질서하게 미쳐 날뛰는 욕망. 움켜쥐고 있는 손가락 사이로 빠져나가는 모래처럼 사라져 버리는 시간들. 그리고 새로 알게 될 온갖 세상의 이야기까지.

하지만 지금 여기에 케일럽이 있었다. 나의 구원자 케일럽. 나의 과거인 동시에 현재이기도 한 케일럽. 나는 케일럽의 눈동자를 바라보았다. 좀처럼 보기 힘든 귀중한 보석 같은 그의 눈동자, 높다란 장벽 같은 그의 눈동자 너머에는 케일럽의 진정한 모습을 볼 수 있는 성스러운 공간이 존재했다.

케일럽은 내게 많은 것을 주었다. 이름과 정체성과 삶을 주었다.

여전히 내게는 신비로운 사람이었고 그의 속마음을 헤아리기도 어려웠지만, 그래도 케일럽은 내가 아는 전부였다.

숨이 막혔다.

뒤에서 무언가가 나를 잡아당기는 느낌이 들었다.

로건의 두 눈이 일그러졌다. 그는 이를 악물었다. 머뭇거리던 내 발이 아주 조금 움직인 것을 그도 본 것이다. 그리고 그게 어떤 의미인지 로건은 정확히 파악했다. "그러지 말아요, 엑스."

"미안해요, 로건."

"그러지 말아요. 지금 무슨 행동을 하려는 건지 잘 생각해 봐요." 로건이 상당히 단호한 목소리로 말했다.

"미안해요. 그리고 고마워요, 로건. 진심이에요. 고마워요."

케일럽은 가만히 서서 로건과 나를 바라보고 있었다. 세로 줄무늬의 남색 슈트와 하얀 셔츠를 차려 입고 가느다란 쥐색 넥타이를 맨 모습이 더할 나위 없이 완벽해 보였다. 그는 주먹을 쥐었던 손을 펴고 나를 향해 내밀었다. "이제 갈까."

간절하고 슬픈 눈빛으로 나를 바라보는 로건의 두 눈에서 시선을 뗄 수가 없었다. 로건도 줄곧 나를 바라보고 있었다.

뒷걸음질 쳤다. 조금씩 뒤로 걸음을 옮겼다.

로건은 턱을 들어 올린 채 이를 악물고 있었다. 단단히 주먹을 움켜쥐고서 찡그린 얼굴로 나를 바라보고 있었다. 물이 빠진 청바지와 연한 초록색의 헨리 셔츠. 가슴 앞에 달린 네 개의 단추는 모두 풀어져 있었고, 소매는 힘줄이 불거져 있는 두꺼운 팔뚝 위로 말아 올린 모습이었다. 그의 두 손을 바라보았다. 아주 잠깐이었지만 로건의 눈동자에서 눈을 떼고 그의 두 손을 가만히 바라보았다. 나를 부드럽게 어루만지던 손. 일생에 한 번뿐일 그의 다정한 손길의 감촉은 되돌릴 수 없는 순간으로 사라지는 중이었다.

한 순간은 한 시간의 사 분의 일.

얼마나 많은 사분의 일을 로건과 함께 훔쳤던 것일까?

그 순간들을 모두 빼앗긴 기분이었다. 빼앗겼기에 소중했으리라.

어깨에 케일럽의 두 손이 닿았다. 그 손은 나를 슬며시 뒤로 끌어당겼다. 그의 손가락은 나를 알고 있었다. 그의 손가락은 나를 겹겹이 둘러싸고 있는 껍데기들을 매일 밤 모두 벗겨 본 적이 있었다. 어둠에 잠긴 나의 모습과 환하게 드러난 나의 모습을 모두 알고 있었다.

하지만 나는 여전히 돌아서지 않았다. 시선을 돌릴 수도 없었다. 멈춰 서 있는 자동차를 감싸고 있는 어둠 속으로 들어가는 순간에도 로건에게서 눈을 뗄 수 없었다.

자동차 안은 시원했다. 그리고 정적에 휩싸여 있었다.

어두웠다.

로건은 희미한 불빛이 만든 빛의 웅덩이 안에 갇혀 환하게 빛나고 있었다. 눈조차 깜박이지 않고 가만히 나를 바라보고 있었다.

렌이 자동차 문을 닫을 때에도 계속 로건을 바라보았다. 문이 닫힌 후에는 코팅된 유리창 너머로 계속 바라봤다.

자동차 엔진 소리가 낮게 울렸다. 내 뒤에서 나를 바라보는 로건의 모습이 점점 작아졌다.

정적에 휩싸인 어두운 자동차에 몸을 싣고 강철과 유리로 만들어진 낯익은 협곡 안으로 되돌아갔다. 끝을 모르는 이 도시의 밤이 빌딩들 사이에서 메아리치고 있었다.

그가 내게 말을 할 때, 그의 목소리는 피아노의 현을 두드리듯 연주를 시작한다. 그러면 내 몸에서는 그의 연주에 맞추어 아름다운 선율이 울려 퍼진다. 나는 고개를 돌려 그를 바라보아야 한다. 달이 자취를 감춘 어두운 밤하늘 같은 눈동자를 마주 보아야 한다.

"당신 이름은 마담 엑스야. 그리고 당신은…… 내…… 사람이야." 그는 손가락으로 내 턱을 잡고 자기 쪽으로 끌어당겼다. "따라 해, 엑스."

목구멍에서 말을 쥐어짜야 했다. 못을 뽑듯 억지로 말을 뽑아내야 했다. 혼란스럽게 뒤얽힌 갈등을 풀지 않고 억지로 잡아 뜯어야 했다.

"내 이름은 마담 엑스예요. 그리고 나는 당신 사람이에요."

17

　고층 빌딩 13층에 자리 잡은 내 아파트에 도착하자 케일럽은 다시 입을 열었다.

　"왜 나를 떠났어, 엑스?" 그의 목소리가 멀리서 울리는 천둥 같았다.

　"당신이 먼저 떠났으니까요." 나는 내 창가에 섰다. 여전히 평범한 청바지와 편안한 티셔츠, 순면 팬티와 스포츠 브라를 입고 플랫 슈즈를 신고 있었다.

　"그래서 다른 남자를 따라 달아난 건가?" 그는 나를 비난하고 있었다.

　"맞아요." 부인하지 않았다.

　"내가 당신을 위해 했던 모든 일들과 우리가 함께한 모든 것들을 깡그리 잊고서, 쓰레기 버리듯 쉽게 나를 버리고 떠날 수 있었단 말이야?" 이렇게 말하는 그의 목소리가 신이 아닌 인간의 목소리처럼 들렸다. 상처 받은 인간의 목소리였다.

　"우리가 모든 것들을 함께했다고요?" 나는 차가운 유리창 위에 손바닥을 올렸다. 차들이 이리저리 움직이고, 검은 빌딩이 도시의 불빛을 희미하게 반사하는 낯익은 광경을 내려다보고 있으니 마음이 조금 진정되는 것 같았다. "우리가 함께한 것들이 대체 뭔데요? 나는 그저 당신의 소유물일 뿐이 잖아요. 당신은 적당한 자리에 나를 끼워 맞춰 넣었을 뿐이에요. 그리고 가만히 앉아서 당신을 기다리라고만 했죠."

"내가 당신을 노예처럼 부리기라도 했다는 말이야? 내가 당신을 물건 취급했다고 생각해?"

"맞아요. 당신은 그랬어요!" 돌아서자 바로 내 앞에 그가 서 있었다. 나는 두 손으로 그의 가슴을 세게 때렸다. "나는 당신의 성욕을 채워 줄 도구일 뿐이에요. 레이철이나 6층의 다른 여자들처럼 말이에요. 이제 당신은 그 여자들을 속인 것처럼 나를 속일 수 없을 거예요. 그 어떤 변명으로도요. 적어도 그 여자들한테는 자신의 가치를 알아 줄 사람을 만날 수 있다는 희망이라도 있죠. 노예처럼 돈에 팔려 갈 운명이지만 그 여자들한테는 적어도 목표가 있고, 미래가 있고, 그 이상을 꿈꿀 수 있는 희망이 있어요. 나는 매일 이 아파트 안에서 바쁘게 움직이지만 아무 데도 갈 수가 없죠. 아무것도 이룰 수 없어요. 미래도 없고요. 그래요, 나는 마담 엑스예요. 하지만 그게 대체 누군데요? 나는 대체 누구고요? 케일럽 당신한테 나는 대체 어떤 의미냐고요? 나란 인간은 대체 뭐죠? 당신은 나랑 섹스를 즐기죠. 그건 나도 아주 잘 알고 있어요. 하지만 그건 당신이 내게 하는 행동일 뿐이지 나와 함께하는 행동은 전혀 아니에요. 그래요. 당신은 섹스를 아주 끝내주게 잘 하죠. 그래서 나도 좋아요. 그건 나도 기꺼이 인정할게요. 하지만 그건 함께하는 게 아니에요. 그저 당신 혼자 섹스를 하는 것뿐이에요. 그리고 섹스를 다 끝내면 당신은 그냥 사라져 버리잖아요. 당신은 떠나 버렸어요. 언제나 그랬어요. 언제나 나만 남겨 두고 떠났다고요! 당신은 내게 전부인데, 당신은 언제나 나를 떠나 버렸어요!"

케일럽은 이상하리만치 아무 말도 없었다. 어떻게 내가 그에게 이렇게 맞설 수 있는 거지? 나는 두 손을 그의 가슴에 대고서 그를 막고 있었다. 그가 없으면 서지 못하는 사람처럼 그에게 기대고 서 있었다.

내가 한 말이 모두 사실은 아닐 수도 있다는 생각이 들었다.

그는 아무 말 없이 가만히 있었다. 숨을 쉬느라 가슴만 가볍게 들썩일 뿐이었다. 두 눈만 내게 고정한 채로. 그의 눈동자가 검은 불길에 휩싸여 뜨겁게 불타오르며 무너져 내리고 있었다. 마치 그의 검은 장막 너머에 뜨거운 태양이 불타고 있는 것 같았다. 어쩌면 불꽃이 미친 듯이 넘실거리는 초신성이 떠 있을지도 몰랐다. 하지만 무엇이 있든 케일럽이 세상으로부터 자신을 감추고 있던 장막을 거둘 때에만 보고 느낄 수 있는 것들이었다.

내 착각일까. 그의 몸이 떨리고 있었다. 그의 턱이 격렬하게 떨리고 있었다.

"당신은⋯⋯." —그는 숨을 삼키려고 잠시 말을 멈추었다.— "이게 전부 섹스 때문이라고 생각해?"

"그래요." 나는 피하지 않을 작정이었다. 피할 수도 없고, 피하지도 않을 것이다. "당신이 나를 필요로 하는 건 오직 섹스 때문이에요. 이기적이고, 의미 없고, 공허한 섹스 때문에."

"당신은 완전히 잘못 생각하고 있어, 엑스. 내가 당신 한 사람한테만 충실해야 한다고 생각해? 당신하고만 섹스를 하면서? 아니야. 그 점에 대해서는 당신한테 설명하지도 않을 거고 사과하지도 않을 거야. 나는 이런 사람이야. 이게 내 모습이라고. 당신과 함께 보낸 시간들이 충분하지 않았을 수도 있지만 절대 이기적이거나, 의미 없거나, 공허하지는 않았어." 그가 이 세 단어에 아주 신랄한 독을 섞어 내뱉는 바람에 나는 움찔하지 않을 수 없었다. "전혀 그렇지 않았다고! 그저 감정을 자연스럽게 표현할 수 있는 사람이 아닐 뿐이야. 그리고 그런 성격은 변하지 않아."

고개를 들었다. "나는⋯⋯ 그렇게 생각하지 않아요."

"그래?" 그가 한쪽 눈썹을 치켜세웠다. "그렇다면 내가 직접 증명해 보이지."

또다시 한 순간이 마음속에 깊이 새겨졌다. 그는 도시의 희미한 불빛을 받으며 거인처럼 내 앞에 서 있었다. 섹스를 위해 태어난 존재처럼 그의 몸은 맹렬히 끓어오르고 있었다. 아주 천천히 두 손을 들어 올렸다. 그의 두 눈은 나를 빤히 바라보고 있었다. 어쩌다 한 번씩 눈이 깜빡거릴 때마다 길고 검은 속눈썹이 천천히 공기를 훑고 지나갔다. 그는 두 손으로 내 티셔츠를 잡고 위로 끌어올렸다.

그가 티셔츠를 찢어 버릴 것이라고 생각했지만 그러지 않았다. 아주 조심스럽게 천천히 옷을 벗겼다.

심지어는 경건하게 느껴지기까지 했다.

그가 브라를 위로 말아 올리자 내 가슴이 출렁거리며 브라 밖으로 빠져나왔다. 말아 올린 브라를 내 머리 위로 높이 들어 올리는 바람에 나는 두 팔을 들어 올려야 했다. 그는 내가 입고 있던 청바지의 단추를 풀고 지퍼를 내린 후 바지를 아래로 끌어 내렸다. 팬티도 함께 아래로 내려갔다. 그렇게 순식간에 나는 또 벌거벗고 말았다.

긴장이 감도는 사분의 일 시간 동안 그의 두 눈은 내 벌거벗은 몸 위를 배회하면서 눈빛으로 나를 집어 삼키더니, 뒤로 한 걸음 물러섰다. 그렇게 내게서 한 걸음 멀리 떨어져서 그는 다시 나를 바라보았다. 그의 눈빛이 내게 시선을 다른 데로 돌려 보라고, 그렇게 해서 그와 나를 연결하고 있는 이 연약한 고리를 감히 끊어 보라고 부추기는 것 같았다. 무슨 상황인지 알 수 없었다. 하지만 나는 이 상황을 끝낼 수 없었다. 이건 그의 새로운 마법이었다. 이제 알 수 있었다. 그의 마법에 걸려든 것이다.

이미 이렇게 되리라는 것을 알고 있었다.

그는 양복 재킷을 벗어 바닥 위에 아무렇게나 던졌다. 그리고 성급하게 넥타이를 풀어 버렸다. 손가락을 더듬지 않고 셔츠의 단추를 하나씩 끌렀다. 그다음에는 벨트, 그리고 신발과 양말을. 그조차도 양말을 벗을 땐 잠깐 어색해 보였다. 양말을 품위 있게 벗기란 불가능한 일이었다. 이제 그는 검은색 속옷만 걸친 채 내 앞에 서 있었다. 속옷이 창백한 그의 몸을 팽팽하게 감싸고 있었다. 거대한 그의 몸은 마치 산더미 같기도 하고 바윗덩어리 같기도 했다. 그리고 이제…… 그는 엄지를 허리의 고무 밴드 안으로 밀어 넣고 내게서 시선을 떼지 않은 채 속옷을 아래로 밀어 내렸다. 이제 그도 나와 함께 벌거벗은 몸이 되었다.

흠 잡을 데 없는 피부, 완벽한 비율. 사람의 몸으로 형상화한 신의 모습 같았다.

그의 단단한 성기가 보란 듯이 모습을 드러냈다. 그 순간 내 몸이 기억하고 있던 끔찍한 느낌이 섬광처럼 머릿속을 스치고 들어와 나는 몸을 떨었다. 피가 잔뜩 쏠린 그의 성기가 내 안으로 뚫고 들어와 가득 채울 때의 그 느낌이었다.

몸을 파르르 떨었다. 하지만 달아날 수는 없었다. 입이 바싹 말라서 말할 수도 없었다. 소용없는 짓이라는 걸 알면서도 시선을 돌려 보려 했다. 역시 불가능한 일이었다.

그는 천천히 내 곁으로 다가왔다. 그의 생각을 알 것 같았다. 그가 나를 향해 손을 뻗었다. 나는 기다렸다. 그런데 대체 무엇을 기다리고 있었던 걸까? 그가 내게 키스해 주기를? 바로 지금 이 자리에서 나를 밀치고 섹스하기를?

예상하지 못한 일이 일어났다. 그는 내 어깨를 움켜잡고 아주 잠시 내 얼굴을 쳐다보았다. 검은 두 눈은 이글거리고 날카로운 턱은 파르르 떨렸다. 그의 가슴 속에서 하고 싶은 말들이 뜨겁게 불타오르고 있는데도 결코 그 말들을 입 밖으로 내지는 않았다. 그 말들이 그의 입술에 닿기도 전에 까맣게 타 버리는 모양이었다. 그가 나를 거칠게 돌려 세우더니 앞으로 밀쳤다. 나는 유리창에 몸을 기대고 섰다. 벌거벗은 가슴이 차가운 유리에 맞닿았다. 그는 내 뒤로 나가와 나를 움켜잡았다. 그리고 성기로 내 다리 사이를 더듬었다. 그의 숨결이 내 귓가에 닿았다.

"이게 바로 나의 섹스야, 엑스." 그는 이렇게 말하면서 거칠게 몰아붙였다.

그가 거칠게 밀치자 날카롭게 찌르는 통증이 온몸을 타고 흘렀다. 나는 거친 숨을 내뱉었다. 그가 가득 채운 두 다리 사이는 축축하게 젖어 있었다. 신음을 내질렀다. 몸이 축 늘어졌다. 그가 나를 받치고 있지 않았다면 바닥에 쓰러졌을 것이다.

그가 또 한 번 거칠게 밀고 들어왔다.

뜨겁게 타오르는 감촉을 느낄 수 있었다. 그는 폭발적으로 용솟음쳤다. 그리고 나는 그 폭발적인 침입을 맞받았다.

"그래요, 케일럽. 이게 당신의 섹스예요. 당신이 나한테 하는 섹스죠. 그냥 이런 식이었어요. 언제나 그랬죠." 무력했지만 흔들림 없는 목소리로 말했다.

"유리창을 바라봐, 엑스."

나는 유리창을 바라보았다. 하지만 창밖을 내다보지 않고 유리창에 비친 우리 두 사람의 모습을 바라보았다.

내 뒤에 서 있는 거대한 그의 모습이 유리창에 비쳤다. 그가 섹스를 하면서 몸을 움직일 때마다 그의 탄탄한 근육과 창백한 피부가 도시의 불빛을 받아 반짝였다.

손바닥을 유리창에 맞대고 서 있던 나는 가슴이 유리창에 납작하게 눌렸다. 단단하게 솟아오른 유두를 감싸고 있는 거무스름한 유륜이 더욱 도드라져 보였다. 넓게 벌리고 선 다리와 엉덩이가 보였다. 까무잡잡한 피부와 흐트러진 머리카락도 보였다. 무엇보다도 맹렬하고 불타오르는 사나운 눈동자가 보였다. 그가 몸을 움직일 때마다 내 몸도 함께 흔들렸다.

"우리 둘이 함께 있는 모습을 보니 어때?"

"좀 더 세게 해 줘요, 케일럽." 그가 들어올 때 나는 몸을 좀 더 내밀었다. 그의 움직임을 따라 몸을 더 흔들었다. 그가 내 몸에 대고 섹스를 하는 동안 나도 나의 섹스를 했다. "지금보다 더 강렬하게 해 줘요. 이게 당신이 내게 줄 수 있는 전부겠지만 이걸로 충분하지 않아요."

갑자기 그가 몸을 뒤로 빼내는 바람에 나는 텅 비어 버린 채 숨을 헐떡였다. 유리창에 몸을 기대고 서서 유리창에 비친 그의 모습을 바라보았다. 벌거벗은 그는 내 뒤에 서 있었다. 그의 성기는 그의 몸과 나의 몸에서 나온 체액으로 범벅이 되어 번들거렸다. 그의 거대한 가슴은 거친 호흡 때문에 위아래로 심하게 들썩였다. 그의 번득이는 눈동자가 보였다.

나는 오르가슴의 절정에 도달해 있었다. 온몸이 흥분으

로 파르르 떨렸다. 넘쳐흐르는 욕망 때문에 숨이 막힐 지경이었다.

"당신은 나한테 불가능한 걸 요구하는군, 엑스."

"당신을 요구하고 있는 거예요." 이 말을 입 밖으로 내기 전까지는 나도 내 진심을 확실히 알지 못했다. 이게 내 진심이라는 걸 인정하기 쉽지 않았다. 날카로운 고통이 구석구석 깊숙이 파고들었다.

그는 수수께끼다. 그는 앞으로도 변하지 않을 것이다. 그건 나도 잘 알고 있다. 그렇기 때문에 그를 원하면서도 증오했고, 그를 원하는 내가 더욱 미웠다. 그를 계속 원한다면 나는 잔인하게 살해당한 과거의 유령으로부터 벗어날 수 없었다. 그를 계속 원한다면 아무도 아닌 존재로 혼수상태에서 깨어나 말도 못 하고 걷지도 못하던 그때의 기억에서 벗어날 수 없었다. 그리고 모든 것을 잃은 채 혼자 잠에서 깨어났을 때의 그 극심한 고통을 겉으로 드러낼 수도 없었다. 나의 영혼은 텅 비어 있었고, 내 마음은 온통 여백뿐이었다. 내 과거가 지나치게 깨끗이 지워져 버린 탓에 나는 내가 무엇을 잃어버렸는지도 몰랐고, 그래서 슬퍼할 수도 없었다.

그가 필요했다.

이런 진실을 감당해야 한다는 사실에 너무 괴로웠지만 여전히 그가 필요했다.

그러지 않길 바랐지만 그가 필요했다.

하지만 그의 생각은 다를 것이다. 자신을 내어주려 하지 않을 것이다. 이유는 나도 모른다. 하지만 그가 그 이유를 절대 말해 주지 않으리라는 건 알고 있다.

가늘게 떨리던 그의 두 눈이 아주 서서히 감겼다. 주먹을 쥐고 있던 손을 풀었다.

그가 내게 다가왔다. 나는 몸을 움직일 수가 없었다. 떨리기 시작했다. 하지만 그는 부드럽게, 그 어느 때보다도 부드럽게 나를 돌려 앉혔다. 내 옆에 무릎을 굽히고 앉아 두 팔로 내 엉덩이를 감싸 안으며 나를 가볍게 들어 올렸다. 내 다리를 당겨서 자신의 허리 양옆에 걸쳤다. 다시 찔러 넣으려던 그는 갑자기 하던 행동을 멈추었다.

"아. 엑스. 당신이 지금 무얼 원하고 있는 건지 모를 거야." 그의 가슴에서 산이 무너져 내리는 것 같은 소리가 울려 퍼졌다.

"그래도 어쨌든 나는 요구할 거예요, 케일럽." 이게 내 대답이었다.

그리고 그때, 그가 다시 내 안으로 들어왔다. 아주 달콤하게 미끄러져 들어왔다. 나는 신음을 내뱉었다. 그의 눈동자가 커졌다. 내 눈도 마찬가지였다. 그는 내 엉덩이를 양손으로 받쳐 들고 자신에게로 더 가까이 끌어당겼다. 나는 그의 목을 움켜잡았다. 아주 천천히 밀고 들어오는 감미로운 통증에 짧은 숨을 내뱉었다. 그가 완전히 깊이 들어왔을 땐 숨을 전혀 쉴 수 없었다. 그저 고개를 뒤로 젖힌 채 흐느낄 뿐이었다.

"이게 당신이 원하는 건가, 엑스?" 그는 이렇게 물으며 내 몸을 유리창에 밀어 붙였다. "나를 봐, 젠장. 날 보고 대답하라고."

나는 눈을 떴다. 내 몸을 관통하는 강렬한 엑스터시에 윗입술이 뒤틀렸다. "그래요, 케일럽. 이게 내가 원하는 거예요."

하지만 그렇지 않았다. 이게 전부는 아니었다. 내가 그에게 원하는 건 이것만이 아니었다. 하지만 말로는 설명할 수가 없었다.

짧게 세 번 삽입을 하며 펌프질을 하던 그의 단단한 성기가 나의 클리토리스를 자극하면서 점점 절정으로 치닫고 있었다.

나는 그의 품 안에 쓰러졌다. 그의 몸은 땀에 젖어 있었다. 땀 냄새와 함께 짭짜름한 맛이 느껴졌다.

그는 성기를 빼지 않은 채 나를 안고 방으로 향했다. 그가 한 걸음씩 걸을 때마다 나는 몸을 뒤틀며 신음을 내뱉었다. 화살이 나를 관통하는 것처럼 경련이 일어났다. 그는 이제 나를 침대에 똑바로 눕히고 내 다리를 내려놓았다. 양옆으로 벌어진 다리 사이에 자리를 잡고 다시 한 번 밀어 넣었다.

나는 비명을 질렀다.

그는 내 엉덩이를 움켜잡고 또 한 번 밀어 넣었다. 나는 큰 소리로 울부짖었다.

그가 내 위로 몸을 기울였다. 내 위에서 나를 바라보는 그의 시선이 느껴졌다. 나는 두 팔로는 그의 목을 감고, 두 다리로는 그의 허리를 감았다. 그의 몸에 매달렸다. 그는 앞으로 다가와 나를 부드럽게 감싸 안고 내 머리를 베개 위에 올렸다. 무릎을 굽히고 내 위에 엎드렸다. 그는 여전히 내 안에 있었다. 감미로운 통증도 여전히 그 자리에 있었다. 끓어오르는 욕망 때문에 그의 몸이 파르르 떨렸다. 그의 두 눈이 내 눈을 바라보고 있었다. 그는 기다렸다. 몸을 움직이지 않고 가만히 그 자세로.

나는 등을 활처럼 젖히며 엉덩이를 들어서 거칠게 들이박았다.

그가 신음했다.

아. 그의 신음 소리. 그는 소리를 내는 일이 거의 없었다.

그런 그의 목에서 말로는 표현하지 못할 쾌락의 신음이 터져 나오자 나는 스릴을 느꼈다.

그가 고개를 살짝 숙였다. 나는 가슴을 들어 그의 입에 갖다 댔다.

그가 입으로 내 유두를 애무하는 순간, 번개보다 뜨겁고 강렬한 무언가가 나를 꿰뚫고 흘러갔다.

나는 폭발하는 화산처럼 엉덩이를 다시 떼었다가 한 번 더 그를 향해 들이밀었다. 그러자 이제 그가 몸을 움직이기 시작했다.

우리는 함께 부둥켜안고 온몸을 비틀었다.

그의 신음 소리가 점점 커졌다.

나의 신음 소리는 이제 울부짖는 소리로 바뀌었다. 기쁨에 겨워 울부짖고 있었다.

그가 한 손으로 내 목을 잡고 가까이 끌어당겼다. 다른 한 손으로는 내 무릎 뒤를 잡고서, 내 다리로 그의 엉덩이를 감쌌다. 그가 밀고 들어오는 순간 우리의 몸은 서로 맞부딪쳤다. 서로를 깊이 받아들이기 위해 더욱 강하게 밀쳐 냈다. 그의 얼굴을 바라보았다. 그는 두 눈을 크게 뜨고서 놀란 표정을 하고 있었다. 그의 눈에서 감정이 흘러나오고 있었다. 모든 것이 날카롭고 거친 이 순간, 그는 무언가를 드러내기 시작했고 나는 드러나는 그것을 확인할 수 있었다.

그는 감정을 드러내는 방법을 몰랐던 것이다.

나만큼도 자신을 모르고 있었던 것이다.

우리 두 사람은 지금 함께 자신에 대해 알아 가고 있었다.

"케일럽." 나는 그의 이름을 속삭였다. 이제 절정에 도달하고 있었다.

환희가 들끓었다. 내 몸이 공기 중에 흩어지고 있었다. 오르가슴이 내 몸을 비틀어 짜는 그 순간, 남겨 두었던 숨을 모조리 내뱉었다.

클라이맥스가 정점에 도달한 바로 그 순간, 그는 전혀 예상치 못한 행동을 했다.

내게 키스를 했다.

그리고 절정에 도달하는 순간 그는 뜨거운 정액으로 나를 채웠다. 극도의 흥분에 휩싸여 내게 키스를 퍼부으면서 한 손으로는 멍이 들 정도로 세게 내 허벅지를 움켜잡았다. 다른 한 손으로는 내 가슴을 움켜쥐고 완전히 단단해진 내 유두를 엄지로 애무했다. 나도 그와 함께 다시 끓어올랐다. 또다시 절정을 향해 가고 있었다. 이제 그는 내 눈을 바라보고 있었다. 나만큼 눈을 크게 뜨고 나를 바라보았다. 바로 지금 이 순간, 미친 듯이 날뛰는 거대한 무언가가 문을 활짝 열고 튀어나와 우리 두 사람을 가득 채웠다.

그가 절정에 달했다.

나도 절정에 달했다.

그는 내게 키스를 했다.

나도 그에게 키스를 했다.

그러자 그와 나를 연결하는 실이 생겨났다. 우리 둘을 연결하는 진짜 실이 생겼다.

그의 이마가 내 이마에 맞닿았다. 그는 이제 숨을 헐떡였다. 나는 그의 무거운 몸 아래에 납작하게 깔리고 말았다. "맙소사, 엑스."

그는 몸을 일으키려고 했다. 하지만 나는 그를 붙들었다.

"가지 말아요, 케일럽." 나는 속삭였다.

"그럴 수 없어. 이제 가봐야 해." 그는 다시 원래의 모습으로 돌아가 있었다.

그는 다시 장벽을 세우기 시작했다. 어쩌면 이게 그의 진짜 모습인지도 몰랐다. 하지만 꾸며 낸 모습일 수도 있었다. 알 수 없었다. 어둠의 장막 같은 눈동자 너머로 얼핏 보였던, 고통에 빠진 존재가 그의 진짜 모습일까? 아니면 고급 정장을 입고 비싼 자동차를 타고 다니는, 얼음처럼 차갑고 냉정한 이 존재가 그의 진짜 모습일까?

한 손으로 그의 손목을 잡고, 두 다리를 그의 허리에 단단히 감았다. 그리고 두 발로 그의 엉덩이를 가로막았다. 그를 내 안에 꽉 붙들었다. 이제 그는 더 이상 단단하지 않았다. 나는 다른 한 손으로 그의 머리카락을 어루만져 보았다. 처음이었다. 손가락으로 그의 칠흑 같은 머리카락을 부드럽게 쓸어 넘겼다.

"당신이 지금 가버리면 우리가 조금 전까지 함께 나눈 시간은 아무것도 아닌 게 되어 버려요. 우리가 함께한 것들을 모조리 망쳐 버릴 거라고요. 우리가 정말로 함께했던 것들을요. 나는 당신의 진짜 모습을 봤어요. 아주 조금이었지만."

"제기랄. 엑스, 당신은 이해 못 해." 그의 목소리가 낮게 울렸다. 그의 입에서 욕이 나오다니 예상 밖이었다.

"그래요, 나는 이해 못 해요. 하지만…… 그래도 가지 말아요. 잠깐만이라도 옆에서 쉬어요."

그의 몸이 차갑게 얼어붙었다. 화강암으로 만든 조각상을 안고 있는 것 같았다. 그런데 그때 그의 몸이 천천히, 부드럽게 녹기 시작했다. 그는 한쪽 어깨를 침대에 대고 몸을 돌려 똑바로 누웠다. 자기가 옳은 행동을 하고 있는 건지 전혀 모르겠다는 사람처럼, 아니, 자기가 지금 무슨 행동을 하고 있는지 모르겠다는 사람처럼, 그는 아주 천천히 내 옆에 놓인 베개에 머리를 대고 누웠다. 내 몸에서 빠져 나온 그의 성기는 이제 힘이 빠져서 축축한 상태로 그의 허벅지 위에 쓰러져 있었다. 내 다리 사이에서 그의 정액이 흘러나오고 있었지만 나는 감히 움직일 수 없었다. 움직일 생각조차 할 수 없었다. 그저 그의 옆에 모로 누워서 두 손을 베개 밑에 찔러 넣은 채 그를 가만히 바라보았다.

우리 안에 갇힌 사자 옆에 몸을 웅크리고 누워 있는 것 같았다.

그가 한 손을 뻗었다. 나는 긴장해서 잠시 숨을 멈추었다.

하지만 그는 나를 가만히 어루만질 뿐이었다. 내 허벅지와 엉덩이를, 허리와 갈비뼈를, 그리고 가슴을 집게손가락으로 부드럽게 쓰다듬었다.

"정말 아름다워." 그가 낮은 목소리로 말했다. 폭풍우가 휘몰아치는 어두운 바다의 밑바닥에서 들려오는 소리 같았다.

"고마워요." 나는 조금 더 가까이 다가갔다. 그의 손가락이 내 가슴에서 엉덩이로 이어지는 길을 어루만질 수 있게 한 팔을 등 뒤로 늘어뜨렸다.

그리고 과감히 다른 한 손을 뻗어 그의 팔뚝을 쓰다듬었다. 사자가 몸을 움찔거렸다. 눈 깜짝할 사이에 이 사자가 나를 집어삼킬 수도 있다는 사실을 나도 알고 있었다.

서로를 어루만지며 탐색하는 놀이가 시작되었다. 그는 손끝으로 내 유두를 만지작거렸고, 나는 손바닥으로 그의 무릎에서부터 골반까지 쓰다듬었다. 그는 내 엉덩이 쪽으로 손가락을 뻗어 가장 큰 곡선을 따라 은밀한 틈새로 들어갔다가 다시 척추를 타고 올라왔다. 나는 선이 또렷한 그의 복근을 손가락으로 어루만졌다.

그는 아무 말도 하지 않았다. 나도 이 마법 같은 순간을 깨뜨리고 싶지 않았다. 굳이 내가 깨뜨리지 않더라도 금방 깨져 버릴 것 같았기 때문이다.

눈꺼풀이 아래로 무겁게 처졌다.

그의 손길은 내 몸 위에서 다정하게 미끄러지고 있었다. 조금은 머뭇거리면서 느릿느릿 부드럽게.

몸이 공중에 떠서 이리저리 흘러갔다. 졸음이 쏟아졌다.

그리고 잠이 들었다.

18

잠에서 깨어났을 땐 혼자였다.

정적이 감돌았다.

"케일럽?"

아무런 반응이 없었다.

창문으로 새벽의 빛줄기가 쏟아져 들어왔다. 고개를 왼쪽으로 돌리니 옷장이 열려 있었다. 선반은 모두 텅 비었고, 옷걸이 하나 보이지 않았다.

가슴이 조여들기 시작했다. 나는 벌떡 일어나 도서관으로 향했다.

도서관은 그대로였다. 그 자리에 그대로 있었다.

침실로 돌아와 다시 옷장을 바라보았다. 텅 비어 있었다. 아무것도 남아 있지 않았다. 옷장 맞은편에 놓여 있던 서랍장도 깨끗하게 비어 있었다. 천 쪼가리 하나 보이지 않았다.

다시 거실로 나왔다. 소파가 보이지 않았다. 커피 테이블도 보이지 않았고, 루이 14세 안락의자와 식탁도 사라지고 없었다.

현관문이 열려 있었다.

열려 있는 엘리베이터 안에 열쇠가 꽂혀 있었다.

뭐가 뭔지 알 수 없었다.

다시 안으로 들어와 도서관으로 걸음을 옮겼다. 탁자 위에 봉투가 하나 있었고, 봉투 안에는 100달러짜리 지폐 한 다발과 편지 한 장이 들어 있었다. 비스듬하게 기울여 쓴 굵은 글씨체가 눈에 들어왔다.

마담 엑스,

이 옷은 내가 당신을 발견했을 때 당신이 입고 있던 거야. 과거 당신이 입었던 옷.

책은 그대로 뒀어. 당신이 소중히 여기는 걸 아니까.

카메라와 마이크는 이제 작동하지 않아.

고객들도 이제 더 이상 찾아오지 않을 거야.

당신이 원한다면 떠나. 봉투 안에 든 돈이면 어디든 갈 수 있을 거야.

하지만 떠나기로 결정한다면 당신은 이제 혼자 힘으로 살아야 해. 이번에는 당신을 뒤쫓지 않을 테니까.

떠나고 싶지 않다면 엘리베이터를 타고 내 펜트하우스로 올라오면 돼. 하지만 당신 아파트에 있는 물건들은 모두 내버려둬. 지금 그 모습 그대로, 벌거벗은 모습 그대로 내게 와야 해. 그날 뉴욕현대미술관에서 당신이 직접 선택한 그 이름만 가지고 말이야.

- 케일럽

의자 위에 옷 한 벌이 놓여 있었다. 아주 짙은 파란색이었다. 역시 파란색이었다. 파란색이 내 인생을 정의하는 제일 중요한 특성이라도 되는 것처럼…….

케일럽 인디고.

로건의 인디고 눈동자.

그리고 이 드레스까지.

인디고.

이 드레스도 새로울 것은 없었다. 게다가 예쁘지도 않았다. 예전에는 예뻤는지 모르겠지만. 옷을 집어 들자 황량한 느낌에 숨이 막히는 것 같았다. 이 드레스가 기억나지 않았다. 여기저기 찢긴 자국이 많았다. 목부터 치맛단까지는 완전히 찢어져 있었다. 그리고 피로 얼룩져 있었다. 오른쪽 아래에도 찢어진 자국이 있었다.

오른쪽 엉덩이를 만져 보았다. 상처가 있는 자리였다.

검푸른 천에 스며든 핏자국은 어깨를 온통 뒤덮고 등까지 이어져 있었다.

아무 생각 없이 들고 있던 옷 안으로 다리를 집어넣었다. 팔도 껴 보았다.

옷이 너무 작았다. 찢어지지 않았더라도 내 몸에는 맞지 않았을 것이다. 가슴과 등이 너무 꽉 조였다. 길이도 너무 짧았다.

6년이 흘렀다.

마지막으로 이 드레스를 입었을 때 나는 아마 열여덟이나 열아홉 살이었겠지.

다시 옷을 벗었다. 옷에 들러붙어 있던 과거의 유령이 내 살갗에 옮겨 붙은 기분이었다. 상표에는 '스페라'라는 이름이 적혀 있었다. 스타일도 약간 이상했다. 너무 짧아서 허벅지 중간에도 닿지 않았다. 소매도 없었고, 찢어지지 않았다면 네크라인이 목까지 높이 올라왔을 것 같았다. 게다가 등은 중간까지 깊게 파여 있었다. 옷을 손에 움켜쥐고서 뚫어져라 바라봤지만 내가 누구였는지 알 방법은 없었다. 이 옷은 그저 과거의 무의미한 파편일 뿐이었다.

상점 '스페라'에서 파는 드레스를 입은 소녀……는 과연 누구였을까? 이름은? 부모님은 있었을까? 혹시 자매도? 뭘 좋아했을까? 친구도 많았을까? 공책에 하트 그림을 그렸을까? 짝사랑하는 남자애가 있었을까? 스페인어를 할 줄 알았을까? 그 소녀가 스페인어를 알았다고 해도, 나는 스페인어를 잊어버렸지.

이 드레스로는 아무것도 알아낼 수 없었다. 입을 수 없었다. 이 옷을 입을 수 있다면, 꿰매서라도 입을 수 있다면……. 그렇다면 내가 이 옷을 입었을까?

그렇지 않을 것이다.

그렇다면 이건 그의 선택이었다.

이제 꿰뚫어 볼 수 있었다.

어젯밤 내가 그에게서 가져온 걸 이런 식으로 다시 가져
가려는 것이었다.

벌거벗은 채 잠시 망설이다가 엘리베이터를 타고 열쇠를
돌렸다.

문이 닫히자 엘리베이터가 올라갔다.

엘리베이터 문이 다시 열렸을 때, 펜트하우스가 눈앞에
나타났다. 어제도 올라오긴 했지만 제대로 보진 못했었다.

두툼한 흰색 카펫이 깔린 넓은 공간이 보였다. 한쪽 벽은
도시의 전경을 내다볼 수 있게 통유리로 되어 있었다. 블랙
컬러의 모던한 가구들도 눈에 띄었다. 엘리베이터 바로 앞
에는 섹셔널 소파가 놓여 있었다. 어제 아침 케일럽이 나를
맞이할 때 앉아 있던 그 소파였다. L자 모양의 소파와 모던
한 미니멀리스트 체어, 조그만 은색 원형 테이블과 또 다른
의자 하나가 한 세트를 이루며 엘리베이터 앞에서 아늑한
공간을 만들었다.

가장 먼 반대편은 주방이었다. 주방 옆에는 식사하는 자
리가 두 개의 유리벽으로 분리되어 있었다. 그 유리벽 안에
그가 앉아 있었다. 캐주얼한 파란 청바지와 하얀 크루넥 티
셔츠를 입고 의자에 기대앉은 모습도 품위가 있었다. 그는
두 손으로 머그잔을 움켜쥐고 있었고, 테이블 위에는 직사

각형의 태블릿이 놓여 있었다.

그의 옆에 한 사람 자리가 더 준비되어 있었다. 찻잔과 찻잔 받침이 보였다. 접시 위에는 베이글이 그림처럼 놓여 있었다. 두 조각으로 갈라 서로 포개 놓았는데 위에 올린 조각은 뒤집혀 있었다. 오차 없이 완벽한 각도였다.

"와서 앉아." 그의 목소리가 매우 멀게 느껴졌다. 이 펜트하우스는 정말 거대했다. 그에게 완벽하게 어울리는 장소였다.

머뭇거리며 펜트하우스를 가로질러 갔다. 건너편 빌딩에 누군가 있다면 나를 볼 수 있었을 것이다. 나는 여전히 벌거벗은 상태였다.

내가 다가가자 그는 미소를 지으며 커피가 담긴 머그잔을 내려놓았다.

그리고 자리에서 일어섰다. 입고 있던 흰색 티셔츠를 벗어서 내 머리에 씌우고 아래로 끌어내렸다. 나는 양팔을 하나씩 소매에 집어넣었다. 옷을 입으니 어쩐지 자신감이 생겼다.

찻잔을 내려다보았다가 —'하니앤손스 얼그레이'라는 상표가 눈에 들어왔다.— 저지방 크림치즈를 얇게 바른 베이글로 시선을 옮겼다. "내가 올 줄 알았군요."

여전히 그의 눈동자에는 뚫고 들어갈 여지가 없었지만,

내게는 어렴풋한 빛 같은 뭔가가 보이는 것 같았다. 이제 내가 그의 눈빛을 읽을 수 있게 된 건지도 몰랐다. 아니면 그가 눈빛 읽히는 데 조금 익숙해졌거나.

"물론 알고 있었어." 그가 말했다. "당신은 내 사람이니까."

이 말은 결코 부정할 수 없는 진실이었다.

문제는 따로 있었다. "이게 과연 내가 원하는 것일까?"

재신다 와일더(Jasinda Wilder)

뉴욕타임스, USA투데이, 월스트리트저널 등에서 주목하는 세계적인 베스트셀러 작가 재신다 와일더는 섹시한 남자들과 강한 여자들에 대한 자극적인 이야기를 다루는 성향을 지닌 미시간주 태생의 저자다. 『Forever & Always』, 『Alpha』, 『Beta』등의 소설과 세계적인 인기를 끈 『Falling Into You』를 썼다. 그녀는 남편인 작가 잭 와일더와 여섯 명의 아이들 그리고 동물들과 미시간주 북부 농장에서 지내고 있다.

옮긴이 | 이성옥

대학에서 영어 교육을 전공하고 번역이 하고 싶어 무작정 번역에 뛰어들었다가 철도 분야에서 십 년 가까이 기술 번역가로 일했다. 다양한 분야에서 번역을 해 보고 싶은 욕심에 직장을 그만두고 프리랜서로 전향한 후 다양한 분야와 매체를 거치다가 출판 번역에 첫발을 들이게 되었다. 옮긴 책으로는 국내 최초로 퀴어 작가들의 시를 모아 놓은 『우리가 키스하게 놔둬요』(공역)와 국내외 독자들에게 서울의 맛집을 소개하는 『잇, 서울』이 있다.

마담 엑스

초판 1쇄 인쇄 2018년 4월 11일
초판 1쇄 발행 2018년 4월 17일

지은이　　재신다 와일더
옮긴이　　이성옥
펴낸이　　최종숙
펴낸곳　　글누림출판사
편　집　　이태곤 권분옥 홍혜정 박윤정 문선희 추다영
디자인　　안혜진 홍성권
마케팅　　박태훈 안현진 이승혜

주소　　　서울시 서초구 동광로46길 6-6(반포4동 577-25) 문창빌딩 2층(우06589)
전화　　　02-3409-2055(대표), 2058(영업), 2060(편집)
팩스　　　02-3409-2059
전자메일　nurim3888@hanmail.net
홈페이지　www.geulnurim.co.kr
블로그　　blog.naver.com/geulnurim
북트레블러 post.naver.com/geulnurim
등록번호　제303-2005-000038호(2005.10.5)

정가는 뒤표지에 있습니다.
ISBN 978-89-6327-511-6 03840

* 이 도서의 국립중앙도서관 출판예정도서목록(CIP)은 서지정보유통지원시스템 홈페이지(http://seoji.nl.go.kr)와 국가자료공동목록시스템(http://www.nl.go.kr/kolisnet)에서 이용하실 수 있습니다.(CIP제어번호: CIP2018010712)